**LES JURÉS DE L'OMBRE
1**

PATRICK HUTIN

LES JURÉS DE L'OMBRE
1

ÉDITIONS J'AI LU

« Si vous êtes à la fois ignorant de
l'ennemi et de vous-même, vous êtes
sûr de vous trouver en péril à chaque
bataille. »
SUN TZU, *L'Art de la guerre*

1

Les pas se rapprochèrent de nouveau.

Ils allaient s'arrêter devant la porte de la cellule. Une fois encore.

Alex Linas le savait. Il ne pouvait en être autrement.

Connard de crabe !

Linas s'enfonça sous les couvertures et, tourné contre le mur, se tint immobile.

Surtout ne rien changer. Faire chier ce fils de pute...

Au premier passage du surveillant, Linas, dissimulé sous ses couvertures, n'avait pas bougé. Il agissait toujours de cette manière lorsque Mathias effectuait la ronde de nuit. Il l'obligeait ainsi à revenir sur ses pas après avoir vérifié les quarante-neuf autres cellules de « l'unité de vie A 3 ». C'était la consigne : dans un cas de ce genre, le « rondier » de nuit devait s'assurer que la forme qu'il discernait, à travers l'œilleton, sur le lit du détenu, n'était pas un mannequin. Le règlement était formel. Ol devait voir le détenu. Ol devait le voir bouger. Et Mathias était d'avis que le règlement, c'était le règlement, qu'il fallait le respecter. Il l'avait dit à Linas, dès le début. C'était la raison pour laquelle ce dernier le détestait.

Mathias s'était vite rendu compte que, de tous les surveillants, il était le seul à se faire « emmerder » systématiquement, la nuit, par Linas. Il avait d'abord voulu s'en plaindre, puis il y avait renoncé. Linas lui avait parlé. D'habitude, il ne craignait pas les détenus. Mais Linas, c'était différent.

Il avait peur de Linas.

Alors, leur petit jeu s'était poursuivi : lui appliquait le règlement, et Linas « l'emmerdait » pour l'obliger à l'appliquer jusqu'au bout.

Ne rien changer. Surtout pas. Faire chier ce connard. Comme d'habitude...

Soudain, la lumière jaillit du plafonnier de la cellule.

Linas entendit grincer la couchette supérieure : Mario Assante se retourna en grognant. Linas sourit intérieurement et demeura immobile.

La lumière s'éteignit, se ralluma...

Vas-y fils de pute ! fais-toi chier !

... s'éteignit et se ralluma de nouveau.

La voix d'Assante rompit le silence, étouffée, inquiète :

— Linas, merde ! Qu'est-ce que tu fous ? Bouge !

Non, pas maintenant. Pas encore.

Le plafonnier clignota frénétiquement et des coups de pied martelèrent la porte.

Maintenant !

Linas se retourna, sortit un bras de dessous ses couvertures et pointa son majeur en direction de la porte.

L'obscurité se fit aussitôt. Un « enculé ! » retentit derrière la porte. Puis les pas s'éloignèrent.

Linas sauta à bas de son lit. Il était habillé. Il empoigna son oreiller et alla le plaquer contre la porte de la cellule, à la hauteur de la serrure.

— Linas ?

— Ferme-la !

Linas entendit le surveillant ouvrir la grille qui séparait le couloir de détention du sas en rotonde menant aux autres « unités de vie » du troisième étage. Il se pressa contre son oreiller. Au moment précis où la grille se refermait dans un fracas métallique, un claquement sec retentit dans la porte de la cellule.

Elle était ouverte !

Linas resta immobile, un court instant, aux aguets. Tout se passait comme prévu. Mais il fallait se dépêcher, profiter de la fermeture de la seconde grille.

— On y va ! chuchota-t-il à l'adresse d'Assante.

Celui-ci bondit de son lit et se retrouva dans le couloir. Linas se glissa à son tour hors de la cellule et attendit le fracas de la seconde grille pour refermer la porte. Il jeta un coup d'œil à sa montre. 0 h 15. La prochaine ronde n'interviendrait pas avant 2 heures du matin. Ils avaient plus de temps qu'il ne leur en fallait.

D'un geste, il désigna à Assante les caméras placées à chaque extrémité de « l'unité de vie » et remonta son col roulé sur son visage. Assante fit de même. Puis ils commencèrent leur progression, souple et silencieuse, vers le fond du couloir — outre leurs cols roulés, ils portaient chacun un jean et des chaussures de sport. Ils mirent moins d'une minute pour atteindre la dernière cellule sur la gauche. Une étiquette cartonnée sur la porte indiquait : A 3-G-25. YAMANI Salim.

Linas dégagea une paire de gants coincés dans la ceinture de son jean et les enfila, imité en cela par Assante. Ensuite, il colla son œil à l'œilleton tout en appuyant sur le poussoir électrique fiché dans le mur, près de la porte. Un bref instant, la lumière tomba du plafonnier, éclairant l'intérieur de la cellule.

Tout allait bien.

Linas sortit une clef de sa poche et l'introduisit avec précaution dans la serrure. Assante se plaqua contre la porte.

Le système de fermeture était double : mécanique et électrique. L'ouverture et la fermeture électriques des portes se commandaient depuis le P.C. de contrôle, situé hors de la zone de détention. L'ouverture mécanique s'effectuait à l'aide d'une clef. Par sécurité, cette même clef permettait aussi de débloquer le système électrique de fermeture.

Linas donna un premier tour de clef. Un déclic l'avertit que le pêne mécanique s'était dégagé de sa gâche et enfoncé dans le mur – à Saint-Louis, le dispositif des serrures était inversé, le câble électrique de la commande de fermeture à distance était intégré dans les cloisons. Une légère poussée, un deuxième tour de clef. Un autre déclic. Le pêne électrique était, à son tour, rentré dans le mur.

Il fallait faire vite, maintenant !

Un voyant rouge s'était allumé sur l'un des pupitres du P.C. de contrôle. Linas le savait.

Il tira légèrement la porte. Assante s'engouffra à l'intérieur. Puis Linas extirpa un stylo de sa poche avec lequel il donna un petit coup dans un orifice placé sous les gâches – quand on refermait la porte, un ergot métallique venait s'engager dans cet orifice, déclenchant automatiquement le verrouillage électrique. Le pêne jaillit hors du mur en un claquement mat, étouffé par la main de Linas.

Au P.C. de contrôle, le voyant rouge s'était éteint. Un autre, vert, s'était rallumé.

Linas s'introduisit à son tour dans la cellule en tirant au maximum la porte derrière lui.

Il demeura immobile dans l'obscurité. Sur sa droite, il devina la présence d'Assante qui s'activait sans bruit. Il le sentait plus qu'il ne l'entendait. A sa gauche, sur le lit, l'homme dormait. Il respirait bruyamment, comme avec difficulté.

– Ça y est ? murmura-t-il.

– Presque, répondit Assante dans un souffle.

Linas regarda à travers le rectangle que découpait la fenêtre dans le mur, en face de lui. On apercevait une faible lueur au sommet du mirador nord.

– Je suis prêt.

Le mirador! Du mirador, on pourrait voir la lumière!

— Attends! ordonna Linas.

Il se saisit de la couverture qui recouvrait le lit, grimpa sur une table et masqua la fenêtre.

— Tu peux y aller.

Une allumette craqua, s'enflamma et s'éteignit aussitôt en tombant sur le sol.

— Putain! C'est chiant ces gants, merde! maugréa Assante.

Un autre craquement. La face d'Assante s'éclaira dans le noir. « Satan », pensa Linas. Il s'attendait à la voir disparaître dans l'obscurité mais elle subsista. La lueur, d'abord faible et tremblotante, se stabilisa et prit de l'ampleur. La « lanterne » fonctionnait! Elle consistait en une tasse remplie d'un fond d'huile, une mèche faite de papier hygiénique, passée à l'intérieur d'un tube de dentifrice vide dont les extrémités avaient été sectionnées. Une petite lucarne découpée au centre du tube permettait, à l'aide d'un trombone, de faire remonter la mèche à mesure qu'elle brûlait.

Linas s'empara de la « lanterne » et la posa sur la table, près de la tête du lit. Il regarda l'homme qui dormait. La lumière dansait doucement sur son visage, immobile et lisse comme un masque. Sa bouche était grande ouverte. On aurait dit un gouffre d'où s'échappait, à intervalles réguliers, un râle puissant et monstrueux.

Linas fit un signe à Assante.

— Aide-moi.

Les deux hommes soulevèrent le dormeur. Pendant que Linas le maintenait debout, Assante fit glisser le matelas qu'il plaça contre le lavabo. Le lavabo ainsi que la cuvette des W.-C. étaient situés dans le coin à gauche, tout de suite en entrant dans la cellule. Un angle mort. Si un détenu utilisait la cuvette au moment où survenait une ronde, il devait tendre le bras afin de permettre au surveillant de s'assurer de sa présence à travers l'œilleton.

Linas déposa, le plus délicatement qu'il put, le dormeur à même le sommier. L'homme grogna. Ses yeux s'entrouvrirent.

Il marmonna :

— Qu'est-ce que... Je... veux dormir... Laissez-moi... merde quoi...

Linas se tourna à demi vers Assante.

— Ses chaussettes, vite ! (Puis il chuchota à l'oreille de l'homme :) T'en fais pas, mon petit Salim. Tout va bien. C'est fini... C'est fini. Rendors-toi, Salim, rendors-toi.

Le regard de Salim s'écarquilla un instant, fixant Linas. Ce dernier souriait. Une moitié de sourire : sa joue droite était inerte, creusée d'une profonde cicatrice, depuis le menton jusqu'à la pommette. Les yeux de Salim vacillèrent. Puis son regard chavira et il se rendormit.

Linas se détourna. Assante était en train de nouer des chaussettes les unes aux autres ; il leva la tête. Il avait l'air excité.

— J'ai bientôt fini, gloussa-t-il. C'est la première fois que je vais en voir un ! En vrai, je veux dire...

Linas l'observa. Avec ses longs cheveux noirs et gras qui collaient sur son front, avec ses yeux de chat presque exorbités, et son visage maigre et osseux, Assante avait tout du possédé. Un dingue ! Le « dingue ! » C'était son surnom. Il ne l'avait pas volé. Visiblement, il jouissait déjà en pensant à ce qui allait se passer. « Quelle sale gueule », se dit Linas. Il avait eu bien souvent envie de lui écraser sa sale gueule. Comme on écrase un cafard, avec dégoût. Mais il s'était fait une raison. Assante était précieux. Un *instrument* précieux. Un instrument pour tuer.

Linas vérifia la position du matelas contre le lavabo. Il fut satisfait. Cela marcherait. Il n'y aurait pas de bruit. Il approcha un tabouret, monta dessus et s'assura que les pitons du sèche-linge, plantés dans le mur, au-dessus du lavabo, à environ deux mètres vingt du sol, étaient solides. Ils l'étaient.

Tout se passerait bien. Il n'y avait pas de raison pour que ça rate. Tout se passerait comme prévu.

Assante, le « dingue », gloussa à nouveau.

— Ça y est ! J'ai fini !

Linas éprouva la résistance de la corde de chaussettes et fit fonctionner le nœud coulant.

— O.K. ! c'est bon. Mais attache-la court au piton. Sinon ce sera trop long. Ça va se détendre.

Assante s'exécuta.

Puis les deux hommes s'approchèrent de celui qui dormait. Ils l'empoignèrent chacun par un bras et le transportèrent près du lavabo. L'homme grogna. Linas le plaqua contre le mur.

— Tiens-le debout, souffla-t-il à Assante.

Il monta sur le tabouret, passa ses bras sous les épaules de Salim et, avec l'aide d'Assante, le hissa sur le tabouret. Il le tenait serré contre lui.

— Putain ! Quelle dose ils lui ont filée ? Il pèse une tonne ce con ! Magne-toi !

Salim geignit. Il secoua la tête.

— Foutez-moi... paix... suffit... Qu'est-ce... vous... foutez...

— Tout va bien, Salim. T'en fais pas, mon vieux. C'est bientôt fini... Tu vas pouvoir dormir, murmura Linas. Bientôt, Salim. Dormir... Reste tranquille, mon gars.

Assante était monté sur le lavabo. Il attrapa Salim par les cheveux. Linas l'enserra alors sous la ceinture et le souleva. La tête passa sans difficulté dans le nœud coulant.

— Tu peux le lâcher, dit Assante en sautant à terre.

Linas bloqua sa respiration. Les muscles de ses bras et de son dos étaient devenus douloureux. Il entendit Salim gémir faiblement et murmurer des mots incompréhensibles.

— Embrasse Allah pour moi, dit-il tout bas.

Et il relâcha son étreinte, lentement.

Les soixante-cinq kilos de Salim basculèrent doucement dans le vide. Un gémissement s'éleva, dans la semi-obscurité, et se transforma en un râle aigre et gargouillant.

Un craquement d'os.

Le larynx avait cédé sous le poids.

Salim Yamani mourut sans s'en rendre compte. Il sentit d'abord une vague de chaleur envahir sa tête. Les battements de son cœur s'accélérèrent follement. Un bourdonnement s'amplifia à l'intérieur de son crâne. Puis des sifflements furieux. Sa tête gonflait. Elle gonflait démesurément. Elle allait éclater. Le bourdonnement et les sifflements redoublèrent... Des étoiles scintillaient dans la nuit chaude, à travers laquelle une force incroyable le propulsait... Puis, tout se tut. Sa dernière vision fut celle d'une explosion éblouissante d'étincelles multicolores. Et il perdit connaissance.

Assante s'avança. Il brandissait la « lanterne ». Il laissa échapper une exclamation étouffée :

— Merde ! fit-il avec une nuance d'admiration dans la voix. Il bande ce con !

Linas jura.

— Arrête tes conneries ! Ferme-la !

— Mais je te jure que c'est vrai ! C'est dingue !... Regarde !

Il tendit la « lanterne ».

Le sexe du pendu se dressait, raide, hors de la braguette du pantalon de pyjama.

— Tu vois bien, chuchota Assante avec un étonnement ravi. Il bande, le mec !... (Il poussa un petit cri.) Merde ! Qu'est-ce qui lui prend ?

Le pendu sursauta et s'agita frénétiquement, comme un pantin fou au bout d'une corde.

— Ferme ta gueule et tiens le matelas, souffla Linas.

De violentes convulsions secouaient le pendu des pieds à la tête. Ses bras se tordaient et frappaient ses flancs ; ses jambes tressautaient dans le vide et battaient contre le matelas. Ses pieds, et ses orteils même, tremblaient et remuaient en tous sens. L'onde de choc ininterrompue se propageait à travers tout le corps, jusqu'au visage, qu'elle déformait de petites grimaces saccadées et hideuses. La langue, grosse et sombre, qu'on distinguait au bord de la lèvre inférieure, glissa à l'intérieur de la bouche et les dents se mirent à claquer faiblement. Sous l'effet de l'asphyxie, l'organisme s'affolait ; les muscles se tétanisaient, les uns après les autres, et les liaisons nerveuses, perturbées, tiraillaient de façon anarchique. Tout tressautait et se convulsait horriblement, comme sous les coups d'une force intérieure, insensée et furieuse. Comme si la vie, encore prisonnière, se débattait avec terreur pour échapper à la dépouille du pendu.

Les soubresauts s'apaisèrent. Un ultime tressaillement. Salim Yamani se raidit une dernière fois. Il ne respirait plus. Ses yeux, légèrement exorbités, sans vie, fixaient un point dans l'obscurité.

Assante émit un sifflement admiratif. D'un geste, Linas lui intima l'ordre de faire silence.

Rien. Aucun bruit particulier. Tout semblait normal.

Rassuré, Linas lâcha le matelas et tâta le pouls du pendu.

Il battait encore !

C'était normal. Linas le savait. Il ne s'agissait pas d'une véritable pendaison. Pas à proprement parler. Plutôt d'un étranglement. Logique avec cette hauteur. Insuffisante pour que les vertèbres se brisent sous le choc. Avec un étranglement, c'était le cerveau qui se détériorait en premier. Les poumons suivaient, ensuite. Et, enfin, le cœur. Toujours en dernier, le cœur.

Il fallait attendre.

Linas respira profondément puis s'approcha de la « lanterne » pour regarder sa montre. 0 h 35. Seulement. Il avait l'impression qu'une éternité s'était écoulée. Il se mit à réfléchir pour savoir si, finalement, il ne faudrait pas remettre le matelas en place. Il y avait déjà pensé, mais, maintenant, il ne savait plus très bien. Il décida de le laisser. Les types qui veulent se pendre — ceux qui veulent vraiment y passer, pas les simulateurs — savent que l'un des problèmes principaux à résoudre, c'est le bruit. Un détenu, dans une cellule voisine, entendait des bruits suspects. Il donnait l'alerte. Les matons vous « décrochaient » et, en prime, vous flanquaient au mitard. Oui, il valait mieux laisser le matelas en place. D'autant qu'on aurait pu s'étonner que les jambes du pendu ne portent pas de meurtrissures. Sans le matelas, il aurait dû se cogner les cuisses contre le lavabo. Oui, c'était ça le truc auquel il avait pensé en préparant le coup. Les meurtrissures ! Il fallait absolument que le matelas demeure là où il était. Le bruit, c'était accessoire. Pour la galerie ! On avait déjà retrouvé des types « accrochés », collés contre leur matelas. Avec ce connard de crouille, ça en ferait un de plus. C'était tout. Et que les deux ou trois cellules les plus proches fussent inoccupées ne changeait rien à l'affaire. On se dirait que le crouille était un perfectionniste, qu'il avait voulu mettre toutes les chances de son côté pour ne pas rater son grand voyage.

Assante gloussa.

— Il a débandé le con ! (Il se tourna vers Linas.) C'est vache, merde, que je ne puisse pas le fouiller. Je suis sûr qu'il en a. Tous les biques, ils en ont. Je l'aurais bien fouillé ce salaud ! Je te jure que...

Il s'interrompit en croisant le regard de Linas. Ce dernier le fixait d'un air mauvais.

— Si tu remets ça, je te casse le bras, murmura Linas entre ses dents.

Assante approuva de la tête.

14

— Oui, je sais. Excuse-moi. C'était juste pour dire quoi...

— Ne dis plus rien.

— D'accord. (Il opina frénétiquement de la tête.) D'accord.

Linas lui jeta un regard plein de mépris et de dégoût. Surtout de dégoût. Il savait qu'il n'aurait eu qu'un mot à dire pour qu'Assante fouillât le pendu. Il savait qu'Assante, alors, aurait été aux anges. Mais il savait aussi ce que *fouiller* signifiait pour Assante. Et cela le dégoûtait.

Il prit, à nouveau, le poignet du pendu et tâta du pouce, à la recherche du pouls.

Une première fois. Puis une seconde. Il ne le sentait plus.

Il retira le gant de sa main droite et essaya encore. Il ne battait plus. Le pendu était mort.

Linas regarda sa montre. Neuf minutes pour crever ! Il remit son gant.

— La fenêtre, lança-t-il à Assante.

Celui-ci bondit sur la table. Au moment où il retira la couverture, Linas éteignit la « lanterne ». Les deux hommes restèrent immobiles le temps que leurs yeux s'habituent à l'obscurité. On n'entendait que le bruit de leurs respirations. Peu à peu des masses sombres apparaissaient ; les contours de la cellule se dessinaient plus nettement. Assante sauta à terre et fit disparaître la « lanterne ». Une faible lumière provenait de la fenêtre, insuffisante pour permettre de distinguer précisément le pendu. Ce n'était qu'une ombre lourde et noire. A l'exception des pieds, qui semblaient absorber le peu de lumière filtrant à travers la fenêtre. Ils pendaient, livides, presque lumineux, hors des jambes du pantalon de pyjama. « Des pieds de statue », se dit Linas.

— Ça y est, j'ai fini.

— O.K., on y va ?

Les deux hommes bondirent dans le couloir. Leurs

cols roulés étaient relevés sur leurs visages. Linas enfonça de la paume le pêne électrique dans le mur et repoussa la porte avec précaution. Un claquement sec retentit. Linas jura intérieurement. Ensuite, il se servit de sa clef pour verrouiller la porte mécanique. Léger déclic. Voilà ! C'était fait !

Linas sentit son cœur battre plus vite. Tout allait bien. C'était presque fini. Il jeta un coup d'œil au couloir. Il lui parut interminable. Il respira profondément, sans bruit, puis il fit un signe à Assante.

Les deux hommes s'élancèrent silencieusement. Linas était devant. Il fixait la grille au bout du couloir, s'attendant à voir surgir la silhouette d'un surveillant. Il savait que c'était improbable, impossible même. Mais il ne pouvait pas s'empêcher de le redouter. Si cela arrivait, il savait trop ce que cela signifierait pour lui. *La fin !* D'une manière ou d'une autre !

Mais rien de tel ne se produisit. Ils parvinrent à l'extrémité du couloir sans encombre. Linas utilisa la clef pour ouvrir leur cellule, laissa passer Assante le premier, et s'engouffra à son tour en tirant la porte derrière lui. Le claquement de la serrure fut couvert par une toux sonore d'Assante et le bruit d'un tabouret qu'il renversa.

Linas se vida les poumons en expirant puissamment.

Jusqu'ici, tout avait parfaitement fonctionné. Le reste, maintenant, dépendait entièrement de Keller. La porte de leur cellule n'était qu'à moitié verrouillée ! Il était hors de question qu'elle le restât. Et il fallait absolument se débarrasser de la clef avant le matin. Il le fallait absolument !

Tout dépendait de Keller ! Tout dépendait du borgne !

Le voyant rouge, sur la console, s'éteignit et passa au vert.

Le premier surveillant, Martin Keller, de service

cette nuit-là au P.C. de contrôle, se laissa aller contre le dossier de son fauteuil et soupira. Il regarda sa montre. 0 h 47. L'opération avait duré à peine plus d'une demi-heure. Le plus délicat était fait. La suite ne devrait pas présenter de difficulté. Il n'était pas inquiet. D'abord, la cassette, dans moins de dix minutes maintenant. Le plus facile. La clef, ensuite. Ce serait un peu plus compliqué, mais cela irait, il en était sûr.

Il fit tournoyer son fauteuil et son regard balaya les lieux.

La nuit, le P.C. de contrôle était le centre nerveux, le cerveau de la prison. De là, on pouvait tout voir, tout surveiller ou presque, ouvrir des grilles, des portes, lancer des ordres, donner l'alerte ; tout cela, en appuyant sur des boutons ou en aboyant dans des micros ; et en s'abîmant les yeux sur une batterie d'écrans de télévision. Trois lignes directes reliaient le P.C. aux postes de gendarmerie et de police les plus proches, ainsi qu'à une caserne de pompiers. Un large panneau électronique, sur lequel figurait le plan de l'établissement avec ses endroits sensibles, permettait de visualiser instantanément, à l'aide de points lumineux, le bon fonctionnement ou les défaillances de l'ensemble des équipements : depuis le chauffage jusqu'au système de détection des incendies, en passant par la ligne électrifiée de deux mille volts, tendue au sommet des murs d'enceinte, et les radars croisés, installés aux angles des chemins de ronde. Deux groupes de points lumineux, l'un au centre du panneau, l'autre à l'extrême droite, indiquaient que quelque chose fonctionnait anormalement : le premier, de couleur orange, clignotait régulièrement ; l'autre, rouge, était fixe. Martin Keller n'avait pas à s'en inquiéter. L'un signalait que la « barrière infrarouge », déclenchant l'alerte en cas d'ouverture d'une porte de cellule, était débranchée — elle l'était toujours, compliquant par trop la tâche des surveillants, quand elle n'était pas tout simplement en panne. Quant aux points rouges, paradoxalement, ils montraient que tout était normal à la porte d'entrée. Certes, ils auraient dû être au vert. Mais un vice de fabrication avait inversé le système de visualisation ! Keller et plusieurs de ses collègues avaient pondu des notes à ce sujet. En vain. La prison Saint-Louis disposait, certainement, des équipements et des systèmes de surveillance les plus modernes ; c'était la dernière-née des prisons françaises, ce qui se faisait de mieux dans le genre, tant du point de vue de la sécurité que des conditions de vie du personnel et des détenus — le fleuron de l'administration pénitentiaire. Mais l'administration pénitentiaire était comme toutes les autres ; elle administrait à la vitesse... administrative. Les crédits de fonctionnement, en outre, étaient notoirement insuffisants. La maintenance de toute la « machinerie » de Saint-Louis était réduite à sa plus simple expression ; c'est-à-dire rien, ou presque.

D'un coup de talon, Keller relança le tournoiement de son siège. La course des barreaux, qui encerclaient le P.C., s'accéléra de façon vertigineuse. Cet endroit avait deux surnoms. Les uns parlaient du « noyau » ; les autres — et Keller était de ceux-là — de la « cage ». Putain de « cage » ! Keller détestait cette « cage ». Elle lui donnait l'impression d'être comme *eux* ! Pourtant, lui n'avait rien fait pour mériter d'être enfermé. Mais c'était ainsi ; cela faisait partie de son travail. Une fois par semaine, il devait « faire le singe », comme on disait à Saint-Louis. Encore heureux que ce fût la nuit. Il n'avait pas à essuyer les regards narquois des détenus qui allaient et venaient toute la sainte journée autour de la « cage ». Le lieu du P.C. était, en effet, un carrefour stratégique à l'intérieur de la prison ; une rotonde, en fait, qui distribuait six couloirs : quatre vers les bâtiments de détention ; un cinquième vers l'infirmerie et les ateliers, et le sixième vers les locaux administratifs et la sortie.

Saloperie de « cage » !

Le fauteuil s'immobilisa. Keller soupira en fermant son œil gauche : il n'avait plus d'œil droit. Il dissimulait cette disgrâce sous un cache en cuir brun. Encore une des joies qu'il devait à ce métier. Au début de sa carrière, il avait infligé trente jours de mitard à un détenu qui terrorisait et maltraitait ses camarades de cellule. L'homme l'avait mal pris et s'était juré de se venger. De retour dans sa cellule, il avait attendu patiemment que Keller assurât la ronde de nuit. Et lorsque ce dernier avait collé son œil à l'œilleton — sans verre, à l'époque —, l'autre avait enfoncé dans l'orifice un os de poulet aiguisé. Borgne ! Il s'était retrouvé borgne, à vingt-cinq ans ! Il avait voulu abandonner. Mais il n'avait rien trouvé d'autre pour gagner sa vie. Sans diplôme, sans qualification professionnelle particulière... et borgne, en plus. Alors, il était revenu à la « pénitentiaire ». Au bout de cinq ans, il avait récolté ses deux galons blancs de premier surveillant. Ce n'était pas si mal.

Il ignorait ce que son éborgneur était devenu. On n'avait pas voulu lui dire où il avait été transféré. Il avait pourtant fini par le découvrir. Pendant des années, il s'était demandé comment il allait se venger. Il se réveillait parfois, la nuit, en sueur, à bout de souffle, persuadé de serrer dans ses poings les yeux visqueux de son ennemi. Avec le temps, ses cauchemars s'espacèrent ; sa rancune diminua peu à peu. Aujourd'hui, il n'y pensait plus. Enfin, presque plus.

Il regarda sa montre. 0 h 59. Plus qu'une minute.

Il fit tourner son fauteuil pour se placer face au centre du pupitre en fer à cheval, peuplé de voyants lumineux et d'interrupteurs. Il leva la tête vers les écrans de télévision. Certains permettaient de surveiller en permanence les extérieurs, les murs d'enceinte et la porte principale, par exemple. D'autres recevaient les images d'un certain nombre de lieux, à l'intérieur de la zone de détention. Parmi ceux-ci, quelques-uns faisaient l'objet d'un traitement particulier : ce que les caméras retransmettaient était enregistré sur une bande magnétique. Une demi-douzaine d'endroits étaient concernés. « L'unité de vie A 3 » en faisait partie. Elle abritait quelques-uns des clients les plus sérieux de Saint-Louis.

Ce système avait été mis en place pour assurer une sécurité supplémentaire dans la surveillance de nuit. A l'origine, en effet, le P.C. de contrôle avait été conçu pour permettre de réduire au strict minimum le personnel de surveillance, la nuit. Dans l'esprit de ses concepteurs, une seule personne devait pouvoir en tenir les commandes. Son rôle consisterait à surveiller les différents systèmes... de surveillance. Les rondes de nuit deviendraient inutiles ; l'œil de la caméra – avec une mémoire pour certains endroits sensibles – remplacerait avantageusement celui du « rondier » de nuit. Une économie appréciable. Et une sécurité accrue. Rien n'échapperait à la caméra : une caméra ne s'endormait pas, avaient fait valoir les initiateurs du projet. Ce raisonnement s'était révélé exact sur bien des points. A l'exception d'un seul. Outre le fait qu'une caméra, si elle ne s'endormait pas, pouvait, à l'occasion, tomber en panne ou se détraquer, on avait oublié que le travail des « rondiers » ne consistait pas seulement à arpenter des couloirs déserts, mais à s'assurer aussi, et surtout, que les cellules n'étaient pas le théâtre d'un incident quelconque. En clair, pour que le raisonnement tînt debout, il eût fallu placer une caméra dans chaque cellule. Or, à Saint-Louis, il y avait six cent quatorze cellules ! Deux tentatives de suicide – dont une réussie – et plusieurs bagarres, au cours des premières semaines de fonctionnement de la prison, avaient achevé de convaincre les responsables de l'établissement qu'ils ne disposaient pas de la panacée en matière de surveillance. On avait donc été obligé d'en revenir aux bonnes vieilles méthodes : des rondes de nuit avaient été instituées.

Martin Keller ne pensait pas à cela, en ce moment — même si, comme tout le monde, l'affaire l'avait fait bien rire à l'époque. Non, son esprit se concentrait sur tout autre chose.

Il scrutait l'un des écrans de contrôle ; celui de « l'unité de vie A 3 ». C'était idiot, il le savait. Mais il ne pouvait pas s'en empêcher. Il pianota sur un clavier. Et l'image de « l'unité de vie A 3 » apparut, agrandie, sur le moniteur de contrôle, placé sur sa droite. L'inscription « A 3 » s'incrusta en bas, à droite de l'écran. Il y avait, en fait, deux images qui se partageaient l'écran dans le sens de la hauteur. On pouvait ainsi apercevoir le couloir à partir de ses deux extrémités. La qualité n'était pas excellente, mais suffisante toutefois, et compensée par un lent mouvement de zoom.

Tout paraissait normal. *Tout était normal !*

Comme une nuit ordinaire, à Saint-Louis. Comme toutes les nuits.

Il ne s'était rien passé. Rien du tout !

Il devait bien se mettre cela dans la tête !

Il pianota de nouveau. L'image disparut.

Un signal sonore retentit sur sa droite. Il regarda sa montre. 1 heure pile. Il fallait changer la cassette.

Deux cassettes étaient nécessaires pour l'enregistrement de la nuit : l'une « couvrait » la période s'écoulant entre 19 heures — la fermeture des cellules — et une heure du matin ; l'autre prenait la suite jusqu'à sept heures du matin, heure du réveil. Six heures chacune. En réalité, l'enregistrement obtenu n'était que d'une heure par cassette. Le magnétoscope utilisé au P.C. de contrôle était d'un type spécial : un appareil à échantillonnage « retenant » une image sur six, sur les vingt-cinq images/seconde retransmises par les caméras. Un tel système revenait, en quelque sorte, à gagner de la place sur la bande magnétique en rejetant les images inutiles. Ainsi, avec une heure d'enregistrement, pouvait-on « mémoriser » six heures de temps.

Chaque cassette portait une étiquette indiquant la date et la partie de la nuit à laquelle elle correspondait.

Keller remit le magnétoscope en marche et déposa la cassette qu'il venait d'extraire de l'appareil dans une corbeille en plastique vert, placée sur une table attenante au pupitre. Il s'en occuperait tout à l'heure. Ce n'était pas le moment.

Il jeta un coup d'œil autour de lui, puis se pencha sur le pupitre et actionna un interrupteur. L'interphone, permettant d'entrer en communication avec chacune des cellules de l'établissement, grésilla.

— Oui ?

Nouveau grésillement.

Keller sentit son cœur battre. Il déglutit avec difficulté.

— Linas ?

— Oui.

— Keller.

Un autre grésillement, plus long celui-là.

— ... A toi de jouer, Keller.

Keller coupa la liaison et se redressa. Il respira profondément pour dénouer la crampe qui lui tordait l'estomac. Il n'y parvint qu'à moitié. Puis, il décrocha un téléphone et composa un numéro à quatre chiffres. Celui de la salle de repos des surveillants.

Une voix lui répondit, étouffant un bâillement :

— Ouais ?...

Keller reconnut cette voix.

— Dragan, Keller ici... Qui tu as, avec toi ?

— Euh... Anselme, Jarry, et puis...

— Ça ira. Tu m'envoies ces deux-là, et tu rappliques avec eux. Faut que tu me remplaces.

— Merde ! encore un qui a besoin d'être bordé ? C'est qui ?

22

— Le « dingue », à l'A 3.

— Qu'est-ce qu'il a encore ?

— Il s'est coupé. Son copain, Linas, vient de m'appeler.

— Putain ! Il ne sait vraiment pas quoi inventer pour nous faire chier, ce mec ! Cette fois, ne le rate pas, hein, il y a droit au mitard, ce con.

— T'inquiète pas. Dépêche-toi, je t'attends.

Martin Keller, flanqué de deux surveillants, franchit la grille de « l'unité de vie A 3 ».

Après s'être fait remplacer au P.C., il s'était rendu dans son bureau, situé au deuxième étage du bâtiment « A », pour y prendre une trousse médicale de premiers soins. Puis, il était monté à l'étage au-dessus, en compagnie des surveillants Jarry et Anselme. C'était la règle : en cas d'intervention de nuit, dans la zone de détention, le gradé devait être accompagné de deux surveillants.

La cellule du « dingue » était la deuxième sur la gauche. Keller prit le passe dans sa poche ; avec cette clef, il pouvait ouvrir n'importe quelle porte de cellule. Il était le seul, la nuit, à disposer d'une telle clef. Il l'avait prise dans une armoire blindée se trouvant à l'intérieur de la « cage », et dont lui seul avait la clef.

Il fit signe à l'un des surveillants de se tenir prêt à abaisser l'interrupteur électrique, placé à gauche de la porte, pour que la cellule fût éclairée, dès leur entrée. Puis il introduisit vivement la clef dans la serrure, fit semblant de donner un premier tour pour dégager le pêne mécanique, toussa, un second tour de clef... Il tira violemment la porte. Les trois hommes se précipitèrent à l'intérieur de la cellule.

Linas était assis sur un tabouret ; il cligna des paupières à cause de la lumière. Assante, quant à lui, était allongé sur le lit supérieur ; il geignait.

— Descends ! aboya Keller.

Comme Assante tardait à obéir, Keller l'attrapa par

les cheveux et le tira violemment à bas de son lit. Assante chuta lourdement en laissant échapper un cri de douleur.

— Vous y allez un peu fort, chef, commenta Linas d'un ton froid.

— Toi, ferme-la ! Ou tu vas dérouiller aussi ! lança Keller.

Il menaça Linas du poing. Il fallait jouer la comédie. Le public, c'étaient les deux autres surveillants. Alors, quitte à la jouer, autant la jouer bien. Et ce n'était pas ce connard de Linas qui l'en empêcherait.

Linas n'insista pas.

Assante était recroquevillé sur le sol. Keller lui balança un coup de pied dans les côtes. Un petit cri plaintif jaillit.

— Debout !

Assante se leva.

— Montre !

Le « dingue » tendit son poignet au premier surveillant. La blessure était superficielle, en dépit du sang qui maculait l'avant-bras. Aucune grosse veine n'était sectionnée.

Keller le gifla. Le « dingue » baissa les yeux, d'un air buté.

— Avec quoi tu t'es fait ça ?

Linas tendit un morceau de miroir brisé. L'un des surveillants s'en empara aussitôt.

Une nouvelle gifle.

Assante releva vivement la tête ; il serrait les dents ; des larmes mouillaient ses gros yeux. Il se tourna vers Linas comme pour réclamer de l'aide. Ce dernier le gratifia de son étrange demi-sourire.

— A poil, ordonna Keller.

Le « dingue » regarda le premier surveillant avec surprise, en secouant la tête. Il vit que celui-ci ne plaisantait pas. Il s'exécuta. Keller, d'un claquement de doigts, fit signe à l'un des surveillants d'examiner les vêtements.

— Fouille-le, ordonna-t-il à l'autre surveillant, et à fond !

Aucune partie du corps décharné d'Assante ne fut épargnée : depuis l'anus — avec un préservatif autour de l'index — jusqu'aux cheveux, en passant par le derrière des oreilles et l'intérieur de la bouche.

— Qu'est-ce qui lui a pris ? demanda Keller.

Linas haussa les épaules.

— Il veut que sa visiteuse revienne le voir.

Keller ricana.

— Il a pratiquement fallu lui décoller les paupières à l'eau chaude, la dernière fois que la pauvre vieille est venue le voir ! (Il s'adressa à Assante.) T'as le sperme qui colle trop, mon pote ! Faut viser les pieds dans ces cas-là !

Les deux surveillants s'esclaffèrent.

La fouille terminée, Keller ordonna au « dingue » de se rhabiller.

— Juste le slip, les chaussettes et le tee-shirt, précisa-t-il.

Ensuite, il pansa le poignet d'Assante et lui fit ingurgiter un calmant. Il l'informa qu'il avait gagné une place au mitard, qu'il pouvait emporter ses cigarettes et de quoi lire. Le « dingue » protesta. Le premier surveillant l'assura que pour les dépressifs dans son genre, le mitard constituait le traitement approprié. Il lui conseilla, en outre, de ne pas faire d'histoires, sinon, il ne manquerait pas de l'assaisonner dans son rapport.

Le « dingue », encadré par les trois surveillants, fut conduit à l'étage supérieur, où se trouvait le mitard. La cellule dans laquelle il fut enfermé était quelque peu différente des autres cellules de l'établissement : la fenêtre était plus petite et le mobilier se réduisait à un lit en ciment, scellé dans le mur. Il n'y avait pas de lavabo, mais une latrine occupait un coin des six mètres carrés de la surface. Une porte grillagée, à l'intérieur de la cellule, doublait la porte d'entrée

25

proprement dite ; une ouverture était aménagée dans le grillage, afin de pouvoir passer sa nourriture au détenu.

Il y faisait chaud. Néanmoins, en plus d'un matelas et d'un oreiller, Assante disposait d'une couverture en grosse laine de couleur kaki.

Quand la porte se referma, Assante se dit qu'il n'avait rien d'autre à faire que de dormir. Il installa son matelas et se coucha. Il n'était pas impressionné. Le mitard, il connaissait. On l'y fourrait de temps à autre. Ce n'était pas si terrible. Lui en tout cas, il s'en foutait. La seule chose qu'il n'appréciait guère, au mitard, c'était la cour de promenade. Chaque détenu ainsi puni avait la sienne ; elle était située à l'étage, en face de chaque cellule. Une dizaine de mètres carrés à l'air libre, surmontés d'un toit grillagé. Difficile de courir, dans ces conditions. Or, Assante adorait courir. Il ne savait pas pourquoi, mais il adorait cela. En temps ordinaire, le moment de la promenade était celui qu'il préférait entre tous. Qu'il pleuve ou qu'il vente, il courait. Seul. Certains détenus couraient, eux aussi, en petits groupes. Pas lui. Il courait seul. Il ne savait pas non plus pourquoi. Il préférait, voilà tout.

Juste quand il allait s'endormir, une étrange pensée traversa son esprit engourdi : pourquoi était-ce toujours lui qui se retrouvait au mitard, et jamais les autres ?

Il s'endormit avant d'avoir trouvé une réponse.

L'ascenseur s'arrêta au deuxième étage du bâtiment « A ». Keller en sortit, abandonnant les deux surveillants qui retournaient à la salle de repos, au rez-de-chaussée. Il devait rapporter la trousse médicale dans son bureau. Celui-ci se trouvait dans le couloir de détention, tout de suite sur la gauche, après la grille.

Keller referma cette grille sans ménagement. Le fracas résonna jusque dans la cage de l'escalier.

Il ne pouvait pas ne pas l'avoir entendu !

Il pénétra dans son bureau. La pièce était à peine plus grande qu'une cellule. Une table en bois, un fauteuil recouvert de plastique noir et deux armoires métalliques en constituaient le mobilier. Un tableau de service, avec des fiches cartonnées roses et bleues, occupait l'un des murs ; sur l'autre, une plaque de liège sale, avec des notes de service épinglées et des feuillets du règlement intérieur soigneusement fixés à l'aide d'un ruban adhésif rouge. Sur la porte, une affiche touristique vantait les mérites des îles Baléares — « le soleil en liberté ».

Le premier surveillant rangea la trousse médicale dans une armoire, ouvrit la fenêtre et tendit un bras à l'extérieur.

Rien.

Qu'est-ce qu'il foutait ? Bon sang !

Le « yo-yo » avait bien fonctionné tout à l'heure ; il n'y avait pas de raison pour que cela ne marche pas maintenant.

Toujours rien.

Il sentit à nouveau son estomac se tordre. Il ne pouvait pas rester indéfiniment dans son bureau, à attendre. Il fallait qu'il regagne son poste, au P.C. Et vite, maintenant ! Sinon, son retard paraîtrait suspect. Dragan poserait des questions.

Mais qu'est-ce qu'il foutait ?

Soudain, quelque chose, à l'extérieur, effleura son bras.

Le « yo-yo » !

Un immense soulagement l'envahit. Mais un tintement métallique, au-dehors, l'empêcha de se détendre tout à fait. Le con ! Il allait réveiller toute la détention !

Un nouvel effleurement. Il replia vivement le bras et sa main agrippa une ficelle. Il l'avait ! Il attendit que le mouvement de balancier cessât. Puis, il remonta la ficelle. Attachée à l'extrémité, la clef apparut. Il la détacha et donna une secousse sur la ficelle. Celle-ci fila en se tortillant à travers la fenêtre.

Il avait la clef. Tout allait bien. Il avait eu tort de s'en faire. Linas avait bien joué le coup. Une bonne idée, le « yo-yo » ! Une idée à lui. Bien mieux que de récupérer la clef en fouillant Linas dans sa cellule. L'un des surveillants aurait pu surprendre quelque chose ; c'était trop risqué. Alors que là, avec le « yo-yo », c'était sans problème. La cellule de Linas était pratiquement située au-dessus de son bureau ! Ça ne pouvait pas rater.

Il empocha la clef, referma la fenêtre et quitta son bureau.

Au P.C. de contrôle, Dragan l'attendait en feuilletant un magazine de football. Keller avait préparé une petite histoire pour justifier son léger retard. Il n'eut pas à s'en servir. Dragan n'avait rien remarqué. Les deux hommes échangèrent quelques mots à propos du « dingue » et des vertus du mitard. Keller en profita pour ranger ostensiblement son trousseau de clefs dans l'armoire blindée.

Il attendit le départ de Dragan pour rouvrir l'armoire et y replacer la clef qu'il avait récupérée par le « yo-yo ».

Puis, comme il l'avait fait, quelques minutes auparavant, dans le cahier de consignes du troisième étage du bâtiment « A », il nota scrupuleusement l'incident concernant le détenu Mario Assante dans le registre de nuit du P.C. de contrôle.

Cette tâche accomplie, il se carra dans son fauteuil, planta une gauloise dans le coin gauche de ses lèvres et fixa, un instant, de son œil unique, la flamme de son briquet.

Tout allait bien. Il n'y avait pas de raison de s'inquiéter. Tout s'était parfaitement déroulé. Sans accroc. Comme prévu.

Il alluma sa cigarette et, d'un coup de talon, fit tourner son fauteuil.

Tout allait bien.

Une nuit comme les autres. Une nuit à Saint-Louis.

La course folle des barreaux de la « cage » se ralentit ; d'abord un, puis un autre, et soudain tous ensemble, ils s'immobilisèrent en silence, à leurs places.

Ce fut à ce moment que Keller remarqua la cassette vidéo, dans la corbeille en plastique vert.

LE MONDE
Vendredi 4 septembre 199...

Prisons
SUICIDE A SAINT-LOUIS

« Un détenu s'est pendu, mercredi 2 septembre, à la maison centrale de Saint-Louis, à Poissy (Yvelines). Âgé de vingt-cinq ans, Salim Yamani, de nationalité algérienne, avait été condamné à quatre ans d'emprisonnement par le tribunal correctionnel de Versailles pour divers méfaits, dont des vols à main armée. Un gardien l'a découvert, dans la nuit de mardi à mercredi, pendu dans sa cellule, à un piton de sèche-linge, à l'aide d'une corde de chaussettes nouées entre elles. Une information a été ouverte.

Cette mort porte à trente-deux le nombre des détenus qui se sont suicidés en prison, depuis le début de l'année. Pour important qu'il soit, ce chiffre se situe, cependant, en dessous de celui de l'année dernière (trente-huit à la même époque) et dans la moyenne annuelle des suicides en prison (environ quarante) depuis 1973. Les années « noires », à cet égard, furent 1975, 1982 et 1983 avec, respectivement, quarante-sept, cinquante-quatre et cinquante-sept détenus s'étant donné la mort.

Dans un texte collectif, que publie notre confrère *Libération*, des détenus de Saint-Louis s'en prennent au garde des Sceaux, l'accusant de « retarder les réformes promises, réformes indispensables, afin que plus aucun homme ne puisse atteindre, en prison, le fond du désespoir. (...) Les vacances sont finies, ajoutent-ils. Bientôt, ce sera Noël... Mais saviez-vous que, dans vos belles prisons, des individus crèvent dans l'indifférence la plus absolue ? Vous avez quelques excuses, les prisons se taisent, elles étouffent le drame humain ».

En cette fin de septembre, le temps s'était subitement rafraîchi. Alex Linas quitta l'ombre du bâtiment abritant le gymnase pour se réchauffer au soleil.

Trois semaines s'étaient écoulées depuis le suicide de Salim Yamani. Car il s'était bien agi d'un suicide. Tout le monde en était convenu. Sans difficulté aucune.

Sur le terrain de football, qui s'étendait devant lui, des détenus en tenue de sport se disputaient un ballon ; d'autres, étendus sur l'herbe, en touche, les observaient. Des filins d'acier étaient tendus au-dessus du terrain, dans le sens de la largeur, à une dizaine de mètres de hauteur. Pour empêcher une éventuelle tentative d'évasion par hélicoptère. Cela faisait toujours sourire Linas, ces filins, quand il les voyait. Comme si un hélicoptère avait besoin de se poser ! Une échelle de corde et hop ! l'oiseau s'envolerait. Sans problème. Sans même risquer de prendre du plomb dans l'aile : les miradors avaient pour consigne, stricte, de ne pas ouvrir le feu, tant que l'appareil se trouverait à l'intérieur du périmètre de l'établissement. Ceci, pour éviter que l'hélicoptère, en s'écrasant, ne fît des dégâts considérables ; sans parler des victimes innocentes, certainement très nombreuses. Certes, ensuite, il faudrait repartir. Mais Linas avait pensé à cela aussi. Il suffirait au pilote de piquer vers l'un des miradors, puis de le survoler à toute vitesse. A moins d'avoir l'âme d'un kamikaze, le gardien ne tirerait pas sur une masse de verre et d'acier fonçant dans sa direction. Et après, il l'aurait dans le dos ! littéralement ! Si l'hélicoptère restait bien dans l'axe, aucune ouverture, dans le mirador, ne permettrait au gardien d'ajuster son tir convenablement.

Une évasion par hélicoptère. Linas y avait pensé bien des fois. Il en avait élaboré le plan jusque dans les moindres détails. Il avait même pensé à l'utilisation de fumigènes et de grenades offensives pour faire des écrans de fumée et semer la panique. Oui, il y avait pensé, souvent, à cette évasion par hélicoptère. Mais uniquement comme cela, pour le plaisir. L'art pour l'art. L'hélico, ce n'était pas son truc. Lui, il avait une méthode bien plus simple pour foutre le camp. Par la porte ! tout bêtement. C'était moins spectaculaire, mais beaucoup plus sûr. Et ça vous évitait d'avoir tous les flics du pays au cul une fois dehors !

Oui, par la porte !

Ils le lui avaient promis.

Cela faisait partie du contrat. Des contrats !

Et ils tiendraient parole. Linas le savait. Il en était certain.

Son regard dépassa le grillage, cernant sur trois côtés le terrain de football, et s'attarda sur une vaste étendue d'herbe jaunie, où çà et là des corbeaux, gras et crasseux, sautillaient lourdement. Au-delà, à nouveau un grillage ; et puis, enfin, l'horizon net, immuable, que découpaient les murs d'enceinte, hauts de sept mètres. De gros nuages gris semblaient s'enfuir, par au-dessus, vers des terres plus accueillantes. Linas leva le nez pour observer la lente migration des nuages. C'était cela la prison. La vie était là-haut, dans le ciel. A terre, ce n'était qu'un simulacre ; tout était mort, pétrifié.

C'était cela, la prison, se dit-il. Entre autres.

Par la porte !

Des clameurs s'échappèrent du gymnase auquel

Linas tournait le dos. Il regarda sa montre. 15 h 25. La demi-finale du tournoi de basket-ball allait commencer. L'occasion, pour lui, d'honorer une nouvelle fois – la dernière ! – sa part du contrat.

Mais, cette fois, il n'était pas question d'agir en douceur. On ne pouvait pas toujours disposer de conditions idéales pour faire *ça*. C'était bien évident. Il fallait faire avec. Se débrouiller. Linas y avait bien réfléchi. Et puis, de toute manière, il aurait été impossible de pendre le type dans sa cellule. Pour des tas de raisons. A commencer par le fait que le type en question était une saloperie de tante, et que les saloperies de tantes – du moins les « officielles » –, à Saint-Louis comme ailleurs, avaient leurs quartiers à elles, en détention.

Linas n'aimait pas les tantes. Il avait pourtant eu des rapports sexuels avec un détenu. Il continuait même. Mais justement, c'était différent ! Ça n'avait rien à voir !

Il fut pris d'une nausée soudaine.

Il avait essayé de s'arrêter, plusieurs fois. Mais c'était plus fort que lui. Le type était jeune, doux. Il avait des cheveux blonds ondulés. Il était si... comme une femme ! Merde ! Ça n'avait rien à voir. C'était différent ! Il n'était pas une tante, lui !

Linas s'efforça de chasser ces pensées de son esprit. Et, peu à peu, la nausée reflua et l'abandonna tout à fait.

Des sifflets retentirent à l'intérieur du gymnase.

Il fallait y aller. C'était le moment.

Cela faisait un quart d'heure que le match avait commencé. Le gymnase résonnait des sifflets et des encouragements que des dizaines de détenus, assis ou debout, tout autour du terrain, prodiguaient aux deux équipes. Deux surveillants, non reconnaissables comme tels à première vue – ils étaient, comme bon nombre de détenus, en tenue de sport –, assuraient l'arbitrage. C'étaient les seuls membres présents du personnel de surveillance. Il en était toujours ainsi, au gymnase. Et rien, jusqu'à présent, n'avait justifié qu'il en fût autrement.

Linas avait rejoint Assante, le « dingue », assis sur l'une des tables de ping-pong collées contre un mur, à une dizaine de mètres de l'entrée des toilettes. Il restait indifférent aux péripéties du match et au vacarme ambiant. Il observait, avec attention, une scène qui se déroulait dans l'un des coins du gymnase, sur sa gauche. Là, au milieu d'un entassement d'agrès, deux hommes conversaient et riaient, sans se préoccuper le moins du monde de ce qui se passait autour d'eux. Linas ne pouvait détacher son regard du spectacle de ces deux hommes. L'un était un moustachu, d'origine nord-africaine. Celui-là, il ne le connaissait pas. L'autre était un homme jeune. Il portait un survêtement rouge. Il avait, surtout, de longs cheveux blonds ondulés.

— Linas !

Il sentit une tape sur son épaule. Il se détourna à demi. Assante le regardait en roulant ses gros yeux de dément.

— Quoi ?

— Qu'est-ce qu'on fout ? Les mecs attendent.

Linas hocha lentement la tête. Son regard se porta sur un petit groupe de détenus assis non loin devant lui ; il s'arrêta sur l'un d'entre eux. Un Vietnamien. *La cible.*

— Tu peux y aller, dit Linas.

A cause des clameurs qui s'élevèrent pour saluer un « panier », il dut presque crier pour se faire entendre.

Assante sauta aussitôt sur ses pieds et se dirigea vers le Vietnamien. Il s'accroupit à côté de lui et lui parla à l'oreille. L'autre l'observa attentivement, puis finit par acquiescer de la tête.

Assante se leva et se dirigea vers les toilettes, où il

disparut. Quelques secondes après, le Vietnamien fit de même, en jetant des regards inquiets derrière lui.

Linas fit un signe à un détenu qui se trouvait au bord du terrain de basket. Celui-ci dit quelque chose à ses voisins les plus proches, qui, soudainement, entreprirent de manifester plus bruyamment encore leur intérêt pour le match. Puis, l'homme rejoignit Linas à l'entrée des toilettes.

— J'espère que tu as préparé ton coup, fit l'homme. (Il s'adressait à Linas sans le regarder, donnant l'impression de ne pas vouloir perdre une miette du match.) Ce pédé est un allumé du karaté. Il a déjà amoché cinq types en même temps. Et, en plus, il paraît qu'il a une lame.

Linas s'était retourné, le dos à la salle, et était en train d'enfiler des gants. Il eut un sourire. Une moitié de sourire.

— T'en fais pas. (Il s'approcha d'un extincteur, accroché au mur, et s'en empara.) Surveille l'entrée.

Et il pénétra dans les toilettes.

— Salut, le pointeur.

Une expression d'étonnement et d'incompréhension se lut sur le visage du Vietnamien, comme Assante le plantait là, sans un mot, pour rejoindre la silhouette massive qui s'encadrait dans l'entrée des toilettes et qui avait parlé. Ses traits se contractèrent lorsqu'il reconnut Linas.

— Qu'est-ce qui vous prend ? Vous êtes dingue ou quoi ? s'écria le Vietnamien, en reculant lentement.

— T'as emmerdé des amis à moi, dit froidement Linas, c'est la fin du voyage, mon pote.

— Quoi ? qui ?

Le Vietnamien ne comprit pas les dernières paroles de Linas : à l'extérieur, les clameurs des « supporters » redoublèrent d'intensité ; elles s'engouffrèrent dans la petite salle en un grondement assourdissant. Il voulut crier, appeler à l'aide, mais il se rendit compte aussitôt que c'était inutile. Avec ce vacarme, personne ne l'entendrait. Il s'adossa contre le mur du fond et, en un mouvement brusque, retira l'une de ses chaussures. L'éclat d'un objet métallique acéré brilla dans son poing droit.

Au-dehors, le tumulte des « supporters » se déchaîna. Linas fit un pas en avant ; ses lèvres remuèrent.

C'est alors, seulement, que le Vietnamien remarqua l'extincteur. Il leva instinctivement la main pour se protéger le visage. Ce qu'il vit, ensuite, le décontenança : la main d'Assante s'approcha du bec du tuyau de l'extincteur ; elle tenait un briquet. Il comprit, alors, et l'épouvante le paralysa sur place.

Un grondement.

Une énorme flamme jaillit, enveloppa le Vietnamien et s'écrasa contre le mur, derrière lui. Le jaillissement ardent et furieux s'acharna sur l'homme, quelques secondes. Puis il s'apaisa et sembla s'en retourner d'où il était venu. Le Vietnamien, en torche, fit une pirouette, chancela, alla se cogner contre un mur et s'écroula. Sans un cri. Sur un signe de Linas, Assante s'empara d'un seau d'eau se trouvant sous un lavabo, et en répandit le contenu sur les flammes qui dévoraient le tronc et la tête du Vietnamien.

Deux coups de sifflet, stridents, retentirent dans le gymnase, aussitôt suivis d'une bordée d'injures, de sifflets et de cris de protestation ; un bref silence, puis quelques encouragements isolés, et la vague des clameurs se gonfla de nouveau — le jeu avait repris.

Assante s'était accroupi près du Vietnamien et l'examinait avec intérêt. Seules la tête et les mains avaient été atteintes par le feu, le reste du corps ayant été protégé par le survêtement épais qu'il portait — maintenant noirci, et en lambeaux par endroits. Il n'avait plus de cheveux, ni de sourcils ; des plaques éparses, charbonneuses, subsistaient au sommet du crâne. Le visage était parsemé de taches brunes et de boursouflures d'un jaune clair. Les yeux étaient clos. L'homme était couché sur le flanc, recroquevillé dans une position rappelant celle du fœtus.

Assante se retourna vivement vers Linas.

— C'est dingue ! s'écria-t-il, je crois bien qu'il est déjà mort !

Sans un mot, le balafré s'approcha. Il saisit la tête du Vietnamien entre ses mains et, prenant appui sur le menton, lui fit accomplir une brusque demi-rotation.

Un craquement d'os, sinistre.

— Comme ça, t'en es sûr, dit Linas en se relevant.

Il regarda le mur devant lui ; il y avait une tache noire d'au moins un mètre de diamètre. Il faudrait penser à briser l'ampoule de l'applique, au-dessus.

— Je peux le fouiller ?

Assante le regardait ; ses gros yeux roulaient dans leurs orbites, presque suppliants. Linas réprima un haut-le-cœur. En dépit du dégoût que cela lui inspirait, il allait dire oui, cette fois. Cela pourrait lui servir. Pour brouiller les pistes.

Linas aquiesça de la tête, lentement. Le « dingue » gloussa. Il fit basculer le corps du Vietnamien sur le dos et releva le haut du survêtement noirci sur la poitrine. Il empoigna la lame, qui traînait sur le sol, la planta en gémissant dans le nombril du cadavre et, par saccades violentes, lui ouvrit le ventre. Du sang suinta. Le « dingue », excité, prononça des paroles incompréhensibles. Puis, il plongea ses mains nues à l'intérieur du cadavre pour en fouiller les viscères, les palpant et les malaxant avec frénésie.

Soudain, un cri.

« Une bête », se dit Linas, en frissonnant.

Il le vit extirper quelque chose du ventre du cadavre — quelque chose qui ressemblait à une partie de l'intestin — pour le découper à même le sol.

Un cri, de nouveau. Assante se releva. Entre ses

doigts ensanglantés, il brandissait un petit tube métallique.

— Ce salaud ! il l'avait presque au cul ! (Il soupesa
le tube dans sa main et eut une exclamation de joie.)
Il doit y en avoir pour du fric, là, tu ne crois pas ?

Le balafré ne répondit pas.

Il fixait le tube métallique sans le voir.

Par la porte...

Ils le lui avaient promis !

Par la porte... Bientôt !

Il eut un étrange sourire. Une étrange moitié de
sourire.

AGENCE FRANCE-PRESSE

Dépêche

Mardi 28 septembre 199...

FRA 0655 4G 0184 FRA/AFP — BP 38

Mort Saint-Louis

LE DÉTENU ASSASSINÉ HIER A LA PRISON DE SAINT-LOUIS
A ÉTÉ BRÛLÉ AU « LANCE-FLAMMES »
ET SAUVAGEMENT ÉVENTRÉ

Versailles/28-09-9... /A.F.P.

« Le détenu, Nguyen Van Dong, trouvé mort hier
en fin d'après-midi dans les toilettes de la maison
centrale de Saint-Louis à Poissy (Yvelines), a été brûlé
avec un « lance-flammes », mis au point à partir d'un
extincteur, dont le contenu avait été remplacé par de
l'acétone utilisée dans l'atelier d'entretien de l'établissement, a-t-on appris ce matin de sources concordantes émanant du personnel de la prison.

La victime, dont les vertèbres cervicales ont été
brisées, a en outre été éventrée. Selon un membre du
personnel de surveillance, ce dernier point s'explique
par le fait que le ou les agresseurs ont très certainement voulu récupérer de la drogue que le détenu

devait conserver à l'intérieur de son corps. En effet, des détenus n'hésitent pas à ingérer ou à s'introduire par l'anus des objets divers, et notamment de la drogue dans des sachets en plastique ou des capsules métalliques, afin d'échapper aux fouilles et de se prémunir contre le vol. L'an dernier, l'un d'entre eux est mort, à l'hôpital central des prisons de Fresnes, d'une overdose foudroyante : le suc gastrique avait fait éclater dans son estomac deux préservatifs contenant chacun environ douze grammes d'héroïne.

L'enquête judiciaire confiée au S.R.P.J. de Versailles, sous la direction du procureur de la République, monsieur Gerald Landry, sera difficile. Aucun témoin n'assistait au meurtre qui a été perpétré vraisemblablement durant la demi-finale d'un tournoi intérieur de basket-ball à laquelle assistaient plus d'une centaine de détenus. Les policiers ne se font guère d'illusions sur l'aide qu'ils pourront obtenir de la population pénale de Saint-Louis. D'autant plus que Nguyen Van Dong, originaire du Sud-Vietnam, était homosexuel, un « pointeur » dans l'argot des prisons, condamné à vingt ans de réclusion criminelle pour plusieurs viols avec violences et le meurtre d'un jeune mineur, ainsi que pour trafic de stupéfiants.

L'inspection générale de l'administration pénitentiaire a ouvert une enquête pour déterminer si d'éventuelles négligences, de la part du personnel de surveillance de Saint-Louis, ont pu concourir au déroulement de ce drame. »

LE MONDE
Mercredi 29 septembre
SAINT-LOUIS
LES POLICIERS SCEPTIQUES QUANT A LEURS CHANCES
D'IDENTIFIER LES MEURTRIERS
DE NGUYEN VAN DONG

UN NOUVEL AVERTISSEMENT

« Le meurtre de Nguyen Van Dong, pour horrible qu'il soit — et justement parce qu'il l'est —, aura au moins eu le « mérite » de faire prendre conscience à l'opinion de la montée de la violence que l'on constate, aujourd'hui, dans les prisons. L'on aurait tort, en effet, de penser que ce phénomène se limite à la seule maison centrale de Saint-Louis. Il est général et dû, en majeure partie, à la surpopulation pénale. Faut-il rappeler qu'il y a à peine trente-trois mille places en prison et que le nombre des détenus est actuellement de 50 180 — un record, seulement dépassé en 1945, pendant l'épuration, avec 60 051 personnes incarcérées.

Le directeur de l'administration pénitentiaire s'est inquiété récemment de cette situation en déclarant : « La prison des Baumettes a dépassé son seuil de saturation, celle de Montpellier est occupée à 332 % de sa capacité, Fleury-Mérogis à 287 %, Bois-d'Arcy à 266 %, La Santé à 252 %. Il aurait pu ajouter à ce triste palmarès Saint-Louis et ses 225 % : prévue pour accueillir 700 détenus, elle en compte aujourd'hui 1 577 ! Pour cette raison, et pour d'autres — à commencer par les systèmes ultra-modernes de surveillance dont elle est équipée et qui en font un établissement de « haute sécurité » —, Saint-Louis figure en bonne place sur la liste des prisons où il ne fait pas bon vivre.

Le retard pris dans l'application de certaines réformes – quand il ne s'agit pas carrément de reculades – n'est pas sans contribuer, tant s'en faut, à envenimer la situation. Certes, le personnel pénitentiaire a sa part de responsabilité dans ce retard. Mais le pouvoir a, lui aussi, la sienne. Il serait bien inspiré de s'en souvenir.

Personne n'a intérêt à ce que la tension s'accroisse dans les prisons. Ni les détenus, bien sûr ; ni le personnel pénitentiaire – la récente agression d'un surveillant à la centrale de Moulins en est la navrante démonstration – ; ni, non plus, le gouvernement que l'on rend responsable, à tort ou à raison, du sentiment d'insécurité qui prévaut de nouveau – c'est cyclique – dans l'opinion. »

2

David Lucas ne vit qu'une seule chose, en arrivant :
son fils, Michaël, assis dans l'herbe, devant la maison.
Il sentit son cœur bondir hors de sa poitrine et aller
se blottir tout contre l'enfant, comme s'il avait soudain reconnu son véritable propriétaire.

Il gara doucement la voiture, juste en face — il n'y
avait pas de problème de stationnement dans le
« domaine » résidentiel de Louveciennes ; il n'y en
avait jamais —, et observa son fils. Il était en train de
manipuler un jouet, tout en rentrant la tête dans les
épaules pour se soustraire à la truffe de Tommy, le
vieux labrador, qui lui chatouillait le cou. Il était déjà
habillé, prêt à partir. Avec son père. C'était samedi.
Pour rien au monde, il ne se serait mis en retard un
samedi. Pendant la semaine, c'était toujours la croix
et la bannière pour le faire manger, lui faire sa toilette et l'habiller. Mais pas le samedi. David le savait.
Olivia le lui avait maintes fois répété. Comme elle ne
lui avait pas caché, non plus, qu'il arrivait parfois
encore à son fils de pleurer dans son lit, après son
départ, et après qu'ils se furent donné rendez-vous à
la semaine suivante. « Il ne comprend pas, avait-elle
dit, il ne comprend tout simplement pas pourquoi il
ne peut pas rester *toujours* avec toi, comme il dit. »

En ce moment précis, Lucas ne comprenait pas
non plus pourquoi. Il avait beau chercher, il ne trou-

vait plus ne serait-ce qu'une seule raison justifiant que les choses fussent ainsi. Il sentit sa gorge se nouer et se dit que, décidément, rien ne tournait tout à fait rond dans sa vie.

Le chien le repéra le premier ; il s'approcha en couinant et en remuant la queue. Puis ce fut au tour de son fils : il s'interrompit dans l'examen de son robot transformable, releva la tête, l'air soucieux, et, aussitôt, son visage s'illumina de joie. Il se précipita dans les bras de David.

Dans cette étreinte si douce, si tendre, disparurent comme par enchantement les idées noires de Lucas.

— Que tu sens bon, mon fils ! fit-il en mimant une extase à peine exagérée.

Michaël eut un petit rire, ravi.

— Je sens quoi ?

— Je ne sais pas. Tu sens bon.

Son fils le considéra, soudain, avec un air de reproche.

— T'es en retard.

— Comment ça, je suis en retard ?

— T'avais dit le début de l'après-midi.

— Et qu'est-ce que c'est, maintenant, d'après toi ?

— C'est pas le début de l'après-midi.

— Ah, bon, et c'est quoi alors ? Il est à peine deux heures !

— C'est quand j'ai fini de manger, le début de l'après-midi.

— Eh bien ! t'as pas fini de manger ?

— Si ! mais c'est déjà drôlement longtemps !

— *Ça fait* déjà...

— Quoi ?

— Rien. (Il dévisagea son fils et poussa un rugissement.) Mais je vais te bouffer tout cru !

Les éclats de rire de l'enfant furent couverts par les jappements du chien, bondissant lourdement autour d'eux.

— Qu'est-ce qu'on fait aujourd'hui ? demanda Michaël.

— Je ne sais pas, répondit Lucas en déposant son fils à terre. Que veux-tu que nous fassions ?

— Non ! C'est à toi de dire !

— Je ne sais pas... On va voir, attends. Ta mère est là ?

Olivia apparut sur le perron. En apercevant David, elle sourit.

David la regarda s'avancer vers lui. Il lui sourit à son tour. Elle ne changeait pas. Elle était toujours aussi jolie. Sa chevelure brune, délicate, flottait autour de son visage fin et régulier, comme pour auréoler l'éclat de ses grands yeux verts. Ce regard ! A la fois tendre et farouche, il bouleversait toujours autant David. Pourquoi l'avait-il quittée ?

Deux ans déjà. Lucas ne savait plus très bien si c'était lui qui avait décidé de partir, ou si c'était elle qui le lui avait demandé. Ce dont il était sûr, de plus en plus sûr aujourd'hui, c'était que la responsabilité de leur rupture lui incombait presque exclusivement. A l'époque, il n'avait pas su — pas pu ? — tenir leur couple à l'abri des difficultés qu'il avait rencontrées dans son métier. Il était journaliste à la première chaîne de télévision. Il avait fait passer sa carrière avant tout, pensant que ses difficultés n'auraient qu'un temps. Il s'était trompé. Elles étaient toujours là, différentes, certes, mais toujours présentes. A quoi tout cela avait-il rimé ? A rien. Il s'était retrouvé au même point. A la différence près, toutefois, que son métier ne l'amusait plus et qu'il était seul maintenant, plus seul que jamais, séparé des deux êtres auxquels il tenait plus que tout au monde.

Olivia plongea son regard dans le sien, puis elle l'embrassa tendrement.

— Ça n'a pas l'air d'aller.

Il fit une moue comme pour la rassurer.

— Ça va.

Elle le dévisagea un bref instant, vaguement inquiète. Puis, soudain, avec entrain, elle s'exclama :

— Bon ! Alors ? Qu'est-ce que vous faites aujourd'hui ?

— Il sait pas encore ! se plaignit Michaël.

— Comment ça, il ne sait pas ? reprit Olivia en jetant un regard à David.

— On pourrait aller faire du patin, risqua David.

— Oh, non ! Pas encore !

— Ou aller au jardin d'acclimatation...

— Non !

— Je croyais que tu adorais cela !

— Pas aujourd'hui !

— Ah bon... Monsieur ne se sent pas d'humeur à...

Olivia se mit à rire.

— Pourquoi n'iriez-vous pas faire une expédition dans la forêt ? Voir si vous rencontrez des Indiens, cette fois encore...

Michaël considéra la proposition avec un certain intérêt.

— Vous pourriez rentrer, après, pour le goûter, ajouta-t-elle en adressant un clin d'œil complice à son fils. J'ai loué une cassette de dessins animés, extra, paraît-il.

Michaël poussa un cri de joie et guetta la réaction de David. Celui-ci regardait Olivia, comme s'il attendait d'elle une réponse, ou plutôt une confirmation. Elle lui souriait faiblement. Et il eut sa réponse.

Les grands yeux verts... « Reste », disaient-ils.

— O.K., murmura David.

Michaël hurla sa joie et s'en fut en courant à la recherche de sa carabine, de ses bottes et de son chapeau, sans quoi une « expédition » dans la forêt n'eût pas été digne de ce nom.

— Et à la télé, toujours pareil ?

Lucas était assis à la grande table de la cuisine, devant une tasse de café. Olivia lui avait proposé de s'installer au salon. Mais il avait préféré se mettre là, comme autrefois. Il aimait cet endroit. Il se souvint de ces matins froids d'hiver, où Olivia était obligée d'allumer le four pour réchauffer un peu la pièce avant l'arrivée de ses « hommes » pour le petit déjeuner ; des grands signes que lui faisait Michaël avant de s'envoler vers l'école et auxquels il répondait à travers la fenêtre ; de la deuxième tasse de café qu'il prenait alors, avec sa première cigarette, en attendant le retour de sa femme ; de leurs discussions, ensuite, à propos de choses et d'autres, qu'il finissait le plus souvent par interrompre pour entraîner Olivia dans leur chambre et lui faire l'amour.

Il était heureux à cette époque-là.

Mais, bon sang ! Pourquoi fallait-il qu'il parle comme cela ? Il avait trente-cinq ans ! Olivia en avait à peine trente-quatre et son fils, tout juste six ! Pourquoi ne pouvait-il pas être heureux *maintenant* ?

— La télé ? Oui... Non, c'est toujours pareil, répondit-il.

Il observait, à travers la fenêtre, les jeux de Michaël avec deux de ses petites amies, qui étaient venues le rejoindre en fin d'après-midi. Au loin, par-delà les arbres, le soleil s'apprêtait à se coucher. « Jaune d'œuf ! » ne put s'empêcher de se dire David en jetant un regard attendri à son fils. Une façon de voir le couchant qu'il lui devait et dont il lui était reconnaissant ; une de ces choses que Michaël avait magiquement animées dans sa vie.

— C'est gai, dit Olivia en se retournant. (Elle s'affairait à la préparation du dîner de son fils.)

— Ça n'a rien de drôle en effet, dit David avec un petit sourire.

Olivia le fixa d'un regard plein de compassion. Elle savait ce que « toujours pareil » signifiait. Un nouveau directeur avait été nommé à la tête de l'information de la première chaîne : un homme bien en cour à Matignon. Et, comme à chaque fois qu'intervenait un changement de ce genre, au sommet de la hiérarchie, un certain nombre de journalistes avaient été mis à l'écart. Pas renvoyés, mais simplement écartés du feu de l'action. « Mis au placard », comme on disait. David avait échappé à plusieurs de ces mises à l'écart : d'abord, après l'élection du nouveau président de la République, ensuite après un premier changement de gouvernement. L'arrivée d'un second Premier ministre à l'hôtel Matignon avait propulsé Lucas au fond d'un « placard » sans qu'il pût rien y faire — et ce, d'autant plus vite que le nouveau directeur en question détestait David. En fait, pour lui, les portes du « placard » s'étaient ouvertes davantage pour des raisons tenant à une vieille rancune personnelle que pour des motifs politiques. Mais cela ne changeait rien à l'affaire. Le « placard » était le « placard ». On lui confiait un reportage tous les trente-six du mois, histoire de justifier son salaire. On en profitait, alors, pour l'expédier le plus loin possible, sur les « coups » les plus hasardeux. Il s'exécutait — bien obligé ; conscient aussi que la carotte qu'on lui agitait sous le nez était à moitié pourrie, mais, en même temps, heureux de pouvoir « bouger » de nouveau et de se donner l'illusion qu'il « repartait » comme avant.

Au début, Lucas avait souffert de cette situation. Avec le temps, il avait fini par s'y faire. Et maintenant, il s'en fichait. Il s'en fichait même éperdument. Du moins, c'était ce qu'il se disait, lorsqu'il lui arrivait de penser à tout cela. Et en ce moment, contrairement à ce que croyait Olivia, il n'y pensait pas. Il était même à cent lieues d'y penser.

Elle vint s'asseoir auprès de lui et but une gorgée de café dans sa tasse. Il fit claquer sa langue d'un air faussement réprobateur.

— Je n'ai pas changé, tu vois ! fit-elle en riant.

David sourit. Olivia ne *voulait* jamais de café, ou de vin, ou de tout autre chose. Mais elle ne manquait pas, ensuite, de « piller l'ennemi », comme elle disait, sans vergogne. Ce comportement n'agaçait plus David. Plus maintenant. Tout au contraire, il l'attendrissait.

Il la regarda rire et il revit, soudain, la jeune femme, belle et désirable, qui riait à gorge déployée, sur une petite plage de Corse, à mi-chemin entre Cargèse et Sagone. C'était là qu'il l'avait rencontrée, un beau jour de printemps, quelques années auparavant. Olivia Fiama. Elle était, comme maintenant, heureuse de vivre. Il l'avait invitée à dîner. Elle l'avait emmené dans la montagne pour lui montrer les beautés secrètes de son « pays ». Ils s'étaient mariés quinze jours plus tard, comme ça ! en riant de bonheur comme des enfants.

David eut soudain l'envie, violente, de la prendre dans ses bras et de lui faire l'amour. Elle perçut son désir. Elle en fut troublée d'abord, mais elle se reprit aussitôt. Elle se leva.

— Puisque tu m'interroges, lança-t-elle d'un ton un peu trop enjoué, je peux te dire, qu'en ce qui me concerne tout va bien ! (Elle se retourna pour lui adresser un sourire complice.) Professionnellement, bien sûr ! Je ne suis pas encore rayée du barreau. (Elle changea une casserole de place sur la cuisinière.) Et ma clientèle s'agrandit de jour en jour !

Lucas se força à lui sourire.

— Tu devrais finir par faire une avocate respectable, après tout.

— C'est bien mon intention.

Il y eut un silence, Olivia se retourna subitement.

— Tu veux rester dîner ?

— Je ne peux pas.

Pourquoi avait-il dit ça ?

Olivia hocha la tête en se mordant la lèvre. Elle semblait déçue, blessée même. Elle plongea son regard dans le sien, et il sentit une vague de tristesse l'envahir.

Pourquoi ne lui dis-tu pas ? Pourquoi ne lui dis-tu pas que tu en meurs d'envie ?

— Demain, alors ?

— Oui... D'accord. (Il se leva.)

— Tu pourrais venir déjeuner...

— Oui !

Il n'y tint plus, s'approcha d'elle et la prit dans ses bras. Il murmura :

— Olivia...

Elle posa un doigt sur ses lèvres et lui caressa délicatement le visage. Sa main était chaude et douce. Mais plus douce encore était la caresse de son regard.

Ses yeux. Comme une prière. Que disaient-ils ?

Et il comprit pourquoi elle l'avait fait taire. Il comprit ce qu'elle voulait lui entendre dire. Mais pas comme ça. Pas maintenant. Elle voulait qu'il en fût certain. Elle, elle l'aimait. Elle l'avait toujours aimé et elle l'aimerait toujours. Ses yeux le lui disaient. Ces yeux, mon Dieu ! ils lui disaient encore qu'elle attendrait, qu'elle attendrait le temps qu'il faudrait. Pour qu'il en fût certain. A tout jamais.

Il l'attira doucement à lui. Il sentit son corps souple se coller contre le sien. Leurs respirations se mêlèrent et il ferma les yeux.

Avant de partir, Lucas monta dans la chambre de son fils pour l'embrasser, comme il le lui avait promis.

Michaël avait été fou de joie d'apprendre que David reviendrait le lendemain passer la journée avec lui. Il avait été plus heureux encore lorsqu'il avait surpris une tendre caresse entre son père et sa mère. Mais il n'en avait rien dit ; sentant confusément que cette douceur retrouvée était aussi fragile que la présence d'un oiseau au bord d'une fenêtre, il avait craint de la faire s'envoler en s'en réjouissant trop ouvertement.

David pénétra dans la chambre en s'efforçant de

ne pas piétiner les crayons-feutres, les petites voitures, les pièces de Lego, les billes et les Indiens en plastique qui jonchaient le sol.

— Tu ne crois pas que tu pourrais ranger un peu, non ? (Il jura intérieurement en écrasant du pied une balle de ping-pong.)

Michaël abandonna les images du livre de bandes dessinées qu'il était en train de parcourir. Il fixa son père puis parcourut d'un regard distrait le désordre de sa chambre.

— C'est pas moi qu'a fait ça, c'est chérie-chérie, dit-il en replongeant dans son livre.

— Qui ça ?

— Chérie-chérie ! (Michaël soupira sans quitter son livre des yeux.)

— Ah bon, d'accord... Et c'est qui ça, chérie-chérie ?

— Ben, c'est ma copine, Stéphanie, tu l'as vue là... (Il releva la tête et sourit subitement.) Tu sais ce qu'elle dit, Stéphanie ?

David s'assit au bord du lit pour mieux se prêter à la confidence que son fils brûlait de lui faire.

— Non...

— Eh ben, elle dit que elle et Nathalie Caron, elles sont mes amoureuses ! (Il eut un petit rire gêné et observa son père.)

— Ah, bon...

— Ouais, mais en vrai, ça s'peut pas, hé !

— C'est laquelle ? La blonde ?

Michaël acquiesça de la tête en souriant, à la fois soulagé et ravi, par l'attitude complice de David.

— Elle n'est pas mal, convint David. C'est la mieux des deux, en tout cas.

— C'est vrai ? (Il ne savait pas si David plaisantait ou non.)

— Enfin, moi je trouve...

Michaël réfléchit un bref instant et sembla soudain rassuré.

Olivia parut au seuil de la chambre.

— Il faut éteindre, maintenant, Michaël, dit-elle.

— Oh, non ! Pas tout de suite ! protesta Michaël. Encore cinq minutes !

— Non, Micky, ta mère a raison, dit David. Il est l'heure. Et il faut que tu reprennes des forces pour demain.

— On fera quoi, demain ?

— On verra. Surprise. (Il éteignit la lampe de chevet.) En attendant, tu gardes la maison jusqu'à temps que je revienne, O.K. ?

Michaël se pencha brusquement hors de son lit, tendit un bras vers le sol pour se saisir de sa carabine en plastique qu'il plaça près de la table de nuit.

— O.K. chef ! s'écria-t-il, excité.

David se pencha vers lui et l'embrassa tendrement.

— On dort maintenant, d'accord ?

— Oui.

Olivia s'approcha.

— Je remonterai te faire un bisou quand papa sera parti, d'accord ?

— D'accord... (Michaël soupira.)... Papa ?

— Quoi ?

— Tu crois que King-Kong, il est plus fort que Judo Boy ? Et que Musclor ?

David ne put s'empêcher de sourire. Depuis qu'il avait emmené son fils voir « King-Kong » au cinéma, quinze jours auparavant, une bonne partie de l'univers de celui-ci s'en était trouvée, soudain, bouleversée. Michaël ne parvenait pas à déterminer la place que devait occuper le gorille géant dans la hiérarchie des supermen et autres robots de l'espace dont il suivait, avec avidité, les aventures à la télévision.

— On en reparlera demain, dit David.

— Non, tout de suite ! protesta Michaël.

— A mon avis, c'est King-Kong, dit David.

— Mamadou, il dit que non.

— Mamadou n'y connaît rien. Il a déjà vu

King-Kong ? Bon, alors ! S'il l'avait vu, il comprendrait. Non ?

— Si.

— Bon, allez, maintenant on dort, compris ?

— Oui...

David embrassa l'enfant à nouveau et rejoignit Olivia sur le pas de la porte. Il se retourna.

— Micky ?

— ... Oui ?

— Je t'aime, mon fils.

— Moi aussi, je t'aime, papa.

Lucas ne démarra pas tout de suite. Il fuma une cigarette en attendant que la lumière, qui brillait derrière deux des fenêtres, à l'étage, s'éteignît. Les fenêtres du couloir, devant la chambre de Michaël.

L'air frais et parfumé par la forêt toute proche lui parvenait par la vitre baissée de sa portière. Il respira à pleins poumons. Il sentit une douce euphorie naître en lui. Et une immense gratitude l'envahit jusqu'au plus profond de son être.

Oui, il leur était reconnaissant. Infiniment reconnaissant. Du simple fait d'exister, d'être ce qu'ils étaient, tous deux, simplement... Et de l'aimer. Oh oui, de l'aimer. Mais il allait les aimer, lui aussi. Il en était sûr maintenant. Il leur ferait oublier toutes les peines qu'il leur avait faites. Oui ! Il le ferait ! avec tout son amour ! Et de toutes ses forces !

Il essaya de deviner le moment exact où la lumière aux fenêtres de l'étage s'éteindrait. Il y renonça presque aussitôt : elle ne s'éteindrait pas. Michaël avait peur du noir. Olivia avait pris l'habitude, pour le rassurer, d'allumer dans le couloir et de laisser la porte de sa chambre entrouverte.

Comment avait-il pu oublier ça ? Comment avait-il pu oublier une chose pareille ? bon Dieu ! Jamais plus, il ne devait l'oublier. Jamais plus !

Il mit le contact et démarra lentement.

Il ne prêta aucune attention à la grosse BMW noire qui stationnait non loin. Il ne la remarqua même pas.

Deux hommes étaient assis à l'intérieur. Ils s'enfoncèrent dans leurs sièges, lorsque la voiture de Lucas passa à leur hauteur.

Précaution inutile. Les yeux de David étaient rivés sur son rétroviseur dans lequel l'image de la maison — sa maison — s'éloignait dans la nuit.

Mon Dieu, pourquoi n'avez-vous pas voulu que je les voie ?
Si seulement je les avais vus ! Si seulement !...

Quand Olivia revint embrasser son fils, celui-ci s'était déjà endormi. Elle remonta les couvertures qu'il avait repoussées, déposa un baiser sur son front, et mit un peu d'ordre dans sa chambre avant de redescendre au salon.

Elle s'arrêta devant un secrétaire, où étaient déposés des dossiers qu'elle avait apportés, en choisit un, sans conviction, et alla s'installer dans le canapé, en face de la télévision allumée en sourdine. Sur l'écran, une jeune chanteuse étreignait de toutes ses forces un micro ; des grimaces, plus douloureuses les unes que les autres, se succédaient sur son visage. Des paroles émergeaient de la bouillie sirupeuse : « ... parti... reviendras-tu... ensemble... »

Olivia essaya de se concentrer sur son dossier. Elle l'ouvrit à la cote « Procédure » : AVIS D'AUDIENCE... L'audience était prévue pour le vendredi suivant. Rien ne pressait finalement. Elle se reporta à la cote « Notes et Projets », n'y vit rien de particulier et se demanda pourquoi elle avait cru bon d'emporter ce dossier chez elle. Ah, oui... Elle avait prévu de faire un saut à Fleury, lundi matin, pour voir son client avant de se rendre à son cabinet. Elle referma le dossier et essaya de se convaincre d'en étudier un autre. Sans succès. Elle n'avait pas le cœur à cela.

C'était bien le mot. Pas le cœur...

Son regard divagua un instant dans la pièce et revint se poser distraitement sur l'écran de la télévision : un animateur, au sourire aussi large et rutilant qu'une calandre de Cadillac, concassait l'épaule d'un jeune chanteur, tout sourires lui aussi.

Pas le cœur...

Pourquoi était-il parti ? Pourquoi n'était-il pas resté ? L'idiot ! Elle savait parfaitement que rien n'empêchait David de rester, ce soir, rien du tout ! Elle en aurait mis sa main à couper. Il en mourait d'envie. Cela se voyait bien. Elle l'avait bien vu ! S'il lui avait demandé de rester, elle ne lui aurait pas dit non. Elle attendait ce moment depuis si longtemps. Si longtemps ! Elle l'aimait. Tout semblait possible, à nouveau. Elle ne lui en voulait plus maintenant. Non, plus maintenant. Elle n'avait jamais cessé de l'aimer, en fait. Et lui aussi, il l'aimait, elle l'avait bien vu. Elle en était certaine. Elle ne pouvait pas s'être trompée sur une chose pareille. C'était bien de l'amour qu'elle avait lu dans ses yeux... Se pouvait-il qu'elle se trompât à ce point ? Et si elle s'était trompée ? Si elle s'était trompée du tout au tout ? Ce désarroi dont il était la proie, peut-être était-il dû à tout autre chose ? Qu'en savait-elle, après tout ? Non ! Non, c'était de l'amour qu'elle avait vu, de l'amour... si chaud, si tendre. Et il avait eu envie d'elle. Ça n'avait rien à voir, mais là, si, quand même. C'était différent. Si doux, si tendre, si...

L'idiot ! Pourquoi n'était-il pas resté ? Pourquoi ne lui avait-il pas dit simplement qu'il l'aimait de nouveau, comme avant ? Qu'il la désirait et qu'il voulait faire l'amour avec elle ?

Pourquoi fallait-il qu'il complique toujours tout ?

Les coups, frappés à la porte d'entrée, lui parvinrent soudain.

La première chose qui lui traversa l'esprit fut que le chien n'avait pas aboyé.

Elle se leva d'un bond, le cœur battant. Les coups résonnèrent à nouveau.

L'idiot !

Et elle courut vers l'entrée.

Lorsqu'elle ouvrit la porte, elle déchanta. Deux hommes se tenaient sur le seuil ; ils eurent un léger mouvement de recul.

— ... Oui ?

Ce fut alors seulement qu'elle aperçut le fusil de chasse à canon scié, que l'un des deux hommes braquait sur elle. En une fraction de seconde, l'étonnement qu'elle éprouva céda la place à une peur panique. Elle voulut refermer la porte. Mais il était trop tard.

Une main gantée se plaqua contre sa bouche, une autre lui empoigna violemment les cheveux, et elle sentit une force irrésistible la repousser en arrière.

Le premier hurlement réveilla le petit Michaël sans qu'il s'en rendît compte.

Il se retourna dans son lit, ne comprenant pas pourquoi il était éveillé. Ce n'était pas le matin. Il faisait noir et le rayon de la lumière, provenant du couloir, se dispersait encore sur le sol de sa chambre. Et il n'avait pas non plus envie de faire pipi. Il se retourna à nouveau, vivement, et en fermant les yeux pour ne pas risquer d'apercevoir la masse sombre des doubles rideaux de sa fenêtre. Elle lui faisait peur, la nuit, cette masse sombre. Très peur.

Un second hurlement déchira le silence.

Michaël sursauta dans son lit et se redressa, effrayé. Qu'est-ce que c'était que ça ? Un hurlement. Mais un hurlement de quoi ? Ça venait d'en bas. Sa mère ! Il voulait appeler sa mère ! Il avait peur, il voulait qu'elle vienne.

Des voix d'hommes lui parvinrent depuis le rez-de-chaussée. Des voix d'hommes qui avaient l'air en colère et qui disaient des gros mots. Des voix qui le remplirent de terreur. *Des voix méchantes !*

Il y eut des bruits de coups frappés contre de la chair.

Michaël perçut un cri de douleur étouffé, immédiatement suivi d'une prière suppliante :

— Non, je vous en prie ! Arrêtez !

Michaël eut soudain envie de pleurer. C'était sa mère ! C'était sa mère qui gémissait et pleurait maintenant. Ils lui faisaient du mal ! Ils lui faisaient du mal !

L'une des *voix méchantes* poussa un juron. Michaël entendit aussitôt une bousculade, le fracas d'un objet qui se brisa en tombant. Puis, à nouveau, le bruit horrible des coups et une plainte faible, déchirante.

Michaël se leva, en larmes. Il était bouleversé et terrifié à la fois. Il ne comprenait pas ce qui se passait. Sa mère n'avait rien fait de mal. Les *voix méchantes*, elles n'avaient pas le droit de la faire souffrir. Elle n'avait rien fait ! Il ne voulait pas qu'on fasse du mal à sa mère ! Il ne voulait pas que sa mère pleure !

Olivia gisait sur le sol du salon.

Elle respirait avec difficulté, avalant le sang qui s'écoulait dans sa bouche. Un bourdonnement l'assourdissait à demi. Tout son corps la faisait souffrir. Son visage surtout ; elle avait l'impression qu'il avait doublé de volume. A l'intérieur de son crâne, la douleur clapotait contre ses tempes, lancinante.

Olivia essayait de ne pas penser à cette douleur. Elle ne voulait penser qu'à une seule chose : ne pas crier ; surtout ne plus crier, quoi qu'ils lui fassent... Michaël... Il ne fallait pas qu'elle réveille Michaël. Il ne le fallait pas !

Mais ils ne la frappaient plus. Que faisaient-ils ? Mon Dieu ! Où étaient-ils ?

Elle les entendit. Ils étaient tout près. Elle tenta de se redresser pour les apercevoir. Une douleur fulgurante lui traversa le bras gauche. Elle s'affala en gémissant. Ils lui avaient cassé le bras ! Le gros type, à coups de crosse de pistolet ! Dieu ! Cette douleur ! Mais il lui fallait les voir. Absolument. Pourquoi ne pouvait-elle pas les voir ? Elle remua la tête et comprit que son œil gauche était trop tuméfié pour lui permettre de distinguer quoi que ce fût. Elle entreprit de changer de position en prenant appui sur son bras valide. En dépit de ses précautions, une nouvelle douleur, violente, irradia dans son bras gauche jusqu'à l'épaule. Elle étouffa une plainte.

Elle pouvait les voir maintenant.

Le gros type — celui qui lui avait cassé le bras — était en train de fouiller dans des papiers, sur le secrétaire. Le contenu de ses dossiers et des documents de toutes sortes étaient répandus par terre, en désordre. L'homme ouvrait les tiroirs, en examinait l'intérieur, et les jetait derrière lui.

L'autre — celui qui avait le fusil de chasse à canon scié — s'affairait dans les tiroirs d'une commode placée près de l'entrée du salon. Il poussa un petit cri de joie et se retourna en brandissant une grosse liasse de billets de banque.

— J'ai envie d'aller jeter un œil là-haut, lança-t-il au gros homme. Il y en a peut-être d'autres !

En l'entendant prononcer ces paroles, Olivia crut qu'elle allait devenir folle. Avec une vigueur dont elle ne soupçonnait même plus l'existence, elle se releva et se rua vers l'entrée du salon. Le pied de l'homme au fusil se détendit et la percuta en plein ventre. Elle s'écroula sans un cri. L'homme pointa son arme vers la tête d'Olivia et dit simplement :

— Autant la tuer maintenant, non ?

Un déclic métallique. Le fusil qu'on armait !

Mais rien !

Qu'attendait-il ? Pourquoi ne tirait-il pas ?

Elle ouvrit les yeux. D'où elle se trouvait, elle pouvait voir, entre les jambes de l'homme qui lui faisait face, le bas de l'escalier conduisant à l'étage. Et ce qu'elle vit alors, sur les dernières marches de l'escalier, lui glaça le sang.

Elle voulut crier. Trop tard.

Ce fut Michaël qui cria, de toutes ses forces, en se cramponnant à sa carabine en plastique :

— Haut les mains !

Les jambes de l'homme au fusil pivotèrent et une détonation, assourdissante, retentit. Comme dans un cauchemar, Olivia vit la poitrine de Michaël éclater en sang ; le petit corps se souleva, comme aspiré par une force furieuse, se fracassa contre un mur et retomba, aussi inconsistant et mou que le pyjama qui le recouvrait.

Olivia se releva en hurlant et se précipita vers l'escalier.

Une seconde détonation, plus sèche.

Le choc, dans le dos d'Olivia, fut d'une violence inouïe. Elle perdit l'équilibre et s'écroula au pied de l'escalier.

L'homme au fusil jeta un regard effaré à son complice. Ce dernier, pistolet au poing, s'était accroupi pour ramasser la douille de la balle qu'il venait de tirer.

— *Santa Maria !*... Stefan, je ne... glapit l'homme au fusil.

— Ta gueule ! aboya le gros homme, en se ruant vers une fenêtre dont il écarta prudemment le rideau.

Dans la nuit, à une cinquantaine de mètres environ, deux fenêtres d'une maison voisine s'allumèrent.

— On fout le camp ! ordonna le gros homme.

En quelques enjambées il fut dans l'entrée. Là, il s'arrêta, considéra les deux corps étendus sur les dernières marches de l'escalier. Un bref instant, il sembla hésiter, tout en contrôlant sa respiration. Puis il releva son pistolet et visa la tête d'Olivia.

A cet instant précis la sonnerie du téléphone lui vrilla les tympans. Il jeta un regard inquiet autour de lui, visa de nouveau et tira. La chevelure brune d'Olivia se souleva brusquement ; et une mèche longue et soyeuse glissa doucement au bas d'une marche.

Le gros homme ramassa la douille et se précipita au-dehors.

Cette sonnerie...

Olivia entendait la sonnerie, mais elle ne comprenait pas qu'il s'agissait du téléphone. Elle l'entendait, c'était tout. Il faisait nuit. Une nuit vide et glaciale, dans laquelle elle se sentait flotter, légère, de plus en plus légère. Elle se dit qu'elle allait mourir. Cette étrange pensée s'éloigna d'elle, lentement, et s'évapora dans la nuit, comme pour la laisser en paix. Elle ne souffrait pas. Il y avait seulement ce froid intense qui s'insinuait en elle et qui comprimait ses poumons. Ce froid... Ce froid horrible. Il fallait qu'elle bouge, qu'elle s'en protège. Mais sa main... Elle ne bougeait pas ! Elle refusait de lâcher prise. « C'est idiot, se dit-elle, il faut que je bouge... »

Dans un dernier instant de pleine conscience, Olivia se rendit compte que ce que sa main étreignait avec force, c'était la jambe inerte de son enfant. Elle se dit alors qu'elle voulait mourir. Vite... Plus vite !

Le commissaire Hubert Vargas n'eut aucun mal à trouver la maison. Moins de cinq minutes après s'être engagé à l'intérieur du « domaine », il repéra les gyrophares qui tournoyaient dans la nuit. En outre, il connaissait le « domaine » ; ce n'était pas la première fois qu'il s'y rendait.

Le spectacle qu'il découvrit, à l'intérieur de la maison, ne provoqua en lui aucune émotion particulière. Cela faisait plus de vingt ans qu'il débarquait nuit et jour dans des appartements sens dessus dessous, des villas dévastées, plus de vingt ans qu'il se penchait sur les corps sans vie d'hommes ou de femmes plus ou moins ensanglantés, plus ou moins mutilés. Plus de vingt ans. Il avait fini par s'y faire. Il fallait bien. C'était le seul moyen, sinon on changeait de métier.

Des policiers allaient et venaient dans toute la maison.

Il répondit à leurs saluts et s'approcha des deux corps gisant au bas de l'escalier. Son regard s'arrêta à peine sur celui de la femme et se fixa, comme aimanté, sur celui de l'enfant. Il eut un haut-le-cœur. Les gosses, il ne s'y faisait pas. Il ne s'y ferait jamais ! Pas les gosses ! Une housse en plastique blanche était dépliée sur le sol — trop grande, remarqua Vargas.

Deux infirmiers s'approchèrent, en s'excusant, et, avec précaution, entreprirent de déposer le corps de la femme sur un brancard.

— Elle vit encore...

Le commissaire Vargas releva la tête et reconnut l'un de ses subordonnés, l'inspecteur Luce.

— ... le gosse est mort, lui.

L'inspecteur le mit rapidement au courant.

— Fusil de chasse pour le gosse. Du douze, à vue de nez. Il n'a pas eu le temps de comprendre. (L'inspecteur secoua la tête.) C'est dégueulasse...

— Et elle ?

— Une balle dans le dos. Du neuf millimètres, a priori. Mais on n'a pas retrouvé les douilles...

— *Les* ?

— La balle qui l'a atteinte est dans le mur, là... On en a retrouvé une autre dans une marche de l'escalier. Ils ont voulu l'achever mais ils l'ont ratée...

— Pourquoi « achever », ils ont très bien pu la manquer une première fois, non ?

L'inspecteur secoua la tête.

— Non. Il y a des cheveux arrachés et enfoncés dans l'orifice de la balle. Au fait, vous savez qui c'est ?... Lucas.

Vargas fronça les sourcils et dévisagea son subordonné.

— Lucas, répéta l'inspecteur avec un léger mouvement de la tête. Maître Olivia Lucas.

Les yeux de Vargas se plissèrent. Comment se faisait-il qu'il ne l'eût pas reconnue ? Il revit le visage tuméfié, méconnaissable, et se dit qu'après tout, ça n'avait rien d'étonnant. C'est vrai, elle habitait le « domaine ». Mais comment aurait-il pu penser qu'il s'agissait d'elle ? Il avait à peine écouté ce qu'on lui avait dit au téléphone. Il s'était contenté de retenir l'adresse et de rappliquer. Olivia Lucas. « Cela devait arriver, un jour ou l'autre », pensa-t-il subitement, sans trop savoir pourquoi. Puis, aussitôt, il se dit que c'était une idée idiote. Il n'y avait pas de raison. Qu'elle s'appelât Olivia Lucas ou non ne changeait rien. C'était le hasard. Elle aurait tout aussi bien pu s'appeler autrement. Pourtant c'était elle.

Il se surprit à penser qu'il n'était pas mécontent que ce fût elle, en définitive. La vision de l'enfant, la poitrine écrabouillée, en sang, le ramena à d'autres sentiments.

Le hasard... Et si ce n'était pas le hasard ?

— Elle a dit quelque chose ?

L'inspecteur hésita, réfléchissant.

— « Michaël », plusieurs fois. C'est le nom du... du gosse. (Ses mâchoires se contractèrent.) Et aussi « soleil noir ».

— Quoi ?

— « Soleil noir. »

— Comment ça, *soleil noir*...

— Ben, « soleil noir », c'est tout. Elle a répété « Michaël, Michaël » et... et « soleil noir »... Ah, oui ! Et « italien » aussi.

— *Italien ?*

— Oui. Enfin, c'est son mari qui l'a entendu, ça...

Les yeux de Vargas s'arrondirent.

— Il est là ? (Le commissaire jeta un regard autour de lui.)

— Il est dehors.

— Je croyais qu'ils étaient séparés ?

— Il a passé l'après-midi avec eux. Il devait revenir. Il dit qu'il a téléphoné à sa femme vers neuf heures et demie. Elle n'a pas répondu et ça l'a inquiété. En plus, si j'ai bien compris, il voulait lui parler... Il a l'air salement secoué.

— C'est lui qui a...

— Non, les voisins. Un coup de pot. Pratiquement les seuls qui étaient restés ce week-end. (L'inspecteur eut un mouvement du menton en direction de l'extérieur.) Il est arrivé un peu après nous...

— D'où ça ?

— D'un bar à Versailles, le *Rose-bud*. Il a dit qu'il n'avait pas voulu rentrer tout de suite sur Paris, qu'il avait envie de faire le point ou quelque chose comme ça. (L'inspecteur ricana.) J'ai plutôt l'impression que...

— Que quoi ? demanda Vargas, en apercevant la carabine en plastique sur l'une des marches de l'escalier. (Il s'en approcha.)

— Qu'il avait plutôt envie de tirer un coup, répondit l'inspecteur, en emboîtant le pas à son supérieur. Avec sa femme, je veux dire...

— Ah bon, dit Vargas, en lui décochant un regard teinté de mépris.

— Ben oui, quoi ?... C'est classique.

Vargas se pencha pour ramasser la carabine, en s'efforçant de ne pas croiser le regard fixe de l'enfant ; un regard effaré, comme figé par une vision dont il conserverait à jamais le souvenir.

Vargas examina le jouet en se demandant si son petit-fils avait le même. Il n'avait aucune peine à imaginer comment les choses s'étaient passées. Il se sentit soudain très vieux et fatigué. Quelle saloperie de vie !

— Il a dû vouloir s'en servir pour porter secours à sa mère...

Vargas releva lentement les yeux, fixa le jeune inspecteur et dit froidement :

— Vous croyez ?

L'inspecteur haussa les épaules, gêné, et détailla le bout de ses chaussures. Vargas soupira et reposa la carabine sur le sol. Une voix le fit se retourner à demi :

— On peut l'enlever ?

Il considéra l'infirmier qui lui faisait face et désignait le corps de l'enfant. Il hésita un bref instant et interrogea l'inspecteur du regard. Ce dernier acquiesça d'un mouvement de la tête.

— Allez-y, dit Vargas.

L'infirmier souleva l'enfant mort avec précaution, le déposa dans la housse de plastique dont il referma la fermeture à glissière d'un geste prompt. « Ce bruit ! pensa Vargas, comme un trait de plume... » Si la vie avait une limite, c'était bien celle-là. Avant, tout semblait encore possible. Après, c'était fini. Irrémédiablement. Ce bruit était la frontière entre le monde des vivants et celui des morts.

Un policier en uniforme s'approcha. Il salua Vargas et, s'adressant à l'inspecteur, dit :

— On a retrouvé le chien...

— Comment ça, le chien ? Quel chien ? interrogea Vargas d'un ton sec.

— Les voisins nous ont dit qu'il y avait un chien, expliqua l'inspecteur. On ne l'a pas entendu aboyer, rien. (Il se tourna vers le policier en uniforme.) Alors ?

— Il est mort. On l'a retrouvé dans un buisson, dans le fond du jardin.

— Poison ? demanda l'inspecteur.

— Apparemment... On le porte au labo ?

— Oui-oui, bien sûr...

Le policier s'éclipsa. Vargas, pensif, le regarda s'éloigner.

— Luce ?

— Oui ?...

— Prenez les hommes disponibles et faites-leur fouiller le jardin, à tout hasard.

— Maintenant ?

— Maintenant.

— Très bien.

— Et, Luce...

— Oui ? (L'inspecteur se détourna à demi.)

— Je veux qu'ils fouillent, pas qu'ils se baladent.

L'inspecteur retint un soupir, visiblement agacé.

— D'accord, dit-il d'un ton résigné.

Resté seul, Vargas se livra à une inspection des lieux. Il n'en tira rien qu'il ne sût déjà. Il jeta un dernier coup d'œil au sang qui maculait l'escalier et sortit sur le perron pour fumer une cigarette. L'air froid le fit frissonner. « Je suis vivant, se dit-il, j'ai une vie de merde, enfin pas vraiment de merde, mais quand même un peu de merde, si... Mais du moins suis-je vivant ! » Il refréna l'allégresse qu'il sentait monter en lui. C'était toujours la même chose ; il n'y pouvait rien. La mort des autres, d'inconnus, lui faisait toujours cet effet. Il n'était pas insensible, loin de là. Il lui arrivait d'être franchement dégoûté, et parfois même révolté, devant les horreurs et les misères que son métier l'amenait à côtoyer. Mais ensuite — et toujours ! —, une joie violente, brève, lui assaillait les entrailles et il se sentait transporté du simple bonheur d'exister.

Après le coup de téléphone de Luce qui l'avait surpris chez lui, ce soir-là, Vargas s'était dit que son week-end était à moitié foutu. Quand il avait appris l'identité des victimes, le « à moitié » s'était aussitôt transformé en un bon « aux trois quarts ». Mais lorsqu'il aperçut, à cet instant précis, la grosse Renault grise freiner devant la maison et le procureur Landry s'en extraire prestement, il sut que son week-end serait totalement gâché. Non pas que sa présence, en de telles circonstances, fût exceptionnelle — encore que Vargas ne fût pas sûr qu'il se fût dérangé à cette heure si l'une des victimes n'avait pas été avocate — ; ni non plus que son apparition soulignât l'aspect délicat de l'affaire — Vargas était bien assez grand pour s'en rendre compte tout seul. Non, c'était simplement l'arrivée du procureur Landry lui-même qui déplut à Vargas : il ne pouvait pas le souffrir ; ni lui, ni sa suffisance, ni surtout la façon qu'il avait de harceler sans cesse les policiers afin de « bétonner » les dossiers qu'il avait en charge.

Vargas le regarda s'avancer dans sa direction. Il remarqua qu'il ne portait pas de cravate.

— Alors ? lança le procureur sur un ton où perçait une certaine irritation.

— Alors quoi ? rétorqua Vargas sans ciller.

Le procureur lui jeta un regard agacé mais son ton se radoucit.

— Eh bien, où en êtes-vous ? Mettez-moi au courant, dit-il en considérant les alentours.

Vargas le mit au courant. Le procureur l'écouta attentivement, l'interrompant parfois pour lui poser des questions — plus connes les unes que les autres, jugea Vargas.

— Bien ! fit le procureur, lorsque l'exposé fut terminé. Votre avis ?

— Il est encore un peu tôt... commença Vargas.

— Il va pourtant falloir se dépêcher ! coupa le magistrat.

— Bien évidemment, monsieur le procureur, bien évidemment.

Le magistrat fit semblant de ne pas avoir remarqué l'ironie de Vargas. Il se racla la gorge, puis hocha la tête en grimaçant, l'air ennuyé. Il dit :

— Il va falloir que j'appelle le bâtonnier. (Il planta son regard dans celui de Vargas.) Je lui dis quoi ?

— Crime de voleurs. Le gosse a dû être tué par accident. Ils se sont affolés et ils ont abattu la mère pour qu'il n'y ait pas de témoin.

— Et ils se sont introduits chez elle plutôt que d'aller casser une villa vide, comme le sont la plupart de celles du « domaine », ce week-end ?

— Ça arrive. C'est déjà arrivé, et ici même, au « domaine », il y a à peine six mois. Ce sont des jeunes. Ils disent qu'ils trouvent ça plus facile.

Le procureur secoua la tête en soupirant.

— Plus facile... (Il secoua la tête de nouveau.)

— Cela dit, je n'écarte pas le reste...

— C'est-à-dire ?

— Crime déguisé... (Vargas eut un geste vague de la main.) Vengeance d'un ancien client, je ne sais pas. Peut-être même que le vol, s'il s'agit bien d'un vol au départ, et rien, a priori, ne vient le démentir, peut-être que ce vol est le fait d'un ancien ou d'anciens clients à elle.

Il y eut un silence.

— Ouais... fit le procureur, pensif.

« Connard ! » pensa Vargas.

— Vous dites qu'il y a déjà eu des histoires de ce genre, reprit le procureur. Vous avez une idée des types qui...

— Je n'ai pas dit cela, coupa Vargas. J'ai dit qu'on avait déjà vu des voyous agresser des gens chez eux. Jusqu'ici, ils n'avaient pas encore tué.

— D'accord, mais vous en connaissez quelques-uns ?

— Quelques-uns... pas tous. Il en pousse un toutes les cinq minutes !

— En attendant, c'est mieux que rien, non ?

Vargas approuva lentement de la tête, laissant son regard s'égarer dans la nuit. Il répéta, comme pour lui-même :

— Mieux que rien, en effet...

Le magistrat s'impatienta :

— Les armes utilisées... Ça devrait vous aider ça, non ?

« Connard ! »

— Un fusil de chasse parmi quelques millions d'autres, dit Vargas, qu'on ne pourra même pas identifier puisque le canon est lisse.

— Je ne parlais pas du fusil de chasse, Vargas, dit le procureur, s'énervant.

— Je m'en doute bien. C'était juste une réflexion que je me faisais comme ça... (Il eut un petit sourire conciliant.) Pour les balles, j'espère que le labo nous fournira de quoi les faire parler. Mais...

— Mais vous en doutez, n'est-ce pas ?

— En effet.

Le magistrat observa Vargas pensivement, en plissant les yeux, puis il se détourna et sembla s'intéresser aux faisceaux lumineux des torches des policiers fouillant l'obscurité, là-bas, au fond du jardin.

— Cette affaire ne doit pas franchement vous attrister, n'est-ce pas ? (Il ne regardait pas Vargas.)

— Je ne comprends pas.

Vargas comprenait trop bien, au contraire. L'avocate Olivia Lucas lui avait fait les pires ennuis, deux ans auparavant, à la suite de l'interrogatoire, un peu trop « poussé », de l'un de ses clients. Il s'en était sorti finalement, grâce, en grande partie, aux accointances gauchistes de l'avocate et à sa réputation de trublion, antiflic qui plus est, dans le milieu judiciaire. Il avait su faire jouer tout cela en sa faveur. Mais il s'en était fallu d'un cheveu ! vraiment d'un cheveu ! que cette petite merdeuse n'eût sa peau... Une petite merdeuse, ça oui ! qui passait son temps à dénoncer le « système » et les « méthodes policières », la société « inhumaine » et les autres conneries du genre. Un genre que Vargas ne pouvait pas supporter.

— Votre magnanimité me remplit d'admiration, dit le procureur avec un mauvais sourire.

Vargas ne répondit pas.

L'inspecteur Luce s'avança au-devant d'eux.

— Alors ? fit Vargas.

— Rien, répondit l'inspecteur. Pas le moindre truc. Ils continuent sur le devant.

Vargas approuva de la tête. Le procureur Landry

désigna du doigt quelque chose, un peu plus loin. Il demanda :

— Qui est-ce ?

— Lucas, répondit l'inspecteur en se retournant. David Lucas, le mari.

Le commissaire Vargas observa l'homme dont on venait de citer le nom : il était assis sur un petit banc de pierre, près de l'endroit où stationnaient les voitures ; son visage s'allumait et s'éteignait dans l'éclat blafard d'un gyrophare. Vargas ne le connaissait pas. Il discerna pourtant quelque chose de familier dans sa silhouette. Rien qui fût personnel. Mais, tout au contraire, quelque chose de commun aux ombres qui peuplaient sa mémoire ; quelque chose — dans quoi était-ce ? dans l'accablement des épaules ? dans la fixité de la tête ? — que ses vingt ans dans la police lui avaient appris à reconnaître infailliblement.

David Lucas, le mari...

« Et le père », ajouta Vargas mentalement.

Lucas les vit s'approcher lentement.

Lorsqu'ils furent auprès de lui, il mit plusieurs secondes à comprendre qu'ils lui adressaient la parole, et plusieurs secondes encore à saisir ce qu'ils lui disaient. Il n'ouvrit pas la bouche ; il en fut incapable. Il se contenta de hocher la tête. Il comprit vaguement que l'un était commissaire de police et l'autre, magistrat. Il les écoutait... Il essayait de les écouter ! Mais il perdait le fil sans s'en rendre compte. Des paroles lui parvenaient comme dans un songe :

— Sommes désolés... atroce... vous... rien remarqué ?... détail ?... votre femme vous a dit quelque chose... monsieur Lucas ?... nous aurons besoin de vous... vous feriez mieux de rentrer... de ne pas rester là... monsieur Lucas... monsieur Lucas ?...

Qu'ils s'en aillent !

Qu'ils foutent le camp ! Mais, merde ! Qu'est-ce qu'ils attendent pour foutre le camp !

Foutez-moi la paix ! Foutez-moi la paix !

Les deux hommes finirent par le quitter. Il demeura seul, prostré. Son regard divagua un instant, puis se fixa, de nouveau, dans la nuit.

Et la vision revint, lancinante.

David crut qu'il allait défaillir. La douleur s'engouffra en lui, comme une eau brûlante, et le submergea.

Michaël...

Il voulut fermer les yeux pour échapper à cette souffrance qui le chavirait. Mais ce fut pire encore. Sa vision se précisa, insoutenable.

Michaël...

Il ne voyait pas, non, il ne pouvait pas voir la petite poitrine hachée par les plombs. Il ne voyait qu'une seule chose : le visage de son fils, le regard fixe. Son visage, son si doux, si tendre visage, intact, à l'exception de ce trou brun, petit et net, dans la joue gauche. Comme une souillure hideuse... Et son fils qui ne pleurait pas.

Cette souillure hideuse !

Et son fils qui ne pleurait pas ! Indifférent à ce petit trou brun dans sa joue. Indifférent, à jamais !

Fonçant sur l'autoroute A 13, toutes sirènes hurlantes, l'ambulance, transportant Olivia Lucas inconsciente, avait rejoint en moins de dix minutes l'hôpital Ambroise-Paré, à Boulogne — celui de Garches, plus proche, mais débordé en ce milieu de week-end, n'avait pas été en mesure de l'accueillir.

Un rapide examen, ainsi qu'une radio des poumons et un grill costal avaient permis aux médecins d'évaluer la gravité de la blessure de la jeune femme.

La balle avait traversé le buste de part en part. Mais aucun organe vital n'avait été atteint. Le projectile avait pénétré à droite dans le bas du dos, ricoché sur la quatrième côte en la brisant, et perforé le poumon ; puis, il avait continué sa course, fracturant la sixième côte, pour finalement ressortir, en faisant éclater la chair sous le sein droit. L'orifice d'entrée était petit et propre ; l'autre formait un cratère, brun et violacé, de la taille d'une pièce de cinq francs.

A 22 h 35, l'intervention chirurgicale, destinée essentiellement à stopper l'hémorragie au niveau du poumon, avait commencé. Elle s'était achevée, sans complication, à 1 h 22 du matin.

Lorsque, deux heures plus tard, David Lucas arriva à l'hôpital, Olivia n'avait toujours pas repris conscience. On l'informa que l'intervention s'était parfaitement déroulée et que ses jours n'étaient pas en danger. Il fut autorisé à la voir et à demeurer auprès d'elle. On lui demanda si l'on pouvait faire quelque chose pour lui. Il répondit qu'il ne désirait rien d'autre que de rester là, seul, avec sa femme. Il ne fut pas dérangé — du moins les allées et venues du personnel soignant se firent-elles si discrètes qu'il ne les remarqua pas, ou à peine.

Il s'installa près du lit et lui prit délicatement la main... Elle semblait dormir d'un sommeil profond et paisible. Dormir... Si ce n'avaient été les traits bleus et tuméfiés du visage et le drain, filant de sous les draps vers un bocal rempli d'un fond de liquide brunâtre, rien n'aurait pu amener David à penser qu'il en fût autrement.

Il éteignit la lumière.

Il n'y eut plus, soudain, que la respiration forte et régulière d'Olivia, et la fenêtre encadrant la lune dans la nuit claire.

Un bref instant, il se demanda si on ne lui avait pas menti ; si Olivia n'allait pas mourir. Mais il se dit que ce n'était pas possible, qu'il était fou de croire une chose pareille. Bien sûr que non, elle n'allait pas mourir ! Bien sûr que non !

Il l'écouta respirer... Elle lui sembla, tout à coup, lointaine, indifférente.

Indifférente...

Non, ne pense pas comme ça... Ne pense pas à ça !

Il pressa la main d'Olivia de toutes ses forces, calquant sa respiration sur la sienne, comme pour la supplier de l'attirer dans l'abîme où elle avait sombré. Mais sa prière ne fut pas exaucée. Il resta seul.

Michaël...

Il revit le visage de son enfant mort. Et cette vision s'imposa à lui, cruelle, ne lui épargnant rien, s'acharnant à lui faire sentir ce qu'elle avait d'irrémédiable.

Il tenta de refouler ses larmes, mais une vague de chagrin, immense, lui souleva la poitrine et il s'effondra en sanglots.

Olivia émergea de son inconscience progressivement.

Une première fois, elle aperçut David, comme dans un rêve. « Il est là, c'est bien », se dit-elle. « Il a l'air si fatigué... Bien sûr que tout va bien ! C'est idiot de dire cela. Comme il a l'air fatigué ! Il faut que je lui dise... Mais pourquoi ne m'écoute-t-il pas ? Que dit-il ?... »

Finalement, elle se demanda ce qu'il faisait là. Puis elle se rendormit aussitôt.

Lorsqu'elle reprit conscience, de nouveau, David n'était plus là. Mais elle ne remarqua pas son absence. Des visages inconnus dansaient autour d'elle. Ils lui parlaient. Ils avaient l'air tous si bienveillants. La femme surtout. Elle l'avait déjà vue, elle en était sûre, mais où ? Ce bonnet blanc... Mon Dieu ! Cette douleur... D'où venait cette douleur ? La pensée fugitive qu'elle se trouvait à l'hôpital la rassura. C'était normal. « Tout va bien, se dit-elle, tout va bien aller maintenant. »

Mais je ne sais pas ce qu'ils voulaient !... Comment veulent-ils que je le sache ? Micky... Mon Dieu ! Il ne fallait pas qu'elle oublie de lui acheter son robot ! Il en ferait une maladie si elle oubliait de le lui acheter, ce robot. Elle le lui avait promis. Il ne fallait surtout pas qu'elle oublie. Chose promise, chose due !... Comment ça, soleil noir ? Que dit-il ?... Oui ! Il a raison. Un soleil noir... au poignet. Mon bras ! Il m'a cassé le bras ! Mais je ne sais pas... Je ne sais pas pourquoi... Mais c'est fini, maintenant, heureusement, c'est fini... Satané gosse ! Il faut que je lui dise pour cette carabine. Il faut qu'il perde l'habitude de la brandir sous le nez de tout le monde. A tout bout de champ. C'est idiot !... C'est ridicule ! Un de ces jours, il finira par nous attirer des ennuis. Je lui dirai... je lui dirai que je ne veux plus qu'il fasse ça. Non ! Pas mòi, David... Satané gosse ! Son père, au moins, il l'écoutera. C'est ça, j'en parlerai d'abord à David, et David lui en parlera après. C'est mieux. Sinon, moi, il ne m'écoutera pas... Micky... Satané gosse ! qui n'obéit jamais à sa mère... Cette douleur !... Son robot, ah oui ! Pourvu que je n'oublie pas son robot ! Il faudra que je dise à David, pour son robot... Mais il ne saura jamais lequel prendre. Ce n'est pas n'importe lequel. Les autres, il les a déjà. David ne saura jamais... Ce n'est pas n'importe lequel. Je sais bien celui qu'il veut... Mon Dieu, cette douleur... Cette douleur... Toujours ! Mais pourquoi ne me laissent-ils pas tranquille ?... Pourquoi ne s'en vont-ils pas ?... Je ne sais pas ! Je ne sais pas comment ils étaient ! Je ne sais plus ! Je ne sais plus ! Je ne sais plus !

Le visage de la femme apparut au-dessus d'elle. Elle sentit une main se coller sur son front, puis une douleur, plus vive celle-là, comme une brûlure, quelque part, à son bras. Les visages, tous les visages, passèrent et repassèrent de plus en plus lentement devant elle. Elle s'abandonna à la torpeur bienfaisante qui l'engourdissait. Puis elle sombra, de nouveau, dans un sommeil profond.

Lorsqu'elle se réveilla, il faisait nuit. Elle était seule. « Ils ont oublié de tirer les rideaux », se dit-elle, en apercevant la lune suspendue dans l'un des coins de la fenêtre. Elle se demanda pourquoi elle s'était réveillée. Elle avait soif...

... Où est-il ?

Pourquoi s'était-elle réveillée ? Et pourquoi pleurait-elle ? La douleur, oui, elle se souvenait de la douleur. Elle la faisait souffrir, elle s'en souvenait. La douleur... Mais ce n'était pas ça ! Elle souffrait, mais ce n'était pas la douleur. Il y avait autre chose ! Ce n'était pas la douleur ! Pourquoi pleurait-elle ?

... Où est-il ?

« Pourquoi est-ce que je pleure ? » se demanda-t-elle encore, scrutant la nuit, au-dehors.

... Où est-il ?

Son regard s'affola, fouillant le vide.

Micky...

Où est-il ?... Micky, mon bébé... *Où est-il ?* Assez ! Non, je ne sais pas où il est ! Je ne le sais pas ! Mais il...

Mon Dieu ! je ne sais pas... Micky, mon bébé, où es-tu ?... Maman...

Elle sentit sa poitrine se déchirer et une peine immense, insupportable, se répandre en elle, la brûlant jusqu'à l'âme. Michaël ! Un éclair l'aveugla. La détonation !... Et elle revit le petit corps bondissant et s'écroulant comme une poupée de chiffon... Oh non ! non ! non !

... Où est-il ?

Ses yeux, baignés de larmes, sondaient les ténèbres du ciel.

Micky, mon bébé, où es-tu ?... Maman... Maman est là... Mon Dieu, je vous en supplie, il est si petit !... Ô, mon Dieu ! Mais pourquoi ?... Pourquoi lui ?... Il était si petit ! Il était... si petit !

Sa souffrance la suffoqua. Elle eut un faible gémissement et se mit à sangloter. Et, sanglot après sanglot, elle se sentit s'abîmer, lentement, dans un désespoir sans fond auquel, elle l'entrevit alors, jamais plus elle n'échapperait.

Pour la seconde fois, elle souhaita mourir.

3

— Tu es mieux, ici, non ?

— Oui...

David évita le regard d'Olivia et considéra la nouvelle chambre dans laquelle on l'avait installée.

Une semaine... Une semaine, déjà.

— Ça a l'air plus grand, hein ?

— Plus clair, surtout.

— Oui, c'est vrai. C'est ça qui doit...

Il fit un geste vague de la main comme pour finir sa phrase, lui sourit brièvement et s'avança vers la fenêtre.

— C'est calme ?

— Oh ! oui.

— Tant mieux, c'est... C'est bien. Il vaut mieux.

— Oui.

— C'est vrai, tu sais. (Il se détourna à demi, mais son regard esquiva celui de la jeune femme.) C'est important.

— Je sais.

Lucas approuva lentement de la tête.

« Il faut que tu la regardes, se dit-il. Pourquoi ne la regardes-tu pas ? »

— Sans déconner, fit-il sans pouvoir détacher son regard de la fenêtre. Il faut que tu te reposes. Ils me l'ont encore dit tout à l'heure.

— Je sais, David.

Il y eut un silence.

Lucas s'absorba dans la vue qu'on découvrait de la fenêtre. Son regard dériva au loin, vers les immeubles de verre et d'acier qui s'entassaient au flanc de la colline de Saint-Cloud. Le soleil se couchait.

« Jaune d'œuf », nota-t-il malgré lui.

La douleur fut instantanée, intolérable, comme si une poigne de fer lui broyait le cœur.

Il se retourna.

— Qu'est-ce qu'il y a ? demanda Olivia, inquiète.

— Rien, répondit-il, sentant la douleur décroître doucement. Ce n'est rien.

— Tu es sûr ?

— Rien, je t'assure.

Ne pas lui montrer ! Surtout, qu'elle ne comprenne pas !

Elle le dévisagea puis se tourna vers la fenêtre. Un bref instant, il ne se passa rien ; elle parut simplement regarder au-dehors, pensive. Soudain, son regard se voila et ses lèvres se serrèrent en tremblant faiblement. Et il sut qu'elle avait compris.

Il demeura pétrifié, incapable de faire, ni de dire, quoi que ce fût. Elle se reprit, seule, bravement, avec un petit sourire crispé, comme pour s'excuser.

— Tu as l'air épuisé, murmura-t-elle.

Il haussa les épaules et lui sourit à son tour.

Elle se redressa péniblement dans son lit en soulevant son bras gauche, plâtré jusqu'au coude. Il sembla à David qu'il remarquait ce plâtre pour la première fois. Il regarda Olivia. Elle était pâle. Les traces de coups sur son visage, qui commençaient à s'estomper, en accentuaient encore la pâleur. Dieu qu'elle était pâle... Et si calme, de nouveau. Si étrangement calme.

Une semaine, déjà...

Une semaine s'était écoulée. Une semaine, qu'on avait aidé Olivia à supporter, à coups de calmants et de tranquillisants. Une semaine, durant laquelle il s'était terré chez lui, téléphone débranché, seulement dérangé par un ou deux amis proches et des policiers venus recueillir son témoignage. Une semaine, à la fin de laquelle il avait enterré son enfant, dans un petit cimetière, sur la côte normande, près d'Utah Beach. Une semaine de cauchemar.

L'agitation de la presse et des médias, autour de « la tuerie de Louveciennes », était vite retombée lorsqu'on s'était rendu compte que la police penchait, de plus en plus, pour la thèse d'un vol ayant mal tourné. Thèse la plus crédible, étaient convenus la plupart des observateurs, et ce, d'autant plus qu'on avait fini par savoir qu'une somme d'environ huit mille francs avait été dérobée par les meurtriers. Quelques commentateurs s'étaient essayés à renouveler leurs formules sur l'insécurité grandissante et sur cette nouvelle génération de malfaiteurs qui n'hésitaient pas à tuer « pour une poignée de francs ». Mais un regain de tension au Proche-Orient, un attentat à la bombe qui avait fait cinq morts et plusieurs dizaines de blessés à l'aéroport de Marseille-Marignane et, pour finir, une élection législative partielle dans le Var remportée par un candidat d'extrême droite eurent tôt fait de rejeter le « drame de Louveciennes » dans l'oubli. Deux ou trois périodiques, toujours les mêmes, tentèrent bien d'exploiter la veine du couple désuni et celle des fréquentations « douteuses », gauchistes notamment, de « l'étrange avocate ». Mais, là encore, David Lucas n'étant pas une vedette de la télévision, ni sa femme un ténor du barreau, ces insinuations eurent peu d'écho. Plus personne ne parlait de tout cela, maintenant. Plus personne. Nulle part.

Une semaine...

Lucas sentit sa gorge se serrer.

— David ?

— Oui...

Il la regarda. Elle lui parut plus pâle encore ; ses

lèvres s'entrouvrirent et il remarqua qu'elles tremblaient de nouveau. Elle le fixa intensément, semblant rassembler ses forces, puis elle murmura :

— ... On voit la mer ?

Pourquoi fallait-il parler de ça ? Pourquoi fallait-il qu'ils se torturent à parler de cela ?

Et il revit le petit cercueil, irréel, comme un jouet, s'enfonçant dans la terre ; et le cimetière d'Utah Beach, ramassé sous les vents et le grondement de la mer — le seul endroit au monde auquel Lucas avait pensé, peut-être parce que ses parents y reposaient, mais aussi et surtout parce que tout, même les cimetières, semblait provisoire, dans l'attente d'un nouveau monde, dont la mer promettait sans cesse l'avènement, et qu'elle ne se lasserait jamais de préparer.

— Oui, on la voit, répondit-il tout bas.

— ... Tu es sûr ? dit-elle avec un petit gémissement.

— Je te le jure, souffla-t-il en fermant les yeux. (Il l'entendit faiblement renifler.)

« Arrête, je t'en prie. Je t'en prie, Olivia, arrête ! »

— On ira, n'est-ce pas ?

— On ira.

Ils se regardèrent en silence. David sentit sa gorge se nouer en la voyant, éperdue de chagrin, tenter de retenir ses larmes. Elle eut comme une grimace d'excuse et se détourna. A travers la fenêtre, elle vit l'horizon embrasé par le soleil couchant. Elle secoua doucement la tête et grimaça à nouveau de douleur.

— Il me manque, David, lâcha-t-elle dans une plainte.

— Je sais, murmura-t-il.

— Il me manque tellement... (Elle éclata en sanglots.) Tellement ! Tellement !

— A moi aussi.

— Il me manque tant ! Tant ! David...

Il s'approcha d'elle. Et, s'agrippant l'un à l'autre, ils s'abandonnèrent à la peine qui les chavirait.

— Ce n'est pas un hasard, David.

Lucas, debout devant la fenêtre, fixait pensivement les lumières qui brillaient dans la nuit. Il soupira en fermant les yeux.

Il était 7 heures passées. Olivia lui avait demandé de rester avec elle, et il était resté. Même si elle ne le lui avait pas demandé, il serait resté de toute façon. Qu'avait-il donc d'autre à faire ? Et surtout il sentait, tout comme elle, il en était sûr, qu'en restant ensemble ils se soulageaient mutuellement. Il ne l'avait quittée qu'un moment pour aller griller quelques cigarettes, le temps que les infirmières eussent fini de lui prodiguer les soins que nécessitaient ses blessures. Il était de nouveau avec elle lorsqu'on lui apporta le plateau-repas de son dîner. Ils avaient parlé. Parlé et parlé. Et ils en étaient venus à évoquer la visite des policiers qu'Olivia avait reçus la veille.

Il se retourna. Elle avait repoussé le plateau, ayant à peine touché à la nourriture tiède et fade. Elle était de nouveau calme, étrangement calme.

— Ce n'est pas un hasard, répéta-t-elle.

— Comment ça, pas un hasard ?

— Je veux dire que ce n'étaient pas des voleurs. Ils ne sont pas simplement venus pour voler. Il y avait autre chose. (Elle secoua la tête, songeuse.)

David marqua un léger temps, puis il soupira.

— Olivia, je t'en prie...

— Il y avait autre chose, David. Je les ai vus. Je les ai vus fouiller, partout...

— Olivia... Olivia !

— Je les ai vus, je te dis ! Ils ont tout fichu en l'air, mon bureau, les dossiers... Ils cherchaient quelque chose, j'en suis certaine, ils cherchaient quelque chose !

« L'argent », pensa Lucas. Mais il n'eut pas le cœur de le lui dire. Elle semblait maintenant en proie à un désarroi atroce. Il eut pitié d'elle. Pourquoi fallait-il qu'elle se torturât ainsi ? Quelle folie la poussait à chercher des raisons à ce qui, de toute évidence, n'en avait aucune ? Leur enfant était mort et aucune raison au monde ne pourrait jamais le justifier. C'était une fatalité cruelle, absurde, révoltante. Mais c'était la fatalité. Il fallait s'efforcer de vivre avec, ou mourir. Il n'y avait pas d'autre choix.

— Quelque chose, répéta Olivia comme pour elle-même. Ce n'était pas un hasard... Ils n'avaient pas l'air de voleurs. Ils savaient très bien où ils étaient et qui j'étais, j'en suis sûre !

— Tu crois vraiment que les malfrats de ce genre ont un air spécial ? rétorqua Lucas d'un ton légèrement excédé.

Elle le regarda soudain, surprise et blessée tout en même temps.

— Excuse-moi, dit-il après un soupir. (Il se frotta le front d'une main.) Mais ça changerait quoi, de toute manière ?

— Je ne sais pas. (Elle baissa les yeux.)

Il y eut un silence.

— Et bon Dieu de merde ! tu veux me dire ce qu'ils auraient bien pu venir chercher pour justifier cette... (Il la fixa sans terminer sa phrase.)

— Je ne sais pas, dit Olivia après un bref silence. Je ne sais pas, David. (Elle hésita.) Mais je sais que j'ai raison. Je ne sais pas pourquoi, je ne sais pas comment, mais j'ai raison, David ! Je le sens ! (Elle criait presque.) Tu comprends ?

— D'accord, soupira Lucas. (Il hocha la tête.) D'accord... Cela dit, la police n'a pas vraiment exclu la vengeance d'un de tes clients, non ?

— Ce n'est pas ça. C'est idiot...

— Comment ça, idiot ! C'est toi-même qui leur as dit que...

— Pas moi, Paul.

— Aronfeld ?

— Oui. C'est lui qui a ressorti ces histoires aux flics. Je n'ai fait que les confirmer. J'y ai cru un moment, moi aussi, mais cela ne tient pas. J'y ai pensé toute la nuit dernière. Cela ne tient pas, David.

Paul Aronfeld était un ami d'Olivia, avocat lui aussi — ils partageaient tous deux les mêmes locaux donnant sur l'esplanade des Invalides. C'était Aronfeld, en effet, qui, à la demande des policiers, avait trié les dossiers d'Olivia qui lui paraissaient les plus dangereux — ceux, du moins, mettant en scène des personnages qui auraient pu avoir de bonnes raisons de s'en prendre à la jeune femme, voire même de se venger d'elle. Il en avait isolé trois. Olivia avait dû convenir que son choix avait été le bon.

La première affaire, la plus ancienne, concernait un trafiquant de drogue dont Olivia avait repris la défense après que deux de ses confrères se furent successivement occupés du dossier. Elle ignorait que l'un de ces derniers avait promis au trafiquant en détention une liberté provisoire qu'il n'avait pu, en définitive, obtenir. Un soir, deux hommes avaient forcé la porte de son cabinet et avaient menacé Olivia des pires ennuis si elle ne remboursait pas la grosse provision consentie pour l'obtention de cette libération. Olivia s'en était expliquée avec son client, protestant de sa bonne foi. Celui-ci l'avait crue ; du moins Olivia en avait-elle été convaincue, à l'époque. Elle n'avait, en tout cas, plus jamais entendu parler de cette histoire.

Les deux autres affaires étaient plus récentes. L'une touchait au monde de la prostitution : Olivia s'était occupée de deux jeunes prostituées qui avaient porté plainte contre leur « protecteur », l'accusant de les battre et de les enfermer des jours et des jours, sans boire ni manger, dans des caves de banlieue, où, par camions entiers, et à toute heure du jour et de la nuit, débarquaient des immigrés rassemblés sur les divers chantiers de construction de la périphérie parisienne. Olivia avait « chargé » le souteneur au maximum ; il en avait pris pour cinq ans ferme. Il était toujours en prison. Mais il avait des amis.

Le dernier dossier considéré comme délicat par Paul Aronfeld se rapportait à un gang de receleurs qui s'était implanté dans l'ouest de la région parisienne. Des jeunes gens sans expérience, mais déterminés. Olivia avait fait leur connaissance, si l'on peut dire, en assurant la défense de l'un d'entre eux dans une histoire de vol de voiture. Le jeune homme s'en était bien tiré. Il avait dit à la jeune avocate qu'il ne l'oublierait pas. Il ne l'oublia pas, en effet, puisqu'un beau jour, le gang craignant une perquisition imminente de la police, il n'hésita pas à lui demander d'entreposer momentanément chez elle des marchandises volées. Olivia refusa. Le chef du gang fut condamné à huit ans de réclusion criminelle. Lui non plus n'était toujours pas sorti. Et lui non plus ne manquait pas d'amis, au-dehors.

— Ce sont des histoires anciennes, David, poursuivit Olivia. La plus récente, celle des receleurs, date d'il y a plus d'un an ! Ils n'auraient tout de même pas attendu tout ce temps ! C'est invraisemblable.

— En quoi est-ce invraisemblable ? Tu peux me le dire ? demanda Lucas d'un ton las.

— Et puis ils ont fouillé, continua Olivia sans lui répondre. S'ils avaient voulu se venger, ils m'auraient tuée tout de suite. Ils ne l'ont pas fait, comme s'ils me gardaient... en réserve. Oui, c'est ça ! En réserve, au cas où... (Elle secoua la tête, tourmentée par son impuissance à comprendre l'horreur qu'elle venait de vivre.) Ils cherchaient quelque chose ! Sinon quel besoin auraient-ils eu de fouiller ?

— Olivia, je t'en prie...

Lucas vint s'asseoir auprès d'elle et lui prit la main. Il plongea son regard dans le sien et, après une courte hésitation, il soupira et dit :

— Ils cherchaient de l'argent, Olivia, rien que de l'argent.

— Non !

— Si, Olivia. De l'argent, uniquement de l'argent, tu comprends ?

— Mais ils ont continué à fouiller après ! protesta-t-elle avec des larmes dans la voix.

— Après quoi ? demanda doucement David.

— Après que l'Italien l'eut trouvé, l'argent...

L'Italien. C'était l'un des rares éléments qu'Olivia avait pu fournir à la police concernant le signalement des deux meurtriers. L'un — celui qui était armé d'un fusil de chasse à canon scié — était moustachu et parlait avec un fort accent italien. De l'autre, elle n'avait retenu que la corpulence, le regard dur et froid, et un tatouage au poignet droit. Un tatouage représentant un soleil noir.

Lucas soupira de nouveau.

— Ils ont très bien pu croire qu'il y avait encore de l'argent ailleurs. (Il marqua un temps.) Olivia... Olivia, écoute-moi ! La seule chose que ces types cherchaient, c'était de l'argent, tu entends ! Soit parce qu'ils étaient venus pour voler, soit parce que, éventuellement, ils voulaient brouiller les pistes, dans le cas de la vengeance, je veux dire... C'est tout ! Tu comprends ? De l'argent ! Et rien d'autre ! (Il hésita.) Ça ne sert à rien de te torturer de cette manière.

Olivia le fixa un instant sans répondre. Des larmes brillèrent dans ses yeux. Mais elle ne se détourna pas.

— Tu crois que je suis folle, n'est-ce pas ?

— Mais non !

Cette fois, elle se détourna, comme pour surmonter le découragement qui l'accablait soudain.

Un long silence les sépara lentement l'un de l'autre.

Olivia le rompit, d'une voix calme et assurée :

— Ce n'est pas un hasard, David. (Elle le regarda.) Et je ne suis pas folle. Je n'ai pas inventé tout cela. Il faut que tu me croies. Tu *dois* me croire.

Bon Dieu ! Olivia !

Que faut-il que je fasse ? Que faut-il que je lui dise ?

81

Et il lut dans son regard la prière muette, implorante qu'elle lui adressait.

— D'accord, murmura-t-il en le regrettant presque aussitôt.

Mais que pouvait-il dire d'autre ?

Il se leva, entrouvrit légèrement la fenêtre et alluma une cigarette.

— Tu en as parlé à la police ? demanda-t-il sans la regarder.

— Oui.

— Et alors ?

— Ils s'en foutent. (Elle eut un petit soupir.) Ils n'ont pas eu l'air de prendre ça au sérieux. J'ai l'impression qu'ils pensent que j'ai inventé tout cela.

— Et qu'est-ce que tu veux que je fasse ? (Il se retourna.) Hein ?

— Je veux que tu leur parles, que tu leur dises... Toi, ce n'est pas pareil. Ils te croiront. Ils t'écouteront !

Lucas l'observa un instant, silencieux, puis il acquiesça de la tête.

— D'accord, dit-il tout bas. Je leur parlerai.

Olivia attendait, les yeux grands ouverts, dans la pénombre de sa chambre. Elle attendait que le somnifère fît son effet. Elle n'avait pas voulu qu'on baissât le store de sa fenêtre. Elle scrutait la nuit au-dehors. Et elle réfléchissait, une fois encore, à ce dont elle venait de parler à David. Elle y réfléchissait une fois de plus, et de toutes ses forces. Et plus elle y pensait, plus elle était certaine d'avoir raison. Elle ne savait pourquoi, mais elle en était certaine. Et elle s'acharnait à passer en revue les affaires dont elle avait eu à s'occuper ces derniers mois, relevant les moindres détails qui lui paraissaient suspects et les rangeant dans un coin de sa mémoire pour les réexaminer tous, un par un, un peu plus tard. Et, comme elle n'obtenait pas de résultats satisfaisants, elle recommençait en étudiant chaque affaire d'un point de vue différent.

Mais ce n'était pas la seule raison pour laquelle elle mobilisait son cerveau pareillement. Cette réflexion opiniâtre, qu'elle s'imposait, était aussi le seul moyen de ne pas penser au *reste*. Ne pas y penser ! Surtout ne pas penser à cette horreur, à ce cauchemar monstrueux, qui pouvait fondre sur elle, à tout instant, et la terrasser dans des souffrances inimaginables.

Surtout ne pas y penser !

Réfléchis ! *Réfléchis !*

En un éclair, elle perçut le danger auquel elle s'exposait en adoptant une telle attitude : à force de chercher si ardemment des raisons à son drame, elle finirait par en trouver ; bonnes ou mauvaises, mais elle en trouverait. Or, n'était-ce pas ce qu'elle recherchait vraiment, en définitive, des raisons ?

Non ! C'est faux !

Je ne veux que la vérité ! Je veux savoir pourquoi mon... Attention ! Pas comme ça. Non. *Réfléchis !*

Réfléchis. Ils fouillaient. Qu'est-ce qu'ils fouillaient ? Tout, ils ont tout fouillé !... Les dossiers et tout. Les dossiers ?... Mais il n'y avait rien dans ces dossiers ! Rien du tout ! Mon Dieu, aidez-moi ! Que cherchaient-ils ?

Ce fut alors seulement, comme le somnifère commençait à l'engourdir, qu'elle l'entendit. D'abord, faiblement, puis de plus en plus fort. Une voix ! Une voix dont les échos se répercutaient dans le tréfonds de son esprit.

« Non, ce n'est pas possible », pensa Olivia. « Ça ne peut pas être ça. Je deviens folle. Je deviens folle ! »

Mais la voix insista.

Elle ne disait qu'une seule chose. Un nom :

... RASHID... RASHID... RASHID... RASHID... RASHID...

Le bruit fit sursauter David.

Ça venait d'en bas. Qu'est-ce que c'était ? Il tendit l'oreille.

Rien.

Il pensa que son imagination lui jouait des tours. Et la fatigue aussi : il n'avait pas dormi de la nuit, ou si peu. Cela faisait des jours et des jours, en fait, qu'il ne parvenait plus à trouver le sommeil.

Il regarda sa montre. 5 heures moins le quart. Cela ferait bientôt deux heures qu'il se trouvait là, dans la maison de Louveciennes. Deux heures ! Et il n'était venu que pour prendre quelques affaires dont Olivia avait besoin. Il s'était pourtant promis de faire au plus vite. Il était arrivé en début d'après-midi. Personne ne l'avait vu et il en avait remercié le ciel : il n'avait envie de voir personne. Il avait garé la Golf derrière la maison, près de l'entrée menant au garage ; il n'avait pas pu se résoudre à passer par l'entrée principale. Il s'était rendu ensuite dans la cuisine — la porte donnant sur le jardin n'était jamais fermée — et avait emprunté le second escalier menant à l'étage. La chambre d'Olivia était juste en face. Il s'y était enfermé, n'ayant vu de la maison que le strict minimum.

Le jour commençait à baisser. Il se décida à abandonner le lit où il était assis, aperçut le sac de cuir dans lequel il avait fourré les affaires d'Olivia et se demanda s'il n'avait rien oublié.

Le bruit lui parvint de nouveau.

Cette fois, il en était sûr ; il n'avait pas rêvé ! Ça venait d'en bas. Il y avait quelqu'un en bas !

Il demeura aux aguets. Le bruit se répéta de nouveau. « Des tiroirs, pensa Lucas, des tiroirs qu'on ouvre et qu'on referme ! »

Il hésita, sentant son cœur battre, puis s'approcha d'une fenêtre : une voiture stationnait devant la maison ; une voiture de couleur sombre et de marque étrangère.

Comment ne les avait-il pas entendus entrer ? Mais

pourquoi *les* ? C'était ridicule ! Il y avait quelqu'un en bas, c'était tout !

Il se dit que ce devait être la femme de ménage. Mais cette voiture... et elle ne venait pas l'après-midi, mais le matin !

Qui était en bas ?

Il gagna la porte de la chambre, l'ouvrit, s'apprêtant à demander qui se trouvait là, d'une voix forte. Mais il n'en fit rien. La seule pensée qui lui vint fut que la moquette étoufferait ses pas et que l'escalier, en ciment, ne craquerait pas.

Lucas descendit l'escalier, le cœur battant. Et il aperçut l'intrus. L'homme lui tournait le dos, penché sur le secrétaire du salon. Des dossiers étaient étalés sur le sol, derrière lui. David retint son souffle, se demandant ce qu'il allait faire maintenant ; son regard accrocha le gourdin qu'Olivia laissait près de la porte d'entrée. A cet instant précis, l'homme se retourna brusquement. Il laissa échapper un cri en apercevant Lucas.

— Bon sang ! Paul ! Qu'est-ce que vous foutez ? s'écria David, reconnaissant l'avocat Paul Aronfeld.

Celui-ci se laissa tomber dans un fauteuil.

— Bordel de Dieu ! Vous m'avez flanqué une de ces trouilles, soupira Aronfeld.

L'avocat expliqua à David qu'il était venu récupérer les dossiers d'affaires sur lesquelles Olivia travaillait ; il avait été désigné par le bâtonnier pour assurer l'intérim de son cabinet. Olivia lui avait dit que le gardien du « domaine » avait un double des clefs de la maison. Elle lui avait dit aussi qu'il risquerait de rencontrer David. Mais comme il n'avait pas vu sa voiture, ni rien, et que la maison était silencieuse, il était à cent lieues de se douter...

Rasséréné, Aronfeld dit à Lucas combien il avait été bouleversé par le drame atroce qui les avait frappés tous deux, Olivia et lui. Il n'avait pas osé déranger David, se doutant que ce dernier préférait rester seul.

Il assura que s'il pouvait lui être utile en quoi que ce fût, il ne fallait pas hésiter à faire appel à lui. David observa le petit homme rondouillard et à demi chauve. La tristesse de son regard n'était pas feinte : lui et Michaël s'adoraient. David le remercia. Ils en vinrent à parler d'Olivia et de son incrédulité devant les hypothèses formulées par la police.

— Je n'y crois pas non plus, dit Aronfeld.

— Et pourquoi ? s'étonna David.

— Je ne sais pas. C'est vraiment trop simpliste. Le vol, je veux dire. (Il marqua un léger temps.) Et le reste aussi, d'ailleurs. C'est trop gros. Il n'y avait rien dans les affaires d'Olivia qui aurait pu justifier tout cela.

— C'est pourtant bien vous qui avez indiqué à la police les deux ou trois affaires dont elle m'a parlé, non ?

— Ils me l'ont demandé, je l'ai fait. Mais sincèrement, j'y ai repensé après, c'est absurde. Il n'y a rien là-dedans.

Lucas réfléchit un instant. Aronfeld, ennuyé, ajouta aussitôt :

— Cela dit, je me trompe peut-être. Ça me paraît louche mais... encore une fois, je ne vois pas ce qui...

David le coupa :

— Vous avez parlé de cela à la police ?

L'avocat eut un petit soupir résigné.

— Je suis l'ami d'Olivia... et on travaille ensemble, en plus ! Ils sont convaincus qu'elle m'a monté la tête. (Il eut un sourire pincé.) Sans parler du fait qu'ils ne prennent pas au sérieux ce qu'elle dit. Ni les flics, ni non plus le juge d'instruction.

— Elle m'a demandé d'aller les voir, dit David après une courte hésitation.

L'avocat haussa les épaules.

— Ça ne servira à rien. (Il secoua la tête.) Vous savez la réputation qu'elle a... Elle a réussi à se foutre

86

mal avec tout le monde ou presque... (Il secoua à nouveau la tête.)

Lucas savait fort bien à quoi Aronfeld faisait allusion. Olivia avait toujours considéré que la justice était un combat, une sorte de guerre même. Et dans cette guerre, les gentils étaient du côté de la défense. Les méchants, c'est-à-dire les autres, tous les autres, devaient être combattus avec fougue et sans scrupule, en usant, sans retenue aucune, de toutes les armes et de toutes les opportunités qui s'offraient à vous. Et ce, quand bien même une telle démarche aurait pu vous conduire à sortir des limites définies par la bienséance, voire par la loi. Le combat était inégal, dès le départ. L'avocat, selon Olivia, ne devait donc pas hésiter à le rééquilibrer par tous les moyens, quitte à déplacer la lutte sur des terrains peu orthodoxes. Cette façon de voir les choses lui avait fait collectionner les incidents d'audience. Rares étaient les magistrats avec lesquels elle ne s'était pas accrochée — l'une de ses spécialités consistant à souligner, au grand dam du représentant de l'accusation, procureur ou substitut, que la police avait trop bien fait son travail concernant son client ; quand elle n'allait pas jusqu'à laisser entendre que les policiers avaient fabriqué le dossier de toutes pièces, ou qu'ils avaient extorqué les aveux de son client par la menace ou par la force. Un tel comportement lui avait valu pas mal d'inimitiés au sein du monde judiciaire, et spécialement dans la police. Une emmerdeuse, disait-on — et c'était ce qui se disait de plus aimable à son sujet —, et qui n'avait même pas l'excuse d'être animée par des motifs politiques ; elle se contentait seulement d'emmerder le monde pour le plaisir.

Olivia ne s'était jamais souciée des remous qu'elle provoquait. Elle avait continué, en dépit de tout et de tous, à pratiquer son métier comme elle l'entendait, n'épargnant rien, ni personne. Jusqu'à l'administration pénitentiaire elle-même, avec laquelle elle avait eu plusieurs fois maille à partir : tel directeur de prison lui reprochant une tenue d'été trop suggestive ; tel autre se voyant obligé de lui rappeler, solennellement, qu'il était interdit de passer des paquets de cigarettes aux détenus auxquels elle rendait visite. L'un de ses démêlés avec l'administration pénitentiaire lui avait même valu les honneurs de la presse : cela se passait à l'époque où l'on venait, par mesure de sécurité, d'installer des portiques de détection à l'entrée des prisons — semblables à ceux que l'on trouve dans les aéroports, émettant un signal sonore en présence d'un objet métallique. Tout visiteur devait passer sous le portique, y compris les avocats. Olivia considérant, avec un certain nombre de ses confrères, qu'il s'agissait là d'une « atteinte intolérable aux droits de la défense », avait protesté. Et un beau jour, à Fresnes, excédée par la sonnerie du portique persistant à retentir alors qu'elle avait vidé le contenu de ses poches et de son sac, elle s'était livrée à un strip-tease en règle devant les gardiens ébahis. Elle avait ensuite accusé publiquement le personnel d'avoir déréglé exprès l'appareil pour pouvoir se « rincer l'œil ». A la suite de cet incident, la chancellerie avait demandé que ces portiques fussent réglés avec davantage de discernement — il est vrai que, prévus pour détecter la présence éventuelle d'armes, ces appareils se déclenchaient plus ordinairement pour la moindre carte magnétique, voire même pour le simple emballage de papier d'argent d'un paquet de cigarettes ! Ils s'affolaient, plaisantait-on, devant une tablette de chocolat mais s'écrasaient sans problème au passage d'un sachet d'héroïne !

David s'était parfois inquiété, mais, le plus souvent, amusé des frasques d'Olivia. Il croyait toutes les connaître. Mais Aronfeld venait de lui en raconter brièvement quelques-unes qu'il ignorait. Et quelque chose dans le ton d'Aronfeld avait fait comprendre à

Lucas que ce vieil ami d'Olivia, fidèle entre tous, en était arrivé lui-même à se demander si elle n'avait pas, d'une certaine façon, dépassé les bornes.

— Elle charrie, finit par avouer Aronfeld. Elle charrie vraiment. Elle vient même de se taper un rappel à l'ordre du bâtonnier.

— En quoi faisant ? demanda David.

— Une connerie, soupira Aronfeld. Elle a défendu une nana qui commandait un groupuscule lié à « Action directe ». Pour assurer le coup, elle a téléphoné à un membre du groupuscule en question pour lui demander de faire disparaître des documents compromettants pour sa cliente. Ce qu'elle ignorait, c'est qu'on l'avait mise sur écoutes. Les flics ont dû relâcher la nana, en fin de compte. Mais ils l'ont gardé en travers. Et ils ont posté la bande, bien évidemment. (Il secoua la tête en soupirant.) Elle s'en est d'ailleurs bien tirée. Une histoire pareille, c'était à la limite de la complicité.

Ils discutèrent encore un moment. La nuit était tombée et ils avaient dû allumer une lampe dans le salon. La lumière avait accentué l'inanité des lieux et David avait de plus en plus de mal à le supporter. Aronfeld s'en rendit compte. Il proposa d'aller chercher lui-même les affaires d'Olivia dans sa chambre — ce dont Lucas lui fut reconnaissant. Puis, après avoir vérifié, l'un et l'autre, qu'ils n'oubliaient rien, ils quittèrent la maison.

— Réfléchissez, dit Aronfeld en s'installant au volant de son Audi bleue. Si vous décidez d'intervenir, laissez tomber les flics, voyez plutôt le juge. Je le connais un peu. J'essaierai de vous arranger ça. Mais je ne vous garantis rien quant au résultat.

— Je sais, Paul. Merci, dit David.

Aronfeld eut un petit sourire triste.

— Vous êtes vraiment sûr que je ne peux rien faire de plus ?

David sembla hésiter. Il jeta un coup d'œil derrière lui, en direction de la maison tapie dans la nuit.

— Si... fit-il d'une voix sourde. Vendez cette maison... (Il se retourna et fixa l'avocat.) Vendez-la... Vite !

Paul Aronfeld se rejeta contre le dossier de son large fauteuil de cuir et s'étira avec volupté. Il était 20 h 30. Il desserra le nœud de sa cravate en jetant un regard distrait par la fenêtre de son bureau : la circulation s'écoulait, silencieuse, sur l'esplanade des Invalides.

Il venait de terminer l'examen des dossiers d'Olivia. Rien de particulier, ni de très urgent. Il avait bien mérité un verre.

Il quitta son fauteuil pour se diriger vers un petit réfrigérateur recouvert de simili-acajou. Il en sortit un verre et une bouteille de J & B. Il se servit sa dose habituelle et regagna son fauteuil.

Il regarda pensivement les dossiers sur son bureau.

Il y avait quand même quelque chose.

« Autant vérifier tout de suite », se dit-il. Il se pencha vers un interphone et abaissa une touche. Une note musicale résonna.

— Oui ?

— Esther, le dossier Rashid, il y avait de la correspondance ou pas ?

— Vous voulez dire Yamani.

Aronfeld s'impatienta.

— Vous savez bien que c'est le même type ! Alors ?

— Plutôt, oui ! Il était un peu amoureux d'elle.

— Où est-elle passée, alors ?

— Qui ?

— La correspondance ! Dans le dossier, il n'y a que la lettre de désignation à cette cote.

— Impossible ! Tout est dans le dossier.

Aronfeld s'énerva.

— Bordel de Dieu ! Esther ! Je vous dis qu'il n'y a

rien ! Alors, soyez gentille, levez votre cul et allez vérifier dans le bureau d'Olivia si elle n'y est pas.

— ... Bien, maître, maugréa la secrétaire.

Dix minutes plus tard, une jeune femme, portant un jean rehaussé d'un élégant chemisier, pénétra dans le bureau d'Aronfeld sans frapper. L'avocat en fut irrité, mais s'abstint de toute remarque.

— J'ai tout retourné mais je n'ai rien trouvé, annonça la jeune secrétaire en se dandinant.

— Vous avez bien regardé ? demanda Aronfeld avec insistance.

— J'ai tout retourné, je vous dis ! Elle l'a peut-être laissée chez elle ?

— Non-non. Il n'y a plus rien chez elle. J'ai vérifié avec son mari... (Il marqua un temps.) Bon, merci, Esther, vous pouvez partir maintenant.

La jeune secrétaire s'éclipsa. Aronfeld demeura songeur. Puis il décrocha son téléphone et appela Olivia à l'hôpital.

« Bordel de Dieu ! » se dit-il en écoutant la sonnerie résonner dans l'appareil.

Olivia comprit que quelque chose ne tournait pas rond.

— Pourquoi me parles-tu de cela ? demanda-t-elle. Elle sentit Aronfeld hésiter à l'autre bout du fil.

— Pourquoi je te parle de quoi ?

— Ne fais pas l'idiot, de cette correspondance-là...

— Pour rien... je voulais juste...

— Paul, je t'en prie.

— ...

— Paul !

— Et merde !... Elle a disparu.

Olivia demeura interdite. Elle écouta les explications d'Aronfeld sans prononcer un mot. Un silence pesant succéda aux dernières paroles de l'avocat.

— Olivia ?... Olivia ?...

La jeune femme ferma les yeux. Elle murmura :

— Dis-le au juge, Paul... (Sa voix s'étrangla.) Appelle David. Et raconte-lui. Appelle-le, vite !

Elle raccrocha.

Des idées se bousculaient furieusement dans sa tête ; des mots, des phrases s'entrechoquaient ; une voix lointaine hurlait quelque chose d'incompréhensible. Elle fut prise d'un vertige atroce.

Elle avait raison ! Mon Dieu, elle avait raison !

Ils étaient bien venus pour quelque chose. Et ils l'avaient trouvé. Mais pourquoi avaient-ils voulu la tuer ? Pourquoi son enfant était-il mort ? Pourquoi ? puisqu'ils avaient récupéré ce qu'ils étaient venus chercher ? Mais pourquoi ces lettres ?...

... RASHID... RASHID... RASHID... RASHID... RASHID...

Pourquoi justement ces lettres ?

Elle secoua la tête comme pour échapper à l'emprise de la voix qui lui martelait le cerveau.

... RASHID... RASHID... RASHID... RASHID...

Soudain, tout se tut et s'apaisa. Olivia comprit qu'elle avait trouvé une des réponses qu'elle cherchait.

Et cette réponse la terrifia.

« Je ne m'étais pas trompée, se dit-elle. Ils l'ont tué... Ça ne peut être que ça... Ils ont tué Salim Rashid ! »

David gara sa voiture près de l'aérogare des Invalides. La pendule lumineuse surplombant le bâtiment indiquait 21 h 43.

L'air froid et humide, en cette fin d'octobre, le fit frissonner. Il remonta le col de son imperméable et se pressa en direction du cabinet d'Aronfeld. Il ne prêta pas attention aux gendarmes qui montaient la garde dans l'ombre de la lourde bâtisse du ministère des Affaires étrangères ; ni, non plus, à la brume qui ouatait la lueur des lampadaires sur l'esplanade. Tout en marchant, il fixait les deux fenêtres qui brillaient au premier étage d'un immeuble luxueux, à quelques dizaines de mètres devant lui. Aronfeld l'attendait.

L'avocat avait été bref au téléphone. Il lui avait simplement dit qu'il y avait du nouveau et qu'il fallait qu'ils se voient au plus vite. Et il avait ajouté :

— Olivia avait raison. Ils ont piqué quelque chose.

Parvenu à l'entrée de l'immeuble, David composa le code chiffré que lui avait indiqué l'avocat et s'engouffra à l'intérieur.

— Vous êtes sûr que ces lettres n'ont pas pu s'égarer quelque part ? demanda David, en se laissant tomber dans un fauteuil, face au bureau de l'avocat.

Aronfeld se tenait debout, en bras de chemise. Il se mordit la lèvre inférieure et secoua la tête.

— J'ai fouillé son bureau de fond en comble en vous attendant, dit l'avocat. Elles n'y sont pas. Et elles ne sont pas à Louveciennes. J'ai tout regardé, et on a même vérifié ensemble.

— Olivia a très bien pu les perdre, non ?

— Dans ce cas, elle aurait tout perdu. Tout le contenu de la cote correspondance, je veux dire. Or, il reste la lettre de désignation. (Aronfeld remarqua la grimace d'interrogation de David.) La lettre par laquelle le type la désignait pour assurer sa défense, précisa-t-il.

Aronfeld s'empara de la bouteille de J & B à l'intérieur du réfrigérateur, la montra à Lucas, qui refusa d'un geste, et se resservit un fond de whisky.

— Et pourquoi aurait-on voulu récupérer ces lettres ? demanda Lucas. Qu'est-ce qu'il y avait dedans ?

— Rien... Rien de particulier, répondit Aronfeld, hésitant. Sauf que le contenu et le ton étaient en contradiction avec ce qui s'est passé.

— Vous les avez lues ces lettres ?

L'avocat croisa le regard de Lucas et devina le sens véritable de sa question. Il soupira.

— Non... Mais on en a parlé souvent avec Olivia. Elle n'a pas pu inventer cela.

David observa l'avocat un moment.

Se pouvait-il qu'il se fût monté la tête, lui aussi ?
Pourtant, ce n'était pas son genre. Sous ses airs
bonhomme, Aronfeld cachait une mécanique intel-
lectuelle redoutable de logique et de lucidité. David
avait pu en juger en diverses occasions. Mais il savait
aussi qu'Aronfeld avait été secrètement amoureux
d'Olivia à une époque. Il l'était peut-être encore. Si
c'était le cas, pouvait-on concevoir qu'il se laissât
aveugler par ses sentiments ? A ce point ? « Non, pas
à ce point, c'est impossible », se dit David.

Il se débarrassa de son imperméable.

— Bon, ce type-là... commença-t-il en allumant une
cigarette.

— Salim Rashid, précisa Aronfeld.

— Oui. C'était quoi ? Un politique ?

— Non-non, rien à voir. Un petit dealer. Il avait déjà
fait de la tôle, pour trafic de stup, avant qu'Olivia
s'occupe de lui. Un an, je crois... (Il ouvrit un dossier
sur son bureau.) Oui, c'est ça, un an et demi ferme...
libéré en conditionnelle au bout de dix mois.

— Algérien ?

— Oui. Et une mère d'origine libyenne. (L'avocat
marqua un temps.) Toujours est-il qu'après sa conditionnelle, au lieu de se tenir tranquille, il a commencé
par cambrioler, de nuit, une pharmacie et puis il en a
braqué trois autres, en plein jour, et en quarante-huit
heures. On n'a jamais retrouvé l'arme dont il s'était
servi. Lui a toujours prétendu qu'elle était factice. Les
flics n'ont jamais pu prouver le contraire.

— Ça change quoi, ça ? demanda David.

— Rien, c'est juste pour dire que ce n'était pas un
gros... (Il eut un geste vague de la main.)

Lucas approuva de la tête.

— C'est à ce stade, je suppose, qu'Olivia est inter-
venue ?

— Oui. C'était une de ses premières grosses affaires. Elle ne s'est pas trop mal démerdée d'ailleurs.
Elle a obtenu assez vite la correctionnalisation de

l'affaire. Le type a pris quatre ans... auxquels se sont ajoutés les huit mois qui lui restaient de sa première affaire. (Aronfeld releva le nez du dossier dans lequel il s'était plongé.) C'est le principe de la conditionnelle. On libère le type plus tôt. S'il redéconne et qu'on le pique, ce qui lui restait à faire de l'ancienne condamnation vient s'ajouter à la nouvelle.

Aronfeld remarqua l'impatience de Lucas. Il enchaîna aussitôt :

— Bref, Rashid s'est retrouvé à Saint-Louis. Olivia a essayé de lui obtenir une nouvelle libération conditionnelle. Je lui avais dit que c'était du temps de perdu : ce type avait déjà fait l'objet d'une révocation de conditionnelle, et, par-dessus le marché, il n'avait ni domicile fixe, ni formation professionnelle, ni même, à ce qu'il disait, de famille en France... Elle a quand même voulu tenter le coup. (Aronfeld eut un petit sourire indulgent.) Et elle s'est plantée, bien évidemment... (Il marqua un temps, songeur.) Elle l'aimait bien, en fait...

L'avocat croisa le regard de David et, comme s'il tenait à dissiper tout malentendu, il ajouta :

— Le côté maternel d'Olivia, vous savez... Rashid avait je ne sais plus combien, vingt-deux ou vingt-trois ans. Elle répétait tout le temps qu'il était si jeune, si seul au monde... Elle qui rêvait de défendre la veuve et l'orphelin, ça devait être le pied ! (Il sourit.) La moitié, en tout cas. (Il redevint sérieux aussitôt.) A chaque fois qu'elle se rendait à Saint-Louis, elle allait le voir. Elle lui envoyait même un mandat de deux cents balles de temps en temps... Elle l'aimait bien, je crois... Sans compter qu'il n'a pas été ingrat avec elle. Il lui a fait autant de pub qu'il a pu. Elle a récolté quelques bons clients à Saint-Louis, grâce à lui.

— Il était un peu amoureux, non ? demanda David.

— Olivia a toujours dit que non, mais je crois que oui, répondit Aronfeld avec un sourire complice.

— Et elle lui écrivait ?

— Non, c'est lui. Au moins une ou deux lettres par semaine.

— Pour dire quoi ? s'étonna David.

— Ce qui lui passait par la tête... Ils n'ont que ça à foutre en tôle, vous savez. Dans ses dernières lettres, Olivia m'avait dit qu'il racontait qu'il allait bien, qu'il se sentait enfin bien dans sa peau, qu'il se réjouissait de sortir bientôt, etc. Ah oui, et puis aussi qu'il allait pouvoir lui rembourser l'argent qu'elle lui avait prêté — ça, Olivia avait tenu absolument à me le lire, parce que je lui avais dit cent fois qu'elle ne reverrait jamais la couleur de son fric. (Aronfeld sourit à cette pensée, puis il avala une gorgée de scotch en grimaçant.) Des conneries de ce genre, quoi, rien de particulier en fait... (Il parut songeur tout à coup.) Et c'est à peu près à ce moment-là qu'il s'est pendu... ou plus exactement, qu'on l'a retrouvé pendu dans sa cellule, en pleine nuit.

David fronça les sourcils.

— Cette distinction, elle est de vous ou d'Olivia ?

— D'elle, c'est vrai, mais...

— Il y a de quoi la fonder ? coupa David.

Aronfeld hésita.

— Pas vraiment, finit-il par avouer. Le type était seul dans sa cellule. En outre, l'autopsie n'a rien révélé de suspect. Juste une bonne dose de somnifères, mais rien d'anormal, en fait. L'enquête n'a rien donné non plus.

— Il lui restait combien à faire ?

— A peine trois mois.

— C'est ça qui la pousse à ne pas croire au suicide ?

— Pas seulement. Il y a aussi le fait qu'elle est certaine que Salim Rashid n'était pas du genre suicidaire. Elle en est convaincue. De plus, son suicide est en contradiction totale avec ce qu'il lui écrivait, ou lui disait, quand elle le voyait. Cela dit, en fait de contradiction, il y en a une autre, plutôt étrange, je dois dire...

— Comment ça ?

— Le portrait de ce type, tel qu'il se dégage des conclusions de l'enquête, est le contrepied de celui qu'on pouvait se tracer à travers tout ce qu'il racontait à Olivia.

— Il a très bien pu lui raconter des conneries, non ?

— Quel intérêt aurait-il eu à le faire ?... Aucun ! Par ailleurs, je ne crois pas que l'administration pénitentiaire mente dans cette affaire. Et c'est bien cela le plus étrange. Version officielle : Salim Rashid était un drogué, donc un faible. Il souffrait d'un état de manque sévère à son entrée à Saint-Louis. Il a été particulièrement suivi par le médecin et le psychiatre. Il fréquentait assidûment l'infirmerie. Il se bourrait de tranquillisants et de somnifères. Tout ça est noir sur blanc dans son dossier médical. Avec des mentions concernant une angoisse, une nervosité et une irritabilité excessives. En clair, ce type n'allait pas bien du tout. Il semblait, en outre, très mal supporter la détention. D'après l'administration, il aurait été à l'origine d'incidents plus ou moins graves, allant jusqu'à l'agression de plusieurs détenus, peu avant sa mort. En fait, il semble qu'il ait voulu prêter main-forte à son copain de cellule. Le résultat, c'est que le copain en question a été envoyé au mitard et que lui a été isolé dans une autre cellule. Son copain a raconté qu'il n'avait rien compris à cette bagarre — Olivia l'a su par son avocat —, une bagarre bizarre, selon lui, entièrement provoquée par un des durs de Saint-Louis, un type balafré, j'ai oublié son nom... Peu importe d'ailleurs, ce n'est pas ça l'important.

Aronfeld s'interrompit, guettant une réaction de David.

Celui-ci demeura silencieux, réfléchissant. Puis il demanda :

— Elle a parlé de cela à tout le monde, je suppose ?

— Bien sûr. Elle n'a pas arrêté d'emmerder le procureur et le juge.

— Et alors ?

Aronfeld eut un petit soupir de dérision en guise de réponse. David plissa les yeux.

— Ils ne l'ont pas crue, dit-il doucement.

— Elle s'est foutue en rogne, dit Aronfeld après un hochement de la tête. Elle n'a pas arrêté de les harceler. Elle s'est même sérieusement accrochée avec l'inspecteur général de l'administration pénitentiaire. Elle leur a dit — ah oui, j'avais oublié de vous raconter cela, et c'est une des raisons qui l'ont poussée à considérer la mort de ce type comme suspecte — que Rashid mentionnait dans ses dernières lettres une surveillance bizarre dont il disait être l'objet, peu après la bagarre en question.

— Comment ça, bizarre ? Une surveillance par qui ?

— Rien de précis, d'après ce que m'avait dit Olivia. Un environnement suspect, c'est tout.

— Ce n'est pas très convaincant.

— C'est ce qu'ont dit les magistrats à Olivia. Ça l'a mise hors d'elle. Elle les a accusés de s'en foutre complètement sous prétexte que c'était un bougnoule. Ils n'ont évidemment pas apprécié. Elle leur a annoncé qu'elle allait faire expertiser les lettres et que l'expertise prouverait l'absence d'angoisse chez Salim Rashid. (L'avocat marqua un temps, songeur...) A mon avis, si ce n'avait pas été Olivia, ils l'auraient peut-être écoutée davantage. Mais avec la réputation qu'elle a... Et la manière dont elle s'y est prise ! (Il secoua la tête.) Ils ont vraiment dû penser qu'il s'agissait encore d'une de ses élucubrations. Une de plus. Et qu'elle ne désirait simplement qu'une seule chose : les emmerder, une fois encore ! Au bout du compte, ils n'ont pas marché. D'autant qu'ils avaient d'autres chats à fouetter : l'affaire du Viet, là, qu'on a retrouvé les tripes à l'air, vous en avez entendu parler ?

David fit signe que oui.

— Ça leur est tombé dessus à peu près à ce moment-là, ajouta Aronfeld. Quand Olivia s'est rendu compte qu'on n'attachait aucune importance à ce qu'elle disait, elle a sorti son joker.

Aronfeld eut un sourire amusé en voyant le froncement des sourcils de Lucas.

— La mère de Salim Rashid, précisa-t-il. Et elle l'a poussée à déposer une plainte contre « X ».

— Je croyais qu'il n'avait pas de famille en France ! s'exclama David. Elle l'a fait venir de Libye ?

— Non, ricana Aronfeld. De la Défense, où elle fait des ménages, dans les tours. (L'avocat eut un autre petit sourire.) Il y a encore un truc que j'ai oublié de vous dire, c'est que ce type s'est fait condamner sous un faux nom. Salim Rashid, c'est le vrai. Mais les flics, la justice, ne le connaissaient que sous l'identité de Salim Yamani. Et cela, depuis sa première affaire.

— Personne ne s'en est rendu compte ? s'étonna David.

— Il n'y avait pas de raison, répondit Aronfeld. Et d'autant moins qu'Olivia avait obtenu la correctionnalisation de son affaire — la deuxième, les braquages de pharmacie. S'il était passé aux assises, ça aurait été différent. Il y aurait eu une enquête poussée sur son état civil, etc. C'est la règle. Mais pas en correctionnelle. En plus, quand les flics l'ont arrêté, ils se sont vite aperçus qu'il avait déjà été condamné, et sous le nom de Salim Yamani justement. Ils n'avaient aucune raison de mettre en doute son identité.

— Je ne comprends pas, dit David. D'habitude, les types se font condamner sous un faux nom pour ne pas apparaître comme des récidivistes, non ? Pour ne pas aggraver leur cas, et précisément s'ils ont bénéficié d'une libération conditionnelle ?

— En effet, approuva Aronfeld. (Il sembla réfléchir.) Et tout cela dénote, entre parenthèses, chez ce Rashid, une démarche pas si innocente que cela, contrairement à ce que pense Olivia. A mon avis, il a dû se dire que les malheureux huit mois qui lui restaient de sa première condamnation ne valaient pas le coup de griller sa fausse identité ; que c'était un atout qu'il devait se conserver pour plus tard, s'il était pris pour une autre affaire. Ou bien les flics l'ont cadré tout de suite et il n'a pas eu le temps de réagir.

— Olivia le savait ? Dès le début ?

— Pratiquement, je crois.

— Et elle n'a rien dit ?

— Secret professionnel. Le type aurait pris au moins six mois de plus, sinon. (Aronfeld haussa les épaules.) Après sa mort, cela n'avait plus d'importance. Elle n'a pas hésité et elle a annoncé cela au procureur qui voulait classer l'affaire. Il l'a eue mauvaise. (Il eut un petit sourire résigné.) Ça n'a sûrement pas amélioré son image de marque. Mais elle s'en foutait. Elle les avait coincés. Elle ne voyait que cela. Elle exultait, je me souviens. C'est vrai qu'elle les avait coincés : ils ont bel et bien été obligés de rouvrir le dossier. Et c'est juste après que...

Aronfeld ne termina pas sa phrase. Lucas le fixa puis, d'un mouvement de la tête, fit signe qu'il avait compris.

Il y eut un long silence.

Lucas alluma une cigarette et exhala bruyamment sa première bouffée. La fumée lui laissa un goût âcre dans la bouche. Il éprouva soudain le besoin de bouger. Il écrasa sa cigarette à peine entamée, se leva et se dirigea vers la fenêtre en rotonde à laquelle Aronfeld tournait le dos.

David ne savait plus trop bien quoi penser.

— Votre opinion ? demanda-t-il presque à voix basse.

Aronfeld pinça les lèvres, hésitant.

— Ecoutez, ce n'est pas si...

— Paul !... (Lucas se tourna vers l'avocat.) Je veux savoir ce que vous pensez de tout cela. (Sa voix se fit presque menaçante.) Je veux savoir ce que vous en pensez *vraiment* !

— D'accord, acquiesça Aronfeld avec un petit soupir. J'avoue que j'ai, moi aussi, du mal à croire au suicide de Salim Rashid. Cela dit, je ne vois pas comment expliquer sa mort autrement. Il est difficile d'imaginer un meurtre. Quand je dis difficile... (Il marqua un temps.) Et la position de l'administration est en béton : si on excepte les affirmations d'Olivia et l'existence de cette correspondance, la version du suicide tient la route. Elle fait même mieux que ça... (Il ajouta comme pour lui-même :) Et pour quelle raison aurait-on pu vouloir tuer ce type ?...

Aronfeld avait lâché ces dernières paroles dans une sorte de plainte. On le sentait déchiré : le bon sens et la simple logique l'amenaient à des conclusions que son amitié pour Olivia, la confiance qu'il avait en elle, battaient aussitôt en brèche, le laissant seul, désarmé et impuissant, aux prises avec des doutes insupportables.

Le visage de David se radoucit ; il comprit que l'avocat, lui non plus, ne savait que penser.

— Reste que cette correspondance a disparu ! reprit Aronfeld, comme s'il réfléchissait à haute voix. Et Olivia a dit que les types avaient fouillé ! Elle ne l'a pas inventé, ça, bordel de Dieu !

— Paul, cette correspondance, vous l'avez vue ? demanda froidement David.

— Non. (Aronfeld regarda Lucas, droit dans les yeux.) Mais Olivia n'aurait pas menti sur un truc pareil. C'est impossible, David... (Une lueur soudaine traversa son regard.) De toute façon, Esther l'a vue !

— La secrétaire ?

— Oui ! C'est même elle qui m'a dit qu'il y en avait un bon paquet.

David dévisagea le petit homme à demi chauve et lui sourit faiblement.

Il avait raison : Olivia n'aurait pas menti sur une chose pareille. Elle était, certes, imprévisible, fantasque même, parfois. Elle pouvait se comporter de la façon la plus inattendue qui fût ; elle était capable d'avoir des réactions déroutantes, incroyables — et dans la vie comme dans son métier. Elle pouvait aussi se révéler d'une mauvaise foi renversante, s'entêtant, comme par caprice, à affirmer qu'elle avait raison sur tel ou tel point, tout en sachant pertinemment qu'elle avait tort ; et quand, au bout du compte, elle devait se rendre à l'évidence, elle s'en sortait par une pirouette, en riant, comme une enfant. Elle était tout cela. Mais elle était aussi droite et franche, incapable du moindre mensonge. Physiquement incapable. David le savait bien.

Non. Elle n'avait pas menti.

Mais elle avait très bien pu se tromper ! Toute cette histoire semblait si invraisemblable...

Et si elle avait raison ? Si seulement elle avait raison ?

Qu'est-ce que tout cela signifiait ?

— Paul...

— Oui ?

— Appelez le juge... Je veux le voir. Demain.

La pluie cessa enfin lorsque, le lendemain, en milieu d'après-midi, David Lucas arriva au « domaine » de Louveciennes.

Elle était tombée, sans discontinuer, depuis les premières heures du jour. David l'avait entendue battre les fenêtres de l'appartement qu'il louait à Montmartre. Elle ne l'avait pas réveillé : il n'avait pratiquement pas dormi. Il avait quitté Aronfeld vers minuit et, sitôt chez lui, s'était jeté sur son lit, espérant fuir à jamais le dégoût et la tristesse qui l'habitaient. Il n'avait trouvé le sommeil que vers trois heures du matin pour se réveiller peu avant l'aube, avec l'impression étrange qu'il venait tout juste de prendre congé d'Aronfeld. Il s'était d'abord senti étonnamment frais et dispos. Puis, peu à peu, alors que la pluie s'était mise à tomber, il avait senti la fatigue s'appesantir sur son corps, le rendant douloureux. Et il n'avait pas trouvé la force de repousser les visions et les songes qui le torturaient.

Comme toujours, à ce moment de l'après-midi, le « domaine » était calme et désert — bientôt les enfants rentreraient de l'école et animeraient les allées de leurs rires et de leurs jeux ; David aurait juste le temps d'éviter cela.

Il sortit de sa voiture et s'adossa contre la portière fermée.

Les nuages, bas et lourds, formaient au ciel un paysage irréel, dont le soleil rasant faisait étinceler les reliefs gris et floconneux. Autour de David, le silence n'était troublé que par les arbres qui s'égouttaient encore, après la pluie.

Il regarda la maison. Elle semblait l'attendre.

Un chien aboya quelque part. Puis un bruit de moteur fit se détourner Lucas. Il reconnut la voiture du gardien du « domaine ». Il lui avait demandé de le rejoindre ; il ne voulait pas être seul dans la maison.

Quand il quitta le « domaine », quarante minutes plus tard, il était au moins sûr d'une chose : les lettres de Salim Rashid ne se trouvaient pas dans la maison. Et si elles n'étaient pas non plus au cabinet d'Olivia, où étaient-elles ?

Où étaient-elles ?

La pluie se remit à tomber au moment où il empruntait le pont qui enjambait l'autoroute de l'Ouest. Il ne prit pas la bretelle d'accès en direction de Paris. Il continua tout droit, sur Versailles.

Il avait rendez-vous.

A 17 h 25 précises, David abandonna sa voiture et franchit les grandes portes vitrées du palais de justice de Versailles.

L'intérieur avait été en partie rénové. Le hall d'entrée, spacieux et clair, avait davantage des allures d'aéroport que de palais de justice. Des hommes et des femmes patientaient, assis, çà et là, sur de confortables banquettes. Des avocats, en robe, faisaient le pied de grue ou discutaient en petit comité.

Lucas négligea les hôtesses d'accueil, qui trônaient sur sa gauche, et se dirigea vers l'ascenseur. Il savait où il allait.

— C'est le juge Moran, lui avait dit Aronfeld, quelques heures plus tôt, au téléphone. Il vous attend à 17 h 30. Son bureau est au troisième étage. Ça n'a pas été facile, avait-il ajouté. Il a fallu que j'insiste. Je lui ai parlé de la disparition de la correspondance. Cela n'a pas eu l'air de le bouleverser. J'ai l'impression que le procureur a déjà dû le briefer sur Olivia et l'affaire Rashid...

4

Le juge Louis Moran – premier juge d'instruction, ainsi que l'indiquait une plaque sur la porte de son bureau – le reçut aussitôt. Son bureau était vaste, le mobilier moderne et fonctionnel ; la lumière du jour finissant y pénétrait par une large verrière – rien à voir avec ces réduits dans lesquels étaient confinés les juges d'instruction à Paris.

C'était un homme d'une cinquantaine d'années, plutôt avenant. Il portait des vêtements élégants mais confortables. Une abondante moustache rousse achevait de lui donner une allure très britannique.

Il écouta David avec attention. Il manifesta, cependant, un certain agacement, lorsque celui-ci en vint à évoquer la disparition de la correspondance.

— Maître Aronfeld m'a parlé de cela, je suis au courant, dit-il avec une impatience qu'il s'efforça d'atténuer par un sourire poli.

— Et alors, qu'en pensez-vous ? demanda David sur la défensive.

— J'en ai, bien entendu, fait part aux policiers chargés de l'enquête, mais...

— Mais quoi ?

— Si vous voulez mon sentiment, je ne crois pas que cela soit de nature à changer le fond de cette affaire. (Il hésita.) Voyez-vous, vous avez subi, votre femme surtout, un traumatisme terrible et je comprends parfaitement que...

— La question n'est pas là, coupa David.

Le juge fixa Lucas et eut un sourire compatissant.

— Bien sûr, dit-il. (Il marqua un temps.) Monsieur Lucas, je me suis informé auprès du procureur, à propos de cette affaire Rashid. Je dois vous avouer que je n'ai rien vu là-dedans qui justifie les alarmes de votre femme. Par ailleurs... (Il hésita à nouveau.)

— Allez-y, fit David, plissant les yeux.

— Personne n'a jamais vu cette correspondance. (Le juge eut un petit sourire navré.) Il n'y a que votre femme...

— Et sa secrétaire.

— *Sa* secrétaire, en effet. Encore celle-ci n'a-t-elle jamais eu l'exacte connaissance du contenu de ces lettres. Maître Aronfeld me l'a confirmé. (Le juge s'interrompit et baissa les yeux.) Si tant est que cette correspondance ait existé, il reste à établir qu'elle avait vraiment le contenu que votre femme prétend. Et même si c'était le cas, cela prouverait quoi, en définitive ?

— Comment cela, ça prouverait quoi ! s'emporta David.

— Monsieur Lucas, soupira le juge, je suis désolé de vous mettre aussi brutalement les points sur les « i ». Ce que je veux vous dire, c'est que même si cette correspondance, en admettant qu'elle existe, est bien telle que votre femme l'a décrite, cela ne serait pas de nature à modifier les conclusions de l'enquête effectuée à la suite du suicide de Salim Rashid. Vous ne le savez peut-être pas mais, en prison, ce sont presque toujours les détenus les plus déséquilibrés, ceux qui ont le plus de problèmes, qui écrivent. (Il eut un geste vague de la main.) ...Le besoin de s'épancher, de se créer un monde à part — qui ne correspond pas toujours à la réalité, dont ils cherchent justement à s'évader, si l'on peut dire. Croyez-moi, plus ils ont de problèmes et plus ils écrivent. Et n'importe quoi.

— Vous voulez dire que ce type était dingue, n'est-ce pas ?

— Pas exactement...

— Comment pouvez-vous dire une chose pareille, vous ne le connaissiez même pas ! s'écria David.

Il était furieux ; et d'autant plus qu'il savait que le juge n'avait pas tout à fait tort — il avait maintes fois constaté que les gens qui sans cesse, ni retenue, bombardaient la télévision de leur prose, étaient loin d'être toujours les plus sensés.

Le juge remarqua le trouble de David. Il ajouta :

— Même si ce détenu n'était pas *dingue*, comme vous dites, il était quand même un peu perturbé. On vous a parlé de son dossier médical, je suppose. Il est plutôt... chargé, vous en conviendrez.

— On m'en a parlé, en effet, soupira David, se sentant soudain très fatigué. (Son ton se radoucit.) Dingue ou pas, vous trouvez normal qu'un type se pende trois mois avant sa sortie de prison ?

— Ce n'est pas extraordinaire.

— Pas extraordinaire !

— Je veux dire que cela arrive parfois. Je sais bien que, dans la majorité des cas, les suicides en prison sont le fait de prévenus qui ne supportent pas le choc de leur incarcération. Mais il y a les autres, monsieur Lucas. Et parmi ceux-là, on trouve, à l'inverse, des gens qui, ayant été pris totalement en charge tout au long de leur détention, appréhendent leur sortie. La peur du vide, en quelque sorte... Vous comprenez ?

David hocha lentement la tête ; ses mâchoires se crispèrent.

Que pouvait-il bien répondre à cela ? Le juge avait raison et il le savait.

Le juge Moran parla de nouveau, le ton de sa voix se faisant plus amical :

— Monsieur Lucas... si cet homme ne s'était pas

suicidé, cela voudrait dire qu'on l'a tué, n'est-ce pas ?...
Il aurait fallu qu'on s'introduise dans sa cellule (il
pointa son index) en pleine nuit ! C'est impossible ! Et
puis l'autopsie n'a pas révélé de traces de violences. Si
on l'avait étranglé ou assommé, et ensuite pendu, on
s'en serait aperçu à l'autopsie, vous le savez bien...

Le juge observa un bref silence, épiant les réactions
de David. Puis, comme s'il cherchait à se convaincre
lui-même, il ajouta :

— Et même, en admettant... il y a un système de
surveillance vidéo à la centrale de Saint-Louis : si
quelqu'un s'était introduit dans sa cellule, on l'aurait
vu et cela aurait même été enregistré ! Or — et le
magistrat qui instruit l'affaire me l'a confirmé — il n'y
a rien d'anormal sur les bandes, rien !

David demeura silencieux. Il était désemparé.

Des caméras vidéo ! Pourquoi Aronfeld ne lui
avait-il pas parlé des caméras vidéo ? Cela ne tenait
pas debout, en effet...

Mais alors pourquoi cette correspondance avait-
elle disparu ? Cela, Olivia ne l'avait pas inventé !

Pourquoi ?

— Ecoutez, dit David, je reconnais que ce que vous
venez de me dire est troublant...

— Je dirais plutôt le contraire.

— Si vous voulez. Il n'en demeure pas moins que la
correspondance dont je vous ai parlé a disparu à la
suite de l'agression dont... mon enfant et ma femme
ont été victimes... Alors, cela n'a peut-être rien à voir
avec la mort de Rashid, mais il y a sûrement une
explication. Il y en a sûrement une !

Le juge retint un soupir en considérant David ; son
regard semblait l'excuser d'avance de ce qu'il allait
dire. Après une courte hésitation, il lâcha :

— Votre femme se trompe et vous avez tort de la...

— De la croire, c'est ça ? A cause de sa réputation,
bien sûr.

— Je ne tenais pas spécialement à aborder cet

aspect de la question, mais puisque vous en parlez, en effet, je reconnais que son passé professionnel, pour le moins « agité » dirons-nous, ne lui permet pas de jouir d'une crédibilité... parfaite.

— Vous n'allez pas me faire croire que vous vous laissez influencer par la rumeur publique, insinua Lucas avec une froide ironie.

— Absolument pas ! rétorqua le juge d'un ton sec. Je crois seulement que votre femme vient de subir un choc terrible. Certains — et je n'en suis pas, croyez-le bien — vont jusqu'à dire qu'elle délire et qu'elle rend responsable la Terre entière du malheur qui la frappe — à commencer par l'administration péniten- tiaire.

— Qui dit cela ?

— Peu importe.

— Qui ? répéta Lucas d'une voix menaçante.

Le juge Moran se détourna, visiblement agacé par la tournure que prenait l'entretien. Il se ravisa sou- dain et fixa Lucas en lissant sa moustache.

— Vous êtes séparé de votre femme, n'est-ce pas ?

— Oui.

— Je peux donc vous parler franchement ?

— Je ne vois pas le rapport...

— Il y en a un pourtant. (Le juge hésita.) Des gardiens, à Saint-Louis, affirment avoir surpris des gestes... tendres de votre femme envers le jeune Rashid.

David accusa le coup sans broncher. Le juge pour- suivit :

— Je ne sais quel crédit il faut accorder à ces affirmations — ce n'est, de toute façon, pas mon affaire — mais vous admettrez qu'elles éclairent d'un jour différent les réactions, le comportement de votre femme dans cette histoire.

Lucas comprit qu'il perdait son temps.

Il se leva brusquement. Le juge Moran eut un mouvement de recul.

— Vous êtes libre de croire ce que vous voulez, dit David d'un ton étrangement calme. Je m'en contre-fous. (Il hésita ; sa voix se durcit, comme pour camoufler son impuissance et son désarroi.) Mais je vous conseille de tenir compte de ce que je vous ai dit. Je vous le conseille vivement.

Là-dessus, il prit congé du juge.

Dans le hall du palais de justice, il repéra un téléphone public et appela Aronfeld. Il lui fit le compte rendu exact de son entrevue avec le juge Moran. Il perçut le découragement qui gagnait l'avocat au fur et à mesure qu'il lui rapportait les arguments avancés par le magistrat. Lorsqu'il lui parla enfin des insinuations concernant les rapports entre-tenus entre Olivia et Salim Rashid, Aronfeld lui sembla d'abord pris de court.

— Des conneries ! finit par s'écrier l'avocat.

— Vous en êtes certain ?

— Ce sont des conneries ! David... Quelle bande de salauds...

Aronfeld assura à Lucas qu'il ne devait voir là que la volonté de certains de déconsidérer davantage encore Olivia. Elle s'était fait des ennemis et ceux-ci profitaient de l'occasion, de la manière la plus basse qui fût, pour régler leurs comptes avec elle.

Puis, comme s'il souhaitait changer de conversation — du moins David en eut-il l'impression —, il demanda :

— Vous voulez toujours voir Braunstein ?

— Qui ?

— Braustein, le toubib de la prison. Vous m'avez dit hier soir en partant que vous vouliez le voir, vous vous en souvenez ?

— ... Oui.

David se surprit à se demander si tout cela avait un sens, *maintenant*.

— Je n'ai pas pu le joindre, dit Aronfeld. Mais j'ai son adresse. Vous avez de quoi noter ?

— Oui, allez-y.

— Avenue de Saxe, à Paris, au 16. Vous voulez que je l'appelle avant ?

— Non, inutile. (Il regarda sa montre : 18 h 35.) Je vous tiens au courant.

Il raccrocha et gagna la sortie du palais de justice.

Il s'arrêta sur le perron pour enfiler son imperméable. Il faisait nuit et la pluie avait repris de plus belle. Des passants se pressaient sur les trottoirs, rasant les murs ; quelques-uns se risquaient sur la chaussée, esquivant les voitures qui les frôlaient en grésillant, sans les voir.

Il courut jusqu'à sa voiture et démarra aussitôt en direction de l'autoroute.

Le docteur Guy Braunstein était plus jeune que David ne le pensait.

Il parut ennuyé lorsque Lucas lui apprit le but de sa visite. Mais il dut se résoudre à le recevoir et à répondre à ses questions — David ne lui laissa pas d'autre choix.

Il confirma que Salim Rashid comptait bien parmi les détenus qu'il suivait plus particulièrement à la prison de Saint-Louis ; et qu'il lui avait prescrit, en effet, jusqu'à sa mort, des tranquillisants et surtout des somnifères. Rashid, à ce qu'il avait pu en juger, supportait assez mal sa détention et souffrait d'insomnie. Comme David s'étonnait que Rashid n'eût pas été pris en charge par le psychiatre de Saint-Louis, le jeune médecin manifesta une certaine gêne. Il expliqua que tel avait bien été le cas, au début, mais que c'était Rashid lui-même qui avait mis un terme à cette prise en charge, prétendant qu'il n'était pas fou et que le psychiatre ne comprenait rien à ses problèmes. Sur ce dernier point, il n'avait pas tout à fait tort : le psychiatre en question était plutôt du genre à matraquer chimiquement les angoisses et les névroses des détenus, qu'à s'efforcer de les cerner et de les guérir. Quoi qu'il en fût, Rashid était venu le trouver et il avait accepté de s'occuper de lui.

Le jeune médecin avait fini par retrouver de l'assurance. Il affectait même, maintenant, une morgue déplaisante.

David lui demanda froidement s'il était toujours aussi sûr qu'une chimiothérapie, même un peu lourde, n'eût pas été préférable dans le cas de Salim Rashid.

Le regard du jeune praticien vacilla. Il voulut protester mais n'en fit rien. Il eut un geste vague de découragement.

Pourquoi ne proteste-t-il pas ? Quelque chose le retient. Quoi ?

— Je ne comprends pas, soupira le jeune médecin. Ses angoisses avaient diminué. Il dormait toujours mal, mais ça, en prison, tout le monde vous le dira, c'est... classique.

David l'observa avec attention. Il avait l'air sincèrement désolé ; il tripotait les lacets de ses chaussures de tennis — il était vêtu d'un jean et d'un sweat-shirt bleu ciel.

L'allure juvénile et sportive du docteur Braunstein ne correspondait pas à l'idée que Lucas s'était toujours faite jusqu'alors des médecins de la pénitentiaire. C'était idiot après tout : il n'y avait pas de raison qu'ils ne fussent pas comme tout le monde.

— D'après vous, demanda David, Rashid était du genre suicidaire ?

— Non. Enfin, je n'en sais rien, c'est difficile à dire.

— Il avait déjà parlé devant vous de la possibilité de se supprimer ?

— ... Non. Mais ça ne prouve rien.

— C'est-à-dire ?

— Le cheminement qui aboutit au suicide est très souvent souterrain. En surface, on ne voit rien. Cela surprend tout le monde, la plupart du temps. Même les proches, surtout les proches.

David hocha lentement la tête.

— Je sais cela... (Il marqua un temps.) Mais vous trouvez normal qu'il ait caché à son avocate jusqu'au fait qu'il continuait à prendre des médicaments et tout le reste ?

Le docteur Braunstein tressaillit. Un tressaillement presque imperceptible mais il n'échappa pas à David.

Qu'est-ce qui se passe ? Qu'est-ce qu'il y a ?

— Il y avait une raison ? insista David.

— Qu'est-ce que vous voulez dire ? demanda le jeune médecin d'une voix blanche.

— Il y avait une raison pour qu'il ne lui en parle pas ?

— ... Non !... Enfin je n'en sais rien ! Comment voulez-vous que je le sache ? (Le jeune médecin haussa nerveusement les épaules.) Comment savoir ce qui se passe dans leurs têtes ? Il voulait peut-être simplement lui faire plaisir, je n'en sais rien, moi... Il ne voulait pas la décevoir.

David se tut un instant, essayant de mettre de l'ordre dans les questions qui se bousculaient dans son esprit.

— Autre chose, dit-il. Vous trouvez normal qu'un type ingurgite des somnifères et se pende ensuite ?

— Ce n'est pas invraisemblable. Ça facilite le passage à l'acte.

— C'est vous qui lui remettiez ses somnifères ?

— Je lui prescrivais des somnifères, rectifia le jeune médecin. C'est un gardien qui les lui remettait. C'est toujours comme ça en prison. La règle veut que les médicaments soient dilués et absorbés par le détenu en présence du gardien qui les lui apporte.

— Pourquoi ?

— Pour être sûr qu'ils les prennent et qu'ils ne s'amusent pas à les stocker. Justement pour se foutre en l'air.

— La dose de somnifères, détectée à l'autopsie correspondait à celle que vous lui prescriviez ?

— Non.

David ne put dissimuler sa surprise. Il s'était attendu à une réponse embarrassée, dilatoire. Au lieu de cela, le « non » était tombé brutalement. Le docteur Braunstein n'avait même pas cillé.

— Et comment expliquez-vous cela ? demanda David, agacé par la lueur dans le regard du médecin.

— Il en stockait.

— Mais vous venez de me dire...

— Je vous ai dit que c'était la règle. Dans la réalité, les matons ne sont pas toujours aussi scrupuleux. Et même... il suffit au type de faire semblant de boire et de recracher ensuite dans une bouteille de plastique. Ils font tous ça... Enfin, certains.

— On n'a pas retrouvé de bouteille de ce genre dans la cellule de Rashid.

— Pas étonnant. On avait peut-être fait le ménage... Un truc pareil aurait prouvé un défaut de surveillance. Et à Saint-Louis, ça la foutrait plutôt mal.

Il y eut un silence.

Lucas parut réfléchir. Puis il fixa Braunstein et lâcha d'un ton neutre :

— Pourquoi faites-vous cela ?

— Quoi ? fit le jeune médecin en tressaillant de nouveau.

— Ce métier, je veux dire, dans la pénitentiaire...

— Qu'est-ce que ça peut vous foutre ? (Il haussa les épaules en soupirant.) Je n'ai pas eu le choix, figurez-vous.

Un vent froid avait succédé à la pluie. David respira à pleins poumons et se dirigea lentement vers la place de Breteuil, où il avait garé sa voiture.

Il trouva une contravention sur son pare-brise — la Golf stationnait sur les clous. Il la déchira, tout en se disant que c'était idiot, et en éparpilla les morceaux sur la chaussée.

114

Il s'installa à l'intérieur de la Golf et alluma une cigarette. Il était las et déprimé.

Il se demanda ce qu'il faisait là. A quoi tout cela rimait-il ? Olivia et Aronfeld ne s'étaient-ils pas trompés ? Rien, ni dans les propos du juge Moran, ni dans ceux du jeune médecin, ne permettait de mettre en doute la version officielle de la mort de Salim Rashid. Tout, au contraire, l'accréditait. Tout !

Tout, c'était peut-être trop... ? Non ! Ne raisonne pas comme ça ! C'est idiot de raisonner ainsi.

Pourtant, il y avait quand même quelque chose. Cette gêne de ce jeune médecin. Cette gêne... Non, de la peur. Il avait peur de quelque chose.

De quoi avait-il peur ?

David regarda l'heure à sa montre et décida qu'il avait le temps de faire un saut à l'hôpital.

Il mit le contact et démarra aussitôt.

Il ne vit pas la BMW noire déboîter d'une file de voitures en stationnement et s'élancer derrière lui.

Les éclats de voix firent sursauter David, lorsque la porte de l'ascenseur s'ouvrit à l'étage de la chambre d'Olivia.

Au fond du couloir, un petit groupe d'hommes et de femmes encerclait un interne et l'apostrophait ; des exclamations en arabe jaillissaient.

L'infirmière-chef expliqua à Lucas, en levant les yeux au ciel, que son service avait hérité d'un obscur membre de l'ambassade d'Egypte — il avait eu un accident de voiture. Un cadeau !

— Question famille, dit-elle, ces gens-là sont pires que les Italiens !

Olivia accueillit David par un faible sourire. Elle semblait l'attendre.

Il commença par prendre de ses nouvelles, puis il lui raconta ses entrevues avec le juge Moran et le docteur Braunstein. Lorsqu'il eut fini, il constata avec surprise que rien de ce qu'il lui avait dit ne semblait l'avoir ébranlée. Sa conviction restait entière ; elle s'en trouvait même renforcée : Salim Rashid ne s'était pas suicidé et sa mort était liée au drame qu'elle vivait.

Elle affirma à David qu'elle n'était pas étonnée que tout le monde s'en tînt à la version officielle du suicide et que personne ne se risquât à établir un lien entre les deux affaires — c'est le contraire qui eût été étonnant, lui dit-elle. C'était tellement plus simple pour tout le monde, et tellement évident en plus. Pourquoi tout compliquer ?... Pourtant, cette façon de voir les choses, lui fit-elle observer, ne reposait finalement que sur des idées toutes faites et des suppositions. Des suppositions pleines de bon sens, peut-être, et d'une logique aveuglante, sans doute... mais des suppositions.

Or l'agression, la mort de leur enfant ! la disparition de la correspondance, tout cela c'étaient des faits, David ! Des faits ! pas des suppositions.

Des faits !

Lucas en fut troublé.

Il eut soudain l'impression de se trouver au bord d'un gouffre ; de ses profondeurs, montaient les appels d'Olivia, l'incitant à la rejoindre. C'était comme une prière que l'écho affolait et qui le faisait vaciller.

Il ne lui avait pas parlé des insinuations du juge Moran sur l'intimité de ses relations avec Salim Rashid. Il choisit ce moment pour y faire allusion.

— Ils mentent ! s'écria Olivia.

— Ecoute, tu n'es pas obligée...

— Ils mentent, David ! Tu ne les crois pas, n'est-ce pas ?

— ...

— Je te jure qu'ils mentent, David. Ce n'est pas vrai, je te le jure ! Sur la tête de... (Sa voix s'étrangla.)

Elle le fixa avec intensité ; puis son regard lâcha prise et se noya dans une détresse insondable.

David la crut ; il le lui dit. Mais il se rendit compte

que cela ne suffisait pas à l'apaiser. Elle attendait autre chose de lui. Elle ne disait rien mais ses yeux — ces yeux ! mon Dieu ! — le suppliaient de la rejoindre au fond de ce gouffre où elle se débattait, toute seule. Il entendit de nouveau ses appels ; comme des plaintes palpitant sans force dans les ténèbres. Il eut pitié d'elle et n'opposa pas, cette fois, de résistance à la force qui l'attirait vers elle. Il bascula dans le vide pour la rejoindre, sentant un étrange soulagement l'envahir.

Ils réfléchirent ensemble.

Le soulagement de Lucas fut de courte durée. Il comprit le calvaire qu'endurait Olivia. Les questions pleuvaient de toutes parts et le meurtrissaient comme des couteaux. Des questions sans réponse, ou dont les réponses suscitaient d'autres questions.

Si on avait assassiné Salim Rashid, il fallait bien se demander qui l'avait assassiné. Et pourquoi. Et si on admettait, comme Olivia en était convaincue, que la mort de Salim Rashid était liée à la tentative de meurtre dont elle avait été victime, il restait, là encore, à savoir pourquoi on avait voulu la tuer. Pour quelles raisons ? Parce qu'elle ne croyait pas au suicide ? Ou parce qu'elle détenait une correspondance qui pouvait infirmer la thèse du suicide ? Mais ce n'étaient pas les seules questions — étaient-ce seulement les bonnes ? Et d'abord comment avait-on pu tuer Salim Rashid dans sa cellule, en pleine nuit, le tout à la prison de Saint-Louis ? Et pourquoi, en plus, camoufler son assassinat en suicide ? Et pourquoi avait-on voulu tuer Olivia de toute façon ? Pourquoi ne s'était-on pas contenté de récupérer cette correspondance ?

Tout s'embrouillait dans l'esprit de Lucas.

— Tu n'y crois pas, David, dit Olivia, découragée. Tu ne *veux* pas y croire !

— Ce n'est pas cela ! protesta-t-il. J'essaie simplement de comprendre. Cela paraît tellement énorme !

Je veux dire, s'il s'agit de détenus qui s'entre-tuent, qui camouflent un meurtre en suicide et qui se rendent compte que leur combine a foiré, ils n'iraient tout de même pas jusqu'à tuer une avocate pour cela. (Il claqua des doigts.) Juste comme ça !

— Pourquoi pas ?

— Mais enfin, ça ne tient pas debout ! C'était prendre le risque, au contraire, d'attirer l'attention sur cette histoire. Et avec ta réputation, c'était... un risque inutile !

David s'en voulut d'avoir dit cela. Mais c'était la vérité !

— Alors, c'est qu'il y a autre chose, dit Olivia, imperturbable.

— Comment ça, autre chose ?

— Je ne sais pas. Rashid avait peut-être découvert quelque chose ? Il était peut-être mêlé à une histoire ? Je ne sais pas... Et on a voulu le supprimer sans faire de vagues. Pour protéger un trafic...

— Un trafic ? fit David incrédule. A Saint-Louis ?

— Oui.

— De quoi ? tu peux me le dire ?

— Je n'en sais rien, David.

Lucas se souvint du détenu vietnamien dont Aronfeld lui avait parlé et qu'on avait retrouvé éventré. Il savait que la drogue — toutes les drogues — entrait en prison ; soit avec la complicité de certains membres du personnel de surveillance, soit tout simplement à l'occasion des « parloirs rapprochés ». Les surveillants n'avaient pas toujours le temps de fouiller comme il convenait les vêtements qu'on apportait aux détenus ; et la drogue passait dans les boutons de jeans, dans les cols de chemises, dans les ourlets de slips, dans les chaussettes dont les bouts étaient cousus, etc. Les détenus qui en avaient les moyens pouvaient fumer de la marijuana ou « sniffer » de l'héroïne et de la cocaïne — se piquer était plus compliqué mais pas exclu si l'on savait se fabriquer une seringue à l'aide

118

d'aiguilles récupérées dans la poubelle de l'infirmerie, de bics vides et de cotons-tiges. Ceux qui n'avaient pas d'argent et qui voulaient néanmoins se « shooter » se rabattaient sur les médicaments ou se confectionnaient des « joints » de bananes séchées ou d'aspirine pilée.

David évoqua la possibilité d'un trafic de drogue à l'intérieur de la prison.

— C'est une possibilité, se contenta de répondre Olivia, songeuse.

— Tu en vois d'autres ? demanda David avec agacement.

Olivia fit non de la tête. Elle semblait ailleurs.

— De toute façon, reprit David après une hésitation, je ne vois pas où cela nous mène. (Il réfléchit.) Ce n'est pas logique. Pourquoi auraient-ils pris le risque de te tuer ? Pourquoi ?

Olivia le regarda étrangement et dit :

— Peut-être à cause du meurtre.

David crut un instant qu'elle perdait la raison. Elle poursuivit aussitôt :

— On l'a sûrement tué pour protéger quelque chose, peut-être un trafic de drogue, je ne sais pas. Mais il y avait peut-être plus grave encore pour ceux qui l'ont tué : qu'on découvre le camouflage en suicide. Le camouflage ! C'était peut-être ça qu'il fallait protéger. A tout prix ! Et de ce point de vue-là, le seul danger, c'était moi. (Son regard divagua un bref instant et s'immobilisa dans le vide.) C'est moi, ajouta-t-elle comme pour elle-même.

— En quoi la découverte de ce camouflage serait-elle si grave ? demanda David avec brusquerie, irrité par l'inquiétude qu'il sentait naître en lui. Ça prouverait quoi ? hein ? Qu'il y a eu une complicité, d'un gardien, c'est ça ?

— Par exemple.

— Et alors ?... Qu'est-ce que cela aurait d'extraordinaire ?

Olivia ne répondit pas.

— Et puis cela ne tient pas, fit David en se détournant. Quand on tue un type, comme ça, pour protéger quelque chose comme tu le penses, on se débrouille plutôt pour que cela se sache. Afin de foutre la trouille aux autres, non ?

— Qui te dit que ce n'est pas le cas ?

— Ecoute, faudrait savoir...

— David, si la mort de Rashid devait en plus servir d'avertissement, ne t'inquiète pas, il aura été parfaitement reçu.

David garda le silence. Olivia avait raison.

Bon sang ! Qu'est-ce qui lui arrivait ? Pourquoi était-il si peu convaincu par les arguments qu'il lui opposait ? Et pourquoi espérait-il donc qu'elle aurait réponse à tout ? Comment pouvait-il tout à la fois redouter et espérer ses réponses ?

« C'est la fatigue », se dit-il. Mais il savait que la fatigue n'avait rien à voir là-dedans.

Olivia rompit le silence.

— Tu as raison sur un point, David, dit-elle, songeuse. Quelque chose nous échappe. Mais il y a quelque chose, dans cette prison. Quelque chose pour quoi on a tué un homme et on a essayé de me tuer aussi. (Elle s'interrompit ; des larmes brillèrent dans ses yeux, sans parvenir toutefois à atténuer la dureté de son regard.) Quelque chose à cause de quoi... Michaël est mort.

Il était environ 21 h 30 lorsque David regagna Montmartre. L'assaut de la colline par les touristes se poursuivait ; perdant peu à peu leur souffle et leur entrain, ils gravissaient, par grappes successives, les rues escarpées pour rejoindre, tels des zombis, la place du Tertre et la basilique du Sacré-Cœur.

Lucas parqua sa voiture dans un box souterrain qu'il louait à prix d'or, non loin de chez lui.

La rue où il habitait était proche de la place du

Tertre, mais, pour on ne savait quelle raison, les touristes la dédaignaient ; elle était toujours calme et déserte. C'était une voie large et pavée, pourvue d'étroits trottoirs encombrés de poubelles ; deux ou trois voitures stationnaient à cheval sur les trottoirs.

David indiqua leur chemin à trois jeunes Allemandes égarées — sans prêter attention à leur sourire et à leurs minauderies —, puis il commença à descendre la rue, en prenant garde de ne pas trébucher sur les pavés. Son studio se trouvait juste après un tournant, à une centaine de mètres en contrebas.

Il était épuisé et craignait de s'écrouler à chaque pas.

Il était à peine à mi-pente lorsque son regard accrocha une petite lueur clignotante à une cinquantaine de mètres plus bas : quelqu'un, dans l'ombre, s'efforçait d'allumer un briquet. David s'attendit à voir rougeoyer une cigarette mais il ne vit rien.

Tout se passa ensuite très vite.

Il y eut un brusque couinement de pneus dans la partie invisible du coude que faisait la rue en contrebas. Puis une grosse voiture surgit dans le tournant, tous feux éteints, ses pneus hurlant et martelant furieusement les pavés. La masse sombre et métallique zigzagua en rugissant et accéléra de toute sa puissance en direction de David.

Lucas, par réflexe, bondit sur le trottoir en maudissant le chauffard. Mais ce qu'il vit le terrifia : la voiture fit une embardée et monta à demi sur le trottoir. Une gerbe d'étincelles jaillit dans un raclement de ferraille. La voiture se décolla rageusement du mur qu'elle venait de frôler, percuta une série de poubelles et fonça sur lui.

La porte cochère ! là ! sur la droite !

En un éclair, David comprit qu'elle ne lui serait d'aucune utilité ; elle était close et son renfoncement insuffisant. Il n'y avait rien derrière quoi il pût se protéger.

Rien !

Une fraction de seconde, il fut tenté de fuir en remontant la rue pour chercher un abri. Mais il n'en fit rien — le monstre d'acier l'aurait rattrapé et broyé bien avant.

Il fit alors une chose insensée ; la seule chose à laquelle le conducteur de la voiture ne pouvait pas s'attendre : il se mit à courir à la rencontre de la voiture et, au moment où elle allait le heurter de plein fouet, il plongea par-dessus l'aile avant gauche. Une violente douleur éclata dans l'un de ses pieds. Il se reçut brutalement sur les pavés et essaya de se relever aussitôt ; il avait l'impression que son pied droit était en bouillie.

La voiture s'était arrêtée à quelques dizaines de mètres de là ; elle semblait hésiter, son moteur haletant sourdement.

Soudain, ses phares de recul s'allumèrent et ses pneus hurlèrent de nouveau.

David sentit la peur lui tordre les entrailles. Il repéra un porche béant sur sa gauche. Il s'y précipita en boitillant. Il se jeta dans l'ombre et se plaqua contre l'un des murs, en s'efforçant de maîtriser sa respiration.

Un bruit de freins !

Bon sang ! Qu'est-ce qui se passe ?

Les battements de son cœur l'assourdissaient.

Il faut que j'entende !

Un claquement métallique retentit dans la rue.

Une portière ? Est-ce que c'est un bruit de portière ?

Une voix d'homme brailla soudain quelque part :

— Non mais, c'est pas bientôt fini tout ce bordel ! Pouvez pas aller faire les cons ailleurs !

Un rugissement de moteur. Le bruit s'éloigna rapidement. David aperçut aussitôt la lueur de phares dans la rue : une autre voiture approchait. Elle passa devant le porche sans ralentir et poursuivit sa route. La voix d'homme brailla de nouveau :

— Merde ! Ils sont tellement défoncés qu'ils se sont payé les poubelles ! Quelle bande de cons ! Mais quelle bande de cons !

David entendit une voix de femme se plaindre du froid, puis le bruit d'une fenêtre qu'on refermait. Et plus rien.

Le silence.

Il retint son souffle un instant. Puis il s'assit dans l'ombre, en s'adossant contre un mur. Il demeura aux aguets. Mais il ne perçut rien d'anormal. Il alluma une cigarette — il dut s'y reprendre à plusieurs fois tant ses mains tremblaient. Peu à peu, il sentit sa peur refluer. La douleur, dans son pied, était devenue sourde et lancinante. Un instant, il fut tenté de rester là, toute la nuit, à l'abri, dans l'ombre du porche. Ses pensées s'embrouillaient. Il revoyait la voiture grossissant à toute vitesse devant lui et la peur s'engouffrait en lui par bouffées, étouffant ses forces.

Les salauds ! Ce n'était pas un hasard ! Il n'était pas question de chauffard. Ils voulaient sa peau ! Sa peau ! Il fallait qu'il prévienne la police. Oui, c'est ça, il fallait qu'il appelle les flics.

Et qu'est-ce que je leur dirais ? Bon Dieu ! qu'est-ce que je pourrais bien leur dire ? Je n'ai même pas le numéro. Je n'ai rien. Je ne sais même pas la marque. Si ! ça je le sais. Une BMW. J'en suis sûr. J'en suis pratiquement certain. Une BMW, oui, c'est ça... Et alors, une BMW, ça t'avance à quoi ?

Un bruit le fit sursauter.

Quelqu'un descendait un escalier. Il se dit qu'il ne pouvait pas rester là. Il se releva, jeta un regard dans la rue : tout semblait tranquille. Tout à coup, il se souvint de la lueur du briquet qui s'était allumé dans l'ombre, au bas de la rue.

Un signal !

Il ne pouvait s'agir que de cela : un signal. La BMW

avait surgi juste après. Ils l'attendaient. Ils le guettaient ! Peut-être étaient-ils encore là ?

Il scruta le bas de la rue. Il ne distingua rien.

Le porche s'éclaira derrière lui : une jeune femme apparut ; elle eut un mouvement d'hésitation en apercevant David puis elle se dépêcha de gagner la rue.

Quelques secondes plus tard, Lucas s'éloigna en boitillant. Il ne se dirigea pas vers chez lui. Pas directement. Il avait décidé de contourner le petit ensemble résidentiel où il habitait et de pénétrer dans son immeuble par une entrée de service donnant sur un square intérieur.

Il avait peur. Mais ce n'était pas seulement la peur qui lui dictait sa conduite, ni non plus un quelconque instinct de conservation. Il y avait autre chose. Quelque chose qu'il était incapable d'identifier, mais qu'il sentait naître en lui avec une force étrange, irrésistible... Et ce quelque chose lui commandait de rester en vie.

D'abord, rester vivant...

Il avait éteint les lampes et s'était installé dans un fauteuil, près d'une fenêtre.

Les lumières de la ville scintillaient dans la nuit. On eût dit qu'un immense incendie finissait de ravager la capitale ; des tours incandescentes se dressaient encore comme pour en témoigner.

David avait regagné son appartement sans encombre. Sa blessure au pied était superficielle ; il s'en tirerait avec un gros hématome.

L'alcool qu'il avait bu ne l'avait pas apaisé ; il n'avait contribué qu'à l'isoler du reste du monde, le laissant en proie aux seules pensées qui tournoyaient dans son crâne.

Ce n'était pas un hasard, David...

Ils ont fouillé... Ils étaient venus pour quelque

chose... Ils sont venus pour me tuer... Toi aussi, ils ont voulu te tuer, David...

Il se passe quelque chose dans cette prison, David... Michaël... A cause de cela...

Michaël !...

Non !

David tenta de repousser les visions qui grossissaient devant lui, tremblotantes. En vain. Elles se stabilisèrent les unes après les autres, se présentant à lui dans une lumière aveuglante et cruelle.

Une vague de chagrin le submergea. Il revit le visage de Michaël, qui lui souriait, débordant de vie ; il entendit ses cris et ses rires ; il s'abandonna à la douceur de ses baisers et au parfum si tendre de ses joues d'enfant. Ces visions de bonheur perdu le faisaient souffrir. Mais il souffrait davantage encore de ne pouvoir les retenir. Il essayait de toutes ses forces de s'en pénétrer, mais elles se défaisaient en lambeaux impalpables et s'évanouissaient. Les unes après les autres, irrémédiablement. Une seule subsistait. David le savait bien, mais il ne voulait pas la voir. Une seule... Et soudain, elle s'imposa à lui et le tortura. Il revit le visage sans vie de son enfant, le regard éteint et cette souillure, cette souillure hideuse, sur sa joue.

Il se passa alors une chose étrange.

Lucas se rendit compte qu'au lieu d'essayer de chasser cette vision d'horreur, il la laissait l'imprégner. Elle le torturait mais il ne faisait pas le moindre effort pour lui résister ; car elle provoquait en lui autre chose que de la souffrance. *Quelque chose.* Quelque chose qu'il avait déjà ressenti tout à l'heure et qu'il reconnaissait maintenant. Quelque chose qui remontait du plus profond de son être avec une force infernale.

De la haine.

Une haine, hurlante et violente, à laquelle il s'abandonna corps et âme.

Je les retrouverai.

125

Tous !
Je les chercherai, partout ! Et je les tuerai.
Je te le jure, Michaël... Je les tuerai !

David se demanda ce qui l'avait réveillé.

Une sonnerie lui vrilla les tympans. Puis une autre...
Le téléphone ! Depuis combien de temps dormait-il,
là, dans ce fauteuil ? Il regarda sa montre : les aiguilles fluorescentes indiquaient 0 h 15.

La sonnerie persistait. Il se leva pour aller décrocher, en se disant qu'il avait à peine dû dormir une
demi-heure.

La voix d'Olivia lui fit l'effet d'une décharge électrique. Elle semblait terrorisée.

— David ! Oh, David !...

— Qu'est-ce qu'il y a ?... Olivia, réponds-moi !
Qu'est-ce que tu as ?

Il y eut un profond soupir à l'autre bout de la ligne.
Puis Olivia parla de nouveau, très vite, contenant avec
peine l'émotion qui l'agitait :

— David... Un homme a appelé tout à l'heure l'hôpital. Il s'est présenté comme un ami à moi. Il a demandé le numéro de ma chambre pour m'envoyer
des fleurs.

— Tu l'as vu ?

— Quoi ?

— Ce type ! Tu lui as parlé ?

— Non ! C'est l'infirmière, celle qui me fait les
piqûres, la nuit, qui me l'a dit. Elle ne se souvient pas
de son nom. Elle a seulement noté qu'il ne parlait pas
très bien français, qu'il devait être... italien !

David sentit son cœur bondir dans sa poitrine.

Soleil noir ! un tatouage en forme de soleil noir
pour l'un.

Et l'autre avait un accent italien !

Un Italien !

David cria :

— Fous le camp de cette chambre ! Vite !

126

— Je ne peux pas, David, je ne pourrai...

— L'infirmière ! Sonne-la !

— Je l'ai déjà fait. Elle ne répond pas !

La panique s'empara de Lucas.

— Hurle ! Appelle-la !... Non ! Ne crie pas ! Ne crie surtout pas ! tu m'entends ? Il ne faut pas que tu cries.

— David... Oh, David !

Un gémissement s'étrangla dans la gorge d'Olivia. Lucas crut qu'il allait devenir fou. Il fallait qu'il trouve quelque chose. Maintenant !

Les détecteurs de fumée ! Oui ! Le feu... Le feu !

— Olivia, écoute-moi, tu peux atteindre le couloir ?

— ... Oui.

— Dans le sac que je t'ai apporté, il y a ton briquet. Mets le feu à n'importe quoi, des journaux, et balance ça dans le couloir ! Tu as compris ?

— Oui !

— Vas-y ! Vite ! J'arrive...

Il raccrocha.

Un quart d'heure ! Il lui faudrait au moins un quart d'heure pour atteindre l'hôpital. Il serait peut-être trop tard. Il fallait faire quelque chose, plus vite ! Mais quoi ?

L'Egyptien !

Oui !

Il composa le numéro de téléphone de l'hôpital. Une voix d'homme répondit :

— Hôpital Ambroise-Paré, j'écoute... Allô... A-LLÔ ?

David hésita une seconde, puis il lâcha d'une voix grave :

— Commando Sabra de l'armée de libération de la Palestine. Une bombe va exploser dans votre hôpital. Vous abritez un Egyptien, traître à la cause arabe. Vous devez être puni.

— Une bombe ! Vous êtes fou ! Où çà ?

— Vous avez dix minutes... *Allan Akbar !*

Lucas raccrocha. Il s'obligea à compter jusqu'à trente, puis appela de nouveau l'hôpital.

— Oui ? s'écria une voix de femme à l'autre bout du fil.

David perçut l'inquiétude dans la voix de sa correspondante. Il entendit les exclamations affolées d'un homme, à côté d'elle. L'homme téléphonait sur une autre ligne.

Dieu merci ! Ils avaient marché !

David parla très vite, en changeant sa voix :

— Mademoiselle, je crois qu'il y a le feu chez vous. J'habite en face...

— Mon Dieu !... (La femme s'adressa à quelqu'un :) Il paraît qu'il y a le feu ! Appelle les pompiers, oui ! tout de suite !

— Mademoiselle ?

— Oui !... Quoi ? (La femme semblait hystérique.)

— C'est au cinquième, je crois. Sur la gauche, en face.

— Au cinquième ? Vous êtes sûr ?

— Je crois, oui...

— Merci, monsieur !...

La communication fut coupée.

David raccrocha. Son cœur battait à se rompre. Moins de trois minutes s'étaient écoulées depuis la fin de sa conversation téléphonique avec Olivia. Une éternité !

Il se précipita hors de chez lui.

Vingt minutes plus tard, David engagea la Golf dans l'entrée principale de l'hôpital ; la guérite était vide et les barrières relevées.

David hésita, considérant la pagaille qui régnait devant le perron. Des camions de pompiers et des cars de police stationnaient en désordre ; les éclats des gyrophares se multipliaient dans les vitres de la façade du bâtiment. Des pompiers, aux casques luisants, s'affairaient autour de leurs véhicules. Des policiers couraient en tous sens ; d'autres discutaient

avec des patients en robes de chambre et des infirmières.

David se dit qu'on risquait de le refouler à l'entrée.
Il repéra un panonceau : URGENCES. Il démarra aussitôt
dans la direction indiquée.

Il contourna l'établissement sur la gauche et parvint dans un parking découvert. Il se gara près de la
porte du service des « urgences ».

Il allait pénétrer à l'intérieur lorsqu'un couinement
de pneus retentit derrière lui, au loin. Il se retourna.
D'abord, il ne vit rien ; il entendit seulement une
voiture qui s'éloignait, dissimulée entre des rangées
de véhicules en stationnement.

Puis, un reflet lumineux éclata sur un pare-brise.

David sentit son sang se glacer dans ses veines.

La BMW !

Elle s'éloignait lentement, glissant en silence vers
l'autre issue de l'hôpital qui donnait sur le bois de
Boulogne.

Oh non ! Non !

Lucas se rua à l'intérieur de l'hôpital. Il perdit de
précieuses secondes à essayer de s'orienter et dut
finalement se résoudre à demander son chemin à une
infirmière.

Lorsqu'il atteignit enfin l'étage où se trouvait la
chambre d'Olivia, l'odeur de brûlé le saisit à la gorge.
La première personne qu'il aperçut fut un homme de
type proche-oriental, en pyjama, assis dans un fauteuil à l'entrée du couloir ; il avait l'air effaré ; deux
infirmières l'entouraient. Des patients se pressaient
par petits groupes discutant ferme. Plus loin, dans le
couloir, des pompiers étaient en train de replier une
lance d'incendie ; d'autres, pataugeant dans l'eau ré-
pandue sur le sol, balayaient des débris calcinés. Un
cendrier sur pied était renversé sur le carrelage, à
côté d'un chariot plein de linge noirci et de flacons
carbonisés.

Dans la confusion, personne ne remarqua la soudaine irruption de David. Il se dirigea vers la chambre d'Olivia, se rendant compte avec angoisse qu'aucune lumière ne brillait derrière la vitre découpée dans la porte.

Il pénétra dans la chambre. Elle était vide !... et froide !

Il alluma la lumière. Il bredouilla :

— Olivia ? Tu es là ?

Pas de réponse. L'air froid le fit frissonner.

C'est alors qu'il vit la fenêtre : elle était ouverte.

Oh non ! Pas *ça* ! Il demeura cloué sur place, sans pouvoir détacher son regard de l'ouverture béante.

— David...

Trop tard... Il était arrivé trop tard...

— *David !...*

Il se retourna et crut qu'il allait défaillir. Olivia, soutenue par une infirmière, se tenait sur le pas de la porte. Elle le dévisagea avec inquiétude ; puis son regard se porta vers la fenêtre et elle comprit.

— Tout va bien, David, dit-elle en esquissant un faible sourire.

— Il a l'air d'avoir eu encore plus peur que vous, dit l'infirmière en installant Olivia dans son lit. (Elle se tourna vers David.) Vous savez où on l'a retrouvée ? Dans l'escalier de secours ! Mais oui ! Madame s'en allait !... Brrr ! Il faut fermer cette fenêtre. (Elle agita son index sous le nez d'Olivia avec un air de reproche.) Vous allez attraper la mort !

David fut incapable de prononcer la moindre parole. L'infirmière se planta devant lui, fronçant les sourcils.

— Vous êtes sûr que ça va aller ? demanda-t-elle.

David hocha la tête pour la rassurer.

— Bon ! Je vous la laisse ! lança l'infirmière en s'en allant. Si elle veut encore décamper, vous m'appelez. Je ne bouge plus cette fois. Vous parlez d'une nuit !

Ils ne furent pas dérangés. Les policiers avaient déjà fouillé l'étage sans trouver trace d'aucune bombe. Ils semblaient convaincus qu'il s'agissait d'une fausse alerte ; mais ils poursuivaient néanmoins leurs recherches dans les autres parties de l'hôpital.

Olivia raconta à David qu'elle avait agi exactement comme il le lui avait ordonné. Elle avait placé des journaux dans un cendrier et y avait mis le feu ; elle s'était arrangée pour que les flammes atteignissent un chariot où se trouvaient du linge sale et des flacons d'éther en plastique. Le résultat avait dépassé ses espérances. Elle n'en était pas sûre, mais elle avait cru distinguer des silhouettes, à travers la fumée, à l'autre bout du couloir. Deux silhouettes d'hommes. Elle avait pris peur et s'était réfugiée dans l'escalier de secours. L'alarme avait retenti aussitôt. Tout s'était passé ensuite très vite. Et par-dessus le marché, cette alerte à la bombe. C'était fou ! Juste en même temps !

Elle rit lorsqu'il lui apprit la vérité. Mais elle n'en fut pas autrement étonnée. Elle savait que c'était le genre de choses — celle-là ou une autre — dont il était capable. Il agissait ainsi, parfois, avec une violence froide, semblant prêt à ne reculer devant aucun excès et affichant un souverain mépris pour les conséquences de ses actes ; comme si, tout à coup, rien d'autre au monde ne devait compter que sa seule volonté. Olivia lui avait reproché bien souvent ce comportement — s'en effrayant même quelquefois. Elle trouvait cela irresponsable, insensé et, pour tout dire, infantile.

Maintenant, à cette minute, elle ne savait plus trop quoi en penser. Il était comme il était. Et il lui avait probablement sauvé la vie.

Pourtant... Il y avait autre chose. Il avait réagi si vite. *Si vite !*

Elle l'observa. Il lui parlait. De quoi parlait-il ? La fenêtre ouverte ? Non, elle ne savait pas pourquoi la fenêtre était ouverte. Quelqu'un avait dû l'ouvrir à cause de la fumée, peut-être.

Son visage — son beau visage... En quoi était-il si différent ? Et cette lueur dans son regard... Pourquoi lui paraissait-elle si étrangement familière ? Pourquoi se sentait-elle soulagée de reconnaître cette lueur dans son regard ?

Dans son regard... *aussi !*

Elle murmura :

— Tu me crois maintenant... hein ?

— Oui.

— Tu y croyais déjà avant, n'est-ce pas ? Je veux dire avant que je t'appelle ?

David acquiesça d'un mouvement de la tête.

— On a essayé de me tuer, lâcha-t-il froidement.

Il lui raconta l'épisode de la BMW à Montmartre. Il ajouta qu'il avait aperçu la BMW dans le parking de l'hôpital.

Olivia l'écouta sans dire un mot. Puis des larmes perlèrent sur ses joues. Une infinie tristesse l'envahit. Elle eut l'impression que Michaël venait de mourir une deuxième fois.

Elle refoula ses larmes et dit :

— Et alors... (Elle pinça fortement les lèvres ; sa voix s'étrangla.) Qu'est-ce que... Qu'est-ce que tu comptes faire ?

Il y eut un silence.

David se détourna et s'approcha de la fenêtre.

— Je vais te faire protéger. Les flics seront bien forcés d'y croire maintenant. Au besoin, je remuerai du monde.

Nouveau silence.

— David ?...

Il se retourna et la regarda.

— Non, David... (Elle secouait doucement la tête ; une lueur dure, presque cruelle, brillait dans son regard.) Pas la police. Je ne veux pas que la police s'en mêle.

132

David la fixa intensément.

— Je t'aiderai, David.

Il comprit que la résolution d'Olivia était aussi ferme que la sienne.

— D'accord, murmura-t-il.

— Je t'aiderai, répéta-t-elle comme si elle l'implorait.

— D'accord, dit-il en hochant la tête.

— Ils ont tué notre enfant. *Maladetta !*

David tressaillit.

— *Maladetta*, répéta-t-il comme pour lui-même.

Oui ! Qu'ils soient maudits ! A jamais !

Maladetta !

5

L'Airbus A-300 d'Air Inter atterrit à l'aéroport de Campo dell Oro, près d'Ajaccio, à l'heure prévue.

David jeta un regard inquiet à Olivia. Elle le rassura d'un sourire.

— Tout va bien, dit-elle.

Elle ne lui parla pas de la légère douleur qu'elle ressentait au côté droit. Cela passerait. Inutile de l'alarmer pour si peu.

David lui sourit à son tour, puis observa par un hublot le bâtiment de l'aéroport qui se rapprochait en tressautant.

Il était inquiet pour Olivia. Elle avait eu beau essayer de le lui dissimuler, il avait bien remarqué qu'elle souffrait lors de leur embarquement à Orly.

Les médecins l'avaient prévenu : elle risquait des complications pulmonaires à quitter si tôt l'hôpital — il avait dû signer une décharge. Il l'avait fait transporter dans une clinique privée dès le lendemain qui avait suivi les événements. Elle y était demeurée deux jours, le temps pour lui d'organiser leur départ et de régler deux ou trois choses avec Aronfeld.

L'avocat l'avait informé que l'enquête de police n'avait pas avancé d'un pouce ; les policiers étaient, en outre, tout à fait convaincus qu'il n'y avait aucun rapport entre l'agression de Louveciennes et l'affaire Salim Rashid — la plainte contre « X » déposée au nom de la mère du détenu était d'ailleurs en passe d'être classée.

— ... la température est actuellement de quatorze degrés centigrades. Nous vous souhaitons un excellent séjour en Corse et espérons vous retrouver très bientôt sur une de nos lignes Air Inter. *Ladies and gentlemen...*

Lucas regarda Olivia et retint un soupir.

Il n'avait pas eu d'autre choix. Il lui fallait mettre Olivia à l'abri. De plus, il avait besoin de réfléchir : non pas que ces dernières quarante-huit heures eussent entamé, en quoi que ce fût, sa résolution — il était au contraire plus résolu que jamais à accomplir ce qu'il avait décidé d'accomplir —, mais il ressentait le besoin de se retrouver et de faire le point. Il lui fallait dominer la violence et la haine qui l'habitaient. Non pas les refouler. Mais les contrôler.

Avant tout, il devait se préparer. Physiquement, mentalement, techniquement même. Pour se donner la force et les moyens d'agir... et de tuer ! La force, *cette* force, il savait qu'elle était en lui — il l'avait toujours su. Il lui suffisait seulement de briser les chaînes qui la retenaient prisonnière et de la laisser se répandre et prendre possession de son être, totalement. C'était déjà presque chose faite ; il lui restait maintenant à la dompter et à l'affûter pour mieux assouvir sa haine.

Quant aux moyens, s'il pensait en posséder quelques-uns — ou, à tout le moins, pouvoir les acquérir très vite —, il savait aussi qu'un certain nombre d'entre eux lui faisaient cruellement défaut. C'était pour cette raison, en plus de toutes les autres, qu'il avait choisi de venir en Corse.

Il avait besoin d'aide. Et un vieil homme, sur cette île, pouvait lui en apporter.

Orso-Maria Calisti.

Don Orso.

Une jeune femme les attendait à l'aéroport.

Lorsqu'elle aperçut Olivia, elle se précipita à sa rencontre. Elles tombèrent dans les bras l'une de l'autre. Elles s'étreignirent longuement, mêlant leurs larmes et murmurant des paroles en corse. Puis la jeune femme se détacha d'Olivia et sourit à Lucas.

— Bonjour, Laetitia, dit David en l'embrassant à son tour.

Laetitia Magnavacca était l'amie d'enfance d'Olivia. Elle habitait, dans les environs de Vico, une petite propriété jouxtant celle du vieil Orso-Maria Calisti. C'était là qu'elles s'étaient connues, quelques années plus tôt — lorsque Calisti avait recueilli Olivia après la mort de ses parents. Elles avaient passé leur adolescence ensemble, très proches l'une de l'autre. Après le mariage d'Olivia, Laetitia avait continué à voir Don Orso, égayant ainsi la solitude du vieil homme et lui rendant quelques services de temps à autre.

David — comme tant d'autres — avait toujours trouvé extraordinaire la ressemblance entre les deux jeunes femmes. Les traits, fins, de leurs visages étaient pratiquement identiques : la même bouche, le même nez, les pommettes hautes et prononcées, presque les mêmes cheveux — ceux de Laetitia étant cependant plus foncés. Seuls leurs yeux étaient différents, ceux d'Olivia étant aussi verts que ceux de son amie étaient noirs.

Lucas eut un pincement au cœur en observant les deux jeunes femmes qui se pressaient l'une contre l'autre. Quelque chose avait changé... La ressemblance... Il ne la voyait plus. Elle s'était évanouie. Le contraste entre les deux femmes était même saisissant. A quoi cela tenait-il ? Etait-ce seulement dû à la pâleur d'Olivia s'opposant au teint vif et légèrement cuivré de son amie ? Non, c'était autre chose ; bien au-delà de cela : l'une était en vie et l'autre semblait une morte-vivante.

— Il m'a chargée de venir vous chercher, annonça

Laetitia. Il m'a dit de vous conduire à la villa sur le golfe... (Elle s'adressa à David :) Vous la connaissez, je crois. Vous savez, elle est à côté de Sagone, juste après, enfin, un peu plus loin que Tiuccia. A cette époque-ci, vous serez tranquilles. (Elle se tourna vers Olivia.) J'y suis passée avant de venir. J'ai rempli le frigo. Vous n'avez plus qu'à vous y installer.

Olivia lui sourit faiblement. Elle demanda :

— Comment va-t-il ?

— Bien, répondit Laetitia. (Elle marqua un temps d'arrêt.) Il a dit qu'il descendrait demain de Vico. (Elle eut de nouveau une hésitation.) Il a aussi dit qu'il voulait te voir d'abord. Seule...

Le visage de Lucas se contracta.

— Ce n'est rien, David, dit Olivia en lui prenant le bras. Après... Après, tu lui parleras. Je t'en prie...

— D'accord.

— Allez, venez ! lança Laetitia. (Elle prit Olivia par le bras.) Tu es revenue chez toi. C'est bien.

Ils mirent une bonne heure pour rejoindre la villa ; Laetitia avait conduit lentement à cause d'Olivia. Tout au long du trajet, David avait jeté un œil, de temps en temps, sur Olivia : dans les tournants que faisait la route en descendant vers le golfe de Sagone, il avait remarqué la sueur qui perlait à son front ; il s'était promis de faire venir un médecin au plus tôt.

La villa était accrochée dans des rochers bruns battus par la mer. Une longue plage, déserte, s'étendait sur sa gauche ; on pouvait y accéder, depuis la villa, par un escalier de pierre.

Laetitia les aida à s'installer et les quitta alors que la nuit commençait à tomber.

Ils dînèrent, tous les deux, frugalement, se contentant de quelques *figatelli* et d'une part de *brocciu* frais. Puis, épuisés l'un et l'autre, ils se couchèrent.

David ne parvint pas à trouver le sommeil. Il alla fumer une cigarette sur la terrasse de la villa, ouverte sur le golfe. Ainsi, immobile dans la nuit et le vent, il écouta longuement le grondement de la mer ; et chaque fois que les vagues refluaient dans un crissement d'acide, il sentait son cœur devenir aussi dur et insensible que la roche sur laquelle elles s'acharnaient.

Olivia soupira ; son regard se porta, au loin, vers la silhouette de David se déplaçant sur la plage éclatante sous le soleil.

— Tu es injuste de dire cela, dit-elle.

Elle était assise dans un large fauteuil d'osier, sur la terrasse, emmitouflée jusqu'aux oreilles dans un châle de grosse laine noire. Un vieil homme se tenait debout, près d'elle, s'appuyant à demi sur une canne d'aspect robuste. Il portait un costume de velours brun sur un chandail à col roulé de couleur beige. Il était de bonne taille et large d'épaules. En dépit de son grand âge, une force émanait de son visage, massif et osseux, qui imposait le respect.

Orso-Maria Calisti abordait la fin de sa vie de la même manière qu'il avait traversé les autres périodes de son existence : debout, avec courage et dignité. La vieillesse elle-même semblait avoir renoncé à l'atteindre, abandonnant au temps le soin de mettre un terme à ses jours.

— Il n'a jamais voulu t'empêcher de voir le petit, reprit Olivia. Ce n'est pas vrai. Et si cela était, je serais aussi coupable que lui.

Le vieil homme demeura impassible, le regard rivé aux vagues qui déferlaient sur la plage.

Il parla enfin ; sa voix était cassée mais ferme :

— Il ne m'a même pas annoncé sa mort. Je l'ai apprise par des étrangers... des étrangers, Livia. (Il secoua la tête.) *Pinzutu !* lâcha-t-il avec mépris.

Olivia ferma les yeux et soupira avec lassitude. Le vieil homme n'aimait pas David ; il ne l'avait jamais aimé. Il n'avait même pas essayé, d'ailleurs. Pour lui,

David n'était qu'un *pinzutu* – un continental – et ne serait jamais rien d'autre.

– Il était bouleversé ! protesta Olivia. Tu ne peux quand même pas lui en vouloir pour ça !

– Ce n'est pas pour cela que je lui en veux, dit le vieux Corse. Je lui en veux pour le mal qu'il nous a fait, qu'il *t'a* fait ! Je lui en veux de t'avoir emmenée d'ici, de ton pays. De t'avoir abandonnée.

– Arrête ! je t'en prie...

– J'aurais pu le tuer pour cela, continua le vieux Corse en proie à une colère froide. (Il marqua un temps ; ses mâchoires se crispèrent et son regard se voila.) Je lui en veux par-dessus tout d'avoir laissé mourir ton enfant...

– Ne dis pas ça, bredouilla Olivia. Ne dis pas ça !

– Tout est de sa faute. Tout ce qui est arrivé est de sa faute.

– Non ! Tu n'as pas le droit de dire ça !

Le vieil homme s'interrompit et, plongeant son regard perçant dans celui d'Olivia, il demanda :

– En es-tu certaine ? Vraiment certaine ?

Olivia sembla hésiter. Elle se détourna.

– Tu te trompes, dit-elle.

Le vieux Calisti se rendit compte de l'émotion qui s'était emparée d'Olivia. Il s'approcha d'elle et lui pressa affectueusement l'épaule.

– Excuse-moi.

Olivia ne le regarda pas. Le vieux Corse hésita, fit quelques pas et s'appuya à la balustrade, tournant le dos à la jeune femme.

– Tu vieillis, Orso-Maria, dit Olivia avec tristesse. Ton cœur est devenu sec. (Le vieux Corse ne bougea pas.) Comment peux-tu ignorer ce qu'il éprouve ?... Le souvenir de Monte Croce est-il déjà mort en toi ? As-tu tout oublié ? Même Monte Croce ?

Elle vit les mains du vieil homme s'agripper à la balustrade.

Monte Croce. Il n'avait pas oublié.

C'était en 1942. Il n'avait pas vingt ans. Il commandait un petit groupe de partisans qui portait des coups sévères aux troupes d'occupation. Les Allemands avaient essayé, maintes fois, de le capturer, sans jamais y parvenir. Ils décidèrent un beau jour d'arrêter sa famille pour le contraindre à se rendre. Sans succès. Calisti avait pris ses précautions et mis tout son monde à l'abri dans la montagne. Mais quelqu'un parla. Et un matin d'avril 1942, un détachement de la *Waffen SS* investit le petit village de Monte Croce, situé sur une hauteur, à quinze kilomètres de Corte. Là se cachait la fiancée d'Orso-Maria. Les *SS* la torturèrent pour lui faire dire où se trouvaient les membres de la famille Calisti. Elle mourut sans avoir ouvert la bouche. Le vieux couple de paysans qui l'hébergeait fut fusillé aussitôt.

La réplique de Calisti fut terrible. Il identifia les soldats qui avaient participé au massacre de Monte Croce. Il les attira dans un piège et les captura. Il choisit, parmi eux, deux hommes n'ayant pas directement pris part à la tuerie et les fit enchaîner au volant de deux camions débâchés. Les autres, les assassins et les tortionnaires de sa fiancée, furent placés à l'arrière des camions, assis et enchaînés, eux aussi, mais de façon si serrée qu'il leur était impossible de bouger sans se meurtrir les membres. Puis ils furent aspergés d'essence. Calisti s'approcha, une torche dans chaque main. Sur son ordre, les chauffeurs entravés firent démarrer les moteurs. Puis, sourd aux supplications et aux hurlements de terreur des *SS*, il jeta ses torches l'une après l'autre. Les camions s'embrasèrent aussitôt. Ils brûlaient encore lorsqu'ils parvinrent, aux abords de Corte, au casernement de la *Waffen SS*. L'horrible message, constitué par les vingt-quatre officiers et hommes de troupe carbonisés, fut clairement compris par les Allemands. Jamais plus, et ce, jusqu'en octobre 1943,

140

époque à laquelle la *Wehrmacht* fut chassée de l'île, la famille Calisti ne fut inquiétée, ni même recherchée.

Les mugissements lugubres des deux camions en feu descendant de la montagne, dans la nuit, comme s'ils revenaient de l'enfer, résonnèrent longtemps encore, après la guerre, dans les mémoires. Cette marche funèbre marqua pour beaucoup l'avènement de Don Orso.

A la fin de la guerre, Orso-Maria Calisti refusa tous les honneurs et les postes qu'on lui proposait. Il revint à Vico et prit la direction de la petite exploitation agricole de sa famille. Un tel détachement renforça le respect que lui vouaient bon nombre de ses compatriotes et accrut l'ascendant qu'il exerçait sur eux. Il devint, au fil des années, l'une des trois ou quatre autorités morales de l'île que l'on consultait pour des affaires importantes tenant à l'honneur ou à la simple justice ; une sorte de juge dont le pouvoir parallèle était bien plus puissant que celui des autorités officielles. On pouvait à la rigueur ignorer un décret préfectoral ou bafouer un jugement de tribunal. Mais il était hors de question de ne pas observer les conseils ou les décisions de Don Orso. Et cela, tout simplement parce qu'il devait en aller ainsi. C'était, en Corse, l'ordre des choses.

Calisti milita dans le mouvement autonomiste — parfois même les armes à la main —, animé par la seule passion du bien de la Corse et de sa reconnaissance au sein de la communauté française. Il décrocha lorsqu'il ne se trouva plus en accord ni avec les thèses, ni avec les moyens d'action des nouvelles générations de militants, prônant l'indépendance et multipliant les « nuits bleues ». Il ne bascula pas pour autant dans la mouvance de « *Francia* » — organisation clandestine de l'ex-S.A.C., regroupant des barbouzes et des truands, chargée de contrer par tous les moyens l'action des nationalistes corses. Il contribua même à sauver quelques militants sur le point d'être éliminés. Son attitude lui valut la reconnaissance et le respect de certains milieux nationalistes — auxquels le rattachaient, par ailleurs, de nombreux liens amicaux, voire familiaux. Il conserva de ce fait une influence non négligeable. Au point qu'aucune des « trêves » réclamées par les gouvernements, dans les années soixante-dix, puis quatre-vingts, ne furent obtenues sans qu'un émissaire venu de Paris effectuât, dans sa quête sur l'île, un détour par Vico.

Monte Croce. Que de chemin parcouru depuis...

Monte Croce. Non, il n'avait pas oublié. Olivia en était persuadée. Elle n'en avait jamais douté, d'ailleurs. Elle n'avait pas voulu blesser le vieil homme ; elle l'aimait comme son père. Elle avait seulement voulu ranimer la flamme qui brûlait en lui — ce pour quoi elle l'avait toujours admiré et respecté plus que tout au monde.

Il ne s'était pas retourné. Elle eut soudain envie de se précipiter dans ses bras. Comme autrefois. Mais elle n'en fit rien. Elle se prit à maudire les années qui s'étaient écoulées et les avaient éloignés, insensiblement, l'un de l'autre.

— Il n'a aucune chance si tu ne l'aides pas, murmura-t-elle. Et je n'en aurai pas non plus. (Elle sentit le vieux Corse se raidir.)

Il se retourna et scruta le visage d'Olivia avec un regard plein de tristesse et d'inquiétude.

— Je serai avec lui, dit Olivia. Je ne le laisserai pas. Le vieil homme hocha lentement la tête.

— Je l'aiderai, dit-il d'un ton résigné.

— Merci, souffla Olivia.

— Je l'aiderai parce que toi tu me le demandes. Pas pour lui. Pour toi.

— Pour moi, répéta Olivia.

— Oui, pour toi. Parce que tu es ma petite fille, ma *zitella*.

— Mais tu l'aideras, n'est-ce pas ? Tu l'aideras vraiment...

142

— Je l'aiderai. (Le vieux Corse s'approcha d'elle et lui caressa la joue tendrement.) Rassure-toi... *U sangue une acque !*

Le sang n'est pas de l'eau !

Olivia prit la main du vieil homme, la baisa et la pressa contre sa joue.

— Je vous aime, Don Orso, dit-elle, pleine de gratitude.

Orso-Maria Calisti se détourna. Il regarda en direction de la plage. Il parut hésiter et dit :

— Il faudra qu'il s'entende avec Santu.

— Santu Mavrone ?

— Oui.

— Tu ne peux pas demander à quelqu'un d'autre ?

— C'est le seul dont je sois sûr. Et le seul qui puisse lui fournir l'aide dont il a besoin.

Olivia réfléchit un bref instant.

Santu Mavrone. Ils avaient pratiquement grandi ensemble, lui et Olivia. Comme elle, il avait perdu ses parents très jeune et, comme elle, il avait été recueilli et élevé par Orso-Maria Calisti. Ils s'étaient aimés, d'abord comme un frère et une sœur. Mais, avec le temps, ils s'étaient rendu compte que les sentiments qu'ils éprouvaient l'un pour l'autre s'étaient transformés. Ils étaient devenus amants ; la chose leur paraissait la plus naturelle du monde. Ils étaient presque fiancés, lorsque Olivia rencontra David.

Aujourd'hui, Santu Mavrone était à la tête de l'A.R.C., l'Armée révolutionnaire corse, regroupant quelques-uns des militants les plus « durs » de la cause indépendantiste.

— Il hait David, dit Olivia. Tu le sais, n'est-ce pas ?...

— Je le sais, dit le vieux Corse.

— Il n'acceptera jamais.

— Il acceptera si je le lui demande, dit le vieux Corse d'un ton calme.

Ils roulaient depuis plus d'une heure déjà.

Après avoir quitté Vico, ils avaient pris une petite route serpentant dans la montagne.

Sur un signe du vieux Calisti, David engagea la Land Rover sur un chemin de terre qui s'enfonçait dans une forêt de pins. Tout en conduisant, il jeta un regard au vieil homme ; il n'avait pas desserré les dents depuis leur départ.

David, pour sa part, n'avait rien fait non plus pour alimenter une conversation. Il avait l'esprit ailleurs. Auprès d'Olivia. Il était inquiet. Un médecin était venu et l'avait examinée : il avait diagnostiqué une broncho-pneumonie bactérienne. L'infection était probablement due à une mauvaise cicatrisation de la plaie du poumon, consécutive à sa sortie précipitée de l'hôpital — la guérison de ce genre de blessure exigeant des soins constants et beaucoup de repos. Le médecin avait préconisé l'hospitalisation d'Olivia. David, en accord avec elle, avait refusé ; c'était trop risqué : leurs ennemis la retrouveraient sans difficulté. Le médecin n'insista pas — c'était un ami de Don Orso. En outre, l'infection ayant été décelée très tôt, Olivia pouvait fort bien se soigner chez elle, à la condition d'observer un strict repos et de suivre le traitement antibiotique qu'il lui avait prescrit. Il conseilla toutefois à David de la faire transporter à Vico : l'air y était plus sec ; la guérison d'Olivia en serait facilitée. Si tout se passait bien, avait précisé le médecin, la jeune femme serait parfaitement rétablie dans un mois, peut-être moins.

La Land Rover cahotait furieusement sur le chemin forestier. La pente s'était encore accentuée. David craignait à tout instant de verser dans le fossé.

— Arrêtez-vous là, finit par dire Calisti. Nous ferons le reste à pied.

Ils abandonnèrent la Land Rover et suivirent le chemin durant un quart d'heure environ. Puis ils coupèrent à travers bois et parvinrent au sommet d'une colline pelée et rocailleuse. Tout autour, si proches qu'ils en étaient oppressants, se dressaient des pics montagneux, semblant barrer l'accès au mont Trittore dont la cime enneigée disparaissait dans les nuages. La colline descendait en pente douce vers un vallon verdoyant où s'écoulait un petit torrent.

David aperçut la bergerie, à une centaine de mètres environ, sur sa gauche, en contrebas. C'était une modeste bâtisse en bois, perchée sur une butte à l'entrée du vallon. Contre l'un de ses flancs, stationnait une Jeep.

David observa les abords de la bergerie ; il ne semblait pas y avoir âme qui vive.

— Ne bougez pas ! ordonna Calisti.

Un homme finit par émerger du vallon. Il leur fit signe en brandissant un fusil.

Santu Mavrone les attendait.

David soupesa le revolver Smith & Wesson 357 magnum.

C'était la première fois qu'il tenait en main une telle arme ; c'était aussi la seule arme qu'il eût jamais manipulée de sa vie — il avait réussi à couper au service militaire en se faisant réformer, grâce à un ami médecin, pour « nervosité excessive ».

Il regarda Santu Mavrone qui, à une quinzaine de mètres de là, était en train de lester de pierres une caisse en carton placée sur un petit monticule de terre. Le vieux Calisti était resté près de la bergerie.

Mavrone revint vers lui.

Lucas avait été étonné, en le revoyant, de constater qu'il avait grossi. Il ne l'avait vu qu'une seule fois, sept ans auparavant. Il avait conservé le souvenir d'un visage émacié et d'un regard farouche. Il s'était attendu, cette fois, à découvrir en lui une attitude fiévreuse, une expression de bête traquée, quelque chose — David ne savait trop quoi — en accord avec ses activités clandestines. Mais rien, rien du tout.

Pourtant, David le savait, beaucoup de gens souhaitaient mettre un terme auxdites activités de Santu Mavrone, d'une manière ou d'une autre ; la police, bien sûr, mais aussi certains de ses anciens compagnons de lutte qui ne lui avaient pas pardonné d'avoir abandonné l'Armée de libération nationale de la Corse (A.L.N.C.), entraînant avec lui bon nombre de militants, pour créer son propre mouvement — Mavrone avait quitté l'A.L.N.C. du jour où il avait acquis la preuve que plusieurs de ses dirigeants, parmi les plus influents, entretenaient des rapports étroits avec la Libye et divers mouvements européens d'extrême droite.

Non, Mavrone n'avait pas l'air inquiet. Il paraissait, au contraire, décontracté, sûr de lui. Seuls ses gestes — comptés, assurés, efficaces — et cet étrange vide dans son regard trahissaient, aux yeux de David, le genre d'existence qu'il menait.

Mavrone se planta devant lui, les mains dans les poches de son battle-dress kaki. Il fixa David et dit :

— Je voudrais que les choses soient bien claires entre nous. Je n'ai pas voulu en parler tout à l'heure (il eut un mouvement de tête en direction de la bergerie). Je vous aide uniquement parce qu'il me l'a demandé. Uniquement...

— Je sais.

— Je vous fournirai les armes que vous voudrez et un minimum de soutien...

— Je n'ai pas besoin de votre soutien.

Mavrone ricana.

— Vous comptez habiter chez vous ou à l'hôtel ? (Il eut un petit sourire méprisant.) Tout cela ne sera pas gratuit, vous avez de l'argent ?

— Je vous paierai.

— Pas moi, le mouvement.

— Le mouvement, si vous voulez.

Mavrone hocha lentement la tête.

— Cela dit, tout ça est une belle connerie. Je ne

comprends pas le vieux. Vous n'avez déjà pas été foutu de protéger votre gosse (sa voix se fit haineuse) et maintenant vous risquez de faire tuer sa...

Le Corse s'interrompit, considérant avec des yeux ronds le 357 magnum que David pointait dans sa direction.

— Répétez cela et je vous fais éclater la jambe, dit David d'une voix sourde, ses deux mains se crispant autour de la crosse du revolver.

Mavrone dévisagea Lucas et vit qu'il ne plaisantait pas. Son regard vacilla, se porta vers la bergerie, puis revint à David. Il murmura entre ses dents :

— *Pregha u signore per che lu campi centu anni !*

— C'est-à-dire ? demanda David d'un ton menaçant.

— Priez le ciel pour qu'il vive vieux, dit Mavrone en regardant à nouveau du côté de la bergerie. Très vieux. Sinon, je vous lâcherai. Et j'espère que vous en crèverez !

— Vous ferez ce que vous voudrez, je m'en contre-fous. Mais ne répétez jamais plus ce que vous venez de dire. (Il lui lança le revolver.) Montrez-moi ce qu'il faut faire, maintenant.

Mavrone hésita puis expliqua sèchement comment l'on devait se servir de l'arme. Il visa la boîte en carton et tira.

Une lueur orangée auréola le revolver et une déto-nation assourdissante retentit. David sursauta malgré lui. Il demeura pétrifié, tandis que l'écho de la défla-gration se répercutait dans la montagne. Il ne s'atten-dait pas à cela ! Pas à une explosion d'une telle vio-lence et d'une telle puissance. C'était... effrayant !

— Il va falloir vous y habituer, dit Mavrone avec ironie. (Il tendit le revolver à David.) A vous mainte-nant.

Lucas prit le 357 à deux mains, visa la boîte en carton. Il pressa la détente. Il eut l'impression que l'arme lui explosait dans les mains.

— A côté ! commenta Mavrone. Recommencez. Non ! Ne vous crispez pas. Inutile de serrer l'arme de toutes vos forces, elle ne s'en ira pas. Faites le point sur les organes de visée, pas sur la cible. Allez-y !

Une nouvelle détonation.

— Trop bas ! Et vous piochez !

— Je quoi ?

— Vous piochez ! Vous appréhendez le départ du coup. Vous pressez la détente d'une manière convulsive. Ça imprime au canon un mouvement vers le bas. Vous devez exercer sur la détente une pression progressive. Le coup doit partir presque par surprise.

David recommença.

Il tira, ce jour-là, deux bonnes centaines de cartouches. Il essaya aussi d'autres armes de poing. Deux pistolets automatiques : un Colt 45 et un Beretta 92.

A la fin de ce premier entraînement, Lucas sut ce qu'il voulait savoir : il y arriverait. Certes il n'était pas — il ne serait jamais — un tireur d'élite. Mais il était d'ores et déjà capable de placer, plus ou moins correctement, deux balles sur trois dans la cible en tir de précision et au moins une sur trois en tir rapide ou même — et ce n'était pas, selon David, le moins encourageant — en bougeant. C'était, bien sûr, encore insuffisant mais il pouvait s'améliorer. Il en était convaincu maintenant et il savait comment il allait s'y prendre. Plus important encore, il commençait à entrevoir quelques-unes des solutions qui lui permettraient de compenser d'une certaine façon ses insuffisances.

— Alors ? demanda Calisti lorsqu'ils le rejoignirent.

— *E une padella*, répondit Mavrone.

Il ne vaut rien.

David avait souvent entendu cette expression dans la bouche d'Olivia. Il vit la lueur d'inquiétude qui traversa le regard du vieux Calisti.

— Je me fous de votre avis, dit David s'adressant à

Mavrone. Ce n'est pas votre peau qui est en jeu, c'est la mienne.

— Il ne s'agit pas que de vous, mon ami, dit le vieux Corse imposant le silence à Mavrone d'un geste de la main.

Lucas comprit ce qu'il voulait dire.

— Je n'ai jamais eu l'intention d'entraîner Olivia dans cette histoire. Elle restera là, avec vous.

— Vous le lui avez dit ?

— Je le lui dirai. J'ai besoin d'une quinzaine de jours ici (il désigna la bergerie et les armes enfermées dans un sac de sport), c'est tout. Ensuite, je m'en irai. Seul. Vous veillerez sur elle.

Lucas soutint le regard du vieux Corse. Celui-ci n'avait pas l'air convaincu. Pourquoi doutait-il de sa parole ?

— Après tout, vous avez raison, soupira Mavrone. C'est de votre peau qu'il s'agit et je n'en ai rien à foutre. (Il donna un petit coup de pied dans le sac de sport.) Bon ! je suppose que vous gardez le 357 ?

Lucas quitta Calisti des yeux et se tourna vers Mavrone.

— Non.

— Mais vous m'avez dit que vous vouliez une arme très puissante ! s'étonna Mavrone, ironique.

Lucas avait, en effet, estimé que, n'étant pas un titeur d'élite, il lui fallait une arme dont la puissance lui permettrait de « sonner » et de mettre hors de combat un adversaire et cela, quel que fût l'endroit du corps où il l'atteindrait. De ce point de vue, le 357 magnum lui avait paru idéal : c'était l'arme de poing qui, exception faite du 44 magnum, possédait le pouvoir « stoppant » le plus important ; une balle de 357 vous fracassant la main ou le pied dégageait, en outre, dans l'organisme une onde de choc qui vous assommait littéralement.

Mais il y avait une autre variable, qui avait tout d'abord échappé à Lucas, mais dont il savait, maintenant, qu'il devait tenir compte : il n'était pas certain d'atteindre un adversaire du premier coup ; il devrait faire feu deux fois, peut-être même trois. Or le barillet d'un revolver ne contenait que six balles. Si les adversaires qu'il devait affronter étaient en nombre, il ne pourrait leur faire face.

Lucas dit tout cela à Mavrone et il ajouta :

— Je prends le Colt 45.

— Vous n'êtes pas très logique, ricana Mavrone. A ce compte-là, avec le Beretta vous disposeriez de quinze balles. Avec le 45, vous n'en aurez que sept.

— Huit avec celle dans le canon, corrigea David. Cela dit, le Beretta ne tire que du neuf millimètres. L'effet de choc est moins important qu'avec du 11,43, n'est-ce pas ? (Mavrone acquiesça de la tête, dévisageant David d'un regard aigu.) En plus, en m'entraînant un peu, je devrais pouvoir recharger le 45 en moins de... trois secondes, quatre peut-être.

— Vous pourriez faire la même chose avec le 357, rétorqua Mavrone.

— Ça n'ira jamais aussi vite... Sans compter qu'avec deux chargements, j'aurai de toute façon trois balles de plus avec le Colt.

Il y eut un bref silence. Lucas se rendit compte que le vieux Calisti l'observait avec attention.

— Il a raison, Santu, dit le vieux Corse.

— Il y a autre chose, dit David en s'adressant à Mavrone.

— Quoi ?

— Vous m'avez dit qu'on pouvait obtenir davantage d'efficacité avec certaines cartouches...

— ... semi-chemisées, pointes creuses. Oui.

— Il y a encore mieux que cela, intervint le vieux Calisti.

— Les Glaser, c'est vrai, convint Mavrone. Les *Glaser safety slugs*.

— Tu les as toujours ? demanda Calisti.

— Oui, répondit Mavrone.

Lucas se fit expliquer l'intérêt de ce type de munition.

La puissance vulnérante d'une balle — et son effet de choc — est déterminée par la rapidité avec laquelle elle libère son énergie à l'intérieur de la cible. Cette action brutale est fonction de la résistance qu'elle rencontre. C'est un peu la même chose que si vous plongez un doigt dans l'eau ou si vous donnez une claque à la surface de l'eau : en fait, plus une balle perfore, moins l'effet de choc est important.

C'est le cas avec les balles blindées classiques : elles ne sont pas stoppées par le corps humain ; elles le traversent, de part en part, ne libérant à l'intérieur qu'une partie seulement de leur énergie destructrice. En revanche, une balle de même calibre, mais semi-blindée, dont la tête en plomb est creuse, « champignonne » à l'impact, doublant ou triplant la surface de celui-ci. Elle ne transperce pas le corps ; elle s'écrase contre lui et se fragmente à l'intérieur de façon dévastatrice — la Convention de Genève interdit aux militaires l'emploi de telles munitions.

— Avec la Glaser, c'est encore pire ! précisa Mavrone. C'est une nouvelle cartouche américaine. A la place de la classique balle de plomb, elle est constituée de grenaille comprimée dans une ogive de silicone. A l'impact, elle explose littéralement !

Mavrone expliqua qu'il avait comparé l'effet de choc d'une cartouche neuf millimètres Speer à pointe creuse — la plus efficace des cartouches de ce type — avec une Glaser safety slug de même calibre. Il avait, pour ce faire, tiré dans un bloc de plastiline : une sorte de pâte à modeler, de densité analogue à celle du corps humain, permettant de conserver l'empreinte de la cavité provoquée par l'onde de choc d'un projectile lors de l'impact — dans le corps humain cette cavité se forme et se résorbe en quelques millièmes de seconde.

— La Glaser a fait une cavité d'environ douze

centimètres de diamètre, plus du double de celle de la Speer ! indiqua Mavrone.

— Avec le Colt 45 ça doit être encore plus énorme, non ? demanda David.

— Il y a des chances ! répondit Mavrone. Le calibre du 45 est déjà le plus gros. Avec cette cartouche, il est multiplié à l'impact par je ne sais pas combien ! (Il marqua un léger temps.) Ça revient, en fait, à tirer de véritables petits obus !

— Vous pouvez m'en avoir ? (David vit que Mavrone hésitait.) Je vous ai dit que je vous paierai.

— Vous les aurez.

— Je veux aussi un deuxième Colt et quatre chargeurs supplémentaires.

— Pourquoi autant ?

— C'est mon problème, Mavrone. Autre chose : je vais m'entraîner seul, ici. J'ai besoin de munitions pour environ une dizaine de jours. Disons cent cinquante cartouches par jour.

— Vous n'aurez pas tout cela en Glaser, prévint Mavrone.

— Peu importe. Je pourrai très bien m'entraîner avec d'autres cartouches.

Mavrone le fixa un instant, puis il hocha lentement la tête.

— D'accord, dit-il.

La maison d'Orso-Maria Calisti était située en dehors de Vico. De la véranda, on découvrait le village en contrebas et, au loin, les montagnes ; on apercevait aussi, au flanc d'une colline, parmi les magnolias, le couvent de Saint-François dominant la vallée du Liamone.

Olivia et le vieux Calisti étaient seuls dans la véranda — David venait de regagner sa chambre.

— Qu'est-ce que tu en penses ? demanda Olivia.

— Santu dit qu'il n'y arrivera jamais, répondit le vieil homme après une courte hésitation.

152

— Je veux savoir ce que tu en penses, *toi*.

Le vieux Corse hésita de nouveau.

— Vous... (Il se reprit aussitôt :) Tu dois le convaincre d'y renoncer.

— Non ! Je ne peux pas... (Elle secoua la tête comme si cette simple pensée la faisait souffrir.) Je ne peux pas faire ça.

— Il risque de mourir, Livia.

Olivia ne répondit pas.

Le vieil homme la regarda : elle s'était détournée et paraissait contempler les montagnes dans le lointain. Il soupira :

— Toi aussi, tu le tiens pour responsable, n'est-ce pas ?

Olivia jeta un regard hésitant au vieil homme et se détourna à nouveau.

Elle ne répondit pas.

Le silence devint pesant. Calisti vit le visage de la jeune femme se crisper.

— Je veux que meurent les assassins de mon enfant, finit-elle par murmurer. Et je l'aiderai, ajouta-t-elle comme pour elle-même.

Le vieux Corse sentit une profonde tristesse l'envahir.

Il avait essayé...

Il avait essayé de la faire changer d'avis. En vain. Elle n'en changerait pas. Il le savait maintenant. Rien, ni personne, ne pourrait entamer sa détermination.

Et il la perdrait. A jamais.

Lucas allait mourir. Et il l'entraînerait avec lui dans la mort. Et lui, Orso-Maria Calisti, savait — il ne le savait que trop — qu'il ne pouvait rien y changer. C'était trop tard, maintenant. Il était trop vieux.

Le lendemain, David retourna à la bergerie abandonnée, près du mont Trittore.

Il s'était arrêté en chemin pour acheter des provisions : il avait décidé, dans la mesure où le temps le lui permettrait, de séjourner en permanence dans le petit vallon. Il s'entraînerait jour et nuit, sans répit. Il avait fait prévenir Santu Mavrone qu'il aurait peut-être besoin de davantage de munitions que prévu.

A Vico, outre ses provisions, il s'était procuré une demi-douzaine de réveille-matin bon marché.

Dans la bergerie, il trouva une petite caisse déposée par Mavrone. Il y avait un mot dessus : le Corse lui disait qu'il n'avait pu trouver que deux chargeurs supplémentaires, mais qu'il aurait les autres avant son départ, ainsi que le deuxième Colt 45.

David explora le vallon : il n'y avait pas âme qui vive. Il n'y avait que les montagnes, tout autour de lui. Froides. Imperturbables. Il lui sembla qu'elles l'attendaient.

Un moment, il se demanda si tout cela avait un sens. Il chassa cette idée de son esprit. Il ne devait plus douter, il ne devait plus *penser*. Il devait agir, faire ce qu'il avait décidé de faire. C'était la condition de sa survie. Ne plus penser, non, surtout ne plus penser ! Se fier à son instinct au contraire ; aiguiser ses nerfs ; acquérir des automatismes, oui ! surtout des automatismes.

Il allait devoir se battre. Et la seule façon d'être efficace dans un combat, c'était de se comporter comme un animal. Il fallait bouger, frapper, tirer sans réfléchir, le plus vite possible, en ne comptant que sur ses réflexes. On pouvait réfléchir avant, pas pendant. C'était vital. David savait cela, d'instinct — et les sports de combat qu'il avait pratiqués, des années auparavant, lui avaient permis plus d'une fois de le vérifier.

Se préparer au combat.

C'était pour ça qu'il était là. Il ne devait penser à rien d'autre.

— Vous piochez ! lui avait dit Mavrone.

Durant les premiers jours, David s'efforça de se corriger de ce défaut en plaçant une pièce de monnaie sur le canon du Colt 45 et en tirant à vide. Il s'exerça également, pendant des heures et des heures, à recharger l'arme, en regardant ses mains d'abord, puis en fermant les yeux. Pour le tir proprement dit, il s'astreignit en premier lieu à améliorer sa précision. Ensuite, ensuite seulement, il s'entraîna au tir rapide : pour ce faire, il disposait en cercle des boîtes en carton aux abords de la bergerie, puis il se plaçait au centre du cercle, le Colt 45 dans un étui fixé derrière la hanche droite — une balle dans le canon ; il suffisait d'abaisser le cran de sécurité pour faire feu instantanément. Dans la poche gauche de sa veste, il avait deux chargeurs pleins ; la droite était lestée de clefs et de pièces de monnaie pour mieux dégager le pan du vêtement de la main et faciliter la prise de l'arme. A un signal qu'il se donnait, il s'accroupissait complètement et ouvrait le feu, tirant deux ou trois balles sur chaque cible, rechargeant et tirant à nouveau. Puis il vérifiait ses résultats, bouchait les trous dans les cartons avec du ruban adhésif et recommençait.

A partir du cinquième jour, il estima qu'il était temps d'utiliser les réveille-matin.

Il les testa, d'abord : il les régla tous pour sonner à la même heure. Comme il l'avait prévu, les six sonneries se déclenchèrent isolément les unes après les autres. Il régla de nouveau les mécanismes, plaça les réveille-matin derrière des boîtes en carton en les protégeant à l'aide de pierres. Puis il fit feu sur les cibles dans l'ordre où les sonneries retentirent. Il dut recommencer cet exercice plusieurs fois avant d'obtenir des résultats satisfaisants.

Il mit au point une variante pour la nuit : avant de se coucher, il réglait trois réveille-matin pour les faire sonner à des heures différentes ; il disposait ensuite des cibles à l'intérieur de la bergerie et s'endormait en laissant brûler les deux lampes à pétrole dont il disposait, son Colt 45 à portée de main. La première nuit, il fut incapable de se rendormir entre les sonneries ; leur bruit strident et les détonations du pistolet lui mirent les nerfs à vif. Les nuits suivantes, il y parvint. Mais sa tension nerveuse ne se relâcha pas : à la seconde où grelottait l'un des trois réveils, il s'éveillait en sursaut, s'emparait du Colt 45 et faisait feu sur les cibles disposées ici ou là. Après plusieurs nuits d'un tel régime, il obtint ce qu'il cherchait : ses nerfs étaient tendus comme des cordes de violon ; il ne tirait plus sur les cibles par volonté délibérée mais par réflexe.

Orso-Maria Calisti le surprit, au matin du neuvième jour, alors qu'il venait de terminer une série de tirs rapides déclenchés aux grelots des réveils.

Le vieil homme l'avait observé du haut de la petite colline avant de s'approcher. Lorsque David perçut le bruit des pas dans son dos, il se retourna en un éclair et mit en joue le vieil homme.

— Ce n'est que moi, dit le vieux Corse en plissant les yeux. (David abaissa son arme lentement.) Livia voulait de vos nouvelles.

Lucas considéra le vieux Calisti comme s'il s'agissait d'un revenant ; plus que tout, c'était la voix cassée du vieil homme qui le troublait. Une voix... Une voix qui le ramenait à la réalité d'un monde qu'il avait presque oublié. Il se reprit.

— Comment va-t-elle ?

— Mieux, je crois.

Calisti observa David avec une certaine curiosité ; il remarqua ses yeux hagards et les traits tirés de son visage à demi mangé par la barbe.

— Et vous ?

— Ça va.

— Où avez-vous appris à faire ça ? demanda le

vieux Corse après une hésitation. (Il regardait les couples de cibles et de réveille-matin.)

— Nulle part.

Ils pénétrèrent à l'intérieur de la bergerie. Le sol était jonché de douilles. Le bois des murs avait éclaté par endroits. Lucas en expliqua la raison. Le vieux Corse, cette fois, le dévisagea avec une intense curiosité.

— Vous comptez revenir quand ? demanda-t-il.

— Je ne sais pas... D'ici deux ou trois jours.

— Je repartirai avec la Land Rover — un ami m'a déposé de l'autre côté de la colline pour venir —, je reviendrai vous chercher dans trois jours.

Le vieux Corse avait apporté quelques provisions. Ils les partagèrent à l'heure du déjeuner. Ensuite, le vieil homme insista pour assister à l'entraînement de David ; celui-ci accepta.

Durant plus d'une heure, le vieux Calisti se contenta d'observer, sans dire un seul mot. Puis il conseilla à David de ne tirer qu'après avoir effectué une course rapide ou une série d'exercices physiques violents : il créerait ainsi les conditions d'un stress — accélération du pouls et de la respiration, tremblement des mains et des genoux, transpiration, etc. — comparable à celui que l'on éprouve dans un combat réel. Il recommanda aussi à Lucas de ne pas se contenter uniquement des cartouches Glaser : il pouvait se trouver en situation d'être obligé de tirer à travers une porte ou sur une voiture. Il lui suggéra donc de remplir l'un de ses deux chargeurs de rechange avec, alternativement, des Glaser et des balles blindées ; et de marquer d'un signe distinctif — des croix gravées dans le métal, visibles et sensibles aux doigts — ce chargeur particulier.

À la fin de l'après-midi, ils se quittèrent.

— Je reviendrai demain, dit le vieux Corse. Vous avez besoin de vous entraîner sur des cibles mobiles. Je vous montrerai comment vous y prendre. Et je vous apporterai une arme à moi, un peu particulière, vous verrez.

— Pourquoi faites-vous cela ? demanda David, sans chercher à dissimuler sa surprise.

— Parce que vous avez peut-être une chance, après tout... (Les mâchoires du vieil homme se crispèrent.) Et je n'ai pas le choix.

— Je vous ai dit qu'elle resterait en dehors de cela.

— Vous me l'avez-dit en effet...

— Et vous ne me croyez pas ?

Le vieux Corse hésita et secoua doucement la tête.

— Vous vous trompez, dit-il tristement.

Plus tard, alors qu'il regagnait Vico, au volant de la Land Rover, le vieux Calisti repensa à Lucas, resté seul, là-haut, dans le vallon au pied du mont Trittore.

Il avait peut-être une chance...

Il avait vu l'entraînement auquel il se soumettait ; son intensité presque obsessionnelle. Il l'avait vu aussi – après qu'il le lui eut conseillé – ouvrir le feu au terme d'une course effrénée, sans que la précision de son tir en pâtît véritablement ; et il avait surpris, au moment précis où il bloquait sa respiration pour tirer, son extraordinaire regard, comme s'il se fondait dans les balles qui allaient atteindre leur cible.

Il avait vu, surtout, au cours de ces quelques heures, cette violence qui affectait chacun de ses gestes, chacune de ses réactions : une violence redoutable qu'il avait libérée en lui, puis maîtrisée et affûtée au fil des jours, dans l'attente du combat qu'il voulait livrer.

« *Da mutone è diventatu lupu* », se dit le vieux Corse.

Un loup... oui.

Le mouton est devenu un loup.

L'opératrice de la poste de Sagone décocha son plus beau sourire à Lucas.

— Vous avez votre numéro, monsieur. Cabine cinq.

158

David lui sourit à son tour et s'enferma dans la cabine.

— Aronfeld ?

— Qui le demande ? fit une voix féminine.

— David Lucas.

— Ne quittez pas, monsieur, je vous le passe, dit la femme soudain plus aimable.

Il y eut un craquement dans l'appareil, suivi d'une note musicale. Un nouveau craquement. La voix d'Aronfeld retentit à l'autre bout de la ligne :

— David ! Qu'est-ce que vous foutiez ? Je me suis fait un sang d'encre...

— Tout va bien.

— Et Olivia ?

David lui donna des nouvelles de la jeune femme. Il l'informa aussi qu'elle avait décidé de le suivre à Paris.

— Elle est complètement folle !

— J'ai tout essayé. Elle ne veut rien entendre. Elle dit qu'elle reviendra de toute façon. Autant que je sois à côté d'elle...

— Bordel de Dieu !...

— Et vous, où en êtes-vous ?

— J'ai ce que vous vouliez. Il s'appelle Joseph Polonski. Un braqueur de banques. Plus de la cinquantaine. A la prison de Saint-Louis, il est bibliothécaire. L'idéal. Il est au courant de tout. Il va avoir une permission de sortie pour vendredi. Vous serez là ?

— Je serai là.

— Il faudra sûrement lui allonger un peu de fric.

— D'accord. Et pour la maison ?

— Tout est vendu. (Aronfeld soupira.) Soixante bâtons. (Un autre soupir.) Avec vos délais, je n'ai pas pu faire mieux.

— C'est très bien.

— Elle en vaut plus du double ! protesta Aronfeld.

— Je m'en fous. Quelle banque ?

— Hervet, au nom d'Olivia. Je vous ai déposé cent

159

mille francs chez vous, comme prévu, en liquide. Votre bail est résilié, je m'en suis occupé. Vous avez jusqu'à la fin du mois.

— Vous n'avez rien remarqué ?

— Comment ça ?

— A Montmartre. Des types... Quelque chose.

— Non... j'ai pourtant fait gaffe !

David sentit l'inquiétude qui perçait dans la voix d'Aronfeld.

— Qu'est-ce qu'il y a ?

Aronfeld hésita et lâcha :

— Ils n'ont pas renoncé, David... Ils chassent toujours !

— Quoi ?

— Au cabinet. On a reçu plusieurs appels pour Olivia. Des clients à elle, soi-disant. Esther a vérifié : il y en avait trois de bidon.

— Qu'avez-vous répondu ? demanda David d'une voix sourde.

— Qu'est-ce que vous vouliez qu'on réponde ? s'écria Aronfeld. Je ne sais même pas où vous êtes, moi !

— Il vaut mieux que cela continue, mon vieux, dit David après une hésitation. Dans votre intérêt. Si on vous interroge, si qui que ce soit vous interroge, dites qu'on a disparu et que vous ne savez rien, vous m'entendez, rien ! Vous vous êtes simplement occupé de régler nos affaires et on est sortis de votre vie, d'accord ?

— D'accord, dit Aronfeld. (Il soupira profondément.) Bordel de Dieu...

— Paul...

— Oui ?

— Merci.

Avant de regagner Vico, David alla acheter des journaux et des gâteaux secs à l'anis pour Olivia. Il s'arrêta, ensuite, au bord d'une plage déserte pour contempler la mer.

Une tempête s'était levée. Sur un front de plusieurs kilomètres, de grosses lames s'élançaient à l'assaut de la baie, déferlant avec fracas sur la grève comme une cavalerie barbare.

Il prendrait l'avion le lendemain. Il passerait par Rome et Zurich. Sur des vols différents, avec des compagnies aériennes différentes. Sous une fausse identité, comme à l'aller. Pour brouiller les pistes. Olivia le rejoindrait plus tard — elle prendrait le bateau pour Gênes, l'avion pour Genève et le train ensuite.

A Paris, tout était arrangé. Santu Mavrone lui avait donné l'adresse d'une planque sûre : un studio dans le quartier de la Muette. Les armes et leurs munitions s'y trouvaient à son arrivée.

Sur l'insistance de Don Orso, Mavrone lui avait également indiqué un numéro de téléphone qu'il pourrait appeler, en cas d'urgence, pour faire évacuer Olivia. David l'avait appris par cœur.

— Souvenez-vous... *Centu anni*! lui avait dit Mavrone en le quittant — Priez le ciel qu'il vive cent ans !

David repensa à ce qu'Aronfeld lui avait dit : les appels téléphoniques au cabinet...

Ils n'ont pas renoncé !

Ils chassent toujours !

Il demeura immobile, face aux flots déchaînés, sentant naître en lui une étrange impatience.

Il regagna sa voiture.

Sur la route, lui revinrent en mémoire les premières paroles d'un vocero que le vieux Don Orso lui avait répétées, là-haut, au pied du mont Trittore :

> *Di sangue sentu una sete*
> *Di morte sentu una brama*

Oui... Lui aussi avait soif de sang. Lui aussi avait une envie violente de mort !

L'homme à la chevelure blanche et léonine allait et venait, lentement, dans une des allées du Champde-Mars. Il prenait soin de ne pas souiller de poussière ses souliers noirs et bien cirés.

Il s'écarta, une nouvelle fois, pour céder le passage à un jogger suant et soufflant. Il scruta le ciel qui s'assombrissait derrière la tour Eiffel. Un ciel de novembre à Paris.

Il releva le col de son manteau. Il n'était pas aussi vieux que ses cheveux prématurément blanchis auraient pu le laisser croire : il avait une cinquantaine d'années, tout au plus. Son visage, énergique et austère, ne trahissait aucune émotion particulière.

En réalité, l'homme était en colère : il avait rendez-vous et celui qu'il attendait était en retard. En outre, il s'en voulait d'avoir accepté un tel lieu pour ce rendez-vous. Ce n'était pas très *professionnel*.

Quelques minutes plus tard, il aperçut la Mercedes marron glacé déboucher sur le rond-point et s'immobiliser le long du trottoir. Deux hommes en descendirent aussitôt, explorant du regard les environs. Puis l'un d'entre eux ouvrit la portière arrière droite de la Mercedes et un troisième homme apparut, d'allure méditerranéenne.

Il s'avança sans se presser à la rencontre de l'homme aux cheveux blancs en fermant son manteau en poil de chameau. Il marchait d'un pas souple en dépit de sa corpulence. Son bronzage effaçait en partie les rides de son visage ; son front était barré de sourcils épais et bruns.

— Vous êtes en retard, dit l'homme aux cheveux blancs d'une voix grave et bien posée, tout en observant l'un des gardes du corps qui s'était posté, à une vingtaine de mètres, sous les arbres.

— Cette ville est impossible, répondit le Méditerranéen, nullement impressionné.

— Marchons.

Ils firent quelques pas en direction de l'Ecole militaire — deux hommes respectables, respirant la

162

prospérité. Ils se mirent à converser, jetant tous deux des regards distraits et froids aux alentours.

— Nous avons besoin d'assurances, dit l'homme aux cheveux blancs. L'erreur de Saint-Louis ne doit pas se reproduire.

— Elle ne peut pas se reproduire, affirma le Méditerranéen.

— Elle s'est pourtant produite.

— Vous savez parfaitement qu'elle était imprévisible. Inévitable. On ne pouvait pas prévoir l'histoire du faux nom. Sans parler du fait que l'autre a été transféré avec une semaine de retard ! Il n'y avait aucune possibilité de détecter l'erreur.

— Elle l'aurait été si votre homme s'était contenté d'obéir.

Ils se turent un instant.

— La rectification doit être différée, reprit l'homme aux cheveux blancs.

— Evidemment.

— Mais elle devra être effectuée.

Le Méditerranéen acquiesça d'un mouvement de tête.

— Lucas et sa femme ?

Le Méditerranéen eut une hésitation. Puis il répondit :

— Ils ont disparu. On a retrouvé la clinique où il l'a fait transporter à sa sortie de l'hôpital. Après, on perd leur trace. Ils ont dû quitter le pays.

— Non.

— Comment pouvez-vous en être sûr ?

— Nous le savons, c'est tout. De toute façon, cela ne changerait rien.

— A mon avis, vous faites une erreur. Ils ne savent rien. Ils ne peuvent rien prouver...

— Ce n'est pas votre problème, coupa l'homme aux cheveux blancs. (Sa voix se fit imperceptiblement menaçante.) Notre avis, à nous, c'est que vous ne prenez pas cette affaire assez au sérieux.

— Qu'est-ce que vous voulez que je fasse de plus ? merde ! s'écria le Méditerranéen.

— C'est à vous de voir. (L'homme aux cheveux blancs marqua un temps.) N'oubliez pas — n'oubliez surtout pas ! — que nous tenons quelques-uns de vos fils, Zamourian... Nous pouvons les couper.

— Je ne l'oublie pas, murmura le Méditerranéen. (Il hocha la tête lentement.) On va les retrouver... (Il hésita.) Pour Marseille ?

— Marseille est réglé.

— C'est pour quand ?

— Une question de semaines, maintenant.

— La famille voudrait des précisions.

L'homme aux cheveux blancs s'immobilisa et considéra un petit groupe de chiens qui s'ébattaient sur une pelouse. Il laissa tomber :

— Nous tiendrons nos engagements. Marseille n'est pas lié à Lucas. (Il marqua un temps.) Mais le reste l'est. Tout le reste. (Il s'arrêta de nouveau.) Trouvez-les, lui et sa femme. Et tuez-les. Vite !

6

La prison de Saint-Louis était située en rase campagne.

De loin, elle ressemblait à une forteresse. De près, l'aspect étrange de cette forteresse vous frappait : elle était sans âge, aveugle, intacte ; elle n'appartenait à aucun monde, ni à aucune époque connus — elle semblait être tombée du ciel, toute faite. Ses hauts murs et ses tourelles de guet évoquaient une fortification moyenâgeuse — ce qui interdisait de la rattacher au présent ou de l'assimiler à quelque construction futuriste. Mais, en même temps, elle était en béton et comme neuve, mystérieusement épargnée par le temps et la végétation : pas la moindre brèche dans son enceinte ; pas le plus petit brin d'herbe, nulle part.

Une forteresse étrange ; et qui l'était plus encore, lorsque l'on prenait conscience qu'elle n'était pas faite pour se protéger de l'extérieur mais pour se protéger de ce qui se trouvait à l'intérieur.

David baissa la vitre de la Golf et jeta sa cigarette. L'air froid et humide du matin lui glaça le visage.

Depuis le parking où il s'était garé, il apercevait l'entrée de la centrale, à une trentaine de mètres, juste en face : un portail d'acier, brun et lisse, aux dimensions impressionnantes, pour le passage des fourgons cellulaires et des véhicules de toutes sortes, et une petite porte du même métal, réservée aux visiteurs et au personnel de l'établissement ; entre les deux, une guérite encastrée dans le mur, munie de hublots à l'épreuve des balles.

Une caméra, perchée au-dessus du portail, balayait les abords de l'entrée — quelque chose était vivant à l'intérieur du béton et vous épiait.

Sur la gauche de Lucas, à quelque distance, il y avait une cabine téléphonique et un abri de verre et d'acier où des gens patientaient en attendant la sortie des détenus.

David ne leur prêtait pas attention. Il fixait, comme hypnotisé, l'entrée de la prison. Le *monstre* était de l'autre côté, hors d'atteinte ; un monstre semant la violence et la mort et qui, dans sa cruauté, n'avait pas hésité à se repaître de la vie d'un enfant.

Son enfant.

Quel était ce *monstre* ? A quoi ressemblait-il ? Pour quels motifs avait-il agi ainsi ? Lucas l'ignorait mais il était décidé à le découvrir. Il y était plus décidé que jamais. Mais il y avait quelque chose de nouveau en lui, quelque chose qu'il n'avait pas prévu et qu'il sentait s'insinuer en lui sans qu'il pût rien faire pour l'en empêcher : la peur. Elle était encore faible et discrète. Mais Lucas pressentait qu'elle l'envahirait bientôt tout entier. Il ne servirait à rien de vouloir s'en défendre. Il devrait apprendre à vivre avec cette peur.

Il glissa sa main droite sous le journal qu'il avait placé sur le siège avant, à côté de lui : la masse lourde et froide du Colt 45 lui fit du bien. Du pouce, il vérifia que le cran de sécurité était abaissé. Il décida de le relever et de replacer l'arme dans son étui, derrière sa hanche droite : si tout se passait bien, quelqu'un allait bientôt s'asseoir à cette place.

Et la traque du *monstre* commencerait.

Lucas était arrivé à Orly la veille, dans l'après-midi.

Il avait récupéré sa voiture au parking et s'était rendu directement au studio de la Muette – la « planque » procurée par Santu Mavrone.

Il était situé dans une rue résidentielle, bordée d'arbres et peu fréquentée, au sixième étage d'un immeuble moderne. L'intérieur était simple mais confortable. Lucas trouva les armes et leurs munitions dans un sac de sport au fond d'un placard. Tout y était : les deux Colt 45, les chargeurs supplémentaires, des boîtes de balles blindées et les cartouches Glaser, de couleur bleue, empaquetées par six dans un emballage en plastique transparent, comme des suppositoires. Il y avait aussi l'arme « un peu spéciale » de Don Orso : un fusil à pompe Smith & Wesson à cinq coups dont la crosse et le canon étaient sciés. Plus que sa configuration un peu étrange, c'étaient surtout ses munitions qui faisaient de ce fusil une arme « un peu spéciale » : dans le magasin alternaient des cartouches de calibre douze à bille d'acier et des cartouches à gaz C.S. – les premières perforaient n'importe quel gilet pare-balles et transperçaient même le bloc-moteur d'une voiture ; les secondes, en explosant à l'impact, pouvaient mettre hors de combat plusieurs adversaires d'un seul coup.

Alors qu'il se trouvait encore dans le vallon du mont Trittore, David avait vérifié par lui-même l'efficacité de ces cartouches à gaz. Il en avait tiré une à l'intérieur de la bergerie ; l'action du C.S. – un gaz identique à celui des grenades dites lacrymogènes – à l'intérieur du lieu clos avait été foudroyante : David avait senti une brûlure se répandre sur tout son corps et une force incroyable lui broyer le thorax, le faisant suffoquer ; il s'était jeté au-dehors, sans pouvoir ouvrir les yeux, et s'était écroulé au sol, en proie à une forte nausée. Les effets du C.S. s'étaient atténués au bout d'un quart d'heure.

David avait dissimulé l'un des Colt avec deux chargeurs et des munitions à l'intérieur du studio. Puis il s'était rendu à l'esplanade des Invalides, dans un garage souterrain où Olivia avait laissé sa voiture pour faire effectuer une réparation. Il avait réglé la note et avait garé la Lancia dans l'un des sous-sols du parking attenant au garage. Là, après s'être assuré que personne ne pouvait le voir, il avait placé le fusil à pompe et ses cartouches spéciales dans le coffre de la Lancia et disposé les clefs de contact à cheval sur le pare-chocs avant, enfoui dans l'ombre contre le mur. Une sécurité : la voiture, et ce qu'elle renfermait, pourrait être utilisée, à tout instant, par lui comme par Olivia.

Après avoir quitté le parking, il avait repéré une cabine téléphonique et appelé un numéro qu'Olivia lui avait indiqué avant son départ : une association qui s'occupait d'aider et de reclasser les anciens détenus. Il avait demandé à parler à la responsable, une certaine Rose Schneider — Olivia et Aronfeld la connaissaient ; c'était par elle que l'avocat avait appris l'existence du détenu nommé Joseph Polonski, le bibliothécaire de Saint-Louis.

David avait besoin de savoir à quoi il ressemblait. Il n'était pas question d'aborder chacun des détenus à leur sortie de la prison. Cela pouvait attirer l'attention sur lui. C'était trop dangereux.

Rose Schneider n'avait fait aucune difficulté pour lui répondre : il l'appelait de la part d'Aronfeld et pour elle c'était suffisant — Aronfeld était un ange ! Elle lui avait décrit le détenu sous tous les angles. Mais, au bout du compte, David n'avait pas été très avancé : des cheveux bruns, des yeux de couleur claire, une taille moyenne, des vêtements simples, etc.

— Non, je regrette, nous n'avons pas de photo, lui avait dit la femme. Mais je le connais bien, vous savez. Ah ! mais attendez, j'y pense, vous ne pouvez pas le manquer ! Ils ne sont pas trente-six à boiter !

— Il boite ?

— Enfin, c'est beaucoup dire, disons qu'il boitille.

168

Mais ça se voit quand même. Il est venu plusieurs fois à l'association. Ça se remarque, croyez-moi.

Des détenus commençaient à sortir par la petite porte de la prison de Saint-Louis. Des hommes et des femmes — l'une d'entre elles tenait dans ses bras un bébé emmitouflé dans une couverture rose — abandonnèrent l'abri où ils attendaient et se portèrent à leur rencontre.

Un détenu, légèrement voûté, se détacha d'un petit groupe et se dirigea vers la cabine téléphonique. Lucas le fixa avec intensité : il boitait.

David l'aborda alors qu'il s'apprêtait à pénétrer dans la cabine.

— Polonski ?

L'homme fronça les sourcils. Il hésita un bref instant.

— Qui êtes-vous ?

— Mon nom ne vous dirait rien...

— Votre gueule non plus ne me dit rien, mon gars. Excusez-moi, je suis pressé.

David le retint par le bras. L'homme le dévisagea d'un air mauvais.

— Vous êtes flic ?

— Non.

— Vous êtes quoi alors ?

— Rien. Je veux seulement vous parler. J'ai une affaire à vous proposer.

— Je suis rangé des affaires, mon gars. Ça ne se voit pas ? (Il dégagea son bras d'un mouvement brusque.)

— Non, ce n'est pas ça ! J'ai besoin de renseignements. Simplement des renseignements ! Et je vous paierai.

— Des renseignements ? Des renseignements sur quoi ?

— Sur ça, dit David en désignant la prison.

Le détenu le dévisagea à nouveau. Puis il laissa tomber :

— L'emmerde, c'est que je ne sais rien moi, mon gars...

— Vous êtes bibliothécaire, non ?

— Qui vous a dit ça ?

— Schneider, Rose Schneider. C'est elle qui m'a parlé de vous. (Lucas vit le visage du détenu se détendre légèrement.) J'aurais dû commencer par là, c'est idiot.

— Vous auriez dû, en effet...

— Elle m'a dit que vous pourriez m'aider.

Le détenu eut soudain l'air songeur.

— Je n'ai pas bien compris votre nom...

— Je ne vous l'ai pas dit. David Lucas.

— Ça ne me dit rien.

— *Ça* je vous l'avais dit.

L'homme eut un petit sourire en coin. Il avait effectivement les cheveux bruns, coupés court, et des yeux bleus, très clairs. Il était légèrement plus petit que David mais plus large d'épaules. Son visage était pâle et raviné. Il paraissait plus vieux que son âge — Rose Schneider lui avait précisé qu'il avait cinquante-cinq ans.

— Quelqu'un doit venir vous chercher ? demanda David.

— J'allais appeler un taxi, dit l'homme en guise de réponse.

— J'ai ma voiture, là, je vous emmène ! (Lucas remarqua l'hésitation de Polonski.) Je vous déposerai où vous voulez...

— Une minute ! mon gars. Schneider, c'est bien, mais c'est pas suffisant. Quel genre de renseignements vous voulez ?

— Moins vous en saurez, mieux ça vaudra, croyez-moi.

— Il va quand même falloir que j'en sache un tout petit peu plus, mon gars... Sinon pas question ! (Il marqua un temps.) Il y a des types là-dedans qui vous intéressent... hein ? Je suppose que c'est ça ?

Lucas demeura silencieux.

— C'est bien ça, conclut Polonski. Et qu'est-ce que vous leur voulez ?

David scruta le regard de l'homme. Il devait absolument gagner sa confiance. Il avait senti l'amorce d'un courant de sympathie entre eux. Mais ce n'était pas suffisant. Le détenu était toujours sur ses gardes. La vie lui avait appris à ne faire confiance à personne ; la prison n'avait rien arrangé. En se découvrant, en jouant la franchise et en s'en remettant à lui, David avait une chance de le ferrer et de s'en faire un allié. Et une autre de le voir disparaître à toutes jambes !

— Les tuer, s'ils sont responsables, et tuer ceux qui sont derrière eux.

Joseph Polonski ne broncha pas. Il se contenta de plisser les yeux et de hocher doucement la tête. Puis il demanda :

— Responsables de quoi ?

— De la mort de mon fils.

Il y eut un silence.

— Il avait six ans, reprit David. Ils l'ont abattu comme un chien... (Sa voix s'étrangla.) Ils ont tiré sur sa mère aussi...

Il y eut encore un silence, plus long celui-là.

— Vous avez parlé d'argent... Combien ? demanda Polonski.

— Ce que vous voudrez.

— Cinq mille ça ira ?

— Oui. L'argent n'a pas d'importance...

— Ce n'est pas pour moi. J'ai une fille. Elle a vingt-sept ans... et des problèmes, de ce côté-là. Ça l'aidera. (Il marqua un temps.) Bon ! maintenant je ne peux pas. Je dois passer la voir justement et avant j'ai un rendez-vous avec un employeur. Je vais sortir dans pas longtemps. Il faut absolument que je me trouve un gagne-pain.

— Quand alors ?

— En fin de journée si vous voulez.

Il était neuf heures lorsque Lucas déposa Polonski à l'entrée de Paris. Ils étaient convenus de se retrouver dans une brasserie des Champs-Elysées vers dix-neuf heures.

La brasserie était bondée et retentissait d'un brouhaha inouï.

David demeura près de l'entrée, jetant de brefs regards autour de lui. Il était 19 h 20 ; il était en retard.

Après avoir quitté Polonski, il était retourné au studio de la Muette pour se reposer — il n'avait pratiquement pas dormi la nuit précédente, et les autres non plus, d'ailleurs. Il s'était endormi.

Lucas sentait son cœur battre à tout rompre. Il avait peur : peur parce que c'était la première fois, depuis si longtemps, qu'il se retrouvait parmi une telle foule et que chacun des regards qu'il croisait lui semblait hostile ; peur, aussi, que Polonski ne l'eût pas attendu — il n'avait aucun moyen de le retrouver avant son retour en prison.

Une main, derrière lui, lui saisit le bras à hauteur de l'épaule et le poussa sur le côté. Lucas ne résista pas à cette poussée. Il se laissa déporter en ployant les genoux et fit volte-face. Sa main s'arrêta à mi-chemin de l'étui du Colt 45.

— Je suis désolé, monsieur ! glapit le serveur en tablier blanc en lui attrapant le bras comme pour l'aider à se relever. Je ne voulais pas vous faire tomber, je suis vraiment désolé !

— Ça va, ce n'est rien.

— Il est préférable que vous ne restiez pas dans le passage, monsieur. Excusez-moi encore ! (Le serveur s'éloigna.)

172

David s'avança vers le bar. Il s'écarta pour céder le passage à deux couples de touristes étrangers aux visages écarlates et aux sourires béats.

Une vision le fit sursauter ; sa propre image qui se reflétait dans un miroir de la salle : il avait l'air hagard ; il ne portait pas de cravate — une erreur, se dit-il. Il était trop nerveux. Il fallait qu'il se contrôle davantage.

Il finit par apercevoir Polonski, seul à une table, près du bar. Celui-ci l'observait et lui fit un petit signe de la main. Lucas se dirigea vers lui tout en examinant les lieux et les gens attablés.

— Ça ne vous ennuie pas si l'on se met plutôt là-bas ? dit David en désignant une table vide près d'une porte sur laquelle une plaque rouge indiquait : SORTIE DE SECOURS.

— Pas le moins du monde, mon gars, dit Polonski en prenant son verre et en se levant.

David s'installa de manière à avoir la salle entière dans son champ de vision. Il écarta légèrement le pan droit de sa veste.

— Ils vous cherchent aussi, n'est-ce pas ? demanda Polonski en plissant les yeux.

— Comment ?

— Les types que vous voulez... Ils sont à vos trousses eux aussi. (Le regard de David vacilla.) Je vous ai vu à l'instant, avec le serveur. Et maintenant, là... et ça ! (Polonski pointa son index en direction de la veste de David.)

Un serveur s'approcha. Lucas commanda une bière. Puis il expliqua à Polonski la raison de son retard. Il ajouta aussitôt qu'il n'avait pas eu le temps, du coup, de passer à Montmartre pour prendre l'argent qu'il lui avait promis. Polonski lui dit qu'il lui faisait confiance et qu'ils pourraient toujours aller chez lui, après.

Le serveur revint avec la bière de Lucas. Polonski attendit qu'il s'éloignât et demanda :

— Alors, qu'est-ce que vous voulez savoir exactement ?

— C'est le problème justement...

— Comment ça ?

— Je ne sais pas vraiment au juste ce que je cherche.

— Ça simplifie tout, en effet.

Lucas proposa une cigarette à Polonski, qui refusa, et en alluma une.

— Ce dont j'ai besoin, reprit David en réfléchissant, c'est d'avoir des détails sur un trafic qui se passe à Saint-Louis, un truc important...

— Un trafic ?

— Oui.

— De quoi ?

— Je n'en sais rien, soupira David. Mais c'est un gros truc, suffisamment gros pour justifier la mort de ceux qui se mettent en travers... Des détenus, je veux dire. Des morts à l'intérieur de la prison !

— Qui par exemple ? demanda Polonski sans s'émouvoir.

— Rashid, répondit David après une brève hésitation.

Polonski eut un brusque sursaut. Il considéra Lucas comme s'il était le diable en personne.

— Qui êtes-vous ? s'écria-t-il effaré.

David sentit tout son être se tendre violemment. Les yeux de Polonski s'étaient dilatés. Le détenu avait peur.

De quoi avait-il peur ?

David se pencha vers lui et dit très vite :

— Je vous ai dit qui j'étais. Et ce que je voulais. Il n'y a rien de changé ! De quoi avez-vous peur ? Répondez-moi ! De quoi avez-vous peur ?

Polonski le fixa, hésitant. Puis il déglutit avec difficulté et demanda :

— Comment êtes-vous au courant ?

— Au courant de quoi ?

174

— Arrêtez de jouer au con !

— Au courant de quoi ? Bon sang !

— Pour Rashid.

David resta interloqué.

— Ne me dites pas que vous n'êtes pas au courant, murmura Polonski en le dévisageant avec méfiance. Sinon pourquoi m'avez-vous parlé de lui... justement de lui !

— Mais tout le monde est au courant, bredouilla David.

— Tout le... (Polonski s'interrompit ; puis ses traits se durcirent soudain.) Ecoutez mon gars ! Ça suffit pour moi ! Vous êtes sympathique mais... (Il amorça un mouvement de recul.)

Lucas lui empoigna les bras.

— Polonski, je vous en prie ! Je vous jure que je ne comprends pas. Je vous le jure ! (Il serra les dents.) Ne me laissez pas tomber, je vous en prie... Dites-moi ce qu'il y a !

Polonski parut hésiter, puis il soupira :

— Le pire c'est que vous avez l'air sincère.

— Je le suis, Polonski.

Le vieux détenu hocha doucement la tête, fixant Lucas d'un regard intrigué.

— Il y a un contrat sur Rashid, lâcha Polonski.

— Un contrat ! s'exclama David d'une voix étouffée.

— Oui. Des types veulent sa peau.

Lucas fut frappé de stupeur.

— Mais... il est mort, balbutia-t-il. Rashid est mort !

— Merde alors, c'était donc vrai...

— Quoi ? Qu'est-ce qui était vrai ?

David avait presque crié sa question, tellement le tumulte à l'intérieur de la brasserie était grand.

Il était encore sous le coup de ce qu'il venait de découvrir : il y avait deux Rashid à la prison de Saint-Louis. Plus exactement, il n'en restait qu'un. Le premier — celui dont Olivia s'était occupée et qui s'était fait condamner sous la fausse identité de Salim Yamani — avait été retrouvé mort, pendu dans sa cellule. Le second — celui qui était l'objet d'un *contrat* d'après Polonski — avait été transféré à Saint-Louis peu après la mort de l'autre. Il s'appelait donc Rashid, lui aussi — et c'était son vrai nom. Aucun lien de parenté entre les deux hommes, Rashid étant un nom très répandu en Afrique du Nord.

La coïncidence était incroyable ! Lucas en était troublé mais ne savait trop quoi en penser. Jusqu'aux prénoms qui se ressemblaient étrangement : Salim, pour celui qui était mort ; Saïd-Halim, pour celui qui n'allait pas tarder à le rejoindre, à en croire Polonski.

— Qu'est-ce qui était vrai ? répéta David d'une voix forte.

Polonski se pencha vers lui.

— Je vous l'ai dit, je ne connaissais pas la véritable identité de Salim Yamani. Mais j'avais entendu dire qu'il s'était fait condamner sous un faux nom.

— Par qui ?

— Je ne sais plus...

— Je croyais qu'il était du genre à se tenir à l'écart et à la boucler !

— Avec moi, oui, et avec la plupart des mecs, d'ailleurs. Mais il avait un copain de cellule qui n'était pas comme lui. C'était même le contraire. Un type plutôt sympa... Ils s'entendaient bien tous les deux. Il a très bien pu lui lâcher le morceau. Et l'autre n'a pas pu s'empêcher de le répéter — en plus, il est coiffeur dans la tôle, alors ! (Il marqua un temps, songeur.) Cela dit...

— Quoi ?

— Je me demande si c'est comme ça que je l'ai su... Si c'est pas plutôt quand on a appris que quelqu'un de sa famille avait porté plainte après sa pendaison... (Il fit une petite grimace.) Je suis désolé, je n'arrive pas à m'en souvenir. (Il secoua la tête.) J'ai plus de mémoire !

David demeura silencieux un long moment.

Polonski l'observa et finit par claquer des doigts devant son visage.

— Hé... Restez avec moi ! J'ai besoin de vous pour me payer à dîner... Vous n'avez pas faim, vous ?

Lucas sourit.

— O.K. ! on y va.

Ils passèrent dans la salle de restaurant et s'installèrent à une table à l'écart, près de l'entrée des cuisines. A côté d'eux, une tablée d'Allemands dînait bruyamment. Ils bavardèrent en attendant leurs commandes. David apprit que Polonski était d'origine polonaise par son père mais qu'il n'avait jamais mis les pieds en Pologne. « Je n'ai pas eu beaucoup de temps à moi, faut dire ! » précisa le vieux détenu en grimaçant. Il préféra éviter de parler des raisons pour lesquelles il faisait de la prison. « Des conneries ! Je n'ai jamais fait que des conneries depuis que je suis né ! » dit-il en ajoutant : « A part ma fille ! C'est le seul truc que j'ai pas raté, ça, ma fille ! Marion, elle s'appelle. Une jolie fille — pas parce que c'est la mienne, hein ! mais vraiment ! »

Au cours du dîner, David ramena la conversation sur la prison de Saint-Louis. Quelque chose l'intriguait dans ce que lui avait dit Polonski.

— Dites-moi un truc... Est-il possible que d'autres détenus à Saint-Louis aient eu connaissance de la véritable identité de Salim Rashid ?

— Vous voulez parler de Yamani ?

— Oui.

— Ça n'a rien d'invraisemblable. C'est même carrément certain s'il a craché le morceau, je vous l'ai dit, à son copain, le coiffeur.

— Dans ce cas, comment auriez-vous pu l'ignorer ?

Polonski sourit.

— Il y a deux types qui coupent les tifs à Saint-Louis. Je suis copain avec l'autre ! (Il sourit à nouveau ; puis ses sourcils se froncèrent subitement.) Je ne vois pas très bien où vous voulez en venir. Ce type n'a rien à voir avec ce que vous cherchez à déterrer. Il s'est pendu, non ?... Non ? (David ne lui répondit pas.) Franchement, mon gars, ça me paraît sacrément difficile d'imaginer autre chose ! Faudrait que le coup ait été super bien étudié, vraiment super-bien ! Avec des matons et tout ! Mais même comme ça, mon gars, ça me paraît dingue !

— Ça ne peut être que ça, pourtant...

— À mon avis, vous vous gourez. Et puis je ne vois pas le rapport qu'il avait avec tout le reste...

— Comment ça ?

— Je ne vous en ai pas parlé tout à l'heure. Je ne sais pas ce qui se passe, mais il se passe quelque chose dans cette tôle. Et ça doit être bigrement important. C'est la première fois que j'entends claire-ment parler d'un contrat, mais à mon avis il y en a eu d'autres...

— Comment l'avez-vous su ? Par qui ? questionna David.

Polonski hésita.

— Par un ami, répondit-il.

— Vous ne voulez pas me dire qui ?

Polonski fit une grimace comme pour s'excuser.

— Ce que je peux vous dire — ça je peux — c'est le nom du type qui a l'air mouillé dans tout ça : Linas, Alex Linas. Depuis qu'il est arrivé, la violence a beau-coup augmenté dans cette tôle... Alex Linas. (Polonski regarda dans le vague comme s'il voyait l'homme dont il parlait.) Il a une balafre à la joue droite... Aussi dangereux qu'un serpent.

— D'où sort-il ?

— Il paraît que c'est un type de Zamourian, mais je n'en sais rien.

— Zamourian ! Simon Zamourian ? s'écria David.

— C'est ce que j'ai entendu dire en tout cas, dit Polonski en acquiesçant de la tête.

Simon Zamourian. Lucas le connaissait, du moins,

comme tout le monde, par la lecture des journaux : c'était l'un des parrains les plus puissants de la pègre. Il régnait sans partage sur la Côte d'Azur, ayant la mainmise sur les jeux et les casinos, une bonne partie de la prostitution et de la drogue. Il avait même conquis, depuis quelques années, plusieurs positions à Paris. Il passait pour être celui qui avait réorganisé le trafic de l'héroïne en France — après le démantèlement de la *French connection* au milieu des années soixante-dix. Certains le disaient homme lige de la Mafia. Mais on disait tellement de choses sur Zamourian. On racontait même qu'il avait personnellement participé aux premières éliminations des *fourmis* — ces toxicomanes-trafiquants qui, dans les années soixante-dix et quatre-vingts, faisaient le voyage vers les pays du Triangle d'or, dans le Sud-Est asiatique, et revenaient en Europe l'estomac bourré d'héroïne dans des sachets en plastique ou des préservatifs ; la presse avait relaté les overdoses mortelles dont plusieurs d'entre eux avaient été victimes, leurs sucs gastriques ayant pris de vitesse le jet au départ de Bangkok et fait éclater les sachets avant qu'ils eussent franchi les contrôles douaniers à Paris, Amsterdam ou ailleurs.

Aujourd'hui, les *fourmis* avaient pratiquement disparu : les « écrabouilleurs » de Zamourian avaient été autrement plus efficaces que toutes les overdoses et les polices du monde.

Lucas réfléchit : Salim Rashid se droguait. C'était même un « petit dealer », lui avait précisé Aronfeld. Etait-ce la clef ?

Il questionna Polonski.

— Un trafic de drogue ? A Saint-Louis ? fit Polonski. (Il secoua la tête.) Il n'y en a pas. Enfin, je veux dire, pas un gros ! Il y a de la came, oui, mais pas... Enfin rien de très important. Et c'est les Viets qui le font...

— Justement ! insista David. Il y en a bien un qu'on a retrouvé éventré !

— Van Dong ? (Polonski resta songeur.) Ouais... C'est vrai qu'il y touchait... Mais je ne suis pas certain qu'il y ait un rapport. (Il secoua la tête de plus en plus vite.) Non, vraiment ! Et de toute façon, je vous répète que ce n'est qu'un petit truc. Ça ne gêne personne.

Il était presque minuit lorsqu'ils quittèrent la brasserie. En dépit de l'heure tardive et de la bruine qui commençait à tomber, il y avait encore beaucoup de monde et de circulation sur les Champs-Elysées.

Ils se pressèrent vers la Golf, garée dans une rue adjacente, et prirent la direction de Montmartre : David avait promis cinq mille francs à Polonski et il en profiterait pour récupérer l'argent liquide déposé chez lui par Aronfeld.

En s'installant au volant, Lucas avait glissé le Colt 45 sous son siège après en avoir abaissé le cran de sécurité.

— Vous ne plaisantez pas, hein ?... s'était contenté de remarquer Polonski d'un air songeur.

En chemin, Lucas lui demanda s'il pouvait obtenir des renseignements plus précis sur le contrat dont le détenu Saïd-Halim Rashid faisait l'objet.

— Je veux savoir qui a commandé ce contrat et pourquoi, dit David. Et qui doit l'exécuter... Je voudrais aussi que vous essayiez de savoir si l'autre n'avait pas un contrat dans le dos, lui aussi.

— Qui ça ? Le pendu ?

— Oui.

Polonski secoua la tête en soupirant, l'air résigné.

— Vous acceptez ? demanda David en jetant un regard au vieux détenu tout en conduisant. Je vous donnerai le double si vous voulez.

— Je vais essayer, je ne vous promets rien.

— Merci.

— Pas de quoi, mon gars. Si je peux vous aider, je

vous aiderai... (Il hésita.) C'est trop dégueulasse de tuer un gosse.

Il y eut un silence.

— Vous n'aurez qu'à appeler ma fille, ou aller la voir, reprit Polonski. Je vous donnerai son adresse. Elle vient à la prison pratiquement chaque semaine. Je lui dirai ce que je sais.

Montmartre était désert. Il n'y avait plus personne dans les rues.

Lucas tourna plusieurs fois avant de trouver une place à environ deux cents mètres de chez lui.

Il n'avait rien remarqué d'anormal.

Polonski préféra l'accompagner plutôt que de l'attendre dans la voiture. Ils atteignirent l'entrée de l'immeuble sans encombre et s'y engouffrèrent.

A peine dix secondes plus tard, l'intérieur d'une Volvo, parquée cinquante mètres plus haut, s'éclaira : un premier homme en jaillit et se mit à courir en direction de la cabine téléphonique plantée au sommet de la rue ; un autre s'accouda au toit de la Volvo et braílla des ordres dans un talkie-walkie.

La première chose que Lucas remarqua, en ressortant dix minutes plus tard, fut la voiture de couleur sombre stationnant en double file, en contrebas : un homme blond, vêtu d'un blouson beige et portant des chaussures de tennis, discutait par la vitre baissée avec le conducteur à l'intérieur. L'homme blond s'appuya des deux mains à la portière. Les feux des freins de la voiture rougeoyèrent cinq ou six fois de suite.

David entendit la voix de Polonski murmurer :

— Merde ! C'est pour nous, mon gars !

Il n'eut pas le temps de s'assurer si la voiture était bien une BMW noire : trois coups de klaxon, brefs, retentirent quelque part derrière lui ; et aussitôt des exclamations éloignées en provenance du sommet de la rue en côte.

David repéra un petit groupe d'hommes s'agitant

181

autour de la cabine téléphonique : deux d'entre eux s'en détachèrent et commencèrent à dévaler la pente ; un autre disparut derrière la côte.

Là-haut, hors de vue, une moto pétarada.

David dégaina le Colt 45 ; des sonneries de réveille-matin, comme au mont Trittore, résonnaient follement dans sa tête. La plus proche : l'homme au blouson !

— Attention ! cria Polonski en se ruant entre deux voitures en stationnement.

David se jeta de côté en s'accroupissant. Une rafale d'arme automatique crépita dans la nuit, faisant voler en éclats les vitres de la voiture derrière laquelle Polonski s'était abrité. Une folie furieuse. Une deuxième giclée de balles s'écrasa contre un mur, juste au-dessus de Lucas, et fit tinter la balustrade d'une fenêtre. Presque en même temps, David fit feu sur le tueur au blouson. Trois fois de suite. Le bras droit du tueur se souleva, comme désarticulé, et l'homme s'écroula contre une voiture.

Toujours accroupi, David pivota aussitôt, le Colt 45 au bout de ses deux bras tendus, balayant l'espace au-devant de lui.

Les « sonneries » ! Ce n'était plus de l'entraînement. Les tueurs qui descendaient la pente : il ne les entendait pas ! Et le klaxon ? D'où venait le klaxon ? Combien étaient-ils ? Ce silence, bon Dieu, ce silence ! Que faisaient-ils ?

— *Polonski !*

David se rapprocha de l'endroit où le vieux détenu s'était dissimulé. Il l'appela à voix basse :

— Polonski ? Ça va ?

— Oui !

— On va retourner dans l'immeuble. Il y a une autre sortie par-derrière.

Une fenêtre d'un immeuble s'alluma. Puis une autre. Un bruit de course dans la nuit. Lucas essaya de voir d'où il provenait. En vain.

Il fallait bouger. Vite !

— Vous êtes prêt ?

— Oui ! (Polonski étouffa un cri.) Lucas ! La Volvo, en haut à gauche !

David fit un mouvement sur le côté. Il eut le temps d'apercevoir la silhouette d'un homme vêtu d'un imperméable clair bondir hors d'une Volvo, courir dans leur direction et se jeter dans l'ombre d'un porche, juste en face de l'entrée de son immeuble. Le tueur leur coupait toute possibilité de retraite. Ils étaient pris au piège !

Lucas réfléchit à toute vitesse. Regagner l'immeuble et passer par l'autre sortie était la seule solution. Un seul homme en surveillait maintenant l'accès — Dieu sait combien ils pouvaient être de chaque côté de la rue ! Et ils avaient un avantage sur le tueur à l'imperméable : ils connaissaient sa position ; lui ignorait la leur — du moins fallait-il l'espérer ! En agissant vite, ils avaient une chance.

— Qu'est-ce qu'on fait ? demanda Polonski dans un souffle.

— On va essayer quand même, répondit David. Venez ! Je passe devant.

Ils progressèrent silencieusement vers l'entrée de l'immeuble en se dissimulant derrière les voitures en stationnement. A cinq mètres de l'entrée, Lucas fit signe à Polonski de se baisser. Puis il bondit à découvert, s'accroupit et ouvrit un feu nourri en direction de l'ombre du porche où se tenait le tueur à l'imperméable.

Un cri de douleur, à moitié couvert par les détonations.

Une silhouette claire émergea de l'ombre et s'affaissa sur le trottoir.

Lucas et Polonski se ruèrent à l'intérieur de l'immeuble.

Au passage, David alluma la minuterie d'un escalier : cela leur ferait gagner quelques minutes. Ils débouchèrent dans une petite cour puis dans un jardin intérieur. L'autre issue béait à quarante mètres devant eux. Polonski, à cause de sa boiterie, ne courait pas vite. David ralentit son allure. Il en profita pour recharger le Colt. Il s'arrêta à l'abri d'un muret pour permettre au vieux détenu de le rejoindre.

Il tendit l'oreille. Rien. Ils ne les poursuivaient pas !

Quelque chose clochait. C'était trop facile.

Soudain un grondement s'amplifia dans l'obscurité du jardin. Un grondement de moteur. La moto ! Il l'avait oubliée ! Elle bloquait la sortie. Non ! Elle explorait le jardin ! Son phare jaune et puissant fouillait les bosquets et les buissons. Elle se déplaçait par accélérations brusques et rageuses. L'homme assis derrière le conducteur pointait une arme dans toutes les directions.

David sentit une tape sur son épaule : Polonski lui fit signe de ne pas utiliser son pistolet ; il lui montra le tuyau d'arrosage qui traînait en travers de l'allée principale. David comprit ce qu'il voulait faire. Il avait raison : les détonations signaleraient leur position aux autres. Les deux hommes se précipitèrent de part et d'autre de l'allée, chacun à l'abri de buissons, et empoignèrent le tuyau.

La moto sembla hésiter. D'où il se trouvait, David ne pouvait rien voir. Il fixait de tous ses yeux la main levée de Polonski. Tout à coup, la moto se rapprocha à toute vitesse dans un grondement impressionnant.

La main de Polonski s'abaissa.

David souleva le tuyau en se reculant rapidement.

Le tuyau se tendit sous le menton du conducteur de la moto. La secousse fut telle que le tuyau échappa des mains de David. Les deux tueurs désarçonnés tombèrent au sol tandis que la moto se couchait et glissait en soulevant une gerbe d'étincelles. Polonski bondit vers les deux tueurs. Le conducteur de la moto était inanimé. L'autre, face contre terre, grognait en se tenant la tête entre les mains. Polonski ne lui laissa pas le temps de réagir : il lui empoigna les cheveux et lui cogna le crâne contre le sol. Puis il fondit sur le conducteur, s'assura qu'il était bien évanoui et lui brisa les doigts de la main droite.

Des pas précipités retentirent dans la petite cour attenante au jardin.

— Foutons le camp ! lança David en courant vers la sortie.

Des cris s'élevèrent derrière eux, dans le jardin, au moment où ils atteignirent la rue. Ils contournèrent un bloc d'immeubles et s'engagèrent dans la rue où David avait garé la Golf. La voie semblait libre : personne ; pas le moindre mouvement suspect.

Des sirènes de police mugissaient dans la nuit ; elles se rapprochaient.

Les deux hommes rejoignirent la voiture et s'y installèrent. David démarra aussitôt, incapable de maîtriser le tremblement qui agitait ses mains. Ses jambes aussi tremblaient ; elles étaient molles et sans force. Il eut envie de hurler. Il enfonça la pédale d'accélérateur et déboîta en accrochant l'aile de la voiture stationnée devant lui.

Le moteur de la Golf rugit. Au moment où Lucas allait s'engager dans une rue transversale, le cri de Polonski l'électrisa.

— Les revoilà ! (Sa voix se fit plaintive.) Mais qui c'est ces mecs, merde !

David se retourna. La Volvo dévalait la rue à toute vitesse derrière eux. Une autre paire de phares troua la nuit, au sommet de la côte, et une seconde voiture bascula dans la pente. La BMW !

Lucas sentit la panique le gagner. Il accéléra à fond. La Golf s'écrasa au sol et s'élança dans la nuit.

David fonça sans savoir où il allait. Il enfila des rues à l'aveuglette, escaladant des côtes et bondissant dans des descentes à une vitesse infernale, manquant de perdre le contrôle de la Golf à chaque virage.

— Ils se rapprochent ! hurla Polonski.

Les mains de Lucas se crispèrent sur le volant. Cela ne servirait à rien de continuer de cette manière. Il pouvait conduire vite – il conduisait vite – mais ce n'était pas suffisant. Il fallait trouver autre chose. Il ne pourrait pas tenir longtemps à ce rythme : il risquait à tout instant de terminer dans le décor ou de renverser des promeneurs attardés ou de percuter un autre véhicule à un carrefour !

Le terrain ! Il avait l'avantage du terrain ! Il fallait en profiter. Mais comment ?

En un éclair, il sut ce qu'il devait faire. *Le passage !* En haut de la rue Lepic. Le passage, oui ! La Golf pourrait s'y introduire – elle l'avait déjà fait. Pas la Volvo ; elle était trop large !

— Accrochez-vous ! lança-t-il à Polonski.

La Golf fit une embardée, percuta une voiture en stationnement et remonta un sens interdit à plus de quatre-vingts kilomètres à l'heure. Il déboucha dans une artère plus large, la descendit sur environ une trentaine de mètres puis s'engagea, sur sa gauche, à nouveau dans un sens interdit en priant le ciel de ne pas rencontrer un véhicule venant en sens contraire.

Il finit par rejoindre une rue mal pavée.

— C'est une impasse ! hurla Polonski.

— Non ! Il y a un passage au bout ! cria David.

La rue semblait se terminer face à un immeuble mais elle faisait un coude et continuait en se rétrécissant considérablement.

David jeta un regard dans son rétroviseur : la Volvo surgit derrière en zigzaguant. La BMW ! Où était la BMW ? Il écrasa la pédale de frein et s'engagea dans la ruelle. Trop vite ! La Golf heurta le mur de gauche, rebondit contre celui de droite et cala. Comme coincée entre les deux murs, si proches l'un de l'autre qu'ils empêchaient toute ouverture des portières ! Lucas sentit la peur lui tordre le ventre. Il tourna la clef de contact. Le moteur repartit aussitôt. La Golf s'arracha de la pierre dans un raclement de tôle horrible et bringuebala jusqu'à l'extrémité de la ruelle. La lueur des phares de la Volvo jaillit dans l'obscurité de la ruelle. Et aussitôt un fracas de tôle et de verre brisé suivi de la plainte d'un klaxon, longue et monocorde.

— Elle n'est pas passée ! Ils se sont plantés ! exulta Polonski.

David ne l'écoutait pas. Il ne pensait qu'à une seule chose : l'autre voiture. La BMW. Où était-elle ?

Il tourna sur sa droite et remonta lentement la rue en fouillant du regard les voies transversales. Rien.

Il l'aperçut trop tard : elle se tenait au sommet de la côte en face de lui, immobile comme un fauve à l'affût. Ses phares s'allumèrent et elle plongea de toute sa puissance en direction de la Golf pour la percuter.

Elle allait les pulvériser !

David empoigna le levier de vitesse avec frénésie et effectua une marche arrière en écrasant la pédale d'accélérateur. La Golf recula à une vitesse folle, tanguant dangereusement. S'il ratait sa manœuvre, c'était la mort. Il braqua violemment le volant et la Golf fut comme happée par une voie transversale.

Des pneus hurlèrent au-devant d'eux. Le fauve avait manqué sa proie. Mais il n'allait pas tarder à revenir à la charge !

Lucas remonta la rue en marche arrière jusqu'à un croisement, puis il repartit aussitôt en marche avant, sans même jeter un regard à la BMW qui grossissait à toute allure dans la rue latérale.

Trente secondes plus tard, la BMW était de nouveau derrière eux. David prit des risques insensés pour essayer de la semer. En vain. Ses poursuivants semblaient connaître le coin aussi bien que lui.

— Ils se règlent sur votre freinage ! cria Polonski.

— Qu'est-ce que je peux y foutre ? Merde ! vociféra David.

— Trouvez un tournant, un truc sec pour les larguer !

— Un tournant ?

— Oui ! Je couperai le contact avant. Ça éteindra les feux de freins. Vous les laissez coller derrière et vous freinez au dernier moment ! O.K. ?

Ça pouvait marcher ! Si le contact était coupé, les feux de freins ne s'allumeraient pas. Le conducteur de la BMW n'aurait plus aucun repère. C'était risqué pour eux aussi, mais ça pouvait marcher !

Ça pouvait marcher... Mais où ? Quel tournant ?

Le Sacré-Cœur ! Une large rue le contournait et se terminait au pied du parvis. Oui ! Là ! Il y avait un virage à gauche à quatre-vingt-dix degrés. Sur la droite, le vide et une dénivellation d'une bonne quinzaine de mètres.

David le cria à Polonski en fonçant en direction de la place du Tertre. Il dut ralentir pour éviter des touristes et des promeneurs qui s'étaient attardés sur la place et s'engagea à toute vitesse dans la rue qui longeait la basilique. D'un coup d'œil dans son rétroviseur, il s'assura que la BMW était toujours là.

— Laissez-les coller ! hurla Polonski en tendant la main vers la clef de contact. Je coupe !

David vit le tournant arriver à une vitesse vertigineuse. Au dernier moment, il se déporta vivement sur la droite puis sur la gauche, à l'intérieur du virage, en écrasant la pédale de frein. La Golf effectua une série de tête-à-queue et alla buter mollement contre un trottoir.

La BMW n'eut pas cette chance ; son conducteur freina beaucoup trop tard. La grosse voiture noire dérapa, bondit sur le trottoir comme s'il s'agissait d'un tremplin et bascula dans le vide.

Lucas n'entendit pas de bruit d'explosion. Mais une vive lueur illumina la nuit en contrebas.

— Ils sont niqués, murmura Polonski. Ne restons pas ici, mon gars !

— J'espère qu'on se reverra, mon gars.

Lucas regarda la silhouette de Joseph Polonski s'éloigner en boitillant vers une station de taxis, à l'angle des avenues de Madrid et Charles-de-Gaulle, à Neuilly. Il suivit des yeux le taxi qui l'emportait au loin, dans la nuit peuplée par les tours de la Défense.

Le vieux détenu l'aiderait.

Il n'avait pas changé d'avis. Il avait seulement demandé à David de veiller à ne pas mettre sa fille en danger.

— Il ne lui arrivera rien, je vous le promets, lui avait assuré David.

Polonski avait paru peser cette promesse. Puis il avait hoché la tête, rassuré. Un bref instant, il avait enveloppé Lucas d'un regard empreint de tristesse. Un sourire s'était dessiné sur son visage, écartant les rides épaisses qui l'emprisonnaient comme des liens.

— J'espère qu'on se reverra, mon gars, avait-il dit simplement, avant de s'en aller.

J'espère qu'on se reverra...

David démarra. Il roula sur environ deux cents mètres en direction du pont qui enjambait la Seine. Puis il obliqua subitement dans la contre-allée et se gara sitôt qu'il le put. Il ne savait pas où aller. Il ne voulait pas retourner à la Muette. Pas maintenant. En fait, il ne voulait aller nulle part. Il voulait seulement rester là. Rien d'autre. Rester là, au creux de la Golf, isolée dans la nuit ; rester là, immobile, en se contentant de se sentir vivant.

La peur ne l'avait pas entièrement quitté : de temps à autre, des images pleines de bruit et de fureur l'assaillaient, et il la sentait, alors, exploser au creux de son ventre et refluer lentement jusque dans ses jambes, le laissant sans force et le cœur battant.

Sa peur le dégoûta ; et plus encore le soulagement d'être en vie qu'elle attisait en lui. *Michaël était mort !* Il n'avait pas le droit de réagir ainsi.

Il ne devait penser qu'à une seule chose : il avait commis une erreur ! Il s'était relâché, à Montmartre, en compagnie de Polonski. Un bref instant, il avait oublié ce pour quoi il était là, ce pour quoi il respirait : il ne s'était plus tenu sur ses gardes... Et *ils* avaient failli le détruire. Pire encore : le vaincre.

En guerre !...

Il était en guerre ! Une guerre impitoyable contre un ennemi qu'il ne connaissait pas − qu'il ne pouvait pas reconnaître ! − mais qui, de son côté, le guettait dans l'ombre, prêt à fondre sur lui à tout instant pour l'abattre. Oui, il était en guerre. Il ne devait plus l'oublier. Jamais !

Ou bien, cette guerre, il la perdrait. Et rien n'aurait eu aucun sens.

Il s'assoupit peu avant l'aube.

Le froid et le bruit de la circulation le réveillèrent une heure plus tard. Un pâle soleil dorait les tours de la Défense. Des mouettes s'élevaient, çà et là, au-dessus du fleuve. Un instant, il fut tenté d'aller prendre un café quelque part. Mais, en apercevant son visage dans le rétroviseur, il y renonça. Pas avec cette tête-là ! Il se consola en se disant que, de toute façon, ce ne serait pas prudent. Sur le moment, il ne chercha pas à comprendre pourquoi il se disait cela. Il le sentait, c'était tout. Et c'était suffisant.

Soudain, une décharge nerveuse lui parcourut le corps : un homme en imperméable se tenait au bord du trottoir, à cinq cents mètres devant lui. *Il ne traversait pas !* Il hésitait, jetant des regards en direction de la Golf. Lucas glissa sa main sous son siège et empoigna le Colt 45 en vérifiant du pouce que le cran de sécurité était abaissé. L'homme ne bougeait pas, scrutant alternativement la circulation et la Golf. Tout à coup, il bondit sur la chaussée en levant le bras et David le vit se jeter dans un taxi en maraude.

Le soulagement de Lucas fut de courte durée. Un

profond désarroi s'empara de lui à la pensée de ce qui aurait pu se passer si l'homme s'était approché d'un peu trop près de la Golf. Aurait-il attendu pour tirer ? Aurait-il seulement attendu un geste suspect, quelque chose, n'importe quoi ? Bon Dieu !... Il avait les nerfs à fleur de peau. Il lui fallait absolument se reposer. Pourtant, l'inconnu l'avait regardé... Pourquoi l'avait-il regardé ? Non ! Pas lui − il était impossible de le distinguer à travers les vitres teintées −, la voiture ! Les accrochages à Montmartre ! Dans quel état était-elle ? Des pensées folles et confuses s'agitèrent dans son crâne.

Une erreur !

Il avait encore commis une erreur ! Il était resté dans cette voiture et c'était la seule chose à ne pas faire ! Le meilleur moyen de se faire remarquer ! La seule chose qui pouvait leur permettre de le retrouver ! Il aurait dû l'abandonner !...

Il sortit brusquement de la Golf et en fit le tour pour l'examiner. Il n'y avait pas grand-chose, en fin de compte : des bosses et des éraflures certes, mais rien en comparaison de ce qu'il avait imaginé. Néanmoins, il ne pouvait pas la conserver dans cet état : à la vitesse à laquelle la poursuite s'était déroulée, *ils* n'avaient probablement pas pu relever le numéro ; mais *ils* savaient maintenant qu'il avait une Golf noire accidentée. Et c'était encore trop, pour Lucas.

Il s'installa de nouveau au volant et démarra aussitôt : il connaissait un garage à Montparnasse où on lui arrangerait cela en vitesse, pourvu qu'il y mît le prix.

Il regarda sa montre. Il alluma la radio de la voiture : un animateur annonçait, sur un ton ridiculement enjoué, « des températures exceptionnellement basses pour la saison » et recommandait la prudence sur les routes, « le verglas ayant fait son apparition un peu partout dans le pays ». Son débit s'accéléra subitement et, en fin de course, il claironna qu'il était 8 heures, tandis que retentissait l'indicatif du journal.

Lucas écouta les titres, puis il pianota sur les touches de la radio pour prendre connaissance des premiers sujets traités par les journaux des autres stations. C'était partout la même chose. Il n'était question que de la condamnation officielle par Moscou de l'ouverture de négociations entre Paris et Bonn, en vue de mettre sur pied une défense nucléaire commune, au plan « tactico-stratégique », impliquant l'installation de missiles français *Hadès* sur le territoire de la République fédérale d'Allemagne. Venait ensuite l'annonce d'une réunion des dirigeants des principaux partis de la majorité, véritable « branle-bas de combat », soulignaient les commentateurs, à la veille de la campagne des élections législatives — un sondage montrait, comme d'habitude, que rien n'était joué d'avance. Suivaient dans l'ordre — ou dans le désordre, selon les stations — les suites d'un coup d'État manqué en Afrique noire — au Gabon ou en Côte-d'Ivoire, Lucas ne savait plus très bien —, les dernières réactions face à « l'événement terroriste » qui avait bouleversé l'opinion occidentale en milieu de semaine : on avait découvert, le même jour, en diverses capitales européennes — dont Paris — et à New York, les cadavres d'enfants africains morts de faim. Les petits corps décharnés, enveloppés dans des housses en plastique transparent, avaient été déposés en des lieux publics très fréquentés, chacun avec un écriteau où on pouvait lire : *Vous l'avez tué. Alors enterrez-le.* Cette action avait été revendiquée par une certaine « Armée révolutionnaire mondiale », qui marquait ainsi son « entrée en guerre » contre les « affameurs » de l'Occident, « coupables du plus grand crime contre l'humanité de tous les temps ».

David enfonça une touche pour revenir sur la station de radio qu'il écoutait initialement. Soudain, après une série de messages publicitaires, les paroles du présentateur du journal le firent tressaillir. Il augmenta le son de la radio et se rangea sur le côté.

« ... ont été réveillés par le bruit de la fusillade. Les gangsters se sont ensuite livrés à une course-poursuite dans les rues de Montmartre, digne de celle de *Bullit*, le célèbre film américain dans lequel Steve McQueen poursuivait en voiture des malfaiteurs sur les collines de San Francisco. Une scène à vous couper le souffle, dont vous vous souvenez certainement. A Montmartre, la poursuite s'est terminée tout aussi tragiquement que dans le film. L'une des voitures, une BMW, dont on ne sait si elle était celle des poursuivis ou des poursuivants, a raté un virage et a pris feu après s'être écrasée au pied d'un escalier devant le Sacré-Cœur. Ses deux occupants sont morts carbonisés. La police a cependant pu les identifier. Il s'agirait de deux repris de justice extrêmement dangereux, des « mercenaires » travaillant à la commande, impliqués à diverses reprises dans des affaires de meurtre, sans jamais, toutefois, avoir été condamnés. Les policiers les soupçonneraient, notamment, d'avoir fait partie des tristement célèbres « écrabouilleurs de fourmis » — les fourmis étant ces toxicomanes-trafiquants éliminés par le milieu lors de la reprise en main par celui-ci du trafic de la drogue en France... »

David baissa le son de la radio et alluma une cigarette. Ses mains tremblaient.

« Les écrabouilleurs de fourmis... » Ces paroles résonnaient en écho dans sa tête. Mais ce n'était pas cela qui l'assourdissait. C'était autre chose. Un autre mot ! Un mot qui n'avait pas été prononcé par le journaliste de la radio...

Un mot qui était, en fait, un nom :

Zamourian ! *Zamourian !*

Le garagiste de Montparnasse commença par dire à Lucas qu'il faudrait plus d'une semaine pour remettre la Golf en état et la repeindre en gris. Il ne pouvait pas faire mieux — « avec la meilleure volonté du monde !... Et tout le monde était pressé, aujourd'hui, il n'était pas le seul ! ». Il voulut bien admettre ensuite — une fois que David lui eut glissé un billet de cinq cents francs dans la poche — que certaines personnes étaient plus pressées que d'autres et qu'on pouvait, en effet, accélérer le mouvement en remplaçant par exemple les pièces endommagées plutôt qu'en les réparant. Il convint enfin — sous la pression d'un autre billet — que certaines peintures séchaient plus vite que d'autres. Tout était une question de prix !

Lucas le quitta en lui donnant rendez-vous au mercredi suivant. Il prit un taxi et se fit déposer place de la Muette. Il fit à pied le reste du chemin menant au studio.

La porte du studio n'était pas fermée à clef — il avait dû oublier de le faire dans sa précipitation, la veille au soir, pour rejoindre Polonski. Au moment précis où il la referma derrière lui, il comprit qu'il s'était trompé. A cause de quoi ?... L'odeur ? Le froissement de tissu ?... Il se retourna le cœur battant.

— Bonjour, David...

Olivia se tenait debout devant lui. Elle lui souriait.

7

— Ecoute, Daniel, je t'en prie, arrête ! cria Olivia au téléphone. Il n'est pas question de fuites ! Je te demande simplement une confirmation.

— Je ne suis pas certain que mes supérieurs feront la distinction, répliqua son correspondant.

— Mais ils n'auront pas à la faire !

— Tu en es sûre ?

— Tu n'as pas confiance en moi ?

— Bien sûr que si ! Seulement je...

— Seulement quoi ?

— Qu'est-ce que tu viens faire là-dedans ?

— C'est pour une affaire, je t'ai dit.

— Une affaire ?

— Oui !

— Tu as recommencé à travailler ?

— Dis-moi, tu es vraiment devenu un flic, hein ?...

— (Un soupir)... Ça va !... Attends une minute...

Olivia appliqua une main sur le combiné et regarda David ; elle secoua la tête d'un air exagérément excédé.

L'homme auquel elle téléphonait était un jeune commissaire de police du nom de Daniel Valance. Elle l'avait connu à la faculté de droit. Il occupait aujourd'hui le poste de secrétaire du directeur de la police judiciaire de Paris. Un poste ingrat mais un bon tremplin de carrière pour qui savait y faire.

Un poste qui, en outre — et c'était la raison pour laquelle Olivia l'avait appelé —, lui permettait d'être au courant de toutes les affaires intéressant la police judiciaire sur Paris.

Le jeune commissaire revint en ligne.

— Désolé, ma fille. Je n'ai rien de plus que ce qu'ont donné les journaux. On sait que ces deux types ont souvent travaillé pour Zamourian, mais c'est tout. Ce qu'ils foutaient à Montmartre et pour qui, ça... Que dalle !

— Merci, Daniel.

— On se voit quand ?

— Je te rappellerai. Je t'embrasse. (Elle raccrocha et s'adressa à David :) Rien !

— Tu es sûre qu'il t'a tout dit ?

— Certaine.

Lucas savait que c'était vrai. Il connaissait Valance : il n'aurait pas menti à Olivia. Pas à elle.

Olivia vint s'asseoir auprès de lui et alluma une cigarette.

— Tu refumes ? s'inquiéta David.

— Juste une, comme ça, de temps en temps, dit-elle comme pour le rassurer.

Il la regarda : elle avait l'air parfaitement rétablie. Son traitement d'antibiotiques touchait à sa fin. Mais elle se sentait encore faible — elle le lui avait avoué : le moindre effort l'essoufflait et la laissait sans force.

Elle exhala bruyamment la fumée de sa cigarette, le regard dans le vide. David remarqua la pâleur de son visage : des violences qui l'avaient un temps défiguré, il ne portait plus la trace ; ne subsistait que cette pâleur, comme l'émanation de la souffrance qui la rongeait au plus profond d'elle-même.

Elle secoua la tête d'une façon presque imperceptible.

— Qu'est-ce qu'il y a ? demanda David.

Elle hésita avant de lui répondre.

— Je ne comprends pas... Ça ne tient pas.

— Qu'est-ce qui ne tient pas ?

— Zamourian.

— Zamourian ?

— Oui. Ça n'a aucun rapport. En tout cas je n'en vois aucun. Je n'ai jamais eu affaire à lui, de près ou de loin. Ni Rashid non plus, j'en suis certaine. Il n'y a aucun lien, aucune connexion, entre lui et Zamourian. Rien !

— Si, il y en a un. Même deux ! La drogue d'abord...

— Mais Polonski t'a dit lui-même qu'il n'y avait pas de trafic à Saint-Louis. Enfin, rien d'important...

— Je voulais parler d'avant la prison. C'était un dealer, non ?

— Salim ? (Olivia secoua la tête en soupirant.) Ça n'a duré qu'un temps. Et il n'a jamais gêné personne.

— Ça, on n'en sait rien. (Il marqua un temps.) L'autre lien, c'est Linas.

— Qui ?

— Linas. Le détenu dont Polonski dit qu'il est chargé d'exécuter le contrat sur l'autre type, celui qui a le même nom que Rashid. Polonski a l'air de croire qu'il est plus ou moins lié à Zamourian. Et c'est ce Linas qui a déclenché la bagarre à la suite de laquelle on a isolé Salim Rashid. Et ce serait encore lui, d'après Polonski, qui serait à l'origine de la plupart des règlements de comptes à Saint-Louis, ces derniers temps !

— Il en est sûr ?

— Pratiquement. C'est même la seule chose dont il soit certain. Pour le reste, il est dans le brouillard. Il sent bien qu'il y a quelque chose, mais il ne voit pas quoi.

— Pourquoi ne croit-il pas qu'on a tué Salim ?

— Pour les mêmes raisons que tout le monde donne. En plus, il ne voit pas comment on aurait pu s'y prendre.

Olivia resta silencieuse.

— Ils y sont pourtant bien parvenus, murmura-t-elle comme pour elle-même. Sinon rien de tout cela n'aurait de sens ! (Elle hésita et soupira.) Ça n'a aucun sens.

— Comment ça ?

— Pourquoi l'ont-ils tué ? Je veux dire : pourquoi l'ont-ils tué *à Saint-Louis* ? En admettant ce que tu dis, Zamourian et le reste, pourquoi ont-ils pris un tel risque ? Pourquoi se sont-ils compliqué la tâche à ce point ? (Elle remarqua l'expression d'incompréhension sur le visage de Lucas.) Il allait sortir, David ! Pourquoi n'ont-ils pas attendu qu'il sorte pour le tuer ? Pourquoi ? Ça aurait été tellement plus simple pour eux !

Elle avait raison ! Ça ne tenait pas debout.

Il essaya de trouver une réponse.

— Il avait peut-être découvert quelque chose... sur ce qui se passe à la prison, finit-il par dire sans grande conviction.

— Et ils ne pouvaient pas attendre trois mois... qu'il sorte ?

— Apparemment pas. (Il marqua un temps.) Ils ont eu peur qu'il parle avant.

— Ça non plus, ça ne tient pas, soupira Olivia.

— Pourquoi ?

— Salim ne m'a rien dit, justement.

— Il a peut-être eu la trouille de t'en parler.

— Il savait très bien qu'il pouvait avoir confiance en moi. Et puis, il n'était pas idiot. S'il avait vraiment découvert quelque chose, quelque chose qui mettait sa vie en danger, sa seule chance de s'en sortir c'était de m'en parler.

— C'est l'inverse, au contraire !

— Pourquoi ?

— La loi du silence. C'est plutôt en la respectant qu'on sauve sa peau dans ces cas-là, non ?

Olivia secoua la tête.

— Ce n'est pas logique !

— C'est la logique même, au contraire !

— Non ! (Elle secoua à nouveau la tête.) Il ne m'aurait pas parlé de la bagarre et du reste, de son impression qu'il se tramait quelque chose contre lui. Il ne m'aurait rien dit du tout ! Or, ça, non seulement il me l'a dit, mais il me l'a écrit !... Il n'y a rien de logique dans tout cela, David.

Il y eut un silence.

— C'est peut-être cela le problème, justement, dit David pensivement.

— Que veux-tu dire ?

— La logique... Tout dépend du point de départ. Depuis le début, nous raisonnons comme si on avait *voulu* tuer Rashid. Et rien ne s'enchaîne, effectivement !... Tout change si on modifie le point de départ !

— C'est-à-dire ?

— Qu'il n'a jamais été question de tuer Rashid ! *Salim* Rashid ! Que c'est une erreur !... C'est *l'autre* qu'ils voulaient tuer ! (David se leva, en proie à une excitation grandissante.) Ils s'appelaient Rashid tous les deux ! Le même nom ! (Il fixa Olivia.) Des prénoms pratiquement identiques ! Saïd-Halim, Salim !... Ils se sont trompés de cible !

Ils se dévisagèrent un instant l'un l'autre sans pouvoir prononcer une parole. Lucas alluma une cigarette et en avala la fumée avec avidité.

— Tout devient logique à ce moment-là, reprit-il. Tout... L'absence de liens avec Zamourian, le fait qu'on l'ait tué en tôle alors qu'il allait bientôt sortir. Et surtout, le fait qu'il ne t'ait rien dit : il ne pouvait rien te dire, il n'était au courant de rien ! Il n'avait rien à voir dans l'histoire !

David scruta le visage d'Olivia.

C'était cela ! Il avait raison. Il demeura immobile comme pour mieux se pénétrer de cette vérité. Puis, soudain, il sentit son excitation retomber et une vague de découragement l'envahir. Cette version des faits, elle aussi, était incohérente, illogique. Il le comprit avant même qu'Olivia ouvrît la bouche.

— David... Pourquoi auraient-ils voulu récupérer sa correspondance, dans ces conditions ? S'il n'avait rien à voir dans l'histoire, comme tu le dis, pourquoi ? Et pourquoi ont-ils voulu me tuer ? Pourquoi veulent-ils nous tuer ?... D'abord, moi... Et maintenant toi, toi aussi...

— Parce que tu... Parce que nous sommes les seuls à mettre en doute la thèse du suicide, avança David sans y croire vraiment.

— Nous sommes les seuls, en effet, continua Olivia d'une voix lasse. Les seuls... Et l'affaire est classée, en plus, maintenant. (Elle secoua la tête avec un petit soupir désabusé.)

— C'est pourtant ce que tu pensais, au début. (Olivia releva la tête et lui adressa un regard interrogateur.) Je veux dire que, pour la correspondance justement, tu disais que son importance résidait dans le fait que son contenu était en contradiction totale avec la version officielle du suicide de Rashid.

— Oui.

— Et tu ne le penses plus ?

— Non. Enfin, si... Je ne sais plus, David. (Elle se passa une main sur le front en fermant les yeux.)

— Tu ne sais plus *quoi* ? demanda-t-il avec brusquerie.

— Cela me paraissait suffisant au début ! répondit-elle très vite, le considérant avec un regard douloureux.

David l'observa un bref instant. Il se radoucit.

— Et plus maintenant ?

Elle fit non de la tête en se mordillant la lèvre.

— Pourquoi ?

— Je ne sais pas, je me dis que... qu'il devait y avoir autre chose dans ces lettres, quelque chose qui m'a échappé, et que c'est à cause de cela qu'ils ont voulu les récupérer. Tu comprends ?

— Quelque chose qui t'aurait échappé... répéta David, incrédule.

— Ce n'est pas possible autrement, David.

Lucas se tut, réfléchissant à ce qu'Olivia venait de dire. Puis il secoua la tête en souriant tristement.

— Il n'y a même pas besoin de cela, laissa-t-il tomber résigné.

— Quoi ?

— Je ne crois pas que quoi que ce soit t'ait échappé.

— Mais pourquoi ? Comment peux-tu le savoir ?

— Je n'en sais rien, c'est vrai. Mais ce que je veux dire c'est que cela ne changerait rien — qu'il y ait eu quelque chose ou non —, rien du tout ! (Il marqua un temps.) Il suffit que *eux* aient cru qu'il y avait quelque chose dans ces lettres. Il suffit simplement qu'ils l'aient cru !

Olivia remua la tête en signe de dénégation. Son obstination tranquille exaspéra Lucas. Il s'écria :

— Quoi non ?

— Il y avait quelque chose, David.

— Mais enfin merde ! Je viens de te dire que cela n'avait aucune importance !

— Ne crie pas, je t'en prie.

— Je ne crie pas !

— Si, tu cries ! cria à son tour Olivia.

David se figea et la fusilla du regard.

— Et merde... lâcha-t-il en se détournant.

Olivia l'observa un instant et elle s'empara du paquet de cigarettes qui traînait sur la table basse devant elle.

— Arrête !

Elle hésita. Un sourire imperceptible naquit au coin de ses lèvres. Elle reposa le paquet de cigarettes sur la table.

— Tu te trompes, David, dit-elle d'une voix douce. (Il ne broncha pas.) Sinon, comment expliquer leur acharnement à vouloir nous tuer... après ? Et encore maintenant.

David retint un soupir. Elle avait raison ! Le raisonnement qu'il avait tenu pouvait à la rigueur justifier l'irruption des tueurs à Louveciennes. Mais pas la suite ! Ils avaient récupéré la correspondance. S'ils avaient *continué* à vouloir les tuer, c'était bien parce qu'ils s'étaient rendu compte que cette correspondance recelait une menace pour eux. Et que ceux qui en avaient pris connaissance devaient disparaître. C'était la seule explication logique.

— Il y avait forcément quelque chose dans ces lettres, David, poursuivit Olivia. Quelque chose en rapport avec ce qui se passe dans cette prison, avec ces règlements de comptes dont t'a parlé Polonski. Quelque chose — un détail, une allusion, un nom, je ne sais pas, mais quelque chose qui aurait pu nous permettre de comprendre et de remonter à la source de toute cette violence... (Sa voix s'étrangla.)

Lucas s'approcha d'elle et lui caressa la joue.

— Ça ne sert à rien, Olivia, dit-il doucement.

— Ça me dégoûte tellement ! gémit-elle.

— Je sais.

— Tellement, David.

Il s'assit auprès d'elle et la prit dans ses bras. Elle se laissa aller contre lui. Elle ne pleura pas. Lucas aurait presque préféré l'entendre pleurer.

Il s'efforça de ne rien laisser paraître de la rage qui le dévorait. *Ils* avaient ravagé sa vie — la sienne et celle d'Olivia. Et il n'avait aucun moyen de les retrouver. Il ne savait pas qui *ils* étaient. Le seul moyen qu'il aurait eu de les identifier, c'eût été de connaître le *pourquoi* ! Et le *pourquoi* — qui résidait peut-être dans la correspondance de Salim Rashid — lui avait échappé. *Ils* avaient effacé toutes les traces derrière eux. Il n'avait rien entre les mains. Rien qui pût lui permettre de les débusquer, de les faire sortir de leur trou et de les obliger à l'affronter à visage découvert. Rien ! Il n'avait rien du tout ! Cette guerre — sa guerre — n'en était pas une. Le combat était inégal. Il ne pouvait pas rendre les coups qu'on lui avait portés ; il ne pouvait que se cacher et se défendre contre un ennemi inconnu et invisible. Le sentiment de son impuissance l'accabla.

Se défendre... Un vent de panique s'engouffra en lui.

Cette guerre... Comment ne s'en était-il pas rendu compte plus tôt ? Comment avait-il pu se laisser aveugler à ce point par sa haine ! Il n'avait pas le choix ; il ne l'avait jamais eu ! Cette guerre... Cette guerre qu'il avait décidé de leur livrer, il était obligé de la faire ! C'était une question de vie ou de mort. Il était obligé de se battre contre eux. Et de gagner. Oui, gagner à tout prix ! Sinon ils mourraient tous les deux !

Mais qui *eux* ? Qui étaient-ils ?

Le *pourquoi*... Tu dois trouver le pourquoi ! Mais comment ?... Polonski. Oui, peut-être. Mais imagine qu'il ne trouve rien. Ou... Bon Dieu ! S'ils le tuaient lui aussi. Imagine qu'ils le tuent lui aussi !

Un mort parmi les morts !

Que feras-tu ?

Un mort parmi les morts...

Les morts...

Une fièvre soudaine s'empara de lui. Il sentit le corps d'Olivia remuer faiblement entre ses bras. Il relâcha son étreinte et murmura d'une voix sourde :

— Il y a peut-être un moyen... Ils n'ont pas effacé toutes les traces !

— Quoi ? Quelles traces ? De quoi parles-tu ?

— Le pourquoi ! Il y a peut-être un moyen de comprendre le pourquoi ! Les morts, Olivia. Les morts de Saint-Louis ! Si ce que dit Polonski est vrai, il y a forcément un lien entre eux, quelque chose — je ne sais pas quoi — qui pourrait nous fournir un point de départ.

— Mais je croyais que Polonski justement devait...

— Ce n'est pas suffisant. (Il hésita.) En plus, il se

peut très bien qu'il se casse le nez. Ou que ses informations soient trop fragmentaires. Il faut qu'on fasse
quelque chose de notre côté... de l'extérieur ! (Il se leva
et alluma une cigarette ; puis il s'approcha d'une
fenêtre et jeta un coup d'œil dans la rue.)

— Et que veux-tu qu'on fasse ?

— Je ne sais pas, il faudrait... obtenir la liste de tous
les détenus qui sont morts à Saint-Louis, obtenir le
maximum de renseignements sur chacun de ces types...

— Et essayer de trouver ce qu'ils ont en commun,
c'est ça ?

— Oui.

— Tu veux dire *avant* leur incarcération à Saint-
Louis ?

— C'est une possibilité. Pour ce qui concerne *après*,
on ne peut compter que sur Polonski. (Il regarda à
nouveau par la fenêtre, pensivement.) Ces renseignements, comment peut-on les avoir ? Par la chancellerie ? (Il se retourna.)

Olivia lui fit signe que non.

— Ça prendrait trop de temps. Et je ne suis même
pas certaine qu'on y arriverait. Il y a un meilleur
moyen. Rose Schneider. Enfin, pas elle personnellement, mais les anciens détenus qui travaillent avec
elle. Des jeunes, très politisés. Ils ont constitué une
association, un truc qui s'appelle le C.A.D.D. — Comité
d'action et de défense des détenus...

— Ils ne peuvent pas savoir quelque chose, eux ?
interrompit David.

— Sur Rashid ? Non. Je les ai contactés après sa
mort... Leur genre c'est plutôt de pousser à la roue
des réformes. Ils s'emploient à coordonner des mouvements de protestation. Ils essayent de les faire
émerger simultanément dans plusieurs prisons à la
fois. Ils savent des trucs mais pas à ce point-là. (Elle
secoua la tête.) Cela dit, l'intérêt c'est qu'ils font des
dossiers sur certaines prisons...

— Comment ça des dossiers ?

— Sur tout ce qui se passe, les incidents et le reste, a fortiori sur les morts.

— Qu'est-ce qu'ils en foutent ?

Olivia haussa les épaules.

— Ils préparent un livre blanc, je crois...

— Ils ont un dossier sur Saint-Louis ? (Olivia acquiesça de la tête.) Tu peux les joindre ?

— Il vaudrait mieux que ce soit Paul qui le fasse. Il en a défendu quelques-uns. Moi, ils me connaissent à peine.

— Appelle-le.

— Maintenant ?

— Maintenant.

Il y avait, comme d'habitude, un monde fou autour du Centre Beaubourg. Ses abords immédiats grouillaient d'une foule hétéroclite, identique à toutes celles que l'on rencontre, aux quatre coins du globe, en ce genre de lieux : des touristes étrangers en troupes serrées, des provinciaux en famille, des promeneurs solitaires ou en couples, des jeunes désœuvrés, des originaux affublés de vêtements invraisemblables et arborant des chevelures vertes ou rouges, des marginaux de toutes sortes, clochards pour la plupart ou en passe de le devenir ; tous ces gens se croisaient, se côtoyaient ou s'agglutinaient, ici ou là, autour de quelque joueur de guitare.

L'édifice lui-même ingurgitait des gens par grappes entières et en vomissait tout autant, sans discontinuer ; comme s'il ne se lassait pas de se repaître des hommes sans parvenir toutefois, malgré ses entrailles d'acier, à les digérer.

Un monde fou...

Un bon endroit pour un rendez-vous.

Là où il se trouvait, Lucas pouvait surveiller sans difficulté l'entrée principale du Centre. Aronfeld passerait par là. Impossible de le manquer.

Trois jours s'étaient écoulés depuis qu'Olivia avait téléphoné à l'avocat. Trois jours qui avaient paru interminables à David.

Soudain, dans la foule, il aperçut la silhouette d'Aronfeld. Le petit homme rondouillard slaloma entre les promeneurs et se dirigea d'un pas rapide vers l'entrée du Centre. Il portait une serviette de cuir noir.

Lucas le vit pénétrer à l'intérieur de l'édifice, puis son regard se porta aussitôt vers la foule qui allait et venait devant l'entrée. Si quelque chose devait se produire, c'était maintenant ! Il scruta avec intensité les visiteurs qui se pressaient devant le bâtiment ; s'attendant à tout instant à voir un homme se détacher de la masse et courir en direction de l'entrée. Mais il ne se passa rien de tel. Apparemment, Aronfeld n'avait pas été suivi. Apparemment... Ce n'était pas suffisant. Il allait devoir s'en assurer.

Il se dirigea à son tour vers l'entrée du Centre. Il savait où retrouver l'avocat ; il lui avait précisé au téléphone l'endroit exact où ils devraient se rencontrer.

Lucas repéra comme prévu Aronfeld au fond de la salle du premier niveau de la bibliothèque : il était assis à une large table en compagnie de jeunes gens qui avaient tous l'air d'étudiants ; il feuilletait un livre tout en jetant des regards aux alentours. David se dissimula, à une vingtaine de mètres de lui, derrière un rayonnage, en faisant semblant de chercher un livre. En fait, il en cherchait un — pas un ouvrage particulier, mais quelque chose qui s'inscrirait naturellement dans sa manœuvre. « L'Erotisme japonais. » David sourit intérieurement : ce serait parfait ! Il griffonna quelques mots sur un bout de papier qu'il glissa à l'intérieur du livre, entre la couverture et la page de garde. Le *porteur* maintenant ! Il lui fallait un porteur.

Il remarqua un jeune Noir d'allure sportive, un peu

plus loin, qui mâchait du chewing-gum tout en parcourant un livre consacré à la peinture hyperréaliste. Il s'approcha de lui.

— Excusez-moi, dit-il en gloussant, je me demandais si vous accepteriez de m'aider à faire une blague à un copain. On était ensemble à la fac. Je viens de l'apercevoir, là, juste à côté.

— Ça dépend de la blague, mec, répondit le jeune Noir après avoir dévisagé Lucas en détail.

— Vous lui portez juste ce bouquin et vous lui dites que c'est de la part d'Olivia.

Le jeune Noir fronça les sourcils en direction du livre que lui tendait David. Il lut le titre, puis releva le nez et considéra Lucas d'un regard affligé.

— Et ça vous fait marrer, ça ?

— Follement.

Le jeune homme secoua lentement la tête en silence. Lucas plaça un billet de cent francs sur la couverture du livre consacré à « l'érotisme japonais ». Les sourcils du jeune Noir se froncèrent à nouveau, puis ses yeux s'arrondirent.

— A mon âge, mec, la rigolade n'a pas de prix, dit David en souriant de toutes ses dents. Cela dit, je peux demander à quelqu'un d'autre...

Le jeune Noir sembla hésiter. Il haussa les épaules et empocha les cent francs.

— Il est où votre mec ?

Trente secondes plus tard, Aronfeld regardait le jeune Noir s'éloigner ; il tenait entre ses mains le livre que ce dernier venait de lui remettre ; il avait l'air décontenancé. Il finit par ouvrir le livre et tomba sur le message de Lucas à l'intérieur. Il le lut et le mit dans sa poche. Il regarda sa montre. Lucas fit de même. « Dans trois minutes », se dit-il.

Les trois minutes s'écoulèrent sans que rien se passât.

Puis Aronfeld se leva et se dirigea vers les escaliers

roulants. Il emprunta celui qui montait vers le deuxième niveau de la bibliothèque.

David demeura immobile un long moment, les yeux rivés en direction de l'escalator. Rien ! Personne ne se précipitait à la suite d'Aronfeld. Il se força à attendre encore quelques secondes, puis il se décida à rejoindre l'avocat. *Étage supérieur. Même endroit. Dans cinq minutes*, avait-il écrit sur le morceau de papier.

Un instant plus tard, Lucas s'assit aux côtés de l'avocat.

— Désolé pour tout ce cirque, dit-il avec un sourire d'excuse. Mais je voulais être sûr. Pour moi comme pour vous. Vous n'avez rien remarqué de votre côté ?

— Non, répondit Aronfeld. J'ai fait comme vous m'aviez dit. Je suis d'abord passé au Palais. Une porte pour entrer et une autre pour sortir. Impossible qu'on m'ait filé.

— Parfait. Vous avez le truc ?

— Oui. (L'avocat sortit une chemise cartonnée jaune de sa serviette et la tendit à Lucas.) J'ai jeté un œil dessus. A mon avis, ça ne vous aidera pas des masses.

— On verra bien. Il est complet ?

— Oui. J'ai vérifié. Tous les types qui sont morts sont là-dedans. En tout cas, depuis l'incarcération du dénommé Linas. Je leur ai même fait rajouter trois types dont ils m'ont parlé, qui ont trouvé la mort juste après leur sortie de Saint-Louis.

— Pourquoi ?

— Je ne sais pas, comme ça... C'est peut-être lié, je n'en sais rien.

— Bon ! fit David après un bref moment de réflexion. (Il pressa amicalement le bras d'Aronfeld.) Il vaut mieux que vous partiez devant.

L'avocat hésita.

— Vous ne voulez vraiment pas me dire où vous êtes ? Simplement le téléphone.

— Je vous ai dit pourquoi.

— Et si je trouve quelque chose, bordel de Dieu !

— Je vous appellerai de temps en temps.

— Alors ?

— Je ne sais pas...

— Tu vois quelque chose ou non ?

— A priori, non. Mais peut-être que...

Olivia feuilleta à nouveau le dossier établi par les ex-détenus du C.A.D.D., depuis le début.

— C'est inutile, Olivia, soupira David en se laissant tomber dans un fauteuil. Il n'y a rien là-dedans. Rien du tout.

— Cela n'apparaît pas du premier coup, c'est normal, dit Olivia se voulant rassurante. Ça ne peut pas apparaître du premier coup.

Lucas fit semblant d'approuver d'un mouvement de la tête. Il avait vaguement espéré qu'elle trouverait ce que lui et Aronfeld n'étaient pas parvenus à mettre au jour. Mais il était convaincu maintenant qu'elle n'y parviendrait pas. Pour la simple et bonne raison qu'il n'y avait rien à trouver.

Le dossier du C.A.D.D. était composé de deux parties. Dans la première, la prison de Saint-Louis était présentée et décrite sous tous ses aspects : taille, superficie, capacité d'hébergement, nombre de détenus incarcérés, effectifs du personnel de surveillance, caractéristiques des systèmes de sécurité, activités professionnelles et de loisir des prisonniers, etc. Un historique revenait — pour en faire la critique — sur les raisons qui avaient amené l'administration pénitentiaire à décider la construction de cet établissement ; il retraçait les quelques années d'activité de la centrale en faisant ressortir à plaisir les défauts de fonctionnement jugés « inévitables et inhérents à ce type d'établissement ». Plusieurs feuillets étaient consacrés à la montée de la violence en milieu carcéral — « phénomène général et préoccupant », notaient les auteurs. Une place toute particulière était faite au cas de Saint-Louis, « fleuron de la pénitentiaire », où la violence avait atteint des proportions « intolérables » : huit morts pour les deux dernières années. Cette « surmortalité » — « qu'elle soit le résultat de suicides ou de règlements de comptes ne modifie en rien le constat de faillite qui doit être dressé » — s'expliquait, selon le C.A.D.D., d'abord et surtout, par le fait que Saint-Louis était « surpeuplée » : la vie y était « invivable ». En outre, « l'environnement inhumain » de l'établissement, « univers bétonné et électronique », ainsi que « le piétinement des réformes » et « l'immobilisme de l'administration » contribuaient à accroître la tension dans la prison de Saint-Louis.

La seconde partie du dossier était consacrée aux huit détenus qui avaient trouvé la mort à l'intérieur de la centrale, ainsi qu'aux trois autres, décédés peu après leur libération. Elle était constituée d'une série de photocopies, de fiches biographiques dactylographiées — établies, avait indiqué Aronfeld, à partir de renseignements obtenus auprès des avocats — et de coupures de presse. Aronfeld avait ajouté quelques notes manuscrites concernant Saïd-Halim Rashid et Alex Linas ; elles n'avaient rien appris à Lucas qu'il ne sût déjà par Polonski, lorsque ce dernier lui avait parlé du « contrat Rashid ».

David avait lu en détail l'ensemble du dossier. Dans la deuxième partie, il s'était attardé sur quelques détenus. Sans résultat. Il n'avait trouvé là qu'un échantillonnage somme toute représentatif de la population pénale d'une prison comme celle de Saint-Louis. Une galerie de criminels en tout genre avec son cortège d'assassinats, de cambriolages sanglants, d'attaques de banques avec prises d'otages, de viols avec violences, de proxénétisme, d'escroqueries minables, etc. Tous ces hommes n'avaient en commun que le gâchis de leurs vies et de celles, parfois, de leurs victimes. Rien d'autre, ni dans leur passé, ni dans leurs méfaits, ne les reliait entre eux ; ni non plus dans leurs condamnations : certains étaient condamnés à vie, d'autres à vingt ans ou même moins, tel Salim Rashid alias Yamani, notamment. C'étaient ou des malades, ou des paumés, ou des criminels endurcis, voire même récidivistes. Certains étaient violents. La plupart étaient de nationalité française ; deux ou peut-être trois, David ne s'en souvenait plus très bien, étaient d'origine étrangère. A l'exception de l'un d'entre eux, qui avait blessé grièvement un gardien au cours d'une tentative d'évasion, tous s'étaient comportés de façon exemplaire durant leur détention.

Aucun n'avait paru souffrir des conditions de vie à Saint-Louis ; aucune plainte n'avait été enregistrée dans ce sens. Pourtant quatre d'entre eux s'étaient suicidés : deux par pendaison, un en se coupant les veines et un autre en avalant un mélange de somnifères et de morceaux de verre brisé. Les quatre autres étaient morts soit par accident — l'un d'entre eux avait glissé dans l'atelier de menuiserie où il travaillait et s'était tranché la gorge avec la scie électrique qu'il manipulait ; le contremaître et plusieurs détenus avaient témoigné qu'il s'était bien agi d'un accident —, soit à la suite de bagarres. Un seul des trois meurtres avait été élucidé et son auteur transféré dans un autre établissement.

Concernant enfin les trois décès survenus à l'extérieur de la prison, tous semblaient « accidentels » : l'un des ex-détenus avait succombé des suites d'un accident de voiture ; un autre avait été poignardé au cours d'une rixe dans un bar par un homme non identifié ; le troisième avait été repêché dans les eaux du port de Marseille avec près de trois grammes d'alcool dans le sang.

Rien...

Il n'y avait rien à trouver. Aronfeld avait raison. Il n'y avait rien de commun entre tous ces hommes. Aucun fait. Aucune complicité. Aucun lien.

Rien !

— Leur seul point commun, c'est qu'ils sont morts... constata-t-il amèrement, à haute voix. Et Saint-Louis, bien sûr...

Olivia abandonna sa lecture du dossier et le regarda en fronçant les sourcils.

— Qu'est-ce que tu dis ?

Il se répéta et ajouta :

— Et même cela, ça complique encore les choses. Tous ces morts ne résultent pas forcément de ce qui se passe à l'intérieur de la prison... Il y en a forcément qui n'ont rien à voir avec ce qu'on cherche !

— Tu veux dire la mortalité normale, c'est ça ?

— Oui. Il y a forcément des types qui se seraient suicidés ou qui auraient été tués en deux ans. De toute façon ! Ils n'ont aucun lien avec cette histoire. Ce sont lesquels ? Comment le savoir ?

— Je n'en sais rien, David. (Elle le fixa, songeuse ; puis une lueur soudaine éclaira son regard.) Au contraire ! Ça nous aide !

— Quoi ?

— Nous cherchons un point commun à tous ces types, c'est ça l'erreur ! Tu as raison ! Il ne peut pas y en avoir. En revanche, il y en a peut-être un pour quelques-uns seulement. C'est celui-là qu'il faut trouver. (Elle replongea dans le dossier.) J'avais vu un truc tout à l'heure... Attends... Voilà, c'est ça... (Elle parcourut rapidement plusieurs feuillets.) L'infirmerie !

— L'infirmerie ?

— Oui, tous ceux qui se sont suicidés fréquentaient assidûment l'infirmerie, c'est noté...

— Ça n'a rien d'étonnant.

— ... et y compris ceux qui ont été libérés, les trois là... (Elle feuilleta le dossier.) Non, pas celui-ci, il arrivait en fin de peine. (Elle examina d'autres fiches.) Mais les deux autres, oui... Ils ont été libérés pour raison médicale !...

David demeura silencieux. Le visage d'un homme

lui apparut soudain. Un visage juvénile. Braunstein !
Le jeune médecin de Saint-Louis.

Il avait peur ! *De quoi avait-il peur ?*

— En plus, poursuivit Olivia, la majorité d'entre
eux n'ont pas été incarcérés directement à Saint-
Louis. Ils ont été transférés.

— Pour raison médicale ?

— Pas tous. Les deux libérés, oui... et un autre
encore. Les autres, c'était pour des raisons de sécurité. (Le regard d'Olivia errait dans le vide sans pouvoir se fixer.)

— A quoi penses-tu ? demanda David, sachant très
bien à quoi elle pensait.

— Ça ne te paraît pas évident ?

— Il n'y a pas grand-chose pour l'étayer. (Il soupira.) Ce n'est qu'une supposition...

— C'est une possibilité ! Le trafic de grâces médicales n'est pas une exclusivité des Baumettes. (Elle
s'interrompit un court instant.) De toute façon, que ce
soit ça ou autre chose, je crois que c'est ainsi que
nous devons procéder. Tu l'as dit toi-même, il n'y a
que des détails disparates dans ce dossier, des faits
qui n'ont apparemment aucun lien entre eux. Cela ne
sert à rien d'attendre que ça vienne tout seul. Ça ne
viendra pas ! Sauf si on dynamise tout cela, si on
plaque des hypothèses sur ce fatras d'incohérences,
en essayant de voir si ça colle ou non. Là, on a une
chance de trouver un sens...

— Et une autre de se planter.

— Peut-être... Mais c'est la seule façon d'avancer.

Lucas réfléchit.

— Braunstein... laissa-t-il tomber pensivement.

— Qui ?

Il ne lui avait pas tout dit de sa rencontre avec le
docteur Guy Braunstein — elle était alors encore à
l'hôpital ; il n'avait pas voulu la tourmenter davantage. Il lui parla, cette fois, de la gêne qui s'était

emparée du jeune médecin à diverses reprises lors de leur entretien. Plus que de la gêne : de la peur.

— Tu te souviens à propos de quoi ?

Lucas secoua la tête.

— Ce n'était pas pour quelque chose de précis. Il avait l'air d'avoir peur, c'est tout... Il a peut-être cru qu'on allait lui foutre le suicide de Rashid sur le dos. C'est peut-être ça qui l'emmerdait.

— Pourquoi ?

— Je ne sais pas.

— Ou alors il a peur qu'on découvre autre chose !

— Quoi ? Un trafic de grâces ? lança David. (Il eut un petit soupir de dérision.) Ça n'a pas de sens, Olivia. Qu'est-ce que deviennent ceux qui sont morts dans la prison ? Et Rashid ? Et les contrats dont a parlé Polonski ?

— Un trafic à deux étages... murmura Olivia.

— A quoi ?

— Deux étages. Un vrai et un faux. On promet, on transfère et on encaisse. A partir de là, il y en a qui sortent et d'autres qui restent. A ceux-là, on leur dit qu'on a essayé, qu'il faut patienter.

— Il y aurait eu des fuites ! Ceux qui se seraient fait avoir auraient gueulé ! (Il marqua un temps.) C'est bien ce qui s'est passé aux Baumettes, d'ailleurs, non ? (Il secoua la tête en soupirant.) Ils auraient forcément gueulé.

— Sauf si on les tuait, justement...

— Et les familles ?

— On les menaçait.

— Et personne n'aurait bronché ?

— ...

— Il y a autre chose qui ne colle pas.

— Quoi ?

— La raison des transferts.

— Je ne comprends pas.

— Ceux qu'on transfère pour des raisons médicales, à la limite O.K.... Mais les autres ? Si on les a

214

envoyés à Saint-Louis, c'était par mesure de sécurité. Parce qu'on les considérait comme dangereux. Ils n'avaient aucune chance — en tout cas, pas des masses — qu'on leur accorde une libération conditionnelle. Jamais ils n'auraient marché dans une combine de ce genre. A moins d'être vraiment complètement cons !

Ils se tinrent silencieux un instant.

— Tu as sans doute raison, convint Olivia comme à regret. Sûrement même... Et puis ça ne cadrerait pas avec les trois qui ont été tués à l'extérieur. S'ils étaient dehors, c'est qu'ils avaient payé — dans l'hypothèse d'un trafic de grâces, je veux dire... Il n'y avait pas de raison de les supprimer.

David acquiesça en silence. Lui non plus ne croyait guère au caractère accidentel de la mort des trois détenus ayant bénéficié d'une libération conditionnelle. Il ne savait pas pourquoi, mais il n'y croyait pas. Et c'était bien le problème, justement : il ne disposait, pour cela comme pour le reste, d'aucune certitude. Il n'avait entre les mains que quelques faits, isolés, inutiles et muets comme des pierres. Rien d'autre. Tout autour il n'y avait que le vide. Les hypothèses qu'ils formulaient, ces constructions qu'ils échafaudaient pour explorer ce vide, s'écroulaient les unes après les autres, leur faisant perdre pied chaque fois davantage. Et à mesure que leurs suppositions et leurs réflexions se contrariaient et se détruisaient les unes les autres, ils sentaient le vide s'insinuer en eux et les paralyser lentement, ne leur laissant à vivre qu'un sourd désespoir.

Le monstre...

La vision de la prison de Saint-Louis, forteresse étrange et fantastique, s'imposa à Lucas, obsédante.

Le monstre était à l'intérieur... Hors d'atteinte.

Polonski !...

David ne pouvait plus compter que sur le vieux

détenu, maintenant. Polonski était sa seule chance face au *monstre*.

Sa seule chance !

La fille de Joseph Polonski se montra réservée au téléphone : elle avait bien vu son père mais, malheureusement, il n'avait pas encore obtenu les renseignements dont David avait besoin.

— Il m'a demandé de repasser le voir dimanche. Il pense que d'ici là il aura quelque chose.

— Bien...

— Il m'a dit de vous dire de ne pas vous en faire. Il ne vous laisse pas tomber. Simplement, les choses ne sont pas aussi simples...

— Je comprends.

— Il dit que Saint-Louis peut devenir aussi touristique que Montmartre... Il paraît que vous comprendrez...

Le message était en effet très clair.

— J'habite Montmartre, dit David en guise d'explication.

— Ah...

— Dites-lui que je comprends parfaitement.

Lucas raccrocha et demeura immobile, les yeux rivés au téléphone. Olivia pénétra dans la pièce et le regarda, inquiète.

— Il abandonne ?

David la mit au courant.

Elle fut déçue, elle aussi. Mais pas autant que lui, elle s'en rendit compte. Et, sans qu'elle sût très bien pourquoi, elle en fut angoissée et... blessée. Cette façon qu'il avait de lui parler, de la regarder, comme s'il lui en voulait de ce nouveau délai... Non, ce n'était pas ça. Que lisait-elle dans ses yeux ? De la peur. Oui, de la peur, mais il y avait autre chose... Mais pourquoi de la peur ? C'était ridicule : trois jours de plus ou de moins ne changeraient rien ; on ne les trouverait pas ici ; il leur suffirait de se calfeutrer dans ce studio et

216

d'attendre. De prendre leur mal en patience, tous les deux. Tous les deux... C'était *ça* ! l'autre chose qu'elle lisait dans ses yeux : il lui en voulait – à *elle* ! – de lui rendre, par sa présence, cette attente encore plus insupportable ! C'était ça ! Ça ne pouvait être que ça !... Mais comment pouvait-elle penser une chose pareille ? Qu'est-ce qui, au fond d'elle-même, pouvait l'amener à se convaincre d'une telle chose ?

Mon Dieu, aidez-moi...
Donnez-nous la force de tenir... ensemble !
Je vous en supplie, aidez-nous !

Le dimanche matin, Olivia s'éveilla la première.

Elle resta un moment allongée dans le noir. Elle avait encore mal dormi. Mais elle se sentait soulagée. On était dimanche...

Depuis trois jours, ils n'avaient vécu tous deux que dans l'attente de ce dimanche. Comme d'une délivrance. Lui – il n'avait cessé de le répéter –, parce que cette inaction forcée lui était insupportable. Elle, parce qu'elle devinait qu'il y avait autre chose et qu'elle souffrait de la tension et de la froideur qu'il s'efforçait de maintenir dans leurs relations. Durant ces trois jours, il ne lui avait parlé que de l'affaire, évitant soigneusement tout autre sujet de conversation. Il l'avait quittée une seule fois pour faire un ravitaillement dans un supermarché d'un quartier voisin. Le reste du temps, il l'avait passé avec elle, mais à des années-lumière d'elle ; à étudier le dossier du C.A.D.D. ; à s'entraîner au maniement du Colt 45 – et à le lui expliquer – et à dormir. Dormir, comme s'il voulait la fuir.

Durant ces trois jours, il s'était acharné à ne rien faire qui pût lui laisser croire que leur vie commune fût autre chose qu'une veillée d'armes.

Elle l'écouta respirer, de l'autre côté du lit.

Dormir, comme s'il voulait la fuir...

La veille au soir, alors qu'il s'apprêtait à prendre ses somnifères, elle avait essayé de lui parler. Il avait fait semblant de ne pas comprendre :

— ... Continuer quoi ? lui avait-il demandé en esquivant son regard plein de larmes.

— A vivre ainsi, David. Toi et moi. De cette manière...

— Nous n'avons pas le choix.

— Je ne te parle pas de ça !... Je te parle de toi et de moi ! De *nous* !

Elle l'avait vu se crisper et hésiter.

— Je ne peux pas faire autrement, avait-il dit d'une voix blanche.

— Mais pourquoi ?

— Je ne sais pas... Je ne peux pas, c'est tout.

— Moi aussi je souffre, David...

— Je sais.

Un silence.

— Ce n'est pas ma faute, avait-elle gémi en étouffant un sanglot.

— Non... Bien sûr que non.

Un silence, à nouveau.

— Nous devons en parler, David, avait-elle imploré.

— C'est au-dessus de mes forces.

— Je t'en prie, David. Je t'en supplie ! Je n'ai que toi pour m'aider à supporter sa...

— Tais-toi !

— ... Tu n'as que moi, toi aussi...

— Arrête ! Calme-toi... Plus tard... Plus tard, peut-être. Mais pas maintenant... Tu m'entends ? Pas maintenant, pas encore.

Mais quand, David ? *Quand ?*

Elle colla son front au carreau glacé de la fenêtre et vit la Golf grise disparaître au bout de la rue. Elle eut un pincement au cœur.

Elle se retourna, hésitante. Elle abandonna la fenêtre, ramassa des tasses à café qui traînaient sur une table et alla les laver dans la cuisine. Elle passa ensuite dans la salle de bains, se demanda ce qu'elle était venue y faire, et revint dans la pièce de séjour. Elle alluma la télévision, en coupant le son, et s'assit sur le canapé. Son regard se posa sur la chemise en carton jaune sur la table basse, devant elle. Le dossier du C.A.D.D. Elle finit par le prendre et l'étudia à nouveau.

Une heure plus tard, elle le referma. Elle n'était pas plus avancée. Pourtant, elle le savait – elle le sentait –, la clef était là. La clef de la tragédie qui avait ravagé sa vie. Elle était là, parmi tous ces morts, mais elle ne la voyait pas !

Un danger...

Ils représentaient un danger pour quelqu'un, ou par rapport à quelque chose. C'est pour ça qu'on les avait tués... Un danger...

Elle réfléchit aux diverses hypothèses qu'elle avait envisagées avec David. Elle s'attarda sur celle d'un trafic de libérations pour raison médicale. Elle essaya de réfuter les arguments que David lui avait opposés. Elle se demanda pour finir quel rapport un tel trafic aurait pu avoir avec Salim Rashid. Il n'y en avait aucun : il allait sortir tout à fait régulièrement ; il n'avait pas besoin de cela. En outre, se dit-elle, si on l'avait vraiment tué par erreur, ça n'avait pas de sens. Non ! On avait *voulu* le tuer, ce n'était pas possible autrement. Et on avait *voulu* la tuer, elle aussi, et David. C'étaient des faits ; et ils étaient liés ! Croire autre chose, c'était cela qui était insensé !

Un danger...

Ses pensées s'embrouillaient. Elle repensa soudain au jeune médecin de Saint-Louis. Il avait peur, avait dit David. De quoi avait-il peur ? S'il ne s'agissait pas d'un trafic de « grâces », de quoi d'autre pouvait-il être question ? De quoi d'autre pouvait-il avoir peur ?... L'infirmerie... Le point commun ! L'infirmerie et *lui* !

L'évidence jaillit comme un éclair dans l'esprit d'Olivia :

Des expériences !... Non ! Une expérimentation, une expérimentation de médicaments !

Son excitation retomba aussitôt. Elle avait eu connaissance, quelques années auparavant, d'une expérimentation de ce genre dans une prison — pratique interdite par la loi. Il s'en déroulait peut-être encore, ici ou là. Mais elle savait qu'il ne s'agissait que d'expérimentations de produits courants et anodins — des somnifères, la plupart du temps, dont on voulait vérifier l'efficacité et mieux apprécier les effets secondaires ; des somnifères, surtout, parce que la population pénale en abusait et constituait de ce fait une catégorie de consommateurs particulièrement riche d'enseignements. En aucun cas ce genre d'expériences ne pouvait représenter un enjeu de nature à déclencher des assassinats. C'était absurde ! Invraisemblable !

Elle se dit que son imagination lui jouait des tours. Il faut que je me reprenne ! Je deviens folle !

Un danger. *Un danger !*

Mais quoi ?

Le désarroi, dont elle était la proie, l'oppressa. Elle crut étouffer.

Elle se leva brusquement et tituba vers la fenêtre, en s'enveloppant de ses bras, comme pour se protéger des pensées qui l'assaillaient de toutes parts. Elle revit le visage de son enfant. Michaël ! Elle étouffa une plainte. D'autres visages se mirent à danser autour d'elle. Salim Rashid. Des inconnus. Et David... Et le sien ! Tous ces visages ne répétaient qu'un seul mot : DANGER. Mais — c'était horrible ! — leurs lèvres ne remuaient pas. Ils parlaient comme des statues !

Il y avait autre chose ! Un autre message ! Que disaient-ils ?

Elle comprit soudain que le message n'émanait pas de ces visages. Il était en elle ! Il s'amplifia et se précisa, encore et encore... Etrangement, elle ne ressentit aucun sentiment de révolte. De la peur, seulement ; une peur violente, incontrôlable.

Elle allait mourir... David aussi... *Ils allaient mourir, tous les deux !*

Marion Polonski sortit de la baignoire et se planta, nue, le corps ruisselant d'eau, devant le miroir de sa salle de bains. De la musique parvenait en sourdine depuis la salle de séjour.

Elle rejeta la tête en arrière et secoua doucement ses cheveux courts. Elle ferma les yeux et demeura immobile, sentant les gouttes d'eau perler délicieusement au bout de ses seins durcis et dégouliner le long de ses jambes. Un frisson de plaisir la parcourut. Elle ouvrit les yeux et se détailla dans la glace : ses cuisses n'étaient peut-être pas assez longues, ni ses seins assez gros, mais son corps était souple et ferme, et somme toute harmonieux. « Fait pour l'amour », se dit-elle avec mélancolie.

Elle entendit les échos affaiblis d'un carillon à la radio. Cinq heures. C'était au moins ça : le dimanche se finissait.

Ses mains s'animèrent, effleurant ses seins, ses fesses et le creux de ses cuisses. Elle sentit sa chair se durcir et son sexe s'aviver. Son regard accrocha la bombe de laque posée sur le bord de la baignoire ; une vague de tristesse et de dégoût se mêla au plaisir qu'elle éprouvait.

De toute façon, elle n'avait pas le temps : il lui avait dit qu'il passerait vers six heures. Elle se demanda à quoi il pouvait ressembler. Puis elle repensa à ce que son père lui avait raconté à propos de cet homme et de certains événements à la prison ; avec inquiétude.

Son regard glissa vers le rebord de la baignoire tandis qu'elle se caressait de nouveau. Si ! elle avait le temps. Elle ferma les yeux, acceptant son sort, et s'abandonna au plaisir qui l'envahissait. Puis elle s'allongea sur le tapis de bain et sa main se tendit vers la bombe de laque.

— Un seul contrat ?
— Oui.
— Il en est sûr ?
— Oui. Il m'a dit qu'il avait fouillé partout, parlé avec pas mal de gens. Et rien. Pas le moindre indice d'un contrat éventuel sur... Salim Rashid — Salim Rashid, c'est bien ça ?...

Lucas fixa pensivement Marion Polonski et acquiesça d'un mouvement de la tête.

— Le seul contrat, il me l'a dit et répété, concerne l'autre...
— Saïd-Halim...
— C'est ça. Au fait, vous voulez boire quelque chose ? Scotch ?
— Un fond, merci.

Elle disparut dans la cuisine et revint avec deux verres et une bouteille de whisky.

— Je suis désolée, je n'ai pas de glaçons, mais la bouteille était au frigo, dit-elle en remplissant les verres.
— Ça ira très bien.

Elle but une gorgée tout en l'observant. Et cela se produisit de nouveau : le même trouble, à la fois violent et doux, qu'elle avait ressenti après lui avoir ouvert la porte. « Pourquoi lui ? se dit-elle. Pourquoi justement *lui* ? »

Elle croisa son regard ; elle se rendit compte qu'il ne la voyait pas.

— Il vous a dit autre chose sur Rashid ? Sur Yamani-Rashid ? demanda-t-il.
— Oui... (Elle consulta des notes sur une feuille de papier.) Il trafiquait des médicaments avec d'autres détenus.
— Comment ça ?
— Je ne sais pas. Il m'a simplement dit que c'était

un petit truc. Pas vraiment un trafic, en fait. Il refilait des aspirines et des somnifères à des types. Surtout de l'aspirine, si j'ai bien compris.

— Pour la fumer ?

— Probablement. Mais d'après mon père, ce n'était vraiment pas grand-chose. Il a insisté pour que je vous le répète.

— D'accord.

— Toujours à propos de cet homme... (Elle lut ses notes à haute voix...) « Véritable identité connue par détenus mouvance Linas... » Oui, c'est ça. Ça vous dit quelque chose ?

— Oui, souffla David l'air sombre. C'est tout ?

— Pour celui-là, en tout cas.

— Et le contrat sur l'autre ?

— Attendez... (Elle parcourut ses notes en silence.) Oui... Bon. D'abord, il le confirme. Il y en a un. Il m'a dit qu'il préférait toujours ne pas vous dire comment il le savait. Ce n'est pas qu'il ne vous fasse pas confiance, mais... C'est par un ami à lui et...

— Je comprends.

— Il dit que le fait de connaître le nom de son ami ne vous apporterait rien, de toute façon. Il est en dehors du coup, et ce n'est pas ça qui est important pour vous...

— Comment son ami l'a-t-il appris ?

— Quoi ?

— Le contrat.

— Justement ! C'est ce que j'allais vous dire. Il l'a appris de la bouche même du détenu en question.

David fronça les sourcils, perplexe. Marion Polonski précisa :

— L'ami de mon père... Il connaît ce détenu.

— Saïd-Halim Rashid ?

— Oui.

— Mais comment ce type a-t-il su qu'il avait un contrat sur le dos ?

— Parce qu'on le lui a dit.

— Qui le lui a dit ? s'écria David.

— Celui qui veut sa mort, répondit la jeune femme en pinçant les lèvres. (Elle jeta un œil à ses notes.) Un certain Fracci. Roberto Fracci. Un Italien.

Lucas se figea, stupéfait.

— Fracci... murmura-t-il. Ce n'est pas possible...

— Vous le connaissez ? demanda Marion Polonski, inquiète.

David ne lui répondit pas. Il demanda très vite :

— Il est venu à la prison ?

— Non. Mon père m'a dit qu'ils s'étaient rencontrés dans un hôpital. On y avait amené Saïd-Halim pour une consultation d'endocrino. Il a un problème d'hypothyroïdie. C'est là qu'ils se seraient vus... Il paraît qu'il a une trouille bleue.

— Pourquoi *seraient* ?

— Comment ?

— Vous avez dit, c'est là qu'ils se *seraient* vus. Ce n'est pas une certitude ?

— Si !... Enfin, je n'en sais rien. C'est moi qui... Il paraît que ce type fabule pas mal, d'après mon père en tout cas.

— Il n'y croit pas ?

— Il ne sait pas trop. Cela dit, il ne voit pas pourquoi ce type aurait inventé une histoire pareille. Il m'a dit qu'il ne comprenait pas grand-chose à ce qui se passait. (Elle consulta à nouveau ses notes.) Oui... Il a ajouté que c'était bien, semble-t-il, le balafré (elle poussa un petit soupir de dérision) qui devait assurer le contrat. Il y a, paraît-il, des préparatifs qui ne trompent pas.

— Il en est certain ?

Marion Polonski émit une sorte de ricanement.

— Mon père est un expert sur les us et coutumes dans les prisons.

David avait discerné l'amertume dans la voix de la jeune femme. Il la dévisagea et comprit soudain pourquoi il avait eu l'impression étrange de la reconnaître : elle avait les mêmes yeux clairs que son père, des yeux immenses et bleus, ourlés de cernes délicats qui en accentuaient l'éclat nostalgique — l'un de ces regards de femme où la vie, blessée et lasse, semble s'être réfugiée.

Lucas hésita. Puis il demanda :

— Qu'est-ce qu'en pense votre père ?

— De quoi ?

— De la relation Rashid, le balafré et Fracci ?

— Il ne comprend pas.

— Il ne comprend pas quoi ?

— La relation, justement. Tout au moins celle entre le balafré et Fracci. Il a dit que... non, il n'y avait aucun lien entre Fracci et le fameux Zamourian. Et donc, aucune raison pour qu'il y en ait entre le balafré et Fracci. (Elle examinait ses notes.) Ah oui ! J'ai oublié de vous dire quelque chose à propos de Saïd-Halim Rashid. C'est un ex-camé. Il s'est fait désintoxiquer.

— C'est important ?

— Je ne sais pas. Il m'a dit de vous le dire, je vous le dis.

Elle eut un petit haussement d'épaules et pinça les lèvres, l'air résigné. Lucas lui sourit faiblement.

— Il vous a parlé de moi ? demanda-t-il. Il vous a dit ce que je...

— Le strict minimum, répondit-elle, soudain gênée.

David hocha doucement la tête et la fixa d'un regard vide.

La jeune femme plongea ses yeux dans les siens ; de nouveau transportée par ce même élan, à la fois tendre et violent. Elle voulait l'aider. Elle ne savait pas comment, mais elle le voulait ; de toute son âme.

— Cela vaut mieux, dit-il. Beaucoup mieux. (Il se leva.) Merci pour le verre.

La jeune femme demeura pétrifiée. Il ne pouvait pas partir comme ça ! Disparaître, juste comme *ça* !

— Il y a un endroit où je peux vous joindre ?

demanda-t-elle très vite en le rejoignant près de la porte. (Elle le vit hésiter.) Mon père m'a dit... Enfin, j'ai cru comprendre qu'il comptait obtenir d'autres renseignements, mentit-elle.

— C'est moi qui vous appellerai, dit Lucas après une nouvelle hésitation.

— Je ne suis pas toujours là ! mes horaires à l'hôpital sont...

— C'est moi qui vous appellerai, Marion.

Lucas quitta la résidence où habitait Marion Polonski, dans la banlieue ouest, vers vingt heures. Il conduisit lentement jusqu'à l'entrée de Paris.

Fracci... Roberto Fracci...

Il ne s'engagea pas sur le périphérique pour rejoindre la Muette. Il s'enfonça dans la ville, en direction du centre.

Il n'avait pas interrogé Marion Polonski sur les mobiles qui auraient pu conduire un homme comme Roberto Fracci à lancer un contrat sur Saïd-Halim Rashid. Il connaissait ces mobiles.

Il savait pourquoi l'un des hommes les plus riches d'Europe pouvait souhaiter la mort d'un obscur détenu de la prison de Saint-Louis.

Il en était pratiquement sûr. Il voulait seulement vérifier quelques détails ; et il savait comment, et où, il pourrait le faire : la documentation du plus important quotidien parisien était ouverte vingt-quatre heures sur vingt-quatre ; il connaissait quelques-uns de ses employés.

Fracci... C'était incroyable ! Comment un tel homme avait-il pu se lier avec la pègre ? Avec Simon Zamourian ? Et la raison qu'il apercevait était-elle bien la seule ? N'y en avait-il pas une autre ? Une autre, pouvant expliquer que la figure du détenteur de l'un des groupes industriels les plus puissants d'Europe — dont le fleuron était constitué par le troisième laboratoire pharmaceutique du monde —

apparût soudain au milieu du déchaînement de violence et de mort qui avait bouleversé sa vie ?

Le lac Léman...

Fracci. Connaissait-il l'ennemi ? Etait-il l'ennemi ?

Le lac Léman !

Là-bas, il trouverait les réponses.

8

Un vent glacial agitait en tous sens les flocons de neige dans la lueur des lampadaires au pied de la tour Montparnasse ; comme dans les boules magiques des enfants.

La neige avait d'abord fait une timide apparition dans la matinée de ce mercredi, puis s'était arrêtée. Elle venait de se remettre à tomber, en fin d'après-midi, avec intensité cette fois.

Un taxi s'arrêta au pied de la tour. Une portière s'ouvrit, un parapluie se déploya, dissimulant à demi un homme qui se précipita vers l'entrée de la tour en évitant soigneusement de piétiner les flaques de neige fondue.

Dans le hall d'entrée, il replia son parapluie, considéra avec dépit l'état de ses souliers et remit de l'ordre dans sa chevelure blanche et léonine.

Il ne se dirigea pas vers les ascenseurs. Il s'engouffra dans le passage qui conduisait vers le centre commercial. Se mêlant à la foule, il traversa le premier étage d'un grand magasin et se retrouva au pied des ascenseurs du Centre international du textile. Il monta jusqu'au dixième étage, changea d'ascenseur, descendit au huitième ; puis il emprunta l'escalier de secours jusqu'au sixième étage.

Aucune précaution n'était excessive.

L'homme aux cheveux blancs parcourut un couloir, puis un autre, croisant sur son passage des hommes et des femmes qui ne lui prêtèrent aucune attention particulière. Un homme d'affaires comme des centaines d'autres dans ces locaux.

Il s'arrêta devant une porte sur laquelle une plaque indiquait : Lloyd's Limited. Il l'ouvrit avec une clef et pénétra dans un petit bureau froid et anonyme : une table, deux fauteuils et un meuble-bibliothèque supportant des annuaires de toutes sortes en constituaient l'unique mobilier ; il y avait aussi un téléphone débranché et, placé sur la table, un terminal de vidéotex.

L'homme aux cheveux blancs regarda sa montre. 5 h 20. Il était dans les temps. Dans moins de dix minutes, maintenant, il entrerait en relation avec Le Centre.

Avec une nouvelle clef, il ouvrit la porte d'un placard de la bibliothèque et en sortit une petite carte plastifiée de couleur grise : une carte à mémoire. Sans cette carte, le terminal était inutilisable. Et seul l'homme aux cheveux blancs pouvait se servir de cette carte : elle ne connaissait que lui et n'accepterait de travailler que pour lui. C'est pourquoi il était inutile de la dissimuler ailleurs. Mais ce n'était pas la seule raison ; un autre homme devait pouvoir la trouver facilement : le « remplaçant », dont l'homme aux cheveux blancs ignorait tout, mais que la carte, elle, reconnaîtrait infailliblement et servirait à son tour.

L'homme referma la porte du bureau à clef, se débarrassa de son manteau et s'approcha de la fenêtre. Il jeta un coup d'œil à la neige qui tourbillonnait au-dehors et baissa le store ; un store spécial, en tissu, avec un treillis de cuivre à l'intérieur. Un treillis de cuivre identique était disposé sous la moquette et derrière le tissu qui recouvrait les murs et le plafond. Un tel dispositif était destiné à empêcher le rayonnement du système de communication à l'extérieur et à le maintenir ainsi à l'abri d'une éventuelle écoute électronique.

Aucune précaution n'était excessive...

L'homme aux cheveux blancs brancha le terminal à la prise du téléphone, connecta à l'appareil un petit capteur auquel était relié une sorte de stylo, et introduisit la carte à mémoire dans une fente située à gauche du clavier.

Un gazouillis électronique retentit et des mots se déroulèrent sur l'écran.

IDENTIFICATION PHASE I : VOTRE CODE ?

L'homme tapa sur le clavier un nombre de cinq chiffres qu'il connaissait par cœur.

CORRECT.
PHASE II : VOTRE SIGNATURE ?

L'homme s'empara du stylo et effectua sa signature sur l'écran du capteur — ce n'était pas la trace mais le mouvement qui serait analysé.

CORRECT.

L'homme indiqua ensuite qu'il souhaitait le service « messagerie » et précisa l'indicatif de son correspondant. Une question s'inscrivit sur l'écran :

CONVERSATION CHIFFRÉE : OUI/NON ?

« Oui », répondit l'homme.

CLEF PUBLIQUE DE VOTRE CORRESPONDANT : ...

... Suivit une série de cent cinquante chiffres ; puis une autre, d'une trentaine environ. L'homme appuya sur une touche pour intégrer la clef de chiffrement : sa carte à mémoire l'utiliserait pour coder tout ce qu'il transmettrait au Centre. Celui-ci traduirait en clair avec sa clef de déchiffrement qu'il était seul à connaître.

Un point rouge clignota en haut à droite de l'écran :

son correspondant effectuait la même opération à l'autre bout. L'homme aux cheveux blancs ne l'avait jamais vu : aucun contact initial n'avait été nécessaire pour échanger leurs codes respectifs !

C'était l'un des avantages les plus remarquables du système de chiffrement à clefs publiques : depuis la nuit des temps, l'utilisation d'un code secret nécessitait l'échange préalable entre deux correspondants d'une seule et même clef servant à chiffrer et à déchiffrer un message. Avec ce nouveau système, chaque utilisateur avait deux clefs : l'une pour coder, l'autre pour décoder. Il rendait publique la première – dans une sorte d'annuaire – pour préciser comment on devait lui *parler*. Il tenait secrète la seconde, celle qui lui permettait de traduire en clair le message qu'on lui adressait. Il y avait bien sûr un lien mathématique entre les deux clefs. Mais un lien à sens unique : il était pratiquement irréalisable, connaissant la clef publique de chiffrement, de calculer la clef secrète de déchiffrement. Plusieurs procédés de chiffrement à clefs publiques existaient. Celui imposé par Le Centre était le plus sûr : le système R.S.A. Il était fondé sur la décomposition des nombres en facteurs premiers.

L'homme aux cheveux blancs ne connaissait pas grand-chose au système R.S.A. Il savait seulement que pour « casser » le code, il faudrait déduire les deux nombres premiers dont le produit constituait le nombre de cent cinquante chiffres qui venait de s'afficher sur l'écran du terminal : l'ordinateur le plus puissant mettrait plusieurs millions d'années à y parvenir !

L'homme n'avait aucune inquiétude sur ce point : jusqu'à ce qu'un petit génie trouve la faille – et ce n'était pas pour demain –, ce code type R.S.A. était inviolable. Sa conversation avec Le Centre resterait secrète.

Ce n'était pas cela qui l'inquiétait – car il était

inquiet, angoissé même. C'était le reste, l'essentiel en fait :

Quelque chose s'était produit !... Quelque chose qui n'aurait jamais dû se produire mais qui, en dépit de toutes les sécurités mises en place, s'était tout de même produit ! Quelque chose — et c'était le pire de tout ! — qu'il ne parvenait pas à expliquer. A terme, cela pouvait signifier la perte de contrôle de l'opération. *Le danger majeur.* On pouvait régler une trahison ou une infiltration. On ne pouvait rien faire face à des points d'interrogation. Sauf trouver les réponses. Et vite !...

Le gazouillis électronique retentit de nouveau :

AUTHENTIFICATION.........110.

L'homme appuya sur une touche : le nombre 110 — un nombre aléatoire choisi par son correspondant — alla s'insérer dans une fonction mathématique conservée au secret dans le cerveau de sa carte à mémoire, ainsi que dans celui de la carte de son correspondant. Les résultats obtenus devaient être rigoureusement identiques.

CORRECT...

L'homme aux cheveux blancs choisit à son tour un nombre aléatoire. Quelques secondes plus tard, il put comparer le résultat affiché sur l'écran par sa propre carte avec celui transmis par la carte de son correspondant : c'était le même. Il appuya sur une touche : quelque part — il ne savait où — le mot « correct » s'afficha sur un terminal.

Une faible note musicale résonna et un point vert clignota en haut à droite de l'écran : Le Centre lui laissait la parole. L'homme se crispa, puis se mit à pianoter sur son clavier :

— Raisons det. S-H.R. au courant exécution toujours inconnues... Point positif : S-H.R. sous contrôle... Dispositions prises pour silence en attente exécution...

Aucun débordement à craindre... Je répète : aucun débordement à craindre...

L'homme appuya sur une touche et attendit la réponse, avec anxiété. Elle tarda à venir :

— S-H.R. reste un problème... Vous ne répondez pas aux bonnes questions... Urgent déterminer niveau fuites... (Plusieurs secondes s'écoulèrent...) Lucas est-il lié à tout cela ?

— Peu probable...

— Qu'en savez-vous ?... (Un nouveau temps mort...) Qui TRAITE Lucas ?

L'homme aux cheveux blancs étouffa un juron. Il pianota sa réponse avec nervosité :

— Personne ne TRAITE Lucas... Lucas est un INNO-CENT...

Le Centre ne parut pas tenir compte de sa réponse. Des mots s'inscrivirent sur l'écran du terminal dans un gazouillis électronique précipité :

— Action Zamourian sur Lucas inadaptée... Y remédier... Rappel : ONZE ne doit pas émerger... trop tôt... Terme fixé par COMA... COMA est directeur... ONZE est pour COMA... TERMINÉ... LE CENTRE.

Les eaux du lac disparaissaient à environ une centaine de mètres du rivage sous un épais brouillard.

Le jeune homme au caban coupa le moteur du hors-bord, qui se mit à dériver parallèlement à la rive.

— Je suis désolé, monsieur Laurence, je ne peux pas faire mieux avec cette purée de pois...

Lucas eut un sourire compréhensif à l'adresse du jeune homme.

— Ce n'est pas grave, dit-il. Ça m'a donné une idée du décor. Je crois que nous pourrons faire de belles images.

— J'espère qu'il fera meilleur pour votre tournage !

— Je l'espère aussi.

Le hors-bord vint mourir doucement contre un

ponton. David aperçut les deux gardes armés de fusils de chasse qui se tenaient près d'une petite cabane en bois blanc : ils n'avaient pas bougé depuis tout à l'heure. Si les choses tournaient mal, il ne fallait pas compter fuir par le lac. Il faudrait trouver autre chose. Mais *quoi* ?

Une sonnerie de téléphone retentit quelque part tandis que Lucas prenait pied sur le ponton. Un garde se précipita à l'intérieur de la cabane en bois blanc et en ressortit presque aussitôt.

— Monsieur Laurence ?

— Oui.

— Le *signore* Fracci vous attend.

David prit congé du jeune homme au caban et entreprit la traversée de l'immense pelouse qui remontait en pente douce vers une imposante bâtisse blanche à colonnade.

« Avant tout, récupérer le Colt », se dit-il.

Il avait craint d'être fouillé à son arrivée ; il avait dissimulé son arme au fond d'un sac de cuir qu'il avait dû abandonner dans le hall d'entrée pour visiter le chenil et la propriété. Une précaution inutile. Pire ! Une erreur grossière : quelle raison aurait-on pu avoir de se méfier d'un réalisateur de télévision dont la visite avait été préparée par plusieurs coups de téléphone et confirmée par un télex en provenance de la seconde chaîne de télévision ? Aucune ! Il aurait dû le savoir !

Lucas leva les yeux en direction de l'élégante demeure de style colonial. La « numéro trois », se força-t-il à penser pour tromper son angoisse.

Roberto Fracci possédait deux autres maisons identiques, strictement identiques. La « numéro un » était située de l'autre côté du lac, en Suisse, à proximité de Vevey ; la « numéro deux » en Sardaigne dont il était originaire ; et celle-là, la « numéro trois », à dix kilomètres à l'est d'Evian. Leur similitude ne se limitait pas à l'aspect extérieur : tout — la décoration, le

234

mobilier, les objets d'art et les tableaux de maîtres — y était semblable, les originaux se trouvant à Vevey.

La documentation que David avait consultée au sujet du milliardaire italien lui avait appris que ce dernier habitait l'une ou l'autre de ses trois demeures au gré de ses humeurs ou de ses affaires. Il passait de l'une à l'autre sans le moindre bagage, possédant tout ce qui lui était nécessaire en triple exemplaire : depuis sa brosse à dents jusqu'à sa Rolls-Royce « Silver Wraith II » bordeaux, en passant par sa garde-robe, ses livres et ses domestiques. Un yacht le transportait de la « numéro un » à la « numéro trois » ; un jet faisait la navette entre Lausanne et Evian au cas où il émettrait le désir de s'envoler pour la Sardaigne.

Roberto Fracci était un homme d'habitudes et ce trait de son caractère s'était accusé avec l'âge — il avait soixante-quatre ans —, confinant à l'obsession. Le seul changement dans sa vie — le seul qu'il s'accordait et qu'il assurait goûter, d'autant plus que tout le reste autour de lui demeurait immuable — résidait dans la vue différente qu'il découvrait depuis les fenêtres de ses trois mêmes demeures. L'uniformité de son existence ne lui pesait nullement : ce qu'il aimait ou admirait, avait-il déclaré dans une interview dont David avait pris connaissance, il voulait l'avoir toujours sous les yeux ou à portée de main ; et l'uniformité même de sa vie lui faisait gagner un temps précieux qu'il pouvait consacrer à l'essentiel : sa famille, ses plaisirs et ses affaires.

Même maintenant, Lucas ne pouvait s'empêcher de penser que tout cela était plutôt sympathique. Singulier, certes, mais sympathique. Il chassa cette pensée de son esprit : il ne devait éprouver aucun sentiment à l'égard de cet homme.

Il aperçut sur le perron le secrétaire qui l'avait accueilli à son arrivée, deux heures auparavant. Les deux hommes pénétrèrent ensemble dans le vaste hall d'entrée.

Lucas eut un moment de panique : son sac de cuir avait disparu !

— J'aurais besoin de mon sac, dit-il en s'efforçant de dissimuler son trouble. Toutes mes affaires sont dedans, mes instruments de travail, vous comprenez...

— Ah... fit le secrétaire visiblement contrarié par ce contretemps.

— Je l'avais laissé ici. (David désigna une bergère.)

— Un domestique l'aura emporté. Attendez-moi ici, je reviens tout de suite. (Le secrétaire disparut d'un pas pressé.)

David fit quelques pas dans le hall en essayant de maîtriser sa respiration. Une immense tapisserie représentant la place Saint-Marc de Venise recouvrait l'un des murs ; l'autre était décoré de petites étagères supportant des émaux anciens et des poteries en majolique. Le sol était constitué d'un damier de larges dalles de marbre rose et de verre transparent ; à travers ces dernières, on découvrait une piscine intérieure agrémentée d'un îlot central abritant des bananiers et des ficus.

— Voilà, ça y est ! lança le secrétaire en revenant tout essoufflé. (Il tendit le sac à Lucas.) Ces gens sont impossibles, ajouta-t-il avec un geste d'agacement. Dépêchons-nous, il vous attend...

Comme tous les hommes d'une envergure comparable, Roberto Fracci n'était pas facile à approcher. Deux événements l'avaient, en outre, rendu pratiquement inaccessible : le scandale de la loge P 2, à propos duquel son nom avait été cité par plusieurs journaux italiens, sans pourtant qu'aucune preuve fût apportée de son appartenance à la loge subversive *Propaganda due* de Licio Gelli. Et une tentative d'enlèvement de sa fille unique, Fiona, par un groupe de terroristes se présentant comme les héritiers des « Brigades rouges ».

— Tu n'y arriveras jamais ! lui avait dit Olivia. Ses maisons sont de véritables camps retranchés, il y a

236

des gardes partout ! En plus, on ne sait jamais dans laquelle il se trouve !

— Je sais, avait-il répondu. Mais je crois avoir trouvé le moyen de l'approcher. En douceur...

— Lequel ?

— Les chiens... les mâtins de Naples pour être précis. Il s'est pris de passion pour cette race. Il s'est mis en tête de la préserver de l'extinction qui la menace, selon lui. Il a monté un élevage dans sa propriété d'Evian. La photo de presse la plus récente, je l'ai trouvée dans *People* : il pose avec deux chiots dans les bras. Il n'a accordé qu'une seule interview depuis deux ans. A un hebdo suisse. Sujet abordé : le mâtin de Naples.

— Et qu'est-ce que tu comptes faire exactement ?

— Monter un tournage bidon. Avec Dennis, ça devrait marcher.

Dennis Denoth était un réalisateur américain, installé à Paris, qui dirigeait une petite société de production TV privée. Il réalisait, outre des clips vidéo de variétés, des petits films divers, animaliers ou autres, qu'il revendait à la seconde chaîne de télévision et à un réseau câblé américain. Denoth avait accepté d'aider Lucas sans hésiter — ils étaient amis de longue date. Il avait même trouvé l'idée excellente et s'était promis d'essayer de la réaliser une fois que David en aurait terminé avec Fracci. L'Américain s'était occupé de tout. Ses contacts dans le monde animalier avaient fait merveille : moins d'une semaine plus tard, un collaborateur de Roberto Fracci avait confirmé que ce dernier se ferait un plaisir de recevoir le réalisateur David Laurence pour la préparation d'un film sur le mâtin de Naples.

La documentation de presse que Lucas avait consultée ne lui avait pas seulement fourni le moyen d'approcher Fracci ; elle lui avait aussi permis de préciser ses connaissances sur le drame qui avait endeuillé la vieillesse de l'Italien : la mort de son petit-fils, Fabrizio, à peine âgé de vingt ans. Fracci l'adorait. L'enfant avait tout juste huit ans lorsque, son père ayant trouvé la mort dans un accident de voiture, il l'avait pris avec lui. Il l'avait élevé et aimé comme le fils qu'il n'avait jamais eu. Il avait beaucoup souffert quand le jeune homme avait décidé d'aller vivre sa vie, en l'accusant d'avoir provoqué la mort de son père pour mieux jeter son dévolu sur lui ; mais il ne lui en avait pas voulu. Il avait espéré qu'avec le temps son petit-fils reviendrait à de meilleurs sentiments. Il s'était contenté de le protéger de loin, intervenant discrètement quand cela était nécessaire pour le tirer des mauvais draps dans lesquels le jeune homme se mettait comme à plaisir — des histoires de drogue la plupart du temps.

Cette protection n'avait toutefois pas permis à Fabrizio d'éviter un seul des vingt-quatre coups de couteau de son meurtrier. Son cadavre avait été retrouvé — deux ans plus tôt — sur une plage de la Côte d'Azur, nu et ligoté. L'autopsie avait révélé que le jeune homme avait été violé.

Son meurtrier avait été arrêté quarante-huit heures plus tard, dans un bar de Cannes, en possession de quarante grammes d'héroïne et d'une montre ayant appartenu au jeune Fabrizio. C'était un délinquant sexuel récidiviste, condamné et emprisonné une première fois pour l'agression d'un homosexuel et, une seconde fois, pour le viol d'un garçonnet de dix ans. Présentant des gages sérieux de réinsertion et affichant la volonté de se soumettre à un traitement psychiatrique impossible à assurer en milieu carcéral, il avait bénéficié d'une libération conditionnelle après neuf ans de détention. C'est alors qu'il avait tué Fabrizio.

Ce meurtrier avait un nom : il s'appelait Saïd-Halim Rashid.

Le secrétaire s'effaça. David pénétra dans une

pièce aussi vaste qu'un demi-court de tennis et dont les murs étaient recouverts de livres. Tout au fond, devant une large fenêtre décorée de vitraux, un homme se leva, contourna un bureau massif et s'avança dans sa direction.

Lucas sentit les battements de son cœur s'accélérer.

— Bonjour, monsieur Laurence ! J'étais impatient de vous rencontrer.

Roberto Fracci n'avait rien de particulier — rien qui indiquât que l'on se trouvait en présence d'un des personnages les plus riches et les plus puissants d'Europe. C'était un homme de taille moyenne, plutôt maigre, aux cheveux gris clairsemés. Il portait des vêtements élégants mais sobres. Rien d'impitoyable dans son regard ; rien d'ostentatoire dans son apparence. Un homme comme les autres. Une chose en lui, cependant, vous frappait immanquablement : son aisance ; elle affectait chacun de ses gestes, de ses paroles, de ses regards. Une aisance souveraine.

— Merci de me recevoir, parvint à articuler David.

Fracci le fixa d'un regard pénétrant et eut un petit sourire pincé. Il se tourna vers le secrétaire.

— Vous pouvez nous laisser, Marco.

— Vous êtes sûr, monsieur, que...

— Ne vous éloignez pas cependant... au cas où monsieur Laurence et moi aurions besoin de vos services.

— Bien, monsieur...

Le secrétaire s'éclipsa tandis que Roberto Fracci regagnait son bureau.

— Pardonnez-moi de ne pas m'asseoir avec vous, lança-t-il à l'adresse de Lucas, mais ce fauteuil est le seul que mes vieux reins semblent supporter. (Il s'assit, disparaissant à demi derrière le meuble massif lui servant de bureau.) Vous n'avez pas froid, j'espère ?

— Je vous demande pardon ?...

David prit soudain conscience que la température

qui régnait dans la pièce était effectivement plutôt fraîche. Il s'était déjà fait cette remarque en patientant dans le hall d'entrée.

Fracci eut un étrange sourire.

— Il y a dans cette maison un certain nombre de meubles et d'objets auxquels je tiens beaucoup. Ils ne résisteraient pas à la chaleur. Seize degrés me paraissent bien suffisants. Ce n'est pas votre avis ?

— Je suppose, en effet...

David était en proie à un malaise grandissant : Fracci lui semblait se comporter de façon étrange. En outre, il avait remarqué l'effroi dans les yeux du secrétaire, lorsque l'Italien lui avait demandé de s'en aller. Pourquoi de l'effroi ? Et pourquoi Fracci lui avait-il ordonné de ne pas s'éloigner ? Quelque chose ne tournait pas rond !... Une crampe subite lui tordit l'estomac : il revit le moment où le secrétaire lui avait rapporté son sac... Le Colt !

— Alors, monsieur Laurence, que pensez-vous de mes chiens ?

— Splendides, monsieur, répondit David en extrayant de son sac un carnet de notes — il fut soulagé : le Colt était bien là, à sa place !

— N'est-ce pas... murmura Fracci en plissant les yeux.

— Beaucoup plus d'allure que ceux de la comtesse Sansivirina.

Fracci laissa échapper une exclamation de surprise.

— Vous la connaissez ?

— Pas exactement. Je... J'ai eu l'occasion d'apercevoir ses animaux lors d'une exposition...

— Ah...

C'était ridicule ! Il allait lui demander de quelle exposition il s'agissait !... Et il serait découvert ! Il ne fallait pas. Il devait conserver l'avantage de la surprise. C'était sa seule chance !

— Cela devait être à Londres... dit pensivement

Fracci en observant Lucas. Non. Pas à Londres... A Genève plutôt !

David eut l'impression que la tension qui était en lui allait le faire exploser. C'était insupportable ! Il fallait que cela cesse... tout de suite !... Oui, mais pas n'importe comment. Il devait rester lucide. Fracci avait dit au secrétaire de ne pas s'éloigner. Comment pouvait-il le rappeler ? Sûrement pas en l'appelant... Une sonnette ! Il devait en avoir une derrière son bureau !... Ses mains ! Il fallait l'amener à poser ses mains sur le bureau !

Il remarqua le cendrier qui se trouvait à gauche sur le bureau, près de l'Italien. Il sut ce qu'il devait faire.

— C'était peut-être bien Genève, en effet. Je vous avoue que je ne m'en souviens pas très bien. Puis-je fumer ? (Il exhiba son paquet de cigarettes.)

— Je vous en prie, fit Fracci en saisissant le cendrier de la main droite et en s'appuyant de la main gauche sur le bureau pour le faire glisser devant Lucas.

En un éclair, David plongea sa main dans le sac de cuir posé sur le sol et braqua le Colt 45 en direction de l'Italien.

— Un cri, un geste et vous êtes mort !

Un instant, Fracci le dévisagea avec des yeux ronds. Puis il parla d'une voix basse mais ferme :

— Puis-je au moins me rasseoir ? Je ne pourrai pas rester comme ça.

— Une seconde !

Lucas fit le tour du bureau : il y avait bien une sonnette, fixée sur le côté du meuble. Il vérifia qu'il n'y en avait pas une autre que l'on aurait pu actionner du pied. Rassuré sur ce point, il s'écarta et alla se placer de l'autre côté du bureau, le dos au mur. Ainsi, il avait dans son champ de vision l'Italien et la porte.

— Vous pouvez vous asseoir. Mais laissez vos mains bien à plat sur le bureau.

Fracci s'exécuta docilement. « Trop docilement », pensa Lucas avec inquiétude. Non, ce n'était pas cela. Qu'est-ce que c'était bon sang ? La peur ? Non ! Fracci n'avait pas peur. Il n'y avait que de la haine et du mépris dans ses yeux. Pas la moindre trace de peur !

— Vous vous rendez compte que vous ne sortirez pas vivant d'ici ?

— C'est mon problème. Et ce sera le vôtre aussi.

— Vous n'obtiendrez rien de moi. Vous m'entendez ? Rien ! Mes gens ont reçu des ordres très précis au cas où une situation de ce genre se présenterait. Personne ne vous cédera. Personne !

— Peut-être...

— N'y comptez pas !

— *Vous*, vous céderez, Fracci... dit froidement David.

L'Italien parut hésiter. Il dévisagea Lucas.

— Vous êtes fou si vous croyez cela !...

David le fixa avec intensité. Il savait ce qu'il devait lui dire. Il le dit et se sentit aussitôt pris d'un dégoût profond et irrésistible.

— Votre fille est au premier étage, dans la dernière pièce sur la gauche...

— *Stronzo !*

— ... Je l'atteindrai avant qu'aucun de vos hommes n'ait eu le temps de réagir.

Il y eut un silence.

Lucas observa la réaction de l'Italien et ce qu'il vit lui glaça le sang : un sourire haineux.

Fracci souriait !

— Vous ne ferez rien de tout cela, monsieur... Lucas, c'est bien cela ?

David eut l'impression qu'un coup de tonnerre éclatait dans son crâne : son nom ! L'Italien connaissait son nom ! Il s'aperçut avec un temps de retard que la main droite de Roberto Fracci avait quitté la surface du bureau.

242

— Arrêtez ! cria-t-il en pointant devant lui le Colt 45 dans ses deux mains crispées.

L'Italien le fixa d'un air grave. Mais il n'obéit pas. Comme dans un cauchemar, David vit apparaître un revolver argenté dont le canon, gros et court, se braqua vers lui.

— Celui-ci est chargé, monsieur Lucas, dit Fracci d'une voix blanche, tout en déposant devant lui un petit objet d'un bleu luisant.

L'air manqua soudain à David, comme si un éléphant s'était agenouillé sur sa poitrine. Le petit objet d'un bleu luisant, il l'avait reconnu : c'était une cartouche Glaser !

Lucas était assis au milieu d'un profond canapé de cuir. Il fixait d'un regard vide le Colt 45 qui traînait sur le sol, là où il l'avait laissé choir, quelques instants auparavant, sur l'ordre de Fracci.

— Je veux savoir qui vous êtes... Et pourquoi vous êtes là.

Roberto Fracci était assis en face de lui dans un fauteuil dont le confort semblait parfaitement convenir à ses « vieux reins ». Il tenait son revolver d'une main ferme. Une table basse en marqueterie séparait les deux hommes.

— Monsieur Lucas ?... Je vous ai posé une question.

David releva la tête.

— Cessez cette comédie, Fracci.

— Quelle comédie ?...

— Vous savez très bien qui je suis... et pourquoi je suis là.

— Comment ?...

— Vous connaissez mon nom. Vous saviez parfaitement que j'allais venir ! Vous m'attendiez... (Lucas eut un petit soupir résigné.) Et vous m'avez eu...

L'Italien resta silencieux. Il semblait décontenancé. Une lueur d'extrême curiosité brillait dans ses yeux.

— Ainsi Lucas est vraiment votre nom ?...

— Ne soyez pas ridicule !

— J'essaie seulement de comprendre, monsieur Lucas.

— Vous essayez de comprendre !... ironisa David.

— Jusqu'à il y a une heure encore, je m'apprêtais à recevoir un réalisateur de télévision du nom de David Laurence...

— Vous mentez ! Comment auriez-vous su mon nom ?

— C'est Marco qui vous a percé à jour. Vous l'avez sous-estimé. Il a téléphoné hier à Paris, à la seconde chaîne de télévision. Il a, selon ses propres termes, senti une sorte de flottement concernant cette histoire. Il s'est méfié. (L'Italien marqua une pause.) Le reste a été facile. Votre voiture a été fouillée. On a trouvé la carte grise, au nom d'un certain David Lucas... Et plus tard le pistolet dans votre sac.

— Je ne vous crois pas ! Pourquoi ne m'a-t-on pas fouillé ? J'aurais très bien pu avoir une autre arme !

— Vous avez été fouillé, monsieur Lucas, dit Fracci imperturbable. Il y a un portique de détection dissimulé dans l'entrée de cette maison.

— Pourquoi ne pas avoir fait appel à la police dans ces conditions ? Pourquoi avez-vous monté toute cette mise en scène ?

Roberto Fracci eut un moment d'hésitation. Puis il dit :

— La police... Pour qu'elle vous relâche aussitôt après. Non-non, monsieur Lucas, ce temps-là est fini !... J'avais besoin d'une preuve, d'un flagrant délit. Notre entrevue a été enregistrée depuis le début. La place de ces ordures de *brigadisti* est en prison !

— *Brigadisti !* s'écria David stupéfait.

— C'est ce que nous pensions que vous étiez, en effet. Ou du moins un « couteau » prêté par un autre mouvement terroriste.

— Et vous ne le pensez plus ?

— Vous ne correspondez pas à ce que nous attendions.

— Quoi ? fit David qui ne comprenait plus rien.

— Une de ces ordures a été arrêtée, il y a quinze jours, à Turin. En possession de deux lance-roquettes soviétiques RPG 7. Ces armes étaient destinées à un commando qui devait venger les deux *brigadisti* que mes hommes ont tués lors de la tentative d'enlèvement de ma fille. D'après les renseignements de l'UCIGOS, le commando devait attaquer par le lac...

— Pourquoi me racontez-vous tout cela ?

L'Italien ne répondit pas. Il se contenta d'observer Lucas, l'air songeur.

— Pourquoi n'avez-vous pas tiré tout à l'heure ? demanda-t-il.

— Mon arme était vide...

— Non, *avant*. Vous ne pouviez pas le savoir... Vous n'avez pas pressé la détente. Vous n'êtes pas un tueur. Qui êtes-vous, monsieur Lucas ? Qu'êtes-vous venu faire ici ? Que voulez-vous de moi ?... Qui vous envoie ?

David comprit soudain qu'il s'était trompé sur toute la ligne. Roberto Fracci était sincère : il ignorait pourquoi il était là. Et s'il l'ignorait, cela signifiait qu'il n'avait pas de rapport avec les tueurs qui étaient à ses trousses, qu'il n'était pas à l'origine de la mort de son enfant ! Roberto Fracci n'avait rien à voir dans tout cela ! Rien !

Sa haine et sa peur lui avaient dissimulé l'évidence. Il s'était laissé emporter au-delà de toute raison. Il n'avait même pas essayé de réfléchir. Non ! C'était encore pire que cela : il avait refusé de prendre en compte cette possibilité. Il ne l'avait pas voulu. La seule chose qu'il avait désirée — oh si ardemment désirée — c'était d'enfourcher sa haine et de se perdre avec elle dans une nuit furieuse. Engager l'action !...

Il s'était fourvoyé : Fracci n'était pas *l'ennemi* ! Mais quelque chose clochait : Fracci savait mainte-

nant qu'il ne faisait pas partie des « Brigades rouges »... Alors pourquoi ne se décidait-il pas à appeler la
police ?

Et soudain David comprit.

— Je vais vous dire la raison pour laquelle je suis
ici, dit-il. Mais avant cela, je voudrais m'assurer d'une
chose...

— Laquelle ? demanda l'Italien en plissant les yeux.

— Vous avez dit que notre conversation était enregistrée... L'appareil est dans cette pièce ? Ou est-ce
que quelqu'un le manipule d'un autre endroit dans
cette maison ?

— Qu'est-ce que...

— Ce que je veux savoir c'est si quelqu'un peut
entendre ce que nous disons, en ce moment même ?
(David vit l'Italien hésiter.) Je ne vous demande pas
l'endroit exact où se trouve l'appareil, je m'en fous !
Je veux simplement savoir si quelqu'un d'autre
écoute notre conversation !

Il y eut un bref silence.

— Marco... et le responsable de la sécurité, finit par
avouer Fracci. Ils sont dans un petit cabinet contigu
à cette pièce. Il n'y a que des micros ici.

— Arrêtez tout.

— De quoi avez-vous peur, monsieur Lucas ? demanda Fracci après une hésitation.

— De beaucoup de choses... Ecoutez, je vous donne
ma parole d'honneur que je ne bougerai pas. Je me
suis trompé sur votre compte. Vous n'êtes pas
l'homme que je cherchais — que je croyais que vous
étiez. Vous n'avez rien à craindre de moi.

— Pourquoi devrais-je vous faire confiance, selon
vous ?

— Pourquoi n'appelez-vous pas la police ? rétorqua
David.

Le regard de l'Italien vacilla mais il se reprit aussitôt. Lucas ne lui laissa pas le temps de répondre.

— Pour moi aussi, l'horreur est à Saint-Louis.

246

Roberto Fracci eut une exclamation de surprise. Il considéra Lucas avec stupeur. Ses paroles s'étranglèrent dans sa gorge :

— Qui êtes-vous ? *Qui êtes-vous ?*

— Et vous avez cru que j'étais à l'origine de tout... cela ?

— Je me suis trompé.

L'horreur que Lucas lisait dans les yeux de Roberto Fracci n'était pas feinte. L'Italien était réellement horrifié par le récit qu'il venait d'entendre. David ne lui avait rien caché, à l'exception de quelques faits ou détails qu'il avait estimé inutile de mentionner. Il avait raconté à l'Italien tout ce que celui-ci pouvait — devait — entendre pour être convaincu de sa bonne foi. Il avait remarqué l'émotion qui avait étreint le vieil homme lorsqu'il lui avait parlé de la mort de Michaël ; son regard, alors, comme si soudainement une blessure s'était rouverte en lui.

— C'est insensé, soupira Fracci en secouant la tête, les yeux dans le vide.

L'Italien avait déposé son revolver sur son bureau. Il se tenait debout devant la fenêtre décorée de vitraux. Il tournait le dos à David.

— Insensé... répéta-t-il comme pour lui-même.

— Je ne connaissais de vous que ce que j'en avais lu dans les journaux, dit David comme s'il s'excusait. Les conneries habituelles qui se disent et se répètent depuis la nuit des temps à propos de personnages tels que vous. Ce n'est pas toujours faux d'ailleurs. (David marqua une pause.) D'un certain point de vue, c'était assez vraisemblable même : un milliardaire tout-puissant veut se venger de l'homme qui a tué son petit-fils... en secret... L'affaire risque d'être rendue publique... Le scandale n'est pas tolérable... Tous ceux qui y sont mêlés de près ou de loin doivent disparaître... etc.

— C'est ce que vous vous êtes dit ? demanda Fracci

d'une voix lasse. Vous ne vous êtes pas rendu compte que plusieurs points de votre histoire ne se recoupaient pas avec cette version ? ajouta-t-il aussitôt.

— Je les ai... ignorés, répondit David. Je n'ai vu, je n'ai voulu voir qu'une chose, vous. Votre nom apparaissait soudain. Ça m'a suffi. Vous étiez dans le coup... (David parut réfléchir.) D'une certaine façon vous l'êtes, d'ailleurs...

— Je ne suis pas un assassin, monsieur Lucas.

— Ce n'est pas ce que je veux dire.

— Je n'ai jamais lancé de contrats, comme vous dites, sur qui que ce soit !

— Même pas sur Saïd-Halim Rashid ?... (L'Italien se tourna brusquement vers David et le regarda, sans répondre.) Monsieur Fracci... Je ne vous juge pas. Je condamne encore moins ce que vous avez pu faire. Dans votre situation, j'aurais probablement agi comme vous l'avez fait... Et vous savez, maintenant, que ce ne sont pas des paroles en l'air... Vous n'avez rien à redouter de moi. Je ne dirai rien de ce que j'ai appris. Vous me croyez, n'est-ce pas ? (Fracci hésita puis acquiesça doucement de la tête.) J'ai besoin de votre aide. J'ai besoin de savoir ce que vous avez fait et comment vous l'avez fait. Vous comprenez ?

Roberto Fracci soupira. Il tourna le dos à Lucas une nouvelle fois et sembla s'absorber dans la contemplation des vitraux de la fenêtre.

— Comment avez-vous été mis au courant ? demanda-t-il presque à voix basse. Par qui ?

— Un détenu. Je ne peux pas vous dire qui... Je peux seulement vous dire que vous n'avez rien à craindre de lui non plus.

— Pouvez-vous me donner l'assurance que personne d'autre n'est au courant ? Que personne d'autre ne parlera ?

— Non.

Roberto Fracci hocha doucement la tête. Un silence s'écoula. Puis l'Italien vint s'asseoir en face de Lucas.

— Ça n'a aucune importance de toute façon, dit Fracci en se passant une main sur le visage. (Son regard erra un instant dans le vide, se fixa quelque part, puis se posa sur Lucas avec fermeté.) Je vous ai dit la vérité, monsieur Lucas.

— Comment ça ?

— Je n'ai pas lancé de contrat sur le meurtrier de mon petit-fils. Et j'ajoute que je ne connais pas ce personnage de la pègre dont vous avez parlé...

— Zamourian ?

— Oui. Je n'ai jamais eu affaire à lui.

— C'est faux ! C'est impossible ! s'écria David, craignant soudain de voir l'Italien lui refuser son concours.

— C'est la vérité, monsieur Lucas, répliqua Fracci imperturbable. Laissez-moi terminer... et vous comprendrez. (Il fixa David intensément.) Il y a quelques mois de cela, au début de l'été dernier, je crois, une femme est venue me voir. Elle disait qu'elle avait quelque chose à m'apprendre concernant Fabrizio. Je l'ai reçue. Elle m'a proposé la mort de Saïd-Halim Rashid contre de l'argent...

— C'est complètement dingue !

— Pas tant que ça. A l'époque de la mort de mon petit-fils, j'avais dit que je chercherais à me venger de l'assassin par tous les moyens, qu'au besoin je le tuerais de mes propres mains. J'étais fou de douleur. C'était dans tous les journaux.

— J'ai lu cela, en effet.

— Cette femme aussi, monsieur Lucas.

— Et vous avez accepté sa proposition, conclut David, troublé.

— Pas tout de suite, dit Fracci. Je ne l'ai pas crue... J'ai fait suivre cette femme. Je pensais que c'était du bluff. J'ai découvert qu'elle travaillait dans un bar, à Paris. Une prostituée. J'ai aussi appris qu'elle avait un ami — son souteneur en fait — et que celui-ci était emprisonné à Saint-Louis... Cela m'a suffi... (Fracci cessa de parler un bref instant ; les rides de son visage se déformèrent en se creusant.) Je n'ai jamais pardonné, monsieur Lucas, murmura-t-il. (Ses mâchoires se crispèrent.) Jamais !...

— Comment s'appelaient-ils ?

— ... Je vous demande pardon ?...

— Cette femme et cet homme — ce détenu de Saint-Louis —, comment s'appellent-ils ?

— Je ne sais plus, répondit Fracci comme s'il revenait à lui. Marco vous le dira si cela peut vous être utile...

Il y eut un silence.

Lucas observa l'Italien qui semblait à nouveau perdu dans ses pensées : il avait soudain l'air d'un vieillard — un vieillard animé par ses seuls souvenirs.

— Il y a une chose que je ne comprends pas, dit-il avec douceur.

— ... Oui ?

— Pourquoi avez-vous voulu le voir... *avant* ?

— Je ne sais pas... exactement, répondit Fracci. Ce que je sais c'est que ça n'avait rien à voir avec... des scrupules que j'aurais pu éprouver. Je n'en avais aucun. Du moins, je ne le crois pas. Ça m'a paru nécessaire, c'est tout. Une nécessité incontournable en quelque sorte. Il fallait que je le voie... (Il s'arrêta de parler, songeur.) Et ce que j'ai vu, en tout cas, m'a conforté dans ma décision, c'est tout ce que je peux en dire, ajouta-t-il d'une voix ferme.

— Et vous le lui avez dit ?...

— Oui.

— Pourquoi ?

— ... Pour Fabrizio.

David hocha la tête lentement. Puis il demanda :

— Comment êtes-vous parvenu à le rencontrer ?

— Ce serait trop long à vous expliquer...

— C'est important pour moi.

— Je ne le pense pas.

— Je vous en prie !

— ... Bien. (Fracci hésita.) Pour des raisons que je vous passe, j'ai appris que l'un des médecins de la prison effectuait des expérimentations pour le compte d'un des laboratoires que nous contrôlons en France. Rien de très méchant, mais, comme vous le savez sans doute, c'est interdit par la loi... Je n'ai pas eu beaucoup de mal à convaincre ce médecin de m'arranger une entrevue avec Rashid. Sa tâche a d'ailleurs été grandement facilitée par le fait que Rashid devait subir plusieurs examens médicaux à l'extérieur de la prison. Il s'est contenté de me faire savoir où et quand.

— Braunstein... dit David sous le coup d'une intuition subite.

— Comment le savez-vous ? murmura Fracci avec inquiétude.

Lucas lui expliqua les raisons qui l'avaient conduit à rencontrer le docteur Guy Braunstein et lui fit part des soupçons qu'il avait nourris à son sujet, à la suite de leur entretien.

— Il avait de quoi avoir peur, en effet, soupira David, comprenant du même coup qu'une autre des hypothèses qu'il avait échafaudées venait de s'effondrer.

— Ça a l'air de vous décevoir, remarqua Fracci.

— C'est sans importance.

L'Italien l'observa en fronçant les sourcils.

— Vous avez cru que tout pouvait venir de là, n'est-ce pas ?

— C'était une possibilité.

— Je peux vous assurer qu'il n'y avait rien dans tout cela de nature à justifier les... ennuis qui sont les vôtres. (L'Italien parla très vite, comme pour rectifier son propos.) Ni surtout le drame que vous avez vécu. (Il s'arrêta soudain de parler.)

Lucas releva la tête et croisa son regard. Ce regard... Pourquoi Fracci le regardait-il ainsi ? Comme s'il voulait lui dire quelque chose, mais qu'une force inconnue l'en empêchait.

— Qu'est-ce qu'il y a ?

— Il y a autre chose, monsieur Lucas...

— Autre chose ?... Quoi ?

— Je n'y avais pas prêté attention. Disons, pour être tout à fait sincère, que je n'avais pas voulu y prêter attention. Mais, maintenant, et à cause de vous, je ne peux plus me dérober devant la part de responsabilité qui m'incombe...

— Quelle responsabilité ? De quoi parlez-vous ?

— Un homme est mort, par ma faute. Et cet homme était innocent de tout crime.

— *Quoi ?*

L'Italien respira profondément. Puis il dit :

— Ce que je vais vous dire, personne ne le sait — personne ne doit jamais le savoir. En vous demandant de conserver le silence sur ce que je vais vous dire, je ne pense pas à moi, croyez-le. Je ne pense qu'à ma fille. Je ne veux pas ajouter à la peine qu'elle endure l'infamie d'un scandale. Elle... Elle ne le supporterait pas. Vous comprenez ?

— Je comprends.

L'Italien hocha la tête doucement. Il poursuivit :

— Si je vous en parle, c'est parce que je pense que cela peut vous aider... peut-être... Et aussi parce que d'une certaine manière, j'ai l'impression que... Oh et à quoi bon !... (Il soupira bruyamment.) Je devais verser cent mille francs — français — pour la mort de Rashid. A cette femme dont je vous ai parlé. La moitié avant et l'autre moitié après. (Il marqua un temps.) Je lui ai remis cinquante mille francs comme convenu... Et elle est revenue, en septembre, pour réclamer la seconde moitié de la somme fixée.

— Nom de Dieu !... murmura David.

— Elle m'a affirmé que Rashid était mort. Je lui ai dit que c'était impossible, que je venais de le voir. Sur le moment, j'ai cru qu'elle essayait de me rouler. Je l'ai mise dehors. Elle m'a téléphoné une semaine plus tard pour me dire qu'elle s'était trompée et qu'elle s'excusait. Elle avait fait une confusion... Je ne sais plus très bien ce qu'elle m'a raconté...

Il y eut un silence.

— Quand avez-vous compris qu'ils s'étaient trompés d'homme ? demanda David d'un ton froid.

— Presque aussitôt, répondit Fracci en pinçant les lèvres. Un de mes amis m'a fait parvenir un petit entrefilet tiré d'un journal français. Il relatait le suicide d'un certain Salim Rashid à la prison de Saint-Louis... (L'Italien pinça à nouveau les lèvres.) Mon ami aussi s'était mépris.

Lucas regagna Evian en fin de journée. A son hôtel, on l'informa qu'il avait reçu plusieurs appels téléphoniques. Tous d'Olivia. Il la rappela aussitôt.

— David... David !

— Tout va bien, Livia.

— Oh, David !... J'ai eu si peur !

— Tout va bien, je te dis.

Elle se tut un instant. Il n'y eut plus que le bruit de sa respiration et un fond sonore provenant de la télévision qu'elle avait laissée allumée.

— Tu l'as vu ?

— Oui.

Il la mit brièvement au courant de son entrevue avec Roberto Fracci. Elle en fut à la fois déçue et soulagée. Déçue, parce que — elle le lui avoua — elle aussi avait cru à la possibilité d'une affaire d'expérimentations médicales ; et d'autant plus lorsque le nom de Roberto Fracci était apparu — ce nom avait surgi comme un phare dans la nuit ; il l'avait hypnotisée. Et elle était soulagée aussi, soulagée surtout, parce qu'elle avait cru ne plus jamais le revoir. Elle avait souffert mille morts à l'idée de le perdre. Elle le lui dit et l'émotion qu'il perçut dans sa voix le bouleversa. Un instant, il fut tenté de céder à l'élan qu'il sentait naître en lui. Mais il se reprit.

Lui aussi n'avait qu'elle ! Mais il n'avait pas le droit. Pas maintenant... Pas encore !...

— Je n'y comprends plus rien, David.

— Moi non plus.

— S'ils ont tué Salim par erreur... Tout cela n'a aucun sens !

— Il y a un moyen de comprendre...

— La fille dont Fracci a parlé ?...

— Oui.

— Et si elle refuse de te parler...

— Elle parlera.

— David, elle ne sait peut-être rien du tout !

— Si.

— Qu'est-ce que tu en sais ?

— ...

— David ?

— Son mec s'appelle Linas... Alex Linas.

David rejoignit Paris le lendemain, en milieu de journée. Il se rendit directement au *Diamond*, un bar dans le quartier des Champs-Elysées, dont le secrétaire de Roberto Fracci lui avait indiqué l'adresse. Il ne s'attendait pas vraiment, à cette heure, à y retrouver la femme qu'il cherchait ; mais il voulait s'en assurer.

Elle n'était pas là.

— Elle ne se pointe jamais avant sept heures, vous savez, lui dit un serveur, goguenard. Elle ne peut pas fonctionner avant ! Si ça vous gratte à ce point-là, je peux vous donner une adresse si vous voulez...

— Pas la peine.

— Merde... fit le serveur en regardant David s'en aller. (Il s'adressa à l'un de ses collègues qui astiquait le bar.) Qu'est-ce qu'elle a de spécial, Alice ?

— Alice... Pourquoi ?

254

– C'est le deuxième, aujourd'hui, dit le serveur avec un mouvement de tête en direction de la porte.

David avait une autre adresse : une rue commerçante du Quartier latin. Il y parvint trois quarts d'heure plus tard. La circulation était devenue impossible. Il dut tourner plusieurs fois autour du bloc d'immeubles modernes avant de trouver une place.

Au moment où il s'apprêtait à quitter sa voiture, des coups frappés à la vitre latérale le firent sursauter.

Un agent de police lui fit signe de baisser la vitre.

– Vous ne pouvez pas rester là, vous êtes à cheval sur un passage clouté.

Lucas ne protesta pas : le clignotant de la voiture garée juste devant lui palpita et la voiture déboîta aussitôt. Il enclencha la marche avant et la Golf, d'un bond, occupa la place laissée libre.

Des ouvriers travaillaient sur la chaussée, indifférents au concert d'avertisseurs qui s'enflait de façon spasmodique. Un car de police stationnait à cheval sur un trottoir au bout de la rue.

David se fraya un chemin entre les fumées blanches des pots d'échappement, atteignit le trottoir d'en face, le parcourut sur une cinquantaine de mètres et pénétra dans un immeuble. Dans l'entrée, il examina la liste des occupants affichée sous un panneau de verre. Le nom qu'il cherchait était en seconde position dans la première colonne : ALICE BETHEL – 2e étage – n° 28.

Lucas tendit l'oreille : de la musique provenait de l'intérieur de l'appartement. Il sonna pour la troisième fois.

Aucune réponse.

Il hésita, se demandant ce qu'il devait faire. Son regard se fixa sur la poignée de la porte – on ne pouvait la tourner de l'extérieur qu'avec l'aide d'une clef — la fente de la serrure était détériorée, comme si on l'avait forcée. Par réflexe, il tendit la main et fit jouer la poignée. La porte s'ouvrit.

Il hésita à nouveau, jeta un coup d'œil dans le couloir désert, puis s'engouffra à l'intérieur de l'appartement en refermant la porte derrière lui. Il demeura immobile, explorant du regard la pièce où il se trouvait. Une radio jouait quelque part. Une vieille chanson des Rolling Stones.

You can't always get what you want...

La première chose qui frappa Lucas fut l'odeur de parfum bon marché qui empestait les lieux. Puis les plantes vertes : il y en avait partout. Un manteau de fourrure gris clair traînait sur un canapé en velours marron.

Sur sa gauche, il aperçut une chambre : le lit était vide et défait ; des magazines jonchaient le sol. A sa droite, un petit couloir desservait la cuisine et une autre pièce qu'il devina être la salle de bains.

... You can't always get what you wan-ant...

Cela venait de la salle de bains... David se décida à bouger. Il s'avança dans le couloir.

Le regard d'Alice Bethel le cloua sur place. Elle était allongée dans la baignoire et le fixait d'un air effaré. Une goutte d'eau perla à l'extrémité d'une mèche de cheveux dressée sur son front et s'écrasa dans le blanc de son œil droit. Sans la faire ciller.

9

La putain d'Alex Linas était morte !

David fut pris de panique. « Fous le camp d'ici », se dit-il. Fous le camp, vite ! Mais il fut incapable de bouger. Il remarqua les traces de piqûre sur le bras gauche de la femme, pendant à l'extérieur de la baignoire ; et une seringue sur le tapis de bain. « Overdose », se dit-il très vite, comme pour se rassurer. Mais cela ne cadrait pas avec le reste : comment s'était-elle fait cette blessure qu'il discernait sur son front ? Et pourquoi la serrure de la porte d'entrée avait-elle été forcée ? Par qui ?

Une sirène de police retentit dans la rue.

David se précipita à la fenêtre de la salle de bains. Il écarta prudemment les rideaux et vit des voitures se ranger pour céder le passage à un car de police-secours, qui disparut au bout de la rue. Il allait se détourner quand son regard accrocha deux hommes qui discutaient sur le trottoir d'en face. Il eut l'impression de recevoir un coup de massue en pleine poitrine. L'un des deux hommes – un brun, sanglé dans un trench-coat kaki – s'éloigna et disparut dans un café. L'autre demeura sur place ; il alluma une cigarette et leva les yeux en direction de la fenêtre où se trouvait Lucas.

David fit un pas de côté et se plaqua contre le mur. La peur lui tordait le ventre. Cet homme ! Il l'avait reconnu : il était blond ; il portait le même blouson de couleur claire et des chaussures de tennis ! C'était l'un des tueurs qui avaient tenté de l'abattre à Montmartre !

Ils l'avaient retrouvé !

David se sentit submergé par une peur atroce, irrésistible. Ses jambes devinrent molles et se mirent à trembler. Ils l'avaient retrouvé ! Mon Dieu ! Comment avaient-ils fait ? Ils ne pouvaient pas savoir qu'il viendrait ici ! C'était impossible ! *Impossible !...*

Il comprit brusquement la raison de la présence des tueurs. Ce n'était pas à cause de lui qu'ils étaient là !

Alice Bethel n'était pas morte d'une overdose !

Ils avaient tué Alice Bethel !

Bon Dieu, mais pourquoi ?

Il se força à respirer à fond plusieurs fois de suite. Sa peur reflua lentement sans l'abandonner tout à fait. Il risqua un œil à la fenêtre : le tueur blond était à la même place. Lucas réfléchit à toute vitesse. C'était sa seule piste. Il ne devait pas les laisser s'échapper ! Comment allait-il s'y prendre ? S'il sortait maintenant, il avait toutes les chances de se faire repérer. Il perdrait l'avantage de la surprise. De chasseur, il deviendrait proie. S'il décidait de quitter l'immeuble maintenant, ou bien ils le pourchasseraient, ou bien ils prendraient la fuite. Il n'arriverait jamais à rejoindre sa voiture à temps pour pouvoir les suivre. Pas avec cette circulation !

Bon Dieu, calme-toi ! Réfléchis !...

Ici ! Oui ! Les faire revenir ici ! *Comment ?*

Son regard se fixa sur le bras exsangue qui dépassait de la baignoire et il sut aussitôt ce qu'il devait faire. Il se demanda s'il aurait assez de force pour y parvenir. Il empoigna le cadavre d'Alice Bethel sous les épaules, le sortit, ruisselant d'eau, hors de la baignoire et le tira vers la fenêtre. Un bras du cadavre balaya une étagère et des flacons de toutes sortes se brisèrent en tombant sur le carrelage. Lucas n'y prêta pas attention. Il était soulagé : le corps de la femme n'était pas aussi lourd qu'il l'avait craint.

Il la déposa sur le sol et jeta un œil par la fenêtre : le tueur blond regardait en direction du café où l'autre homme avait pénétré.

Maintenant !

David ouvrit la fenêtre ; un seul des deux battants. Il ceintura le cadavre, le souleva et le plaça en travers de la fenêtre ouverte de manière que l'on pût voir depuis la rue le sommet du crâne et un bras. Il saisit les cheveux de la morte pour la maintenir en position.

Il regarda dans la rue ; le tueur blond sautillait sur place. Il n'avait rien vu ! Il fallait attirer son attention. Faire du bruit. Un bruit assez perçant, assez inhabituel qui ne serait pas couvert par le tohu-bohu de la rue. *Le flic !* Lucas l'apercevait à une dizaine de mètres du tueur. S'il remarquait quelque chose, lui aussi, son stratagème échouerait. Tant pis ! C'était un risque à courir.

Un bruit ?... Quel bruit ?... La vitre !

David s'empara d'une grosse brosse à cheveux et la jeta dans la vitre du battant ouvert de la fenêtre. Le verre explosa. Aussitôt après, il secoua la morte par les cheveux ; l'une de ses mains s'agita faiblement dans le vide. Puis il tira brusquement le cadavre en arrière et l'adossa contre la baignoire, le visage tourné vers la fenêtre. Il se précipita pour regarder au-dehors : il eut juste le temps d'apercevoir le tueur blond s'engouffrer en courant dans le café. Ça avait marché ! Il repéra sur la gauche l'agent de police occupé à faire traverser deux enfants. Ça avait marché !

Qu'allait-il faire maintenant ? Bon sang ! Il fallait qu'il pense à ce qu'il allait faire !

Il vit le tueur blond et l'homme au trench-coat sortir précipitamment du café et regarder dans sa direction. Ils discutèrent un bref instant. Puis le tueur blond retourna d'un pas tranquille se poster à l'endroit où il se trouvait quelques minutes auparavant, tandis que l'homme au trench-coat traversait la rue et se dirigeait vers l'entrée de l'immeuble.

Ils se séparaient ! Il allait pouvoir les neutraliser l'un après l'autre !

David bondit dans la pièce de séjour à la recherche d'un endroit où se dissimuler. Il voulut dégainer son Colt 45. L'horreur le pétrifia sur place : il l'avait oublié sous le siège de la Golf !

— Oh non, merde... gémit-il.

Une arme... Il lui fallait une arme !

Il se rua comme un fou dans la cuisine, ouvrit un premier tiroir, puis un autre et trouva ce qu'il cherchait : un couteau à viande à la lame solide et effilée.

Combien de temps s'était écoulé ? *Combien de temps lui restait-il ?*

Il se déchaussa, retira ses chaussettes, se débarrassa de sa veste et de sa cravate, et dissimula le tout dans un placard sous l'évier.

Où se cacher ? Tout était changé, maintenant ! Il n'avait qu'un couteau ! La salle de bains ! L'homme s'y rendrait directement. Le cadavre capterait toute son attention.

Il se précipita dans la salle de bains. Son regard accrocha le poste de radio, posé sur un tabouret. Il augmenta le son : ça l'aiderait ! Puis il alla se placer derrière la porte, vérifia qu'elle ne grinçait pas, et la tira sur lui. Dans la fente découpée entre les gonds, il pouvait apercevoir la porte d'entrée. S'il pouvait voir, *il pouvait être vu !* Il fallait y renoncer ! Il repoussa la porte.

Et commença une attente interminable, insupportable : non seulement il ne pouvait rien voir, mais le vacarme de la rue se mêlant à la musique diffusée par la radio l'empêchait de détecter le moindre bruit à l'intérieur de l'appartement. Il n'avait aucun moyen de prévoir le moment où l'homme allait surgir ! Sa main droite devint douloureuse : il se força à desserrer l'étreinte de ses doigts autour du manche du couteau.

Soudain le battement de son sang contre ses tempes redoubla, l'assourdissant : la porte bougeait ! Elle se rabattit sur lui. Il se colla contre le mur, bloquant sa respiration. Un bref instant, il ne se passa rien. Puis un dos massif et large s'encadra dans la fenêtre. L'homme au trench-coat marqua un temps d'arrêt. Un nouveau pas en avant, et il s'agenouilla auprès du cadavre d'Alice Bethel.

Maintenant !

David se jeta sur l'homme. De sa main gauche, il l'empoigna par les cheveux et le tira violemment en arrière. L'homme bascula sur le dos en laissant échapper un cri de surprise. David mit un genou à terre et, tout en maintenant la tête de l'homme par les cheveux, appliqua la pointe du couteau contre sa gorge. Du sang suinta.

— Si tu bouges, si tu fais un seul geste, je te tue ! cria David avec rage. Je te tue ! répéta-t-il entre ses dents. Tu as compris ?

— *Si !* glapit l'homme.

— Tu as une arme ?

— Non !

— Un autre mensonge et tu es mort, dit David en enfonçant légèrement la lame d'acier dans la chair du cou.

— C'est la vérité ! Je vous le jure !

— Et le type en bas ?

— *Si...*

— Il doit monter ?

— Seulement si je l'appelle.

Qu'est-ce que je fais, maintenant ? Qu'est-ce que je fais avec ce type ?... Assomme-le ! Vite !

— Lève la tête !

— Quoi ?

— Lève la tête !

L'homme s'exécuta. Lucas tira brusquement sur les cheveux : le crâne de l'homme heurta le carrelage avec un bruit mat. Un gémissement de douleur. Raté ! David s'affola. Il lâcha le couteau, empoigna la chevelure de l'homme à deux mains, souleva sa tête le plus haut possible et la fracassa de toutes ses forces contre le sol. Un craquement d'os précéda le choc du crâne contre le carrelage. La tête de l'homme roula sur le côté et prit un angle étrange.

Il lui avait brisé les vertèbres cervicales ! Il était mort !

Lucas resta désemparé. Le souvenir du tueur blond dans la rue le ramena à lui.

— *Il doit monter ?*

— *Seulement si je l'appelle.*

Le regard de David alla du mort à la fenêtre ouverte, puis revint se poser sur le mort. Il comprit aussitôt ce qu'il devait faire. Il débarrassa le cadavre du trench-coat, enfila la manche droite et s'approcha de la fenêtre.

Non ! Attends !... Le type est armé !

Impossible de procéder de la même manière. Impossible de l'attaquer dans la salle de bains ! L'homme risquait de se méfier et de sortir son arme. Pourquoi se méfierait-il ?... D'abord, tu n'es pas sûr qu'ils n'étaient pas convenus d'un signal *spécial*... Mais ce n'est pas le plus important : si on lui demandait de monter, cela signifierait qu'il s'était passé quelque chose. Il se tiendrait sur ses gardes ! Et surtout, en pénétrant dans l'appartement, il s'attendrait à trouver son complice... Il n'y aurait pas de réponse à ses appels. Il n'y aurait que la radio !

Il fallait qu'il le voie !

Lucas retira l'imperméable, saisit le cadavre de l'homme par les chevilles et le traîna dans la pièce de séjour. Il l'installa sur le canapé de velours marron en essayant de lui faire prendre une attitude naturelle. Puis il revint dans la salle de bains, enfila de nouveau la manche droite du trench-coat et s'avança avec précaution vers la fenêtre.

Le tueur blond regardait ailleurs. Lucas siffla entre ses doigts. Il se recula vivement, laissant son bras droit dépasser dans le vide, et agita sa main pour faire signe de monter.

Puis il ramassa son couteau, fonça dans la pièce de séjour et alla à la fenêtre vérifier le résultat de sa manœuvre.

Le type n'avait pas bougé ! Il scrutait la façade de l'immeuble, perplexe. Qu'attendait-il ? *Le signal !* Il n'avait pas reçu le *bon signal* ! Ça ne pouvait être que ça !...

Tout à coup, l'homme sembla se décider et s'élança sur la chaussée.

David sentit une décharge électrique lui parcourir le corps ; des picotements lui engourdirent les mains. Il avait moins de soixante secondes pour décider de ce qu'il allait faire !

Il explora les lieux d'un regard intense. Ses yeux se fixèrent sur les magazines jonchant le sol de la chambre. *Oui !*

— Aldo ! Qu'est-ce que tu fous ? Merde !

En refermant la porte d'entrée, le tueur aurait dû remarquer la silhouette de Lucas plaquée contre le mur. Mais son attention fut accaparée par les flammes et la fumée qui s'élevaient d'un cache-pot, à cinq mètres devant lui, sur sa gauche. Il étouffa un cri.

— T'es dingue ! Tu vas foutre le feu ! dit-il en s'avançant.

David bondit dans son dos. Il le cravata du bras gauche et le déséquilibra en enfonçant un pied dans la pliure de son genou droit. Ils chutèrent tous deux en arrière. Lucas enserra l'homme avec ses jambes en ciseaux, tira sur son bras pour dégager la gorge et y appliqua la lame de son couteau.

— Ton copain est mort, fit David, haletant. Tu as une chance de ne pas crever si tu fais ce que je te dis !

— D'accord... parvint à articuler l'homme.

— Ton arme, où est-elle ?

— A gauche, sous le bras.

— Tu la prends avec deux doigts et tu la jettes sous le canapé, là. Fais attention, je te regarde... (Le tueur obéit.) Très bien. Maintenant tu écartes les bras, tu les mets en croix. Ecarte les jambes aussi... (L'homme obéit à nouveau.) Maintenant relâche-toi... Mieux que ça... Voilà ! Ecoute bien, à partir de maintenant, si je sens la moindre tension — et je la sentirai, si tu déconnes — je t'ouvre la gorge, t'as compris ?

— Oui.

Lucas marqua un temps. Le poids de l'homme l'écrasait. Il dut faire un effort pour respirer. Il sentit l'odeur de l'homme. Une odeur... *d'être humain* ! Non ! Reprends-toi ! Pas de pitié ! Pense à Montmartre ! Pense à ce tueur à Montmartre !

— La femme, vous l'avez tuée avec quoi ?

— De l'héro pure.

— Pourquoi ?

— Ça devait ressembler à un accident.

— Pourquoi ? Qui a demandé cela ?

— Je ne sais pas. (Le bras de Lucas se resserra autour de son cou.) C'est Aldo qui savait...

« Il n'a pas peur ! » se dit Lucas. Il remarqua alors le pansement qui dépassait de la manche droite du blouson du tueur. *Montmartre !* Ce salaud avait voulu le tuer ! D'un geste brusque, il plaça la lame du couteau sous le nez du tueur et l'entailla. L'homme poussa un hurlement en se tordant en tous sens.

— Tu sais qui je suis, espèce d'ordure ? Je suis celui qui t'a fait ça. (David frappa l'avant-bras du tueur avec le manche du couteau. Un nouveau hurlement.) La prochaine fois, je te fais sauter le nez !... Qui t'a demandé de me tuer à Montmartre ? Qui t'a dit de tuer cette fille ?

— Lovac, gémit l'homme.

— *Qui ?*

— Lovac. Le patron du *Paris Blues*.

— Le cabaret ?

— Oui. Mais je ne sais rien. C'est Aldo qui m'a recruté.

— Alors comment sais-tu pour Lovac ?

— Aldo me l'a dit... C'est tout !

— Qu'est-ce qu'il t'a dit d'autre ?

— Rien...

— Tu mens ! rugit David, en appuyant la lame du couteau contre la gorge du tueur.

Le gémissement de l'homme se transforma en un gargouillis horrible.

— Parle ! ordonna David entre ses dents.

— Pour toi, je ne sais rien... (L'homme renifla bruyamment et Lucas sentit des gouttes d'un liquide chaud couler sur son avant-bras gauche. Du sang.) Elle... Aldo a dit qu'elle devait être punie. Elle n'a pas respecté les règles... Il a dit qu'elle n'était pas la seule. Qu'il y en avait d'autres qui devaient sortir du jeu...

— Quel *jeu* ? Qui sont les autres ?

— Je ne sais pas. Je te jure que c'est vrai !

— La fille le savait ?

— Quoi ?

— Les autres...

— Non... (L'homme hésita.) Je ne sais pas...

— Pense à ton nez ! menaça David en resserrant l'emprise de son bras autour du cou de l'homme.

— Aldo a récupéré des papiers ! dit le tueur dans un grognement.

— Quels papiers ?

— Je ne sais pas ! protesta l'homme.

Le tueur disait la vérité. Il n'en tirerait rien de plus.

David réfléchit. Son bras et ses jambes commençaient à s'ankyloser. Il allait devoir bouger... Mais comment ? Avec une telle prise, il n'y avait qu'une seule issue : l'étranglement !... Ou le couteau !

Tue cet homme... Je ne peux pas... *Tue-le !*... Je ne peux pas !...

Une pensée soudaine lui tarauda le cerveau. Sa main droite se crispa autour du couteau.

— Louveciennes... souffla-t-il d'une voix tremblante.

— Quoi ?

— Louveciennes, tu connais ?

— ... Oui.

— Le Domaine ?...

— Le quoi ?

Aucune tension. Pas le moindre raidissement. L'interrogation du tueur n'était pas feinte. S'il avait menti, il l'aurait *senti*. Il était sûr de cela. Mais rien !...

La fureur meurtrière qui s'était emparée de lui reflua peu à peu.

Reprends-toi. Il faut bouger. Tu as besoin de tous tes esprits. Reprends-toi !

— Ecoute-moi bien, dit-il, se sentant à nouveau maître de lui. On va bouger. Si tu fais la moindre connerie, je t'égorge. Compris ?

— Oui.

— Prends appui sur tes pieds et bascule sur le ventre.

Le tueur s'exécuta. En vain.

— Je n'y arrive pas, tu es trop lourd, lâcha-t-il dans un souffle.

— Recommence, ordonna David d'un ton sec.

Le tueur obéit. Lucas s'efforça d'accompagner son mouvement de bascule. Au dernier moment, il desserra l'étau de ses jambes et se servit de sa main droite comme point d'appui. Ils basculèrent.

Tout se passa alors très vite.

David fut projeté en l'air et retomba sur le dos. Un crissement métallique retentit derrière lui ; terrifiant. *Ne pas se relever. Bouger !* Il roula sur le côté plusieurs fois de suite. Le tueur poussa un cri de rage. Quelque chose de dur heurta violemment la tête de

Lucas ; la douleur explosa dans son crâne en l'aveuglant. Epouvanté, il balaya le vide avec son couteau. Comme un démon. Il sentit la lame percuter un obstacle mou. Un cri de douleur. Il roula à nouveau sur le côté, se retrouva à plat ventre. Il tenta de se relever et comprit en une fraction de seconde qu'il n'en aurait pas le temps : le tueur fondait sur lui, un fil d'acier tendu entre ses deux mains. En un mouvement réflexe, il plongea à la rencontre du tueur en pointant le couteau devant lui. La lame s'enfonça dans le ventre de l'homme qui s'écroula avec un gémissement rauque. Lucas se précipita sur le tueur, lui saisit la tête par les cheveux et sous le menton, et effectua une brusque torsion sur le côté. Les vertèbres craquèrent en se rompant.

David maintint fermement la tête du tueur de ses deux mains crispées tout en essayant de retrouver son souffle. S'il le lâchait, le type allait bondir de nouveau pour l'attaquer. Cette idée le terrifiait. Il aperçut le sang sur son bras, puis les yeux révulsés du tueur. Il eut un violent haut-le-cœur et vomit à côté du cadavre.

Tremblant de tous ses membres, il alla à la cuisine, se passa de l'eau sur le visage, essuya le sang sur ses mains et son bras, puis se rhabilla. Il se rendit dans la salle de bains, éteignit le poste de radio et retourna dans la pièce de séjour. Il se força à regarder le corps du tueur blond étendu sur le sol. Il n'avait pas l'air mort ! On aurait dit qu'il dormait...

Lucas s'appuya contre un mur et s'efforça de maîtriser le tremblement de ses jambes. Il remarqua le filet de fumée qui s'échappait du cache-pot : les magazines achevaient de se consumer. «Aucun risque d'incendie», se dit-il. Pour plus de sûreté, il décida d'aller jeter le cache-pot dans la baignoire. Il observa des morceaux de papier noirci flotter à la surface de l'eau.

Aldo a récupéré des papiers...

Lucas frissonna. Il jeta un regard à la fenêtre ouverte. Le jour baissait. Le grondement de la circulation au-dehors lui parut soudain s'intensifier.

Il s'agenouilla et fouilla les poches de l'homme au trench-coat. Il trouva ce qu'il cherchait : trois lettres, signées « Alex ». Il les parcourut rapidement. Quelques lignes de l'une d'entre elles retinrent son attention ; il y était question de Roberto Fracci : « ... Si tu ne fais pas de conneries, je suis sûr qu'il les allongera. C'est du fric facile. Il n'y a qu'à se baisser pour le ramasser. Fais gaffe ! NE PARLE DE ÇA À PERSONNE. Ils veulent la peau de R... Mais ils en feraient une maladie s'ils savaient que je me suis fait du fric en douce sur leur contrat... »

R... Rashid.

Le jeu ! Les règles qui avaient été enfreintes ! C'était ça !

La putain d'Alex Linas avait été punie parce qu'elle n'avait pas respecté les règles. Elle et son maquereau avaient voulu exploiter le contrat sur Rashid pour leur propre compte !

D'autres allaient être sortis du jeu, avait dit le tueur blond.

D'autres allaient mourir ! Linas ?... Qui d'autre ?

Quel jeu ?

Un bruit le fit sursauter, l'interrompant dans ses réflexions : cela provenait de l'appartement au-dessus. Il tendit l'oreille et perçut des pleurs d'enfant.

Il ne pouvait pas rester là. Il fallait déguerpir. Quelqu'un pouvait survenir, n'importe qui... On ne devait pas le trouver là. On ne devait établir aucun lien entre lui et cette tuerie. C'était vital.

Les empreintes !

Il attrapa une serviette de toilette et entreprit d'essuyer tous les objets qu'il avait pu toucher depuis son entrée dans l'appartement. Il parcourut d'abord les lieux en tous sens, essuyant ici ou là un meuble ou un bouton de porte ; ensuite il recommença d'une façon

268

plus méthodique, pièce par pièce, angoissé à l'idée qu'il pût oublier ses empreintes quelque part. « Comme un criminel », se dit-il, partagé entre l'effroi et la colère que cette pensée suscitait en lui.

Il n'oublia rien, ni le cache-pot dans la baignoire, ni le couteau dans le ventre du tueur — il le retira et alla le laver dans la cuisine.

Au moment où il allait partir, son regard s'arrêta sur les mains jointes du tueur blond, sur le sol. Pourquoi étaient-elles jointes ? Elles ne l'étaient pas tout à l'heure !... Le fil d'acier ! Lucas avait bougé le corps pour retirer le couteau et le fil d'acier s'était rétracté, rapprochant les deux mains du cadavre ! Il s'accroupit : l'une des extrémités du fil était reliée à un anneau métallique passé autour du majeur de la main droite ; l'autre disparaissait dans un petit cylindre soudé au fermoir d'un bracelet-montre en acier emprisonné dans la main gauche du mort.

Une arme redoutable, qui vous égorgeait tout en vous étranglant. Une arme indétectable...

Lucas desserra les doigts du tueur pour s'en emparer. Puis il quitta l'appartement avec précaution, en se servant de la serviette de toilette pour manipuler la poignée de la porte — il s'en débarrasserait dans une bouche d'égout.

Il regagna sa voiture sans encombre et démarra aussitôt. Il roula au hasard, souhaitant seulement s'éloigner au plus vite du Quartier latin.

D'autres vont être sortis du jeu. D'autres vont mourir. Qui ?

Il atteignit la place de l'Alma, prit l'avenue George-V et se gara dans une contre-allée. Le *Paris Blues* était situé en haut de l'avenue, sur la gauche.

Il regarda sa montre : pas encore sept heures. Il était beaucoup trop tôt. Il quitta sa voiture et se mit en quête d'une cabine téléphonique : il voulait appeler Olivia. Toutes celles qu'il trouva étaient soit hors d'usage, soit assiégées par des gens se foudroyant du regard les uns les autres. Il remonta à pied en direction des Champs-Elysées, sans savoir où il se dirigeait, prit une première rue sur sa droite, puis une autre, et se retrouva devant un petit bar libanais de la rue Lincoln qu'il connaissait — on pouvait s'y restaurer, jusque fort tard dans la nuit, de succulents keuftés, de hommous et de pains en poche.

Le bar était comble. David se fraya un chemin parmi les clients. Il salua le patron au passage et se dirigea vers la cabine téléphonique située au fond de la salle. Un poste de télévision était allumé dans un coin, en hauteur. Lucas reconnut la présentatrice du journal de la troisième chaîne : le visage du Premier ministre s'incrusta derrière elle tandis qu'elle annonçait la tenue d'un meeting que ce dernier allait présider dans le cadre des élections législatives.

David tira la porte vitrée de la cabine sur lui et appela Olivia.

Elle décrocha aussitôt.

— Attends ! Je baisse la télé... dit-elle très vite.

Lucas lui dit où il se trouvait et lui raconta ce qui s'était passé chez Alice Bethel. Il lui parla aussi du *Paris Blues* et du dénommé Lovac. Olivia l'écouta sans prononcer une parole. Lorsqu'elle parla enfin, ce fut d'une voix assourdie par l'angoisse :

— Tu veux le voir ce soir, n'est-ce pas ?

— Oui.

— N'y va pas, David... Pas ce soir.

— Pourquoi ?

— ...

— Olivia... Pour la première fois, j'ai l'impression qu'on tient quelque chose. Ce type est au cœur de l'affaire... (David marqua un temps.) Peut-être même depuis le début, tu comprends ?...

— Justement !

— Justement quoi ?

— ... Préviens la police, David !

— Olivia !... J'ai tué deux hommes... Et en admettant qu'on me croie, la police ne tirera rien de ce type. Il niera tout. Il n'y a aucune preuve contre lui. (Il se tut un bref instant.) En outre, j'ai dit qu'il était dans le coup, mais je ne pense pas qu'il soit à la tête... Ça ne nous mènerait nulle part. (Il hésita...) Et tu oublies Michaël...

— Non ! Je ne l'oublie pas !

Elle avait crié ; comme un cri de douleur. Il s'en voulut de lui avoir dit cela.

— Excuse-moi... Ecoute, je veux que tu appelles Valance. Trouve une histoire, n'importe quoi. Je veux savoir qui est Lovac. A quoi il ressemble. Il me faut un détail, quelque chose qui me permette de l'identifier... Quelle gueule il a. Quelle bagnole.

— Son adresse, non ?

— Oui ! S'il l'a... (Il regarda sa montre.) Il est moins vingt, je te rappelle dans un quart d'heure. D'accord ?

Au lieu de lui répondre, elle poussa un cri. Et tout de suite après elle lâcha comme une plainte :

— O mon Dieu, non !...

David sentit son cœur faire un bond dans sa poitrine. Il cria :

— Olivia ! Qu'est-ce qu'il y a ?

— Fracci ! La télé !...

Lucas se détourna instinctivement et aperçut le visage de Roberto Fracci sur l'écran de télévision du bar. Il se rua hors de la cabine.

— ...les recherches se poursuivent activement au large des côtes de Sardaigne. Mais du côté des autorités on est très sceptique quant aux chances de retrouver l'appareil. Aucun élément ne permet pour l'instant d'expliquer les circonstances de ce drame. Toutefois, l'hypothèse d'un attentat n'est pas exclue. On se souvient que les Brigades rouges avaient menacé à diverses reprises...

David n'entendit pas la suite. Un bourdonnement enfla dans son crâne, l'isolant totalement du monde extérieur. Il resta immobile, les yeux rivés sur l'écran de télévision.

— Eh ! mon vieux, ça ne va pas ?

L'un des clients du bar le dévisageait en fronçant les sourcils. David le tranquillisa d'un geste et se précipita dans la cabine. Le combiné pendait dans le vide ; des appels angoissés s'en échappaient.

— Je suis là, dit David d'un ton qu'il voulut rassurant.

— David ! s'écria Olivia. (Sa voix était déformée par la panique.) David, ils l'ont tué ! Ils l'ont tué !

— Non ! C'est un accident ! Tu m'entends ? Un accident !

— ...

— Une coïncidence ! cria-t-il. C'est tout !

— David... Tu sais très bien que ce n'est pas un accident, dit-elle d'une voix blanche.

— (Il hésita.) Fais ce que je t'ai dit. Appelle Valance.

Il raccrocha.

Il sortit de la cabine comme un automate ; son regard fixe balaya le vide et vint se poser sur l'écran de télévision.

D'autres vont sortir du jeu. D'autres vont mourir...

Ils sont partout. Avant moi. Ils tuent sans pitié ! Ils se rapprochent.

D'autres vont mourir...

Pourquoi as-tu peur ? Tu ne dois pas avoir peur. Tu n'as pas le droit ! Est-ce que Michaël a peur ? Non, Michaël n'a pas peur, Michaël n'a plus peur... de *rien* ! Michaël est mort ! Ils l'ont tué ! Ils ont tué ton enfant ! Tu n'as pas le droit d'avoir peur. Pas le droit !

Il s'abandonna à la haine qui montait en lui. Avec reconnaissance.

D'autres vont mourir...

Oui. Je te le jure, Michaël.

L'homme à la chevelure blanche et léonine s'avançait dans l'avenue Victor-Hugo, déserte à cette heure de la nuit. Le vent soulevait les pans de son manteau.

Il s'arrêta dans la lueur d'un réverbère, à la hauteur d'un petit hôtel particulier. Une fenêtre était allumée au premier étage.

Il regarda sa montre. Il n'était pas en retard. « C'est *lui* qui est en avance », se dit-il.

Sans plus attendre, il gravit les marches du perron protégé par un auvent à colonnes. Une plaque en cuivre indiquait : A.M.E. Société d'études et de recherches. Il composa le code de quatre chiffres qui commandait l'ouverture de la porte d'entrée. Un déclic métallique. L'homme aux cheveux blancs pénétra à l'intérieur de l'hôtel particulier.

Il traversa le rez-de-chaussée plongé dans l'obscurité, emprunta l'escalier et déboucha dans la seule pièce éclairée à l'étage – une petite salle de réunions, avec une table ovale en verre et une douzaine de fauteuils tout autour.

Un homme se tenait debout près de la fenêtre, les mains dans les poches de son manteau. Il se retourna. Il avait une soixantaine d'années. Une fine barbe poivre et sel encadrait son visage énergique ; ses cheveux de la même couleur, drus, formaient une courte visière sur son front étroit.

— Je n'ai pas beaucoup de temps, dit-il en serrant la main de l'arrivant. Alors ?

— Vous aviez raison. Le mal était à l'intérieur. L'homme de Zamourian a voulu jouer sur deux tableaux. C'est lui qui a pris l'initiative. Pas Fracci.

— On a frôlé la catastrophe.

— Mais c'est arrangé, maintenant. Les traces sont effacées...

— Toutes ?

— Il ne reste que l'homme de Zamourian...

— Fracci, c'était nécessaire ? coupa le barbu.

— Inévitable, répondit l'homme aux cheveux blancs.

273

Le barbu fixa son interlocuteur d'un regard froid, impénétrable.

— Bien, se contenta-t-il de dire. (Il se déplaça lentement vers la fenêtre. Il s'immobilisa et secoua doucement la tête.) Nous accumulons les maladresses, murmura-t-il.

— C'est plutôt de la malchance, corrigea l'homme aux cheveux blancs.

— Si cela était, ce serait encore pire, rétorqua le barbu. Mais ce n'est pas cela. Nous aurions dû le prévoir. Zamourian est le point faible.

— Jusqu'à présent...

— Jusqu'à présent, peut-être !... Mais plus maintenant.

L'homme aux cheveux blancs n'insista pas. Le barbu poursuivit :

— L'homme de Zamourian...

— Linas.

— Lui aussi doit disparaître.

— C'est prévu. Mais nous devons attendre. Il doit assurer le contrat qui a été convenu. Cette action est prioritaire. C'est le seul risque qui subsiste. Après, tout sera colmaté. L'homme de Zamourian ne représente pas un véritable danger.

Le barbu se tint silencieux, comme s'il pesait chacun des mots qu'il venait d'entendre. Puis il eut un mouvement de la tête en guise d'approbation. Il soupira et dit d'un ton neutre :

— Parlons du danger, alors.

— Lucas ? fit l'homme aux cheveux blancs dans une interrogation de pure forme.

— Où en êtes-vous ?

— Au même point. On sait qu'il a refait surface, mais on ne sait toujours pas d'où. On sait encore moins où il se cache à l'heure actuelle. C'est... incompréhensible.

— C'est anormal, rectifia le barbu.

— Oui, convint l'homme aux cheveux blancs.

— Cet homme *est* le danger !... Dieu sait jusqu'où il a pu remonter maintenant... Ce n'est pas une affaire pour des malfrats, je vous l'ai dit.

— Nous n'avons pas le choix.

— Si ! Cet homme est trop dangereux.

— Il faudra un ordre ! Vous ne pouvez pas intervenir !

— Exact.

— Je ne comprends pas...

— Il faut *réveiller les morts.*

Une vision de croix et de tombes hanta soudain l'homme aux cheveux blancs : les dix-huit mille morts du cimetière militaire de Ba Huyen, à une trentaine de kilomètres au nord-est de Hanoi, Vietnam.

— « Ba Huyen », dit-il.

— Oui. Contactez-le.

Des phares jaillirent au bout de l'avenue résidentielle. Ils se rapprochèrent rapidement, balayèrent la chaussée et s'immobilisèrent face au portail d'une luxueuse villa — une villa comme tant d'autres à Maisons-Laffitte, isolée et à demi dissimulée par de grands arbres. Un homme corpulent descendit d'une voiture de couleur sombre et s'avança pour ouvrir le portail.

A une trentaine de mètres de là environ, David éteignit son autoradio et consulta le bracelet-montre d'acier à son poignet. 3 h 20. Stefan Lovac rentrait enfin chez lui !

Il vit la voiture disparaître à l'intérieur de la propriété et, quelques secondes plus tard, le portail se refermer.

Il n'y avait plus qu'à attendre. Encore...

Il n'avait pas eu besoin de guetter Lovac au *Paris Blues* : Olivia était parvenue à joindre Daniel Valance au Quai des Orfèvres. Le jeune commissaire n'avait pu lui fournir l'adresse exacte de Lovac. Seulement la localité. Les renseignements téléphoniques avaient complété l'information.

Lucas s'était rendu aussitôt à Maisons-Laffitte. Il avait eu tout le temps nécessaire pour repérer les lieux et préparer le terrain : il avait découvert un endroit où l'on pouvait escalader le mur d'enceinte facilement et sans risque d'être vu ; il s'était assuré que la maison était vide ; il avait brisé un carreau de fenêtre du cellier, dont il avait vérifié qu'il communiquait bien avec le reste de la villa. Il aurait pu se cacher à l'intérieur de la maison et attendre le retour de Lovac. Mais quelque chose l'en avait dissuadé. Plus exactement *l'absence* de quelque chose : il n'y avait pas de chien. D'abord, il en avait été soulagé – qu'aurait-il fait ? par la suite, cette donnée avait fini par l'inquiéter. Son cerveau ne fonctionnait plus comme avant : il avait intégré les paramètres de Montmartre et du Quartier latin ; il ne réagissait plus qu'en termes de sécurité, d'efficacité. De danger. Tout ce qu'il ne parvenait pas à expliquer, à maîtriser, il le recrachait comme une machine et cela déclenchait l'alarme quelque part en lui ; jusqu'à temps qu'une solution fût apportée. Rien ne devait être laissé au hasard. Lucas s'était souvenu des paroles de Don Orso :

Tout ce qui est anormal est dangereux.

Tout ce qui est normal l'est aussi.

Pas de système de sécurité apparent. Pas de chien... A moins que Lovac n'en ramène un avec lui ! Dans ce cas, la bête le détecterait et donnerait l'alerte. Infailliblement ! Il perdrait l'avantage de la surprise. Il ne pouvait pas se le permettre : Lovac était un membre de la pègre ; un proche de Simon Zamourian ; un homme dangereux, avait dit Valance à Olivia.

Il avait donc décidé d'attendre Lovac à l'extérieur. A l'arrivée de celui-ci, il n'avait vu aucun chien bondir hors de la voiture.

Les rais de lumière aux fenêtres de la villa disparurent peu avant quatre heures du matin. David décida de patienter encore une demi-heure. Puis il se débarrassa de son imperméable et vida les poches de sa veste des pièces de monnaie et des clefs qui s'y trouvaient, ne conservant que les deux chargeurs du Colt 45, chacun dans une poche distincte. Il se saisit du pistolet placé sur le siège à côté de lui, sortit de la voiture et glissa l'arme dans son étui. Il repoussa la portière, sans la fermer complètement, et rejoignit l'endroit où il avait prévu d'escalader le mur.

Lucas s'immobilisa dans l'obscurité du cellier, aux aguets. Jusqu'à présent tout allait bien. Il attendit que les battements de son cœur ralentissent et se déchaussa.

La porte intérieure du cellier s'ouvrit sans bruit. Il s'avança avec précaution dans la pénombre de la villa, en essayant de se rappeler la configuration des lieux et la place des meubles qu'il avait eu le loisir de mémoriser quelques heures auparavant. Ses mains tendues dans le noir fonctionnaient comme des antennes. Au moindre contact, il stoppait sur place ; ses doigts palpaient l'obstacle — aussi délicatement que s'il s'était agi d'une bombe — et transmettaient des indications dont il se servait pour corriger la trajectoire de sa progression.

Sa main droite finit par rencontrer ce qu'il souhaitait : la rampe d'escalier. Les chambres étaient là-haut ! Il gravit les marches en se collant contre le mur de peur de les faire grincer.

Quand il atteignit l'étage, il comprit instantanément qu'il n'aurait aucune difficulté à localiser la chambre de Lovac : sur sa droite, au fond d'un couloir, de la lumière s'échappait par une porte entrouverte. Lovac ne dormait pas ! Comment n'avait-il pas remarqué cette lumière depuis l'extérieur ? L'homme avait-il rallumé lorsqu'il avait escaladé le mur ? Ou bien plus tard ? Avait-il perçu un bruit suspect ?

Lucas s'accroupit dans l'ombre, dégainant le Colt ; il abaissa le cran de sécurité en étouffant le déclic. Il demeura ainsi, sur le qui-vive, un long moment — un interminable moment —, redoutant à chaque seconde de voir une silhouette s'encadrer dans la porte au bout du couloir. Mais rien de tel ne se produisit.

Qu'allait-il faire ? Il était coincé ! Il ne pouvait ni avancer, ni reculer ; dans les deux cas, l'homme l'entendrait. Qu'est-ce qui avait pu le réveiller ? Bon Dieu ! *Quoi ?*

David étudia le couloir. Il était long d'une dizaine de mètres. Foncer en direction de la porte ? Si l'homme était sur ses gardes, il aurait tout le temps nécessaire pour réagir. Essayer de se rapprocher le plus possible de la porte, en silence ? Il avait peu de chances de réussir. Il était impossible de progresser le long des murs : celui de gauche était encombré d'un canapé et d'un guéridon ; celui de droite supportait une collection d'armes anciennes — des épées, des dagues, deux heaumes. Il n'aurait pas d'autre possibilité que d'emprunter le centre du couloir : l'endroit où le sol risquait de craquer le plus facilement !

Qu'allait-il faire ?

Soudain, une pensée lui traversa l'esprit : si l'homme avait entendu quelque chose, s'il était sur ses gardes, pourquoi ne sortait-il pas pour fouiller la maison ? C'était invraisemblable ! A moins... A moins qu'il ne se fût rendormi ! Dans ce cas, pourquoi n'avait-il pas éteint la lumière ? Il s'était peut-être rendormi sans s'en rendre compte... La lumière brûlerait jusqu'au matin. Jusqu'à son réveil !

David ne put supporter davantage cette attente. Il se redressa et se concentra sur l'écoute du silence tout autour de lui. Rien. Il respira à fond plusieurs fois de suite, sans bruit, pour décrisper ses muscles. Puis il s'avança dans le couloir, pas à pas, éprouvant le sol du bout du pied, déviant sa progression dès qu'il décelait le plus infime craquement. A un mètre de la porte, il prit son élan et bondit : de la main gauche il repoussa le battant tout en le retenant et s'accroupit sur le seuil ; le Colt 45 balaya le vide et se braqua, comme aimanté, sur la forme humaine allongée sur un lit.

Lovac dormait !

Rien ne l'avait réveillé, à aucun moment ! Il n'avait pas rallumé la lumière : la lueur que David avait distinguée depuis le couloir provenait d'une veilleuse installée dans un coin de la chambre !

Lucas s'avança : l'homme était allongé sur le dos ; il dormait profondément. Il y avait un flacon de comprimés sur la table de nuit. Des somnifères. La tension qui l'habitait retomba aussitôt. Son regard se porta à nouveau vers l'homme et il se demanda comment il allait s'y prendre : l'homme plongé dans son sommeil lui semblait hors de portée ; le souvenir de la violence, déchaînée et désordonnée, dans le petit appartement du Quartier latin l'effrayait et le dégoûtait tout à la fois.

Soudain son cœur s'arrêta de battre. Un frisson d'horreur le parcourut de la tête aux pieds. Sa vue se troubla et un torrent de haine s'engouffra en lui, sauvage, irrésistible : au dos de la main droite de Lovac, il y avait une tache sombre. Un tatouage.

Le tatouage d'un « soleil noir » !

Non, ne le tue pas !... Pas tout de suite !... Il faut qu'il parle...

Michaël !

David se sentit plonger dans une nuit sans fin. La vision de son enfant mort jaillit du néant et palpita devant lui en se précisant cruellement. Et il revit l'insupportable : le regard de son fils éteint à jamais et cette souillure hideuse sur sa joue...

Michaël !...

Il sut ce qu'il devait faire.

Stefan Lovac émergea de son sommeil brutalement. Sa première réaction fut de se demander ce que la dague faisait là.

Puis il hurla.

Un hurlement de douleur et d'horreur : la dague était plantée jusqu'à la garde dans sa cuisse droite ! Du sang s'écoulait.

Par réflexe, il se redressa en tendant la main vers la dague. Au moment précis où il s'aperçut de la présence de Lucas, le canon d'acier du Colt 45 le percuta à hauteur des lèvres, écrasant les chairs et fracassant les dents. Il retomba la tête dans l'oreiller en gémissant.

David enfonça le canon du Colt dans le ventre du gros homme à demi nu – il ne portait qu'un tee-shirt.

Il parla d'une voix étrangement calme :

— Tu vas mourir, saloperie... Et tu sais pourquoi ?

— Non ! Vous êtes fou ! cria le gros homme terrifié.

— Il s'appelait Michaël, murmura David. C'était un petit enfant... (Sa voix s'étrangla.) C'était mon fils...

— Lucas ! s'écria le gros homme comprenant soudain. Ce n'est pas moi ! Je ne l'ai pas tué ! Je le jure !

— Mon fils... *Mon* fils, tu comprends ?

— Ce n'est pas moi ! C'est Aldo ! Jamais je n'aurais fait une chose pareille ! Jamais ! C'est Aldo ! Pas moi ! *Aldo !* (Lovac sentit l'hésitation de David ; il poursuivit :) C'est lui qui a tiré, je jure que c'est vrai !

— Pourquoi ?

— C'est un accident ! On ne devait pas tuer le gosse. On devait juste récupérer des lettres, c'est tout !

— Pourquoi ? Pourquoi les lettres ?

— Je ne sais pas. (Le gros homme fut pris de tremblements ; de la sueur luisait sur son visage.)

— Qui t'a demandé de faire ça ?

— Je ne sais pas.

Lucas cogna violemment la dague avec le canon de son arme. La douleur fit tressauter le gros homme et lui arracha un cri.

— Qui ?

— Zamourian... Mais ce n'est pas lui ! Quelqu'un d'autre a commandité l'action...

— Qui ?

— Je ne sais pas, glapit Lovac. C'est la vérité ! Je vous le jure !

— Zamourian, il le connaît ?

— Je ne sais pas, je crois que non. Il traitait avec un intermédiaire...

— Il ne traite plus ?

— C'est changé ! Ils veulent votre peau mais ce n'est plus à nous de nous en charger. On doit décrocher !

Il y eut un silence.

— Pourquoi ? murmura David, troublé. Qui ?

— Je peux vous aider à savoir qui !...

David perçut quelque chose de bizarre dans la voix de Lovac. Une inflexion presque imperceptible : comme s'il cherchait à capter son attention... *A la détourner !*

Sa main droite ! David ne la voyait plus ; elle avait disparu sous l'oreiller.

Il recula d'un pas, en faisant semblant de n'avoir rien remarqué. Il abaissa le canon de son arme vers le sol.

— Décris le type qui a tué mon fils, commanda-t-il d'une voix sourde.

Lovac s'exécuta.

Aldo, conclut Lucas en lui-même. Et il revit le cadavre de l'homme au trench-coat dans la salle de bains du petit appartement du Quartier latin. *Une mort trop douce !* Cette pensée le rendit ivre de rage. C'était comme si le meurtrier de son enfant lui avait échappé à jamais !

— Aldo est mort, dit-il comme pour s'en convaincre.

— Quoi ? fit Lovac en tressaillant.

— Je l'ai tué. Et l'autre aussi. Chez Alice Bethel... Et toi, tu n'as rien fait...

— ... Non !

— Tu n'as pas tiré sur l'enfant...

— Non ! s'écria le gros homme, apeuré de nouveau.

Un froissement de tissu. David se força à ne pas regarder en direction de la main sous l'oreiller.

— Tu n'as rien fait... Ce n'est pas toi qui as tiré sur l'enfant... ni sur la femme, n'est-ce pas... Rien ! Tu n'as rien fait du tout...

Encore un froissement de tissu. Et soudain la main droite de Lovac jaillit dans le vide. Un éclat métallique.

Deux explosions assourdissantes retentirent.

La première balle Glaser fit éclater la peau du ventre du gros homme dont les jambes se soulevèrent comme désarticulées ; la seconde lui emporta la moitié du visage.

Lucas regarda le sang maculant l'un des oreillers, puis le revolver tombé sur le sol, à nouveau le sang. Il s'approcha du cadavre en proie à une fureur meurtrière, braqua le Colt 45 sur la tête et voulut faire feu une nouvelle fois. *Une autre et une autre et encore une autre !* Un éclair de lucidité traversa sa démence et le fit hésiter. Le silence... Les détonations dans le silence de la nuit !

Il alla éteindre la veilleuse, puis s'approcha de la fenêtre, écarta les rideaux et fouilla la nuit du regard. Rien. Rien d'autre que les ombres silencieuses des grands arbres. Aucune lumière. Nulle part. Le monde continuait ; comme avant.

David se rassura en pensant que la maison la plus proche était à une centaine de mètres de là et que les arbres avaient certainement étouffé l'écho des détonations. Il abandonna la fenêtre, ralluma la veilleuse et examina la chambre. La vue du corps ensanglanté sur le lit ne suscita en lui aucun remords ; seulement du dégoût. Un porc immonde ! Lui avait payé ! Les autres paieraient à leur tour. Tous les autres ! Bientôt !

Il se détourna et remarqua le répondeur-enregistreur téléphonique placé sur l'une des deux tables de nuit. Cédant à une impulsion soudaine, il se précipita vers l'appareil et le manipula pour écouter les messages enregistrés.

BIP.............. BIP !

— C'est moi. C'est confirmé, on décroche. Un type va t'appeler. Tu lui fais un rapport précis sur le point où en est la chasse... Déconne pas ! Ils ont l'air à cran. Aide-le au maximum. On a besoin d'eux. *Ciao*...

BIP.............. BIP !

— Encore moi. Je prends le large. Tu sais où... Je ne serai pas à Marseille. Embrasse-le pour moi. *Ciao !*...

Suivirent deux appels « blancs » : les correspondants avaient raccroché sans laisser de message. Puis un autre appel :

BIP.............. BIP !

— Ici Roman. J'appelle de la part de notre ami pour notre affaire. J'ai appelé deux fois, je ne peux plus vous rappeler et vous ne pouvez pas me joindre... Sauf après-demain, à vingt heures, au 329-12-55. Demandez Roman... Appelez d'une cabine...

Il n'y avait pas d'autre message.

Lovac n'avait pas menti : la chasse continuait ; mais les chasseurs allaient changer ! Qui étaient-ils ? Qui les commandait ? Et qu'est-ce qui pouvait justifier qu'ils cherchent à l'abattre — à les abattre, lui et Olivia — avec un tel acharnement ?

Tu es une menace. Mais quelle menace ?

Il ne devait pas penser à cela maintenant. Ce n'était pas le moment ! Il considéra le répondeur-enregistreur. Il appuya sur une touche : la cassette s'éjecta et il l'empocha. Il essuya la touche avec un pan de sa chemise. Il faudrait faire la même chose avec tous les objets qu'il avait pu toucher ! La veilleuse, la rampe de l'escalier, les meubles, les portes... *La dague !* Oui, la dague. C'était répugnant, mais inévitable.

Il se mit à la recherche d'un chiffon et son regard fut attiré par un petit objet doré, sur le sol, près du lit. Une douille ! Il la ramassa et la mit dans sa poche. Où était l'autre ? Il la chercha pendant cinq bonnes minutes et finit par la découvrir dans un repli du couvre-lit.

Ensuite, il se dirigea vers une commode, prit un polo de sport dans un des tiroirs et entreprit d'effacer toutes les empreintes qu'il avait pu laisser dans la chambre. Il fit de même tout en regagnant le rez-de-chaussée. Pour plus de sûreté — et malgré l'envie qu'il avait de quitter cette maison au plus vite —, il se força à recommencer dans le sens inverse, en remontant dans la chambre et en essayant de reconstituer chacun des mouvements, chacun des gestes qu'il avait effectués la première fois.

Il était près de 6 heures du matin lorsqu'il escalada le mur d'enceinte de la villa pour rejoindre sa voiture.

David raccrocha le téléphone et se retourna.

— Ça correspond à un café, place Saint-Michel.

Olivia était assise dans le canapé ; elle paraissait absorbée dans ses pensées.

— Quoi ? fit-elle en relevant la tête.

— Le numéro, dans le message enregistré, il correspond à un... (Il s'interrompit : elle ne l'écoutait pas.) Qu'est-ce qu'il y a ?

— Rien.

Il l'observa : elle était pâle et semblait à bout de forces.

Elle l'avait attendu toute la nuit. Elle ne s'était endormie que peu après l'aube. Il s'était couché auprès d'elle, sans bruit. Lorsque, dans le milieu de l'après-midi, il s'était réveillé, elle était déjà debout. Il lui avait tout raconté et lui avait fait écouter la cassette à l'aide d'un appareil qu'il s'était procuré avant de regagner le studio de la Muette. Elle n'avait pratiquement rien dit.

Il alla s'asseoir auprès d'elle.

— Qu'est-ce qu'il y a ? Dis-le-moi.

Elle le regarda tristement. Puis son regard se perdit à nouveau dans le vide. Elle dégagea les cheveux de son front de ses deux mains et les maintint en rejetant la tête en arrière. La pureté et la délicatesse de son visage le bouleversèrent soudain.

— Qu'est-ce qu'il y a ? répéta-t-il avec douceur.

— Je ne ressens rien, David, murmura-t-elle. Rien... Ils sont morts et ça ne me fait rien !

— Il ne faut pas penser à cela.

— Si ! Il le faut ! Au contraire... (Ses yeux papillotèrent comme si elle était en proie à une peur soudaine ; puis ils se fixèrent de nouveau dans le vague.) Je croyais... Enfin, j'avais cru que cela m'apaiserait. Je ne sais pas pourquoi. Je le croyais, c'est tout. Je l'espérais, en fait. (Elle secoua la tête doucement.) Au lieu de cela, je n'éprouve qu'un sentiment de vide... un vide horrible. Ils sont morts et je ne sens que le néant... en moi, autour de moi !

— Je sais.

— Non, tu ne sais pas, David.

— Tu n'as pas à te sentir coupable de cela.

— Je ne me sens pas coupable. Je suis seulement... écœurée. Je ne sais plus où j'en suis... Michaël est mort. Ceux qui l'ont tué sont morts. D'autres gens sont morts !...

— Arrête.

— C'est comme si tout cela n'avait servi à rien ! Comme s'il n'y avait aucun sens dans tout cela ! Tu ne le sens pas ? (Elle criait presque.) Tu ne sens pas l'absurdité de toute cette folie ? (David se détourna.) Tu ne te rends pas compte que si tu meurs, si nous mourons, rien n'aura eu aucun sens ! Ni avant, ni après ! Rien n'aura *existé* !

Il y eut un silence.

— Qu'est-ce que tu veux ? demanda-t-il sans la regarder.

— Je veux que tu arrêtes, répondit-elle après une hésitation.

— Que j'arrête...

— Oui ! Et que nous partions d'ici !

— Pour aller où ?

— Je ne sais pas... N'importe où !

— Ils nous retrouveront, Olivia.

— Pas si nous nous cachons ! Je demanderai à Orso-Maria, il nous aidera !

David se tut un instant. Puis ses traits se crispèrent et il secoua la tête.

— Non, dit-il.

— Pourquoi ? lâcha-t-elle dans une plainte.

— Ils ont tué Michaël.

Olivia sentit son cœur se serrer. Elle plongea son regard dans le sien et elle eut, soudain, la sensation affreuse qu'il était *déjà* mort. Ce n'était ni du désespoir, ni de la révolte qu'elle lisait dans ses yeux ; ce n'était rien d'humain. C'était un mélange de détermination et de haine, un mélange monstrueux, qu'il semblait avoir échangé contre sa propre vie.

Le vertige qu'elle éprouva la terrifia. Elle se détourna.

— C'est une bonne raison de mourir, n'est-ce pas ? dit-elle amèrement.

— Pourquoi dis-tu cela ?

— Parce que c'est la vérité, non ?... Tu en as enfin trouvé une ! Et quelle meilleure raison pouvais-tu trouver ?

— Tu te trompes.

— Non, je ne me trompe pas, David. Et tu le sais ! Tu sais parfaitement, au fond de toi-même, que j'ai raison !

Il la regarda sans répondre. Puis il se leva et alla se placer près de la fenêtre. Il alluma une cigarette.

— David, dit-elle d'une voix sourde, Michaël est mort... (Elle se leva pour le rejoindre.) Et... Je ne sais pas si c'est bien ou mal... mais je ne veux pas mourir,

David ! (Elle se colla contre lui.) Et je ne veux pas que tu meures ! Je veux que tu vives, tu entends ? *Je veux que tu vives !*... Je t'aime, David !

Il se retourna et la serra contre lui.

— Moi aussi, je t'aime. (Il l'embrassa tendrement.)

— Alors... Pourquoi ? gémit-elle, les larmes aux yeux.

— Je ne sais pas, dit-il d'une voix étranglée. C'est plus fort que moi. Plus fort que tout ! (Il marqua un temps et se reprit.) Et même si je voulais arrêter, il ne le faudrait pas.

— ... Pourquoi ?

— Parce qu'il faut que je les trouve avant qu'eux ne nous retrouvent. C'est notre seule chance, Olivia. Tu comprends ?

Elle ne répondit pas. Elle se pressa contre lui et il sentit ses seins s'écraser et rouler contre sa poitrine. Le désir explosa en lui, violent et irrésistible. *Tu ne dois pas... Tu n'as pas le droit...* Elle releva la tête et plongea ses yeux dans les siens. Il n'écouta plus la voix qui l'empêchait de la rejoindre. Leurs lèvres se mêlèrent et ils s'embrassèrent lentement, doucement, comme s'ils craignaient de se blesser l'un l'autre. Il sentit qu'elle pleurait. Il tressaillit et eut un mouvement de recul. Elle le retint.

— Non, implora-t-elle. Je t'en supplie...

Puis elle se détacha de lui et ôta son chandail et son jean. Il la regarda en se déshabillant à son tour. Lorsqu'elle se jeta, nue, contre lui, il vit qu'elle pleurait à nouveau.

— Ce n'est rien, murmura-t-elle. Je t'aime, mon chéri. C'est pour ça que je pleure. Je t'aime tant !...

Il savait qu'elle mentait. Il savait pourquoi elle pleurait. Il le lui dit et fut soudain incapable de contenir l'émotion qui l'étouffait. Elle l'étreignit de toutes ses forces.

— Tu penses à lui, n'est-ce pas ?

— Non.

Elle essaya de discerner les traits de son visage dans le noir.

— Je ne l'oublie pas, tu sais.

— Je sais.

— Je pense à lui tout le temps.

— Oui.

— Tout le temps !... (Elle sentit sa gorge se serrer.)

Leurs mains se rencontrèrent dans la pénombre. Et pendant un long moment, ils furent incapables de prononcer une parole.

Olivia rompit le silence la première.

— David...

— Quoi ? fit David, percevant l'angoisse dans la voix d'Olivia.

Elle hésita.

— Si ce n'est pas Zamourian, si ce n'est pas la pègre... Qui est-ce, David ?...

10

Le café de la place Saint-Michel était bondé. L'atmosphère y était humide et chaude. L'odeur de saucisses, de tabac froid et de marc de café était lourde et écœurante. La fumée des cigarettes brouillait l'air et stagnait en nappes autour des globes au néon verdâtres qui pendaient ici et là.

Lucas était installé à une table, seul, à cinq mètres environ du bar où trônait le gérant de l'établissement, le teint rubicond, en bras de chemise. Le téléphone était posé juste à côté de la caisse.

David regarda sa montre. 20 h 01. Ça n'allait pas tarder. Une nouvelle fois, il détailla les clients accoudés au bar : ils ne se distinguaient en rien de ceux attablés dans la salle — des étudiants, attardés ou de fraîche date, des piliers de bar aux regards las et vitreux, des gens de toutes sortes patientant dans l'attente des séances du cinéma d'à côté.

Etait-il parmi eux ? A quoi ressemblait-il ?

Il consulta une nouvelle fois la montre en acier à son poignet. 20 h 03. Dans deux minutes, maintenant !

— *Pourquoi veux-tu que j'appelle à 20 h 05 ? avait demandé Olivia. Pourquoi pas à 20 heures ?*

— *Parce que le retard va l'énerver. Quand le téléphone sonnera, il se sentira soulagé. Il se méfiera moins.*

— *Et pourquoi Armand ?*

— *Parce que si tu demandes Roman, il saura que son message a été intercepté. Il se tiendra sur ses gardes et je ne le veux pas.*

20 h 05 !

Lucas retint sa respiration. Cinq secondes plus tard, la sonnerie du téléphone retentit dans le brouhaha.

David se raidit ; son regard balaya le bar et la salle à la recherche du moindre mouvement suspect, d'une silhouette se frayant un passage entre les tables. Rien ! Il vit le gérant se pencher vers un consommateur du bar qui secoua la tête ; il le vit se redresser, considérer le bar sur toute sa longueur d'un air ennuyé, et lancer un appel qui fut couvert par le vacarme ambiant.

Tout à coup, son cerveau enregistra quelque chose. Un mouvement ! Survenant d'un recoin sur sa gauche, une silhouette sombre surgit dans son champ de vision et s'approcha vivement du gérant.

L'homme qui se faisait appeler Roman — l'homme que Stefan Lovac devait contacter — venait de se découvrir !

Lucas sentit son cœur battre à tout rompre : pour la première fois, *l'ennemi* sortait de l'ombre ! Un masque allait tomber ! Un visage apparaître !

Un masque allait tomber !

L'homme se tenait de dos : il parlait avec le gérant ; il saisit le combiné, puis, quelques secondes plus tard, le tendit au gérant en secouant la tête. Ce dernier dit quelque chose dans l'appareil et raccrocha.

L'homme se retourna et s'appuya le dos au bar, l'air perplexe. Son élégance détonnait en ce lieu. David lui donna une bonne cinquantaine d'années. Son visage n'avait rien de particulier, hormis ses cheveux : ils étaient d'un blanc soyeux, mi-longs, et formaient autour de son crâne comme une crinière.

L'homme s'impatienta. Il regarda sa montre, se

retourna, dit quelque chose au gérant qui secoua la tête en grimaçant.

— Monsieur ?...

L'homme s'adossa de nouveau au bar et parcourut la salle des yeux.

Qu'est-ce que je fais ? Je le regarde ou pas ?

— Monsieur, s'il vous plaît.

David sursauta en sentant une main presser son bras. Il se tourna vers une jeune fille assise à la table voisine de la sienne ; elle lui sourit.

— Ils ne fument que des blondes, dit-elle en désignant les jeunes gens attablés avec elle. Je peux vous en piquer une ?

Lucas finit par comprendre de quoi elle parlait. Il poussa son paquet de cigarettes vers la jeune fille tout en jetant un coup d'œil en direction du bar. L'homme n'était plus là !

Il se leva brusquement et eut juste le temps de le voir qui franchissait le seuil du café.

— Monsieur ! Votre paquet !...

Il se rua comme un fou vers la sortie, bousculant et écartant des corps sur son passage. La foule grouillait au-dehors. Il repéra l'homme aux cheveux blancs à vingt mètres sur sa droite ; il descendait du trottoir et contournait une grosse Rover blanche. Merde !... La Rover, c'était sa voiture !

Lucas se mit à courir vers la Golf garée à une trentaine de mètres de là. Il stoppa presque aussitôt : un embouteillage obstruait la rue ! Jamais il ne parviendrait à dégager la voiture à temps. L'homme allait lui échapper !

Il revint sur ses pas. La Rover n'avait pas bougé. *Vite ! Trouve quelque chose !* Ses yeux fouillèrent la circulation dans la nuit : pas de taxi ! Rien ! Un bruit soudain attira son attention : une moto qui pétaradait. Il aperçut un groupe de jeunes gens bottés et casqués parlant joyeusement autour de leurs « gros cubes ».

Oui ! Il se précipita sur eux.

— J'ai une voiture à suivre ! Il y a cinq cents balles pour celui qui m'aide ! (Il sortit un billet de cinq cents francs et le tendit à la ronde.)

Les jeunes motards le considérèrent bouche bée ; quelques-uns s'esclaffèrent. L'un d'entre eux, un grand type, s'avança, menaçant.

— On n'aime pas les flics, mon pote. Alors, calte !

— Je ne suis pas flic, abruti ! (David vit la Rover déboîter et se diriger vers les quais.) Mille balles pour celui qui m'aide ! cria-t-il en exhibant un deuxième billet.

Un grondement de moteur.

— Montez ! lui cria un jeune blond.

David bondit derrière lui et lui tendit les billets.

— Vous n'êtes pas flic, au moins, c'est vrai ? cria-t-il en faisant rugir son moteur.

— Non !

— O.K. Quelle bagnole ?

— Une Rover blanche. Elle vient de prendre les quais !

— O.K. Accrochez-vous !

La moto s'arracha du trottoir avec une force prodigieuse, traversa la place et fonça le long du quai des Grands-Augustins. Le vent glacé s'écrasa sur le visage de David, lui brouillant la vue et l'assourdissant. Aucune trace de la Rover ! C'était impossible ! Elle n'avait pas pu prendre une telle avance ! Bon Dieu ! Et s'il avait pris une rue sur la gauche !

Soudain, il la vit : elle s'engageait sur la voie sur berge. Il tapota l'épaule du jeune motard.

— Je l'ai vue ! lui cria celui-ci en se détournant à demi.

— Ne le collez pas trop !

La Rover emprunta la voie sur berge jusqu'à son terme. Elle continua à longer la Seine, plongeant dans le souterrain devant la tour Eiffel puis dépassant le pont de Grenelle. Tout à coup, elle ralentit ;

son clignotant gauche palpita. Et elle s'engagea dans les rues couvertes du Front-de-Seine.

La moto s'éloigna, ses chromes rutilant à intervalles réguliers dans la lueur des lampadaires.

David regarda à nouveau l'entrée du parking souterrain dans lequel la Rover avait disparu. Un panonceau indiquait : *TOUR JADE — Parc de stationnement.*

Lucas connaissait cette tour : quarante étages de bureaux — l'un d'entre eux abritait les services d'une chaîne privée de télévision avec laquelle il lui était arrivé de travailler. Impossible de savoir où l'homme aux cheveux blancs se rendait. Exclu également de se renseigner auprès des vigiles surveillant le hall d'entrée : il ne tenait pas à se faire remarquer ; et, de toute manière, « Roman » était probablement un faux nom.

Qu'allait-il faire ? Retourner chercher sa voiture et attendre que l'homme ressorte du parking ?... Mais s'il ressortait entre-temps ? Il ne pouvait pas courir un tel risque ! Il valait mieux essayer de retrouver la Rover dans le parking. Ça prendrait du temps, mais c'était ce qu'il avait de mieux à faire : l'homme finirait bien par regagner sa voiture. Et s'il ne pouvait pas le suivre, il pouvait opérer un contact ! A cette heure, le parking souterrain était certainement peu fréquenté : le lieu idéal pour un traquenard.

Il s'enfonça dans l'ombre de la rampe d'accès du parking.

Contrairement à ce qu'il avait cru, il mit très peu de temps à retrouver la Rover. Le parking était pratiquement désert. Elle était rangée, au premier niveau, près des ascenseurs, au milieu d'une demi-douzaine d'autres voitures.

D'autres voitures... Y avait-il un lien ?

Un timbre musical, clair et bref : les portes de l'un des ascenseurs s'écartèrent. Lucas se jeta derrière un pilier. La silhouette d'un vigile se profila dans la lumière provenant de l'intérieur de l'ascenseur ; il jeta un coup d'œil au-dehors tout en empêchant les portes de se refermer. David se dissimula sans plus le regarder, priant le ciel de ne pas être tombé sur un consciencieux. Il entendit la secousse bruyante des portes tentant de se refermer. Une première fois... Une seconde... Puis le timbre musical ! Etait-il sorti ou était-il remonté dans l'ascenseur ? Lucas tendit l'oreille. Rien. Il risqua un œil : le vigile n'était pas là.

Il s'approcha de la Rover. Les portières étaient verrouillées. Un détail sur le pare-brise attira son attention. Quelque chose derrière la vitre – quelque chose qui lui parut familier : une sorte de macaron rouge et or.

Il n'eut pas le temps de vérifier de quoi il s'agissait.

Un hurlement de pneus s'éleva quelque part dans le parking ; un bruit de moteur se rapprocha rapidement.

David plongea dans l'ombre d'un mur et s'accroupit entre deux voitures. Le rugissement du moteur enfla et il entrevit le passage éclair d'une carrosserie scintillante. La voiture stoppa une dizaine de mètres plus loin. Une portière claqua. David se redressa prudemment et vit un homme se diriger d'un pas pressé vers les ascenseurs. L'homme regarda sa montre et obliqua sur sa gauche en direction de la Rover. Il posa une main sur le capot – pour voir s'il est chaud ! – et repartit aussitôt vers les ascenseurs en secouant la tête de dépit.

Le timbre musical retentit. Un bref instant, la lumière de l'ascenseur éclaira le visage de l'homme : le visage d'un homme mûr, sévère, barré d'une moustache noire.

De nouveau, le timbre musical.

David bondit en direction des ascenseurs. 3...4...5...6... Au-dessus de la porte d'accès, les chiffres indiquant la progression de l'ascenseur dans les étages s'allumaient les uns après les autres. 11...12...13...14...15...15...15... *Le 15ᵉ !*

Deux minutes plus tard, les portes de l'ascenseur s'ouvrirent de nouveau au niveau du parking. Il était vide. Lucas sortit de l'ombre et se précipita à l'intérieur. *Un code !...* Il eut juste le temps de tendre le bras pour bloquer la fermeture des portes. Il les repoussa avec force pour ressortir. Une seconde de plus et il était coincé ! Prisonnier ! Il y avait un bloc de touches numériques à l'intérieur — rien à voir avec la batterie de boutons d'étages : la nuit ou le week-end, il fallait composer un code chiffré pour utiliser l'ascenseur ; sinon il devait se bloquer automatiquement au niveau du rez-de-chaussée, là où les vigiles montaient la garde ! Vérifier ?... Non ! S'il avait vu juste, cela donnerait l'alerte : les vigiles pourraient trouver suspect de voir l'ascenseur s'arrêter, vide, au rez-de-chaussée. Ils feraient peut-être une ronde. Il n'avait pas besoin de cela.

Il devait attendre. Il n'avait que cela à faire : attendre le retour de l'homme aux cheveux blancs. « Roman. » Et l'autre... *Les autres ?*

Trois notes musicales retentirent dans le silence du parking.

Lucas comprit avec retard qu'il s'agissait de l'ascenseur — l'inaction et le froid avaient fini par l'engourdir. Il orienta le cadran de la montre en acier de manière à distinguer la place des aiguilles. 0 h 43.

Il se releva sans bruit et aperçut un groupe d'hommes se diriger vers les voitures. Il en compta cinq. Le moustachu était parmi eux. Mais où était « Roman » ?

Trois voitures démarrèrent et s'éloignèrent en direction de la sortie.

Cinq minutes plus tard, le timbre musical de l'ascenseur résonna de nouveau. David abaissa le cran de sécurité du Colt 45.

L'homme aux cheveux blancs déboucha dans le parking en compagnie de quatre hommes.

Impossible de tenter quoi que ce soit ! Ils étaient trop nombreux !

David contourna avec précaution le pilier derrière lequel il s'était dissimulé : les hommes prenaient congé les uns des autres. Celui qui se faisait appeler « Roman » fut le premier à regagner sa voiture. Deux autres l'imitèrent presque aussitôt. Des moteurs vrombirent ; des phares s'allumèrent. Lucas remarqua deux hommes qui s'attardaient, discutant ensemble : l'un était petit et corpulent, l'autre – celui dont David ne voyait que le dos – était de grande taille et longiligne. Les deux hommes s'écartèrent pour laisser passer les voitures, puis se serrèrent la main. Lucas vit la haute silhouette longiligne s'avancer dans sa direction, vers une voiture de couleur sombre parquée à moins de cinq mètres de l'endroit où il se dissimulait. Un bref instant, le visage de l'homme s'éclaira dans la lueur blafarde d'une lampe du parking : David étouffa une exclamation de surprise.

Cet homme, il le connaissait !

Cet homme était Georges De Launay. Le sénateur Georges De Launay !

Lucas quitta le parking vers une heure du matin. Le vent glacial au-dehors le fit grelotter. Il était épuisé, vidé. Il ne se sentait ni le courage, ni la force de retourner à la place Saint-Michel chercher sa voiture. Regagner la Muette ? Olivia devait dormir maintenant ; il la réveillerait. Il ne le fallait pas : elle avait besoin de reprendre des forces. Il lui laisserait un message sur le répondeur pour la rassurer. Reprendre des forces... Lui aussi en avait besoin !

Il se souvint que l'hôtel *Nikko* était tout proche et décida de s'y rendre. Il prendrait une chambre sous un faux nom – il trouverait une explication crédible pour justifier son défaut de pièces d'identité ; au besoin, il accréditerait ses dires d'un ou deux billets de cent francs ; le réceptionniste ne ferait pas de difficulté.

C'était la meilleure solution. Ainsi, il serait sur place, dès le lendemain matin, pour se rendre à la tour « Jade ». Au quinzième étage de la tour « Jade »...

Le reste pouvait attendre. Les hommes dans le parking. Il les retrouverait. Il avait le moyen de les retrouver et de les identifier : il avait relevé les numéros des plaques minéralogiques de toutes les voitures.

Olivia trouva le message de David sur le répondeur. Il disait : « Tout va bien. Je vérifie quelque chose demain matin et je rentre. Ne t'inquiète pas. Tout va bien. »

La peur qui s'était emparée d'elle, à son réveil, quand elle s'était rendu compte que le lit à côté d'elle était vide, retomba aussitôt. Elle alluma la radio et alla se faire du café.

Cinq minutes plus tard, elle s'installa dans le canapé et but son café en considérant d'un air songeur le contenu du dossier du C.A.D.D. répandu sur le sol. La veille au soir, elle l'avait étudié, essayant une nouvelle fois de discerner le lien qui pouvait exister entre les morts de la prison de Saint-Louis, entre ces morts et Salim Rashid, entre tous ces morts et *elle*... En vain. Le lien – elle était sûre qu'il y en avait un – lui avait une nouvelle fois échappé. Une nouvelle fois...

Elle but une gorgée de café et laissa son esprit vagabonder en écoutant distraitement une série de publicités à la radio. Ses yeux se posèrent sur le répondeur-enregistreur et ce fut comme si, tout à coup, sa mémoire fonctionnait de nouveau : *il s'était passé quelque chose, hier soir !*...

Elle posa sa tasse de café et s'approcha du répondeur. Elle éjecta la cassette et inséra dans l'appareil celle que David avait subtilisée chez Stefan Lovac.

Il s'était passé quelque chose !

« Roman. » L'homme que David guettait dans le café de la place Saint-Michel, elle l'avait eu en ligne ! Quelques secondes. Mais cela avait suffi : elle avait entendu sa voix. Et cette voix, elle la connaissait ! Elle en était sûre !...

« Ici Roman. J'appelle de la part de notre ami pour notre affaire......... et vous ne pouvez pas me joindre............

.... de la part de notre ami pour notre affaire........... »

Elle écouta plusieurs fois le message laconique de l'homme qui se faisait appeler « Roman ». Mais la voix demeura anonyme. Une voix sans visage. Une chose était certaine cependant : « Roman » n'était pas son nom !

Elle retourna à la cuisine, se servit une seconde tasse de café et écouta le bulletin d'information de neuf heures à la radio : il y était question de la campagne des élections législatives, « empoisonnée » par l'affaire des négociations franco-allemandes en vue de l'installation de missiles *Hadès* sur le territoire de la R.F.A. ; du nouveau franchissement de la barre des trois millions et demi de chômeurs et de la création d'un comité de défense des « sans-emploi » se fixant pour but d'obliger les pouvoirs publics à prendre en compte leurs problèmes en développant des actions spectaculaires dans le pays ; d'un très violent accrochage entre les forces sandinistes du Nicaragua et l'armée régulière du Costa Rica ; etc.

Soudain, après un intermède de publicités, une information fit sursauter Olivia :

— ... et, bien sûr, le scandale des grâces médicales est dans toutes les mémoires à Marseille. Reste que la libération d'Edgar Dione n'aurait pas provoqué autant de remous dans le Vieux-Port si ce jeune détenu n'avait été le neveu de Simon Zamourian, et si son nom n'avait été cité comme celui de l'un des meneurs du mouvement revendicatif qui a perturbé la prison des Baumettes au début de cette année. Notre correspondant a pu joindre l'avocat d'Edgar Dione. Ecoutez ce qu'il en pense...

Olivia haussa le son de la radio : l'avocat déclara que la libération d'Edgar Dione avait été décidée, dans des conditions tout à fait régulières, par les autorités judiciaires compétentes ; que la justice française est en matière pénale une justice « personnelle » et que, donc, les liens familiaux de son client avec une personne ayant eu maille à partir avec la justice ne pouvaient ni ne devaient être pris en considération.

— Enfin, et en tout état de cause, ajouta l'avocat, je vous rappelle que les faits pour lesquels mon client a été condamné sont d'une gravité toute relative, puisqu'il s'agit d'infractions que l'on peut qualifier de mineures sur le terrain de la législation fiscale.

Comme le journaliste s'étonnait qu'on ait pu tenir compte de « la bonne conduite » d'Edgar Dione en prison pour justifier sa libération conditionnelle, l'avocat l'interrompit :

— Vous faites sans doute allusion aux événements des Baumettes de janvier dernier, événements dans lesquels, selon certains, mon client aurait été impliqué. A cet égard, je dois vous rappeler qu'à la suite de l'enquête diligentée par l'inspecteur général de l'administration pénitentiaire, monsieur Robert Haller, aucun élément n'a pu être mis en valeur, de nature à étayer la thèse d'une quelconque participation — et a fortiori instigation — de mon client dans cette affaire... Non, en vérité, voyez-vous, il ne s'agit là que d'une opération de basse politique. Les élections approchent. Et mes adversaires font tout pour me discréditer. Mais les Marseillais savent bien...

Olivia n'entendit pas la suite. Le trouble qu'elle éprouva fut d'une violence inouïe.

Le lien... Le lien entre les morts...

Le lien qu'elle pressentait entre les assassinats de Saint-Louis, entre ces assassinats et celui de Salim

Rashid, le lien la reliant — et David aussi — à tous ces morts, elle l'avait trouvé !

Elle demeura pétrifiée.

— O mon Dieu... chuchota-t-elle, ce n'est pas possible... Pas *lui* !

David effleura du doigt la touche correspondant au quinzième étage de la tour « Jade » et se recula au fond de l'ascenseur. Les yeux de l'homme qui se tenait à côté de lui pétillèrent — un colosse au teint rougeaud engoncé dans un costume prince-de-galles trop clair ; le col de sa chemise et son gilet semblaient sur le point d'exploser.

— A.R.J. !... lança-t-il à Lucas avec un sourire complice. (David lui retourna un sourire hésitant.) C'est la première fois que vous venez ?... Moi, c'est la deuxième ! Hé ! Mais attention ! Je suis déjà venu à Paris avant, hein !

— Ah oui...

— Oui ! tonna le colosse. Trois fois déjà ! En plus des deux autres, voyez... Enfin, c'est-à-dire, l'autre fois et cette fois-là, quoi. (Il afficha une mine réjouie.) Vous faites la session complète ou seulement les deux jours ?

— Je ne sais pas encore...

— Moi, je crois que je vais tout faire. On n'a pas si souvent l'occasion de se détendre, hein ? Dans la capitale, en plus ! (Il cligna de l'œil.) Et puis c'est pour la bonne cause, non ?

— Evidemment.

— Je suis avec un ami. On s'est arrangés pour faire partie de la même session. Si ça vous dit, on pourrait passer la soirée ensemble. Vous avez l'air d'être du pays ! (Il eut une grimace égrillarde.) Pourriez nous piloter, hein !... (Il tendit à Lucas une carte de visite multicolore.) Je suis descendu au *Novotel*, pouvez pas me rater. (Il pointa l'index sur la carte de visite qu'examinait David.) C'est mon magasin. Ma femme assure la permanence, précisa le colosse avec un clin d'œil.

Le quinzième étage était occupé en partie par un cabinet de relations publiques, une société d'import-export et une autre, spécialisée dans la protection et la sécurité des entreprises industrielles ; le restant de l'étage abritait les locaux de l'A.R.J.

L'A.R.J. était la destination de Lucas.

Il l'avait compris dès qu'il avait quitté l'ascenseur : sur sa droite, dans un hall d'accueil spacieux, il avait aperçu un homme plaisantant avec une hôtesse assise derrière un bureau ; un homme de petite taille et corpulent. David l'avait reconnu instantanément : c'était l'homme qu'il avait vu discuter dans le parking avec le sénateur De Launay !

Aussi David s'était-il empressé d'accepter l'offre que lui avait faite le colosse de l'ascenseur, après qu'il lui eut raconté qu'il n'était pas membre de l'association mais qu'il désirait le devenir et, si possible, participer à la session d'études sur le point de débuter.

— Laissez-moi faire ! lui avait dit le colosse d'un ton définitif. Je suis membre d'honneur. Avec la cotisation que je leur balance, ils n'ont rien à me refuser ! (Le colosse lui avait une fois encore cligné de l'œil.) A charge de revanche, hein ? Je compte sur vous pour ce soir ! Paris by night et tutti quanti !

David faisait mine de lire les affiches et les tracts recouvrant l'un des murs du hall d'accueil. Il observait du coin de l'œil le colosse en grande conversation avec le petit homme corpulent et l'hôtesse. D'autres hommes et femmes faisaient cercle autour du bureau de l'hôtesse, attendant leur tour. Un panonceau, près de l'entrée du hall, indiquait en lettres dorées sur fond de velours bleu nuit : *Association pour la Réforme de la Justice.*

Lucas connaissait vaguement l'existence de cette

association. Il savait qu'elle militait pour une justice plus sévère et qu'un certain nombre de juristes, en son sein, œuvraient à une refonte du Code pénal. Les thèses défendues par l'A.R.J. n'étaient pas aussi extrêmes que celles d'un certain nombre d'autres associations d'un genre approchant — réclamant par exemple le rétablissement de la peine de mort, de la loi anticasseurs, voire même de la Cour de sûreté de l'Etat. L'A.R.J., elle, s'attachait essentiellement à l'amélioration du droit et du fonctionnement de la justice, en insistant — et c'était la raison principale de son succès auprès du public — sur la défense des victimes.

L'attention de David fut attirée par une affiche proclamant en gros caractères : *Les 30 000 membres de l'A.R.J. sont pour la révision de l'article 64...* Il n'eut pas le temps de poursuivre plus avant sa lecture : la voix du colosse en costume prince-de-galles retentit derrière lui.

— Ça y est, c'est arrangé ! fit le colosse en lui concassant l'épaule. L'hôtesse va s'occuper de vous. Bon ! Je vous laisse, maintenant. Je vais essayer de retrouver mon pote. Il n'est pas au courant pour nos projets ! (Le colosse lui décocha un sourire entendu.) A tout à l'heure !

Lucas le regarda s'éloigner. Cinq minutes plus tard, l'hôtesse s'avança vers lui et lui demanda de la suivre. Ils s'installèrent dans un petit bureau.

— Ah ! c'est quelqu'un ce monsieur Alcaron ! fit l'hôtesse en souriant et en ajustant ses lunettes sur son nez.

— Je vous demande pardon ?

— Votre ami ! C'est une tornade cet homme ! (Elle détailla David par-dessus ses lunettes et sembla le trouver à son goût.) Il est bien gentil mais il faut quand même que je vous inscrive.

— Bien sûr.

La jeune femme fouilla dans plusieurs tiroirs et pinça les lèvres de dépit.

— Evidemment ! Les formulaires ne sont pas là ! (Elle se leva.) Attendez-moi, je reviens dans une minute !

David se retrouva seul. Il se demanda ce qu'il faisait là. Toute cette comédie était ridicule ! Son regard se posa sur une photo épinglée sur un mur. Il l'examina distraitement et, soudain, il sentit son cœur faire un bond dans sa poitrine : la photo représentait la tribune d'un congrès de l'A.R.J. ; on y voyait l'actuel ministre de la Justice en compagnie des membres dirigeants de l'association ; assis derrière le ministre, se tenait un homme au visage sévère, barré d'une moustache noire – *l'homme retardataire du parking !*

David détacha la photo et l'empocha prestement.

— Le stock de nouveaux formulaires est déjà épuisé ! lança l'hôtesse en revenant quelques instants plus tard. J'ai été obligée de récupérer un des anciens bulletins. (Elle s'installa.) Bien ! Alors vous vous appelez ?

— Laurence. David Laurence.

L'hôtesse lui posa une série de questions auxquelles il s'efforça de répondre avec naturel. Elle lui offrit le choix, ensuite, entre plusieurs cotisations. David opta pour la plus élevée – mille francs – qui faisait de lui un membre d'honneur. L'hôtesse parut enchantée de sa décision. Elle lui indiqua que, pour des raisons de comptabilité, elle ne pouvait pas accepter d'argent liquide. Lucas lui signa un chèque. Il comprit en le lui remettant qu'il avait fait une erreur.

— Je ne comprends pas, dit l'hôtesse en examinant le chèque, les renseignements que vous m'avez donnés ne correspondent pas à ce qui est inscrit ici... (Elle dévisagea David d'un air soupçonneux.)

— Je vous ai menti, dit David en prenant un air penaud.

— Ah...

— Oui. Enfin... Pas exactement. Laurence est mon pseudonyme. Je suis aussi... écrivain. (Il prit une attitude confuse.) J'espère qu'un jour, on ne me connaîtra plus que sous le nom de Laurence...

— Ah, je comprends ! (L'hôtesse lui sourit.) Vous savez que nous avons plusieurs écrivains parmi nous, oui-oui ! Nous avons même un membre de l'Académie... Mais oui ! J'ai oublié son nom, mais il est très connu. (Elle hésita.) Laurence... Laurence... Ça me dit quelque chose, en effet...

— *John Thomas, l'indomptable*... Ne me dites pas que vous l'avez lu !...

— Je vous avoue que non, dit l'hôtesse avec un sourire d'excuse. Mais maintenant que je vous connais, je dévorerai votre « John Thomas » à la première occasion ! Vous pouvez en être sûr ! (Elle griffonna quelque chose sur le bulletin d'adhésion.) Je suis quand même obligée d'inscrire votre nom... (Elle regarda sa montre.) Bien ! Je crois qu'il est temps pour vous de rejoindre la session d'études. (Elle se leva.) Vous me suivez, monsieur Laurence ? fit-elle en lui adressant un sourire de connivence.

L'hôtesse le précéda tout au long d'un large couloir et l'introduisit dans une sorte d'amphithéâtre.

— Ça vient juste de commencer, chuchota-t-elle. Bon courage !

L'auditoire était constitué d'une quarantaine d'hommes et de femmes assis en demi-cercle devant des pupitres. Un homme s'adressait à eux debout sur une estrade ; un écran blanc s'étalait sur le mur derrière lui.

« ... et, malheureusement, vous le savez — les sondages le montrent tous les jours ! —, les Français placent la justice au dernier rang des institutions auxquelles ils font confiance. Et vous savez aussi que c'est l'un des objectifs de l'A.R.J. — je dirais même son objectif principal ! – que de travailler au rétablissement de la confiance de nos concitoyens... »

Une main se leva dans l'assistance, au fond de la salle. David reconnut le colosse au costume prince-de-galles : il lui faisait signe. Lucas le rejoignit à contrecœur.

– Je vous ai gardé une place près du radiateur, gloussa le colosse en clignant de l'œil.

– Votre ami n'est pas avec vous ? demanda David à voix basse en s'efforçant de dissimuler son agacement.

– Non ! Je ne comprends pas, répondit le colosse en pinçant les lèvres. Il a dû s'éclater sec, hier soir, le salaud ! (Son regard s'alluma à cette pensée.)

– Qu'est-ce qu'on fait, là ? s'enquit David. (Il feuilleta la petite pile d'imprimés posée devant : il remarqua que chacun des participants avait la même.) Et ça, c'est pour quoi faire ?

– Il est en train de l'expliquer, fit le colosse en désignant l'orateur. Ecoutez, vous allez voir, c'est pas sorcier.

« ... les résultats des travaux de cette session à laquelle vous avez accepté, à votre tour, de prêter votre concours – et je vous en remercie – nous permettront de mieux cerner les problèmes qui se posent, d'améliorer les solutions que nous proposons déjà, voire – pourquoi pas ? – d'en mettre au jour de meilleures... (Des murmures d'approbation s'élevèrent dans l'assistance.)... Tout cela contribuera, quoi qu'il en soit, soyez-en sûrs, à enrichir l'ensemble des propositions que nous comptons rendre publiques, je vous le dis, mais ne le répétez pas, c'est encore un secret (des rires fusèrent)... lors de notre grand congrès, à l'automne prochain !... »

Ces dernières paroles furent saluées par une salve d'applaudissements.

— Extra, non ? exulta le colosse en balançant un vigoureux coup de coude à Lucas. Je vais devenir un vrai Parigot !

David l'approuva de la tête en se forçant à lui sourire. Puis il se demanda quelle histoire il allait bien pouvoir inventer pour décamper en vitesse.

L'orateur reprit la parole :

« ... et comme je vous l'ai déjà indiqué, la séance de ce matin consiste à vérifier dans quelle mesure les décisions de justice, en correctionnelle ou aux assises, sont conformes à ce qu'attendent nos concitoyens. Nous avons sélectionné une dizaine de cas, au hasard, que je vais vous exposer. Vous répondrez par écrit, au fur et à mesure, sur les questionnaires placés devant vous. Vous donnerez *votre* sentiment. Vous direz, par exemple, si la décision prise vous paraît juste ou injuste, trop sévère ou pas assez, si on a bien fait de tenir compte de tel élément, d'accorder les circonstances atténuantes, par exemple, si le cas se présente, etc. Vous serez en quelque sorte les juges des juges. Et vous allez faire cela en toute sérénité, à l'abri des pressions et des influences diverses qui se font jour, qu'on le veuille ou non, dans les prétoires... (Murmures d'approbation...) Vous remarquerez qu'aucun nom ne figure sur les documents à votre disposition — la loi nous y oblige et nous la respectons —, mais je vous le répète, ce sont des cas réels... Bien ! Si personne n'a de question à poser, nous allons commencer avec le cas numéro un... »

Le cas numéro un fut vite expédié. Il concernait un garagiste condamné à un an de prison, dont six mois avec sursis, pour avoir blessé d'un coup de fusil un jeune homme qui tentait de le dévaliser. L'orateur résuma les éléments du dossier qu'il illustra en projetant quelques diapositives sur l'écran derrière lui.

— Moi, je l'aurais acquitté ! commenta le colosse en se tournant vers David. Pas vous ?

— Oui, oui... Vous avez raison... fit David en parcourant l'assistance d'un regard distrait — en fait, il cherchait quelque chose, un détail, un visage, la touche de réel qui rendrait immédiatement crédible le mensonge auquel il se préparait : il avait trouvé une histoire pour justifier son départ inopiné ; ce n'était guère brillant mais cela conviendrait parfaitement au colosse.

L'orateur avait commencé l'exposé du cas numéro deux : un cambriolage sanglant perpétré par deux criminels récidivistes. La lecture des aveux de l'un d'entre eux provoqua un malaise dans l'assistance.

« ... On a choisi la villa du bijoutier parce qu'on s'est dit que ces gens-là devaient être riches... J'ai tué le père dans le garage, après l'avoir obligé à faire démarrer sa voiture pour étouffer le bruit des détonations... On est rentrés dans la villa. J'ai mis deux balles dans la tête à la plus grande des filles (20 ans, précisa l'orateur) et on a emmené la mère et la petite-fille dans la cave... J'ai demandé à la vieille de se retourner et je l'ai tirée. Après j'ai tiré la petite (11 ans)... Elle avait peur et pleurait en essayant de se protéger la nuque avec ses deux mains... »

David se dit que c'était le moment ou jamais. Il profiterait de l'obscurité pendant la projection des diapos pour s'éclipser.

— Ah les salauds ! siffla le colosse entre ses dents. (Il vit David se coucher sur son pupitre et se dissimuler le visage derrière les feuillets des questionnaires.) Hé !... qu'est-ce qui vous arrive ?

— Est-ce qu'il regarde par ici ? demanda David d'une voix précipitée.

— Qui ça ? fit le colosse en ouvrant des yeux ronds.

— Le grand type. Deuxième rang à droite. Celui qui a des verrues sur la joue gauche.

Le colosse jeta un regard dans la direction indiquée.

— Il a une veste marron ?

— Oui !

— Non, il ne regarde pas par ici. Pourquoi ?

— Vous êtes sûr ?

— Oui !...

— Un coup de chance. C'est le mari d'une... amie à moi. S'il me voit, ça va faire du vilain ! Il faut que je file !

— Vous m'avez l'air d'être un sacré coco, hein ? (Le colosse lui fit un clin d'œil.)

— Arrangez-moi le coup avec l'hôtesse. Je reviendrai pour une autre session. Je peux compter sur vous ?

— Vous bilez pas, mon pote ! Je vous arrange ça ! (Les sourcils du colosse se froncèrent soudain.) Hé ! Mais dites donc, pour ce soir ? (Il avait l'air désemparé.)

— Pas de problème ! Je vous appelle à votre hôtel ! mentit David en lui faisant un clin d'œil. (L'obscurité se fit dans la salle.) J'y vais ! J'en profite !

Personne ne le vit sortir de la salle. Il fourra les questionnaires dans l'une des poches de son imperméable et se dirigea vers les ascenseurs. Le hall d'accueil était désert : aucune trace de l'hôtesse. Il appela l'ascenseur — son attente lui parut interminable.

Quand il quitta enfin la tour « Jade », il éprouva un étrange malaise : il ne savait plus très bien où il en était ; et une angoisse diffuse lui comprimait la poitrine. Il n'avait pas de raison de s'inquiéter, c'était ridicule ! Personne ne l'avait vu — personne ne l'avait reconnu ! Alors pourquoi avait-il le sentiment d'avoir commis une erreur ? Il se souvint soudain que l'hôtesse avait inscrit son nom sur le bulletin d'adhésion.

Son nom ! Il avait laissé une trace !

Son angoisse redoubla. Il essaya de déterminer en quoi cette trace pouvait représenter un danger. Il n'y parvint pas. Il finit par se rassurer en se disant que le bulletin portant son nom disparaîtrait au fond d'un tiroir. La *trace* se perdrait dans la paperasserie de l'A.R.J.

Il héla un taxi afin de rejoindre la place Saint-Michel et récupérer sa voiture.

— Pourquoi dis-tu que ça ne t'étonne pas ?
— Quoi ? De Launay ?
— Oui.

Olivia se passa une main dans les cheveux et soupira.

— Parce que ce ne serait pas le seul parlementaire à faire partie de l'A.R.J., dit-elle. Il y en a beaucoup d'autres. La défense des victimes, c'est la nouvelle mode. Ça plaît aux électeurs. Alors il n'y a pas de raison de s'en priver !... De Launay n'est pas le seul ! Ils ont deux anciens Premiers ministres dans leur comité d'honneur, et même deux ou trois ministres en exercice. Plus une flopée de députés, d'avocats, de célébrités en tout genre... (Elle marqua un temps.) Je ne savais pas que De Launay en faisait partie, mais ça n'a rien d'étonnant... En plus, il a été ministre de l'Intérieur. Il est membre de la commission des lois du Sénat... Et ça n'a jamais été une colombe !

— Il n'y a pas que des gens de droite ou quoi ? demanda David après un instant de réflexion.

— Pas seulement. Quelques-uns sont plutôt marqués à gauche... Carrel, mon ancien prof de droit — tu te souviens de lui ? Je t'en ai parlé, il était membre du Conseil supérieur de la magistrature — on ne peut pas franchement le classer à droite, n'est-ce pas ? (David l'approuva en silence.) Bon, eh bien, il en fait partie. Et ce n'est pas le seul !

David alluma une cigarette. Son esprit était embrouillé. Il ne savait quoi penser et une angoisse sourde lui étreignait le cœur. De nouveau. Inexplicablement.

— Comment se fait-il qu'ils aient autant de monde ? s'interrogea-t-il à haute voix.

— Parce que, je te l'ai dit, la défense des victimes, c'est populaire en ce moment, répondit Olivia sans le regarder. Sans compter que l'A.R.J. n'a rien à voir avec une association d'excités — comme certaines autres ! Il y a des gens sérieux là-dedans, d'excellents juristes je veux dire...

— Pourquoi tu n'en fais pas partie ?

— Parce que je ne suis pas d'accord avec certaines de leurs idées.

— Lesquelles ?

— Je ne sais pas... Par exemple, ils sont contre l'individualisation des peines, pour le rétablissement des peines-plancher, pour l'instauration de peines incompressibles pour les meurtres de policiers... Tu vois ? Des trucs de ce genre. Tout un côté sécuritaire qui moi me... (Elle hésita.) Ils n'ont pas toujours tort, cela dit...

— Comment ça ?

— Ils réclament par exemple un réaménagement des textes concernant la détention provisoire... Pour éviter les « évasions par la procédure ». (Elle vit David froncer les sourcils.) Tu sais bien, c'est le fameux truc où un juge d'instruction oublie de renouveler dans les délais le mandat de dépôt, et où on est obligé de relâcher le type... Il y a d'autres cas où ça peut se passer aussi... Par exemple, si la chambre d'accusation ne se prononce pas dans les trente jours qui suivent un appel de refus de mise en liberté, etc.

— C'est quoi l'article 64 ? demanda brusquement David.

– Pourquoi parles-tu de cela ? s'étonna Olivia.

– Ils ont plein d'affiches. Ils veulent sa révision...

– Oui. C'est leur dernier cheval de bataille. C'est un article du Code pénal qui dit, en gros, qu'il n'y a pas de crime si on a agi en état de démence. Il y a environ un millier de non-lieux chaque année en vertu de cet article.

– Et alors ? On les met à l'asile, non ?

– Pas forcément... Et c'est justement ce contre quoi s'insurgent les gens de l'A.R.J. ! Si on estime que le type n'est pas dangereux pour l'ordre public ou pour lui-même, après l'ordonnance de non-lieu il rentre tout simplement chez lui.

– Quoi ?

– Quant à ceux qu'on interne, il y en a un bon paquet qui finissent par ressortir. « Guéris. » Le problème, c'est que certains recommencent, évidemment...

David la dévisagea avec perplexité.

– Et ça aussi, ça te paraît... sécuritaire ? De vouloir arranger une connerie pareille !

– Je ne sais pas... En fait, c'est tout un ensemble... C'est comme cette façon de vérifier les décisions de justice. (Elle s'empara des questionnaires que David avait rapportés et les feuilleta rapidement en secouant la tête.) Sous prétexte que les juges seraient laxistes ! (Quelque chose lui échappa des mains et glissa sur le sol.) Qu'est-ce que c'est que cette photo ? (Elle se pencha pour la ramasser.)

– Je l'ai prise là-bas. Il y a un type que j'ai aperçu dans le parking, dessus.

– Lequel ?

– Le moustachu, derrière le garde des Sceaux...

Olivia poussa un petit cri.

– C'est lui !

– Quoi lui ?

– Haller ! s'écria Olivia. Robert Haller !... *Le lien !*

– Le quoi ? Quel lien ?

David s'approcha d'Olivia : elle était blême et semblait bouleversée.

— De quoi parles-tu ? demanda-t-il doucement. Livia... Quel lien ?

— Le lien entre les morts, David, murmura-t-elle.

David se versa une tasse de café.

— Tu en veux ? (Olivia lui fit signe que non.)

Il but une gorgée et réfléchit à ce qu'elle venait de lui apprendre. La libération d'Edgar Dione, le neveu de Zamourian. Et le reste : Haller... L'inspecteur général de l'administration pénitentiaire. Haller... Le *lien*... Une pensée lui traversa subitement l'esprit : la libération de Dione ! C'était de cela dont on parlait dans l'un des messages du répondeur de Stefan Lovac : « ...Je ne serai pas à Marseille. Embrasse-le pour moi... » Et alors ? Qu'est-ce que ça lui donnait ? Que pouvait-il en déduire ? Rien ! Il n'y avait rien d'extraordinaire à ce que Zamourian fût au courant de la libération prochaine de son neveu !

Il finit sa tasse de café et alla s'asseoir auprès d'Olivia.

— Bon, fit-il en allumant une cigarette. Alors, pourquoi ?

— Haller ?

— Oui. (Il la fixa en plissant les yeux.) C'est le simple fait d'avoir entendu son nom à la radio ? Avec celui de Zamourian ?

— Il y a ça... Et le reste.

— C'est quoi le reste ?

Elle lui prit sa cigarette, en tira une bouffée et la lui rendit. Elle rejeta la tête en arrière et exhala la fumée avec un long soupir. David sentit son cœur se serrer. Ce geste... Il la regarda : le dessin délicat de son nez, de sa bouche, la douceur de ses joues, et ses yeux... Ses yeux ! Comme deux lacs, purs et limpides. Calmes. Si calmes...

— C'est quoi le reste ? répéta-t-il doucement.

Olivia hésita.

— Les détenus qui ont trouvé la mort à Saint-Louis, commença-t-elle d'une voix faible, ont pour la plupart été transférés dans cette prison. Et, en majorité, pour des raisons de sécurité. Des D.P.S...

— Des quoi ?

— D.P.S. Détenus à particulièrement surveiller. (Elle hésita à nouveau.) En tant qu'inspecteur général de la pénitentiaire, il est à l'origine de ces transferts.

— Tu oublies ceux qui ont été transférés pour raison médicale.

— Non. Il a eu son mot à dire pour ceux-là aussi. Idem pour ceux qui ont été incarcérés directement à Saint-Louis.

— Et alors ?...

— Alors, rien. Il est à l'origine, c'est tout...

David écrasa sa cigarette et se leva. Il prit la photo et l'examina pensivement.

— Et c'est *tout* ? fit-il en se retournant subitement.

Olivia secoua la tête.

— Non. Il était sur place, à Saint-Louis je veux dire, pour déterminer s'il y avait eu une carence dans la surveillance à propos du « suicide » de Salim.

— C'était son job, non ?

— Oui. Mais il n'y a pas que cela...

— Comment ça ?

— Il était parfaitement au courant des réserves que j'avais faites sur ce soi-disant suicide... Je me suis accrochée avec lui à ce sujet. (Olivia se raidit et poursuivit d'une voix blanche.) Et il a forcément été mis au courant de l'existence de la correspondance de Salim. Par le procureur ou le juge d'instruction.

Il y eut un silence.

— Et tu l'as vu dans le parking de l'A.R.J. la nuit dernière, ajouta Olivia.

— Ça n'a peut-être rien à voir ! Il participait simplement à une réunion de l'A.R.J...

— C'est impossible.

— Comment ?

— Ce n'était pas une réunion de l'A.R.J. ! C'est impossible ! Haller ne fait pas partie de l'A.R.J. !

— Qu'est-ce que tu en sais ?

— Primo, il est plutôt classé comme libéral. Il a été longtemps membre du Conseil national de prévention de la délinquance. Un membre actif. Un partisan convaincu de la prévention. (Elle regarda David en secouant la tête.) Et ça, ce n'est pas du tout dans l'esprit sécuritaire, justement ! (Elle marqua une pause.) Et deuxièmement, l'A.R.J. n'est pas en odeur de sainteté à la chancellerie.

— Qu'est-ce que foutait le ministre à leur congrès, alors ?

— Ça, c'était avant ! Depuis les choses se sont envenimées. Pour plusieurs raisons. Au point que l'année dernière, deux magistrats importants du ministère ont été mutés, simplement parce qu'ils faisaient partie de cette association. La chancellerie et l'A.R.J. sont à couteaux tirés, maintenant. (Elle secoua la tête.) Haller ne peut pas faire partie de l'A.R.J., David.

— Tu en es sûre ?

— Certaine. Il y a pas mal de magistrats dans cette association. Mais Haller c'est impossible. Pas lui... Et pas avec le poste qu'il occupe.

— Pourtant il était là, insista pensivement David. Avec des gens de l'A.R.J.

— Tu n'as reconnu que le petit gros, corrigea Olivia. Pour les autres, tu n'en sais rien. Tu n'en as revu aucun, ni dans les locaux, ni sur cette photo.

— Exact, reconnut David. Mais ils avaient tous rendez-vous au quinzième étage. Et l'A.R.J. est au quinzième étage !

— Et Haller était là, concéda Olivia. Il les connaît.

— Il connaît « Roman » aussi. Et même, très bien !

— Pourquoi dis-tu cela ?

— Il est arrivé le dernier...

— Qui ?

314

— ... Haller. Il avait l'air embêté d'être en retard. Il s'est approché de la voiture de « Roman » et a touché le capot pour voir s'il était encore chaud.

— Et alors ?

— Il y avait d'autres voitures. C'est la seule vers laquelle il est allé ! Il la connaissait ! (David marqua un temps, se souvenant subitement d'un détail.) Remarque, après tout, ça n'a rien d'étonnant... Normal qu'entre magistrats ils se connaissent... dit-il les yeux dans le vide.

— Quoi ? s'écria Olivia.

— La voiture de « Roman »... Il y a un macaron derrière le pare-brise.

— Un macaron ? Un macaron comment ?

— Je ne sais pas. Je n'ai pas eu le temps... J'ai oublié de vérifier... Un truc rouge et or. Un peu comme le tien...

Olivia se figea. Un tourbillon d'images et de bruits se déclencha dans son crâne. Des voix. Une voix ! « Ici Roman. Je vous appelle pour notre affaire... » Cette voix ! Le café de la place Saint-Michel !... « Je vous appelle pour notre affaire... notre affaire... notre affaire... » Un macaron !... Cette voix !... *Je connais cette voix !*

Elle eut une exclamation de surprise.

— Décris-le-moi !

— Je ne sais pas, je te dis, je...

— Pas ça ! Lui !... « Roman » !

David hésita, la considérant avec inquiétude.

— Décris-le-moi, David !

— La cinquantaine, peut-être plus. Elegant. Taille moyenne. Il a des cheveux gris, non, blancs, assez longs, coiffés en arrière, un peu comme...

— Comme une crinière !

— Oui ! Tu le connais ?

— Karmann.

— Qui ?

— Il ne s'appelle pas « Roman », David. Et il n'est pas, non plus, magistrat. Il est avocat !

— Karmann... Victor Karmann ?

— Oui.

— Comment sais-tu que c'est lui ?

— Sa voix. Le message sur le répondeur de Lovac. Et ensuite, au téléphone, dans le café, hier soir. J'étais persuadée que je la connaissais. Maintenant, j'en suis sûre ! C'est lui !... Le macaron, les cheveux ! C'est lui, David !

Lucas demeura sous le choc. Elle avait raison ! Comment avait-il fait pour ne pas le reconnaître ? Il se souvenait pourtant avoir aperçu sa photo deux ou trois fois dans la presse au cours de ces dernières années. Et soudain, il comprit pourquoi : les photos... C'était toujours la même ! Et sur cette photo, vieille de plusieurs années, Karmann avait les cheveux courts et bruns !

Karmann. Un personnage étrange et mystérieux. Une figure du barreau. Un avocat d'affaires au cabinet prospère, évoluant dans le monde de la finance internationale et ne descendant dans l'arène judiciaire que pour des affaires politiques, souvent liées au terrorisme international — avec en toile de fond la plupart des mouvements subversifs européens, « Carlos », les Palestiniens du F.P.L.P., la Syrie, etc. Un personnage étrange, entretenant des relations avec le Vatican aussi bien qu'avec d'anciens nazis établis en Amérique du Sud, et même avec Kadhafi — à la demande duquel il avait défendu les intérêts de la Libye face au gouvernement français dans le règlement d'un contrat d'armement. Un personnage mystérieux : plusieurs séjours à Cuba. Puis à Managua, au Nicaragua, après la chute du dictateur Somoza, aux côtés des révolutionnaires sandinistes. En France, participe activement au mouvement pacifiste contre l'installation des fusées américaines *Pershing* et des missiles *cruise* en Europe. Puis, soudain, plus rien : Victor Karmann n'avait plus fait parler de lui.

Que venait faire Karmann dans cette affaire ? Qu'est-ce que cela signifiait ? Qui représentait-il ? Qui se cachait derrière lui ?

L'ennemi !... Mais *qui* ? Qui était *l'ennemi* ?

Et qu'est-ce que Karmann avait à voir avec l'A.R.J. ? Avec Haller ?

— Qu'est-ce que ce type vient foutre là ? répéta David à haute voix. (Il criait presque.) Qu'est-ce que ça veut dire ?

Il se tourna vers Olivia : elle aussi semblait perdue. Elle se mordit une lèvre et secoua la tête.

— Je ne sais pas, soupira-t-elle. Je n'y comprends rien.

— Ce n'est pas possible ! Il doit bien y avoir un rapport ! (Il remarqua la brève hésitation d'Olivia.) Quoi ? Qu'est-ce qu'il y a ?

— Il a été l'avocat de Zamourian, il y a quelques années déjà...

— Son avocat ? s'exclama David.

— Oui ! Mais ça ne nous avance à rien ! dit-elle très vite. (Elle réfléchit.) Ça rend les choses encore plus incompréhensibles, en fait.

— Parce que Zamourian est hors circuit ?

— Pas seulement, non...

— Ecoute, arrête ! Je t'en prie !

— Mais je réfléchis, David !...

Il y eut un bref silence.

David se détourna et alluma une cigarette. Olivia parla de nouveau :

— Tout le monde sait, justement, qu'il a été l'avocat de Zamourian. Et il est impossible qu'ils n'aient pas conservé des liens, tous les deux... Ça aussi, tout le monde le sait.

— Et alors ?

— Et alors, ça ne colle pas ! Les gens de l'A.R.J. sont anti-pègre ! On ne peut pas l'être plus. Même chose pour Haller. A un degré moindre, mais ça revient au même. Alors veux-tu me dire ce que tous ces gens iraient faire avec un avocat comme Karmann ?

— Ils étaient pourtant ensemble...

— Rien ne colle, en réalité, continua Olivia sans l'entendre. (Elle semblait désespérée.) Karmann avec l'A.R.J., et avec Haller. Haller avec l'A.R.J. Et tous ces gens avec tous ces morts... Ces assassinats ! C'est absurde ! Quel rapport tout cela a-t-il avec ce qui s'est passé à Saint-Louis ?... Avec *nous* ?... Il n'y en a aucun, David ! C'est absurde ! Absurde !

Le silence s'appesantit tout autour d'eux. Et l'air devint lourd, irrespirable, presque palpable ; comme si le vide dans lequel ils se débattaient avait soudain décidé d'en finir et de les étouffer.

David réagit en premier. Il murmura :

— Ils étaient ensemble...

— Quoi ?

— Ils étaient ensemble, répéta-t-il en venant s'asseoir auprès d'elle. Tu te trompes, Livia, nous ne devons pas raisonner ainsi. Ça ne sert à rien.

— Je ne comprends pas...

— Ça ne nous mènera nulle part d'essayer de donner un sens à tout cela. Pour le moment, en tout cas. Il nous manque trop d'éléments. Tu comprends ? (Il lui caressa les cheveux tendrement.) C'est comme un puzzle... Nous ramassons des pièces, éparses... Et nous essayons de les assembler, d'imaginer la configuration du tout. Mais c'est une erreur ! (Il marqua un temps.) L'ordre dans lequel nous découvrons ces éléments n'implique pas forcément que ces éléments soient directement liés les uns aux autres. Ils appartiennent peut-être à des morceaux différents de la configuration... Et il y a peut-être des dizaines d'autres pièces – des dizaines et des dizaines ! – qui nous manquent !... Tu comprends ?

Olivia acquiesça de la tête.

— Qu'est-ce que tu suggères, alors ?

318

— Nous en tenir aux faits.

— Les faits... soupira-t-elle avec amertume.

— Oui. D'abord, Haller : le *lien* que tu as entrevu avec Salim, les morts de Saint-Louis, la libération de Dione... (Il vit Olivia secouer la tête.) Quoi ?

— Il ne peut pas avoir de rapport avec les assassinats de la prison.

— Mais c'est toi-même qui...

— Pas avec tous ! Certains ont été tués après leur sortie, à l'extérieur de Saint-Louis !

— Même erreur, fit David après une brève hésitation. C'est un détail. Un détail qui ne colle pas apparemment — je te l'accorde —, mais ça n'enlève rien au fait que Haller puisse jouer un rôle, et depuis le début... Et qu'il était avec Karmann à l'A.R.J., et qu'il le connaît ! (Olivia le dévisagea, impressionnée par la conviction dont il faisait preuve, soudain.) L'apparition de Karmann : autre fait. Pourquoi ? Je n'en sais rien. Mais il est en liaison avec ceux qui veulent notre mort. Avec *l'ennemi* ! Ça, je le sais ! Lovac me l'a dit.

Il se tut et sembla réfléchir.

— Tu as raison, David...

Il parla de nouveau, comme s'il ne l'avait pas entendue.

— Cette réunion, c'est la même chose ! Et justement parce qu'elle est bizarre et par certains côtés invraisemblable. Justement ! Elle a eu lieu. Ces gens étaient ensemble ! Ce n'était peut-être pas une réunion A.R.J. C'est possible ! Mais alors qu'est-ce que c'était ? (Il s'arrêta brusquement.) Il y a un moyen de savoir...

Olivia fronça les sourcils, puis elle comprit de quoi il voulait parler.

— Par les autres... dit-elle songeuse. Les numéros des voitures !

— Oui, approuva David. (Il alla fouiller les poches de sa veste, jetée sur le lit, et revint avec une feuille de papier.) Je l'appelle ou tu l'appelles ?

— Vas-y. (Elle eut une hésitation.) David...

— Quoi ?

— Qu'est-ce que tu vas lui dire ?

— Rien. Enfin, le minimum. Pourquoi ?

— Il a tiqué à propos de Lovac. Il a fallu que j'insiste pour qu'il me donne les renseignements. (Elle pinça les lèvres.) Il commence à se douter de quelque chose... Il n'est pas idiot. Il a très bien compris que ça n'avait rien à voir avec un confrère que je pouvais aider.

David réfléchit à ce qu'elle venait de dire. Puis il hocha la tête ; ses mâchoires se crispèrent. Il se dirigea vers le téléphone et composa le numéro du Quai des Orfèvres.

Il nota aussitôt la réserve dans la voix de Daniel Valance quand il l'eut en ligne. Il fit semblant de ne rien avoir remarqué et exposa au jeune commissaire ce dont il avait besoin : l'identité des propriétaires des voitures dont il avait relevé les numéros ; et des informations sur l'A.R.J. — pas ce qu'on pouvait lire dans les journaux, précisa-t-il, mais le reste, les « cadavres » que pouvaient avoir déterrés les Renseignements généraux.

David s'était attendu à entendre des exclamations, des protestations. Il n'y eut rien de tel. Seulement le silence au bout de la ligne. Puis un soupir. Et la voix de Daniel Valance, étrangement calme :

— Qu'est-ce que ça veut dire, David ?

— Quoi ?

— Qu'est-ce que vous êtes en train de faire ?

— Je ne comprends pas...

— Bon sang ! Arrêtez ! cria Valance. Olivia commence par me demander des renseignements sur deux types de Zamourian tués à Montmartre. Ensuite sur Lovac. Encore Zamourian ! Et Lovac est mort, lui aussi, on vient de le retrouver chez lui ! Et il n'y a pas que lui ! Deux de ses types ont été ramassés au

Quartier latin, les vertèbres cervicales brisées ! Qu'est-ce que vous foutez dans tout ça ?

— Rien du tout !

— Pourquoi vouliez-vous l'adresse de Lovac ?

— Je voulais le voir. Mais je n'y suis pas allé, Daniel.

— Vous n'y êtes pas allé ?

— Non. Et je ne l'ai pas tué. Ni lui, ni tous ceux dont vous parlez. Je ne comprends pas ce qui vous prend !...

— (Un soupir.) Où est Olivia ?

— Elle n'est pas là.

— (Un silence...) David, j'ai appelé partout. Louveciennes est vendu. A son cabinet, on ne sait pas où elle est. Même chose pour votre domicile à Montmartre. Plus de trace ! Rien ! Qu'est-ce que ça signifie ? Où êtes-vous ?

Après le mensonge, la vérité. Pas entière ! Des bribes...

— Je ne peux pas vous le dire... Pas encore.

— Pourquoi ?

— Pour la sécurité d'Olivia... Et la vôtre.

— La mienne !...

— Oui.

David sentit le trouble de Valance à l'autre bout de la ligne.

Crois-moi, bon Dieu ! J'ai besoin de ton aide. Crois-moi !

— David... Ça a un rapport avec... la mort de votre enfant ?

La vérité.

— Oui, répondit David.

— David ! Vous n'avez pas le droit de...

— Ecoutez-moi ! coupa David d'une voix forte. La mort de Michaël est un accident ! Mais ils voulaient tuer Olivia. Et ils continuent à le vouloir, et moi avec !

— Qui ça *ils* ? cria Valance.

— Je ne sais pas ! Et je ne sais pas non plus pourquoi ! J'ai cru que c'était Zamourian, mais ce n'est pas lui. Il y a quelque chose derrière et je ne sais pas ce que c'est !

— ...

— C'est la vérité, Daniel ! Il faut me croire !

— Mais enfin, bon sang ! pourquoi n'allez-vous pas trouver la police ? On vous protégera !

— Non, Daniel. Si j'émerge maintenant, je suis un homme mort. Et Olivia aussi mourra. (Il marqua une pause.) Et ça ne servirait à rien. Je n'ai rien de concret dans les mains... Pas encore. Et il faut que j'aie quelque chose, absolument ! Dès que je l'aurai, je vous expliquerai tout, vous avez ma parole. Mais pour ça, il faut que vous m'aidiez... J'ai besoin de ces renseignements, Daniel. J'ai besoin de votre aide... Olivia a besoin de votre aide !

— Pourquoi Haller ?

David ne répondit pas.

— David... (Il releva la tête.) A quoi penses-tu ?

— Valance.

— Il a dit qu'il nous aiderait. Il le fera.

— Ce n'est pas ça... J'ai peur qu'il fasse une erreur... Qu'il ne garde pas ça pour lui.

— Ne t'inquiète pas pour ça. Je le connais. Il ne dira rien. (Elle vint s'asseoir à côté de lui.) Réponds-moi... Pourquoi veux-tu commencer par contacter Haller ? Pourquoi pas Karmann ?

— D'abord parce que, si ton intuition est bonne, il est dans le coup depuis le début. Et il sera plus facile à approcher. Moins dangereux. Karmann, lui, est en contact avec la pègre. Et il sait que Lovac est mort maintenant. Il sait que Lovac mène à « Roman ». Il va se méfier. Il a peut-être déjà fait le rapprochement avec le coup de téléphone de la place Saint-Michel.

Olivia l'observa, soucieuse. Puis elle hocha la tête et dit :

— D'accord.

— Comment ça, d'accord ?...

— D'accord pour Haller.

David la dévisagea, en proie à une inquiétude soudaine.

— Qu'est-ce que ça veut dire ?

— J'y vais avec toi, David.

— Tu es folle !

— Je me sens bien maintenant. Je peux t'aider. Je *veux* t'aider !

— Pas question !

— Tu ne peux pas m'en empêcher, David ! s'écria-t-elle. Je ne peux plus supporter de rester seule ici. A t'attendre ! Sans savoir quand tu reviendras... Sans savoir si seulement tu reviendras ! Tu comprends ? (David se raidit puis se détourna.) Je passe mon temps... (Sa voix s'étrangla.) Je m'imagine sans arrêt que tu es blessé, quelque part, je ne sais pas où... Que tu m'appelles !... Tu m'appelles, tu as besoin de moi et je ne sais pas où tu es ! Je ne sais pas où tu es !... Ça me rend folle, David. (Elle s'interrompit. Leurs regards se croisèrent.) Je veux être avec toi, David, murmura-t-elle. Quoi qu'il arrive. *Avec toi !*

La petite avenue se terminait en impasse, face aux lourdes grilles d'une des entrées du parc Monceau. Elle semblait inhabitée. A 9 heures du soir, un samedi, et dans un tel quartier, cela n'avait rien d'anormal.

Tout ce qui est anormal est dangereux...
Tout ce qui est normal l'est aussi !

Lucas jeta à nouveau un coup d'œil à l'immeuble cossu situé, en angle, au bout de l'avenue ; l'une de ses façades donnait sur le parc plongé dans l'ombre. De la lumière brillait aux fenêtres du premier étage.

Robert Haller était chez lui.

Il ne pouvait s'agir que de lui ; David n'avait aucun doute à ce sujet : la lecture de l'annuaire lui avait appris que les trois autres niveaux de l'immeuble abritaient des bureaux dont ceux d'une étude de notaire.

Lucas se retourna et inspecta l'avenue derrière lui à travers la lunette arrière de la voiture.

La voix d'Olivia rompit le silence ; angoissée.

— Qu'est-ce qu'il y a ?

— Rien.

— Je me gare devant ?

— Non. Redémarre et prends à gauche. N'allume pas les feux. On va refaire le tour.

Cinq minutes plus tard, il lui ordonna de se garer dans l'une des rues donnant sur la petite avenue. De l'endroit où ils se trouvaient, on apercevait l'entrée de l'immeuble de Haller. Ils se tinrent immobiles, silencieux, à l'affût du moindre bruit, du moindre mouvement dans la nuit. Puis David se décida à agir.

— Gare la voiture dans l'autre sens et ne bouge plus, dit-il en ouvrant sa portière.

— David, c'est beaucoup trop loin ! protesta Olivia.

— C'est à peine à cinquante mètres.

— Et si ça tourne mal ?

— Il n'y a aucune raison.

— Mais si ça tourne mal, David ! Qu'est-ce que je fais ?

— Tu fiches le camp.

— Non !

— Si ! Tu fais le tour du parc et tu vas m'attendre à l'autre entrée, celle où se trouve le musée Cernuschi. Tu vois où c'est ?... (Elle hocha la tête.) Ne déconne pas, je t'en supplie. A la moindre alerte, fous le camp et va m'attendre là-bas. D'accord ? (Elle hocha de nouveau la tête en silence.) Ne t'en fais pas, tout ira bien.

A l'extrémité de la rue, Lucas se dissimula dans l'ombre d'un mur et inspecta une nouvelle fois la petite avenue sur toute sa longueur. Rien. Pas âme qui vive. Sans relâcher la pression de sa main autour du Colt 45 dans son étui, il s'élança sur la chaussée en direction de l'immeuble de Robert Haller.

Il y avait un interphone à l'entrée. David le savait. Et il savait aussi ce qu'il devrait dire au magistrat pour l'amener à lui ouvrir la porte : un jeune assistant du Sénat, se confondant en excuses en raison de l'heure tardive, avait un pli à remettre en main propre à monsieur Robert Haller... Il ne serait même pas nécessaire de citer le nom de De Launay.

— *Tombeau à Guetteur !... Tombeau à Guetteur !...*
— *Guetteur. J'écoute.*
— *Confirmation ! Le numéro de la voiture correspond. C'est lui ! Où est-il ?*
— *Il vient de pénétrer dans l'immeuble.*
— *La femme ?*
— *Invisible.*
— *L'autre équipe va s'en occuper. Intervenez sur Monceau. Attention Guetteur ! Choc au quarante-cinq. Je répète. Priorité de choc : quarante-cinq !*

11

Quand la lourde porte blindée s'entrouvrit, Lucas la repoussa d'un coup d'épaule et bondit sur Robert Haller, sa main gauche l'agrippant à la gorge. Il le plaqua violemment contre un mur et referma la porte du pied.

— Ne criez pas ! ordonna David entre ses dents. Qui est avec vous ? (Il appliqua le canon de son arme contre la tempe du magistrat.)

— Personne... répondit Haller à demi étranglé.

— Vous mentez ! Votre femme, où est-elle ?

— Pas là !... Chez des amis !... (Les petits yeux noirs du magistrat roulaient dans leurs orbites comme des billes.) Qui êtes-vous ? Que voulez-vous ?... Il n'y a pas d'argent !...

David hésita. C'était incroyable ! Haller avait l'air sincère ! Haller ne le connaissait pas !

— Je suis l'homme que vous cherchez !

— Vous êtes quoi ?... Qu'est-ce que vous racontez ?

— Lucas.

— Qui ?... Qui êtes-vous ? Qu'est-ce que vous me voulez ?...

David ne répondit pas. Il l'entraîna dans un vaste salon contigu à l'entrée et lui ordonna de s'allonger sur le sol, bras et jambes écartés. Il s'agenouilla auprès de lui et braqua le Colt 45 sur sa tête.

— Ecoutez-moi bien ! dit-il, ne sachant plus par

quoi il devait commencer. Je veux savoir qui cherche à me tuer et pourquoi. Et le rôle que vous jouez dans tout ça. Vous, Karmann, et les gens de l'A.R.J. (Haller poussa un petit cri.)

— Ce n'est pas vrai! gémit Haller. Mais qui êtes-vous? Comment savez-vous cela? C'est impossible!

— Je veux savoir quel trafic vous couvrez à Saint-Louis, continua David sans pouvoir contenir la rage qui l'animait soudain. Pourquoi vous avez fait assassiner Salim Rashid et tous les autres...

— Non! Vous vous trompez!

— C'est vrai, Rashid est votre erreur! L'erreur qui a tout déréglé. Et vous n'avez pas hésité à faire abattre ma femme... Et mon fils! Bande de salauds! Mon fils! (David enfonça le canon du pistolet dans la gorge de l'homme.)

— Lucas! Olivia... Lucas! glapit Haller comprenant soudain à qui il avait affaire. (Ses petits yeux noirs se dilatèrent comme s'ils voyaient le diable.) Ce n'est pas vrai! Ce n'est pas nous! Je n'ai pas voulu cela! C'est impossible, vous mentez!

— Si! Vous l'avez fait!

— Non! hurla Haller. (Il avait l'air d'un fou en proie à une terreur inconnue.) Pas des assassins!... Il faut vous protéger... (Il secoua la tête et fixa Lucas d'un regard effaré.) Tous les autres! Tout le monde! ONZE... ONZE est pour vous!

La sonnerie transperça David de part en part.

La porte d'entrée!

— Qu'est-ce que c'est? souffla-t-il en appuyant fortement le canon de son arme contre le cou du magistrat.

— Ma femme, répondit Haller semblant recouvrer ses esprits.

— Elle n'a pas de clefs?

— Si. Mais elle les oublie toujours...

La sonnerie retentit de nouveau.

— Il faut que j'aille ouvrir sinon elle va s'inquiéter, murmura Haller.

— Allez-y, fit David après une courte hésitation. Ne faites pas l'imbécile, sinon je vous abats comme un chien !

— Non, tout ira bien. Ne vous inquiétez pas ! Je vous en supplie, ne lui faites pas de mal ! Elle n'est pour rien dans tout cela...

— Fermez-la ! Allez-y !

Le magistrat se releva et se dirigea vers la porte d'entrée. David se jeta dans l'ombre d'une autre pièce donnant sur l'entrée, face au salon ; il s'accroupit près du seuil et pointa le Colt 45 à deux mains, en direction de la porte d'entrée.

Haller n'était qu'à trois mètres de la porte quand l'évidence jaillit dans le cerveau de Lucas comme un éclair.

L'interphone !

Ce ne pouvait pas être la femme du magistrat qui avait sonné ! Si elle avait oublié ses clefs, elle aurait dû utiliser l'interphone !

Il n'eut pas le temps d'avertir le magistrat : en une fraction de seconde, tout bascula dans une sauvagerie furieuse et désordonnée. Un enchaînement brutal, terrifiant.

Une petite explosion secoua la lourde porte blindée et le battant s'ouvrit à toute volée. Haller poussa un cri. Un premier homme fit irruption devant lui en braquant un gros pistolet muni d'un silencieux ; un second se propulsa dans l'entrée et plongea dans le salon en effectuant une roulade. Une détonation claqua — comme celle d'un pétard ! Haller s'écroula, le visage transformé en bouillie sanglante.

David ouvrit le feu instantanément. Une seule de ses quatre balles atteignit le tueur dans l'entrée, qui s'affala en hurlant de douleur. Aussitôt des détonations étouffés retentirent et des vitres se brisèrent derrière lui dans la pénombre. L'autre tueur ! Lucas roula sur le côté et tira deux fois de suite en direction du salon. Le silence se fit. Un bruit de course provenant de l'escalier. Des ordres brefs. Puis un cri tout proche, comme un appel. David sentit les muscles de son ventre se tordre. Le tueur dans le salon ! Il ne l'avait pas touché ! La panique le paralysa. Les autres allaient bientôt être là ! Il fallait qu'il bouge sinon il était mort ! Bouger ! *L'escalier de service !* Il devait y en avoir un ! Mais comment l'atteindre ? Il serait obligé de se découvrir, passer devant l'ouverture du salon.

Un cri provenant de l'escalier lui glaça le sang :

— Gaz ! Gaz !

Un chuintement enfla à toute vitesse dans l'entrée. Puis un autre. Une épaisse fumée blanchâtre envahit aussitôt l'atmosphère. David bloqua sa respiration et bondit en tirant au hasard. Il se rua dans un couloir tandis que retentissaient des appels et des détonations étouffés derrière lui. L'escalier de service ! Il fallait qu'il trouve l'escalier de service ! Il devait communiquer avec la cuisine. Où était-elle ? Il finit par la trouver. Il repéra une porte munie d'un verrou. Il tourna le verrou et pesa sur la poignée. La porte était fermée à clef ! Il était coincé !

Les fenêtres... Le parc ! C'était sa seule chance !

Il se précipita à nouveau dans le couloir et eut juste le temps de s'accroupir en apercevant une silhouette sombre déboucher à l'autre extrémité. Une série de détonations, comme des pétards : des balles, en giclée meurtrière, ricochèrent contre les murs et les portes tout autour de lui. Il voulut riposter, mais la détente du Colt 45 résista à la pression de son index ; bloquée : il avait oublié de le recharger !

Un chuintement ! Il vit un panache de fumée grossir dans sa direction. Il se redressa, en proie à une terreur animale, et se jeta contre la porte la plus proche. Elle céda sans difficulté. Il perdit l'équilibre et tomba au sol, dans l'obscurité. Il n'essaya pas de se relever. Des sonneries résonnaient dans son crâne.

Les sonneries du mont Trittore !

Ses réflexes fonctionnèrent : en moins de quatre secondes, ses mains changèrent les chargeurs du Colt et actionnèrent la culasse pour faire monter une balle dans le canon. Il était toujours allongé sur le dos lorsqu'une silhouette émergea brusquement de la fumée dans l'encadrement de la porte. Il fit feu à trois reprises. Le tueur pivota sans un cri et disparut comme happé par la fumée blanchâtre.

David bloqua sa respiration, s'approcha du couloir et tira deux balles à l'aveuglette. Des cris fusèrent à l'extrémité du couloir ; des cris de rage.

Puis il se précipita vers la fenêtre et l'ouvrit : elle donnait bien sur le parc ! Il hésita. Le bruit d'une cavalcade dans le couloir et la fumée qui avait envahi la pièce, et le faisait suffoquer, eurent raison de ses hésitations. Il enjamba la fenêtre tout en replaçant le Colt dans son étui. Dans son mouvement, sa hanche droite heurta violemment le battant de la fenêtre qui s'était rabattu. Quand il comprit que le bruit derrière lui était celui du Colt tombant sur le parquet à l'intérieur de la pièce, il était trop tard. Une succession de détonations étouffées retentit, se rapprocha de manière foudroyante, et les vitres de la fenêtre explosèrent soudain. Il sauta dans le vide.

Le gazon, cinq mètres plus bas, amortit sa chute. Sans perdre une seconde, il longea la façade de l'immeuble en courant, puis obliqua brusquement sur sa gauche et s'enfonça dans l'ombre du parc. Juste avant de disparaître, il jeta un coup d'œil derrière lui : une silhouette sombre sautait par la fenêtre tandis qu'une autre progressait déjà dans sa direction ! Quelque part dans la nuit, des ordres brefs s'élevèrent ; des hurlements de pneus déchirèrent le silence.

Les faisceaux des torches électriques balayaient la

nuit et les masses sombres des bosquets de façon désordonnée et saccadée : d'autres tueurs couraient au-devant de lui !

David se précipita vers un groupe d'épais buissons et s'y dissimula. Il compta quatre torches. Avec les deux tueurs qui s'étaient lancés à sa poursuite, cela faisait six ! Six tueurs ! Et il n'avait plus d'arme pour se défendre ! Il ne pourrait même pas se défendre ! La peur — irrépressible — le submergea tout entier, anesthésiant chacun de ses muscles, chacun de ses nerfs. Un instant, il fut tenté de rester là, simplement, et d'attendre. Comme un enfant. En fermant les yeux et en priant le ciel qu'on ne le découvre pas. *Comme un enfant...*

Il se ressaisit aussitôt. C'était la pire des choses à faire : attendre. Il fallait bouger. Bouger, encore et encore. *Bouger !*

Il se retourna et essaya de repérer les deux tueurs qui avaient sauté par la fenêtre à sa suite. Il finit par en distinguer un, au détour d'une allée, à une cinquantaine de mètres derrière lui : il se tenait immobile, hésitant. Où était l'autre ?

Il ne pouvait plus attendre ! Les torches allaient bientôt parvenir à sa hauteur. C'était une question de secondes, maintenant.

Bouger !

Il quitta les buissons en s'efforçant de ne pas faire craquer de branches sous ses pas, atteignit une vaste pelouse dégagée et fouilla du regard les alentours. Rien. La voie semblait libre. Il s'élança et la traversa en courant, s'attendant à chaque pas à entendre des cris derrière lui. Il atteignit un bosquet et plongea dans son ombre. Il retint son souffle, aux aguets. Rien. Ils ne l'avaient pas vu ! Il scruta la nuit et discerna un, puis deux faisceaux de torches s'éloignant dans le parc.

Les grilles près du Musée... Elles étaient à peine à cinquante mètres !

Il respira profondément plusieurs fois de suite et se mit à courir en direction de la sortie — il connaissait un endroit où les grilles étaient basses ; elles séparaient le parc des jardinets des petits immeubles le jouxtant.

Il atteignit les grilles et les franchit sans encombre. Il se dirigea vers la porte vitrée de l'un des immeubles, piétinant au passage de la terre molle et des parterres de fleurs. La porte donnait accès à un large couloir faiblement éclairé. A l'autre bout, encore une porte. Lucas l'ouvrit et se retrouva sur le trottoir de la petite avenue Velasquez.

Aucune trace de la Golf ! Olivia n'était pas là !

La première pensée qui traversa l'esprit de Lucas le découragea et le rassura tout en même temps : Olivia était restée à la même place ; elle n'avait pas bougé. Puis il se dit que c'était impossible : elle avait forcément remarqué l'arrivée des inconnus chez Haller, juste après lui. Et elle ne pouvait pas ne pas avoir entendu les coups de feu ! Elle aurait dû se trouver ici !

Si ça tourne mal, David...

O, mon Dieu ! Non !

Si ça tourne mal, David... Qu'est-ce que je fais ?

Non ! Pas elle ! *Pas elle !*

Tout à coup, un cri s'éleva dans son dos ; éloigné. Il se retourna et entrevit une silhouette derrière les grilles de l'entrée du parc. Des détonations étouffées claquèrent. David se jeta entre les voitures garées en épi, tandis que les balles martelaient les carrosseries avec un son de tambour. Puis il s'élança en zigzaguant d'un bord à l'autre de la chaussée en direction du boulevard Malesherbes. Un rugissement de moteur couvrit les détonations. En une fraction de seconde, Lucas comprit qu'une voiture, tapie dans l'ombre, venait de démarrer et fonçait dans son dos. Il fit un écart désespéré pour regagner le trottoir, se cogna la jambe contre un pare-chocs et s'écroula.

Un hurlement de pneus. Un cri jaillit dans la nuit. Familier.

— David ! Vite ! *Vite !*

— Ralentis !

Olivia ne l'entendit pas. Elle brûla à nouveau un feu rouge, puis un autre, et engagea la Golf sur la place de l'Etoile à près de cent à l'heure. Elle freina brutalement pour éviter un flot de voitures surgissant sur la droite. La Golf tangua dangereusement au milieu des appels de phares et des coups de klaxon et fonça à toute allure dans l'avenue Foch.

— Olivia ! Ralentis ! Bon Dieu ! cria David. C'est fini, maintenant !

— Oui... fit-elle en écrasant la pédale de frein, sans cesser de fixer la nuit au-devant d'elle. Oui, répéta-t-elle d'une voix tremblante.

Quelques instants plus tard, ils roulaient lentement sur la file de droite du périphérique.

— David...

— Pas maintenant, Livia. Pas maintenant...

David alluma une cigarette et se rendit compte aussitôt qu'il n'aurait pas la force de la fumer. Il dut faire un effort pour baisser sa vitre et la jeter. Puis il se laissa aller dans son siège et s'abandonna au vide qui l'envahissait. Des visions et des pensées effrayantes l'assaillirent en désordre sans provoquer la moindre réaction de rejet de son cerveau amorphe.

Le visage de Haller. Une bouillie sanglante. Il ne savait rien. Si ! Il savait !... ONZE... Des ombres meurtrières se mouvant dans une épaisse fumée. Des tueurs rapides, précis, impitoyables... Professionnels !...

Il faut vous protéger... Tout le monde... ONZE est pour vous...

Se protéger de ONZE ! Pourquoi ?

Ce visage ! Ce visage en bouillie !... Il savait. Il n'avait pas eu le temps de parler. Les tueurs l'avaient abattu. Ils l'avaient supprimé ! Il en était sûr : ce n'était pas un accident. Haller était l'une de leurs cibles !

Mon Dieu ! Ils abattent tout le monde ! Haller était avec eux et ils n'avaient pas hésité à le tuer ! Pourquoi ?

ONZE.

L'ennemi.

Mais qui ? *Qui ?*

FRANCE-SOIR

L'assassinat de l'Inspecteur Gal des prisons

L'HYPOTHÈSE « CARLOS » ?

UN MYSTÉRIEUX GROUPE TERRORISTE
REVENDIQUE LE CRIME

« Le bourreau Haller a été jugé à son tour. Il a payé pour tous ses crimes ! C'est en ces termes qu'un correspondant anonyme a revendiqué cette nuit, en téléphonant à l'Agence France-Presse, l'assassinat de l'Inspecteur général de l'administration pénitentiaire, monsieur Robert Haller, tué d'une balle dans la tête à son domicile parisien dans la nuit de samedi à dimanche. L'homme, s'exprimant avec un accent arabe, a indiqué qu'il appartenait à la "Brigade de justice révolutionnaire", un groupe terroriste inconnu jusqu'à aujourd'hui.

Les policiers doutent de l'existence réelle de cette mystérieuse organisation. Le porte-parole de la préfecture de police a par ailleurs démenti que ce meurtre puisse avoir un lien quelconque avec l'attentat à la bombe qui a eu lieu la semaine dernière aux Champs-Elysées et qui a fait huit morts et quarante-trois blessés : *Les Commandos d'action révolutionnaire qui ont revendiqué cet attentat,* a-t-il précisé, *n'ont, à notre connaissance, aucun rapport avec cette affaire.*

Dont acte. Mais il reste que l'une des deux hypothèses retenues par les policiers dans leur enquête sur la mort du magistrat Haller renvoie bel et bien au terroriste international "Carlos". Et qui dit "Carlos" dit forcément "Commandos d'action révolutionnaire". Même s'ils sont partagés, les policiers n'excluent pas, pour le moment, la piste "Carlos". Robert Haller a, en effet, représenté le ministère public au cours du procès de "Sos Ovnian", membre d'une organisation clandestine arménienne, affiliée au réseau "Carlos" en Europe. *Mais Ovnian n'était pas vraiment un militant important,* précise-t-on au Quai des Orfèvres, *et cette histoire date déjà de près de cinq ans.*

Selon l'autre hypothèse des enquêteurs, la "revendication terroriste" ne serait, en fait, qu'un leurre utilisé par des truands pour brouiller les pistes. En effet, avant d'être appelé à la chancellerie, Robert Haller, en tant qu'avocat général en poste à Marseille, s'est occupé de plusieurs grosses affaires concernant la criminalité organisée et le trafic de drogue. *Contrairement au juge Michel,* indique un enquêteur, *on ne l'a pas tué pour l'arrêter, mais vraisemblablement par vengeance. On assiste peut-être à une nouvelle escalade dans la guerre d'intimidation que livre la pègre aux magistrats. L'assassinat de Haller, c'est une façon de dire aussi : attention ! Ceux qui punissent peuvent être punis à leur tour...* »

Le ciel, autour du mirador, était gris et immobile.

C'était une de ces journées comme Alex Linas les vomissait ; une de ces journées où le temps semblait s'arrêter et peser sur le monde. Le monde avait les moyens de se consoler. Linas, lui, n'en avait aucun.

Il observa le mouvement des prisonniers dans la cour de promenade. Ils se déplaçaient en tous sens, par petits groupes, chacun prenant une direction, s'arrêtant soudain, puis repartant dans une autre, pour s'arrêter encore et repartir de nouveau ; quelques-uns couraient tout autour en longeant le grillage. Un mouvement ininterrompu, invariable. « Des molécules », pensa Linas.

— Tu vas te les geler, Alex ! lança Assante passant devant lui en courant.

Linas le regarda s'éloigner en fixant son attention sur les petits nuages de vapeur qu'il dégageait à intervalles réguliers.

— Connard ! murmura-t-il.

Puis son regard se posa sur les deux détenus qui discutaient à une vingtaine de mètres sur sa droite. L'un était jeune et avait de longs cheveux blonds ondulés. L'autre, d'âge mûr, moustachu, était de type nord-africain. Linas se concentra sur ce dernier.

Saïd-Halim Rashid. *La cible.*

Il n'y aurait pas d'erreur cette fois.

Cette saloperie de tante de crouille allait crever ! Et d'une manière dont même son âme — si cette merde de crouille en avait une ! — se souviendrait. Linas y avait bien réfléchi : c'était la meilleure manière de crever cette saloperie de tante. La meilleure ! Il n'avait aucun doute là-dessus. D'abord parce que ça lui faisait plaisir de le crever de cette manière. Et ensuite parce que ça brouillerait les pistes. Des animaux entre eux !

Il eut un pincement au cœur : les deux hommes se tenaient par l'épaule et riaient, l'un contre l'autre. D'un geste furtif, le moustachu caressa les fesses du jeune homme blond qui se laissa faire. Linas savait bien que le jeune homme blond devait se comporter ainsi. Cela faisait partie du jeu. Mais pas cette expression d'abandon et de plaisir qu'il lisait sur son visage ! Pas ça, non ! Saloperie de crouille ! Il aurait dû le crever depuis longtemps ! Il aurait pu le faire si ce con ne s'était pas mis à brailler partout qu'on voulait le tuer. Heureusement que ce connard s'était plaint au « borgne ». Heureusement ! Il s'était calmé maintenant. Le « borgne » l'avait calmé. Heureusement. Mais comment l'avait-il su ? Comment cette saloperie de crouille avait-elle su qu'*ils* voulaient sa peau ? Comment ?

Il le regarda intensément en serrant les dents. Ce crouille de merde lui pourrissait la vie ! Sans lui, il serait déjà dehors. On le lui avait fait comprendre. A cause de lui, il avait raté son affaire avec Fracci. Le signore Fracci était mort, maintenant ! Jamais il ne récupérerait l'autre moitié de la somme promise ! Jamais ! Et peut-être même pas la première : Alice ne lui avait plus donné de nouvelles depuis qu'elle l'avait encaissée. La salope avait dû foutre le camp avec. Bordel de merde ! Tout ça à cause de cette saloperie d'enfant de putain. Tout ça à cause de ce putain de crouille de merde !

Il vit le jeune détenu blond s'avancer, seul, dans sa direction. Il se détourna ostensiblement lorsque celui-ci s'arrêta à sa hauteur pour relacer l'une de ses baskets.

— 5 heures et demie, salle de cinéma, dit le jeune blond avant de s'en retourner.

Linas regarda sa montre et chercha du regard le moustachu au teint basané parmi les détenus qui arpentaient la cour. Il finit par le trouver et ne le quitta plus des yeux, en proie à une intense jubilation.

Saïd-Halim Rashid ne le savait pas, mais il ne lui restait qu'un peu plus de deux heures à vivre.

A 17 h 35, Linas quitta la salle du quartier socioculturel où des détenus s'occupaient à jouer aux dés ou à taper le carton, à secouer des baby-foot ou à bavarder avec des éducateurs sur des thèmes choisis. Il passa prendre Assante le « dingue » dans la salle de télévision — on y diffusait un film magnétoscopé la veille au soir par les soins d'un membre du personnel de surveillance —, et les deux hommes se dirigèrent vers la salle de cinéma toute proche. Ils s'y introduisirent en prenant garde de ne pas être vus.

C'était une sorte d'amphithéâtre moderne d'environ cent cinquante places — plus, si l'on tenait compte du fait que l'on pouvait s'asseoir sur les marches en béton. Avec les magnétoscopes dont on disposait à Saint-Louis, cette salle ne méritait plus son nom : elle servait davantage à la tenue de conférences, de concerts de rock, ou même, de temps à autre, de réunions syndicales du personnel qu'à la projection de films — dont le coût de location était bien trop élevé pour le budget de la prison. On l'utilisait aussi pour la messe le dimanche matin.

La salle était vide.

Linas l'inspecta du regard et repéra le balai, le seau et la serpillière abandonnés près d'une porte, en bas à gauche de la salle : le crouille avait lâché son boulot pour aller se faire mettre aux chiottes, comme prévu !

Il extirpa une paire de gants de la ceinture de son pantalon, l'enfila et fit signe à Assante de le suivre en silence.

Saïd-Halim Rashid poussa un faible gémissement en sentant la bouche du jeune homme blond se refermer sur son sexe et l'engloutir. Un court instant, il se prit — comme toujours — à redouter que les dents se resserrent et le mutilent atrocement. Puis il se laissa aller à son plaisir sans plus éprouver la moindre méfiance. Son sang se mit à bourdonner dans son crâne, l'assourdissant à demi.

Il n'entendit pas arriver les deux hommes. Quand enfin il s'aperçut que quelque chose — quelqu'un ! — se mouvait derrière lui, il était trop tard : la violence du choc fut telle qu'il eut l'impression que son dos explosait. Sa vue se brouilla et il perdit connaissance.

Il reprit conscience presque aussitôt. Que s'était-il passé ? Il avait du mal à respirer. Quelque chose dans sa bouche l'empêchait de respirer ! Ce goût amer, infect... La serpillière ! C'était la serpillière qu'il avait dans la bouche ! Il voulut la retirer mais il se rendit compte qu'il avait les mains liées dans le dos. La panique le gagna.

Une voix ordonna :

— Soulevez-le.

Il sentit des mains l'empoigner sous ses bras et sous ses cuisses nues. Un homme de chaque côté ! Un troisième se tenait devant lui. Il souriait — une étrange moitié de sourire. Linas ! Pourquoi avait-il des gants ? Soudain, il comprit qu'il allait mourir. Et, étrangement, ce ne fut pas l'imminence de sa mort qui le terrifia. Ce fut autre chose. Une question.

Comment ?

Qu'est-ce que Linas avait dans les mains ? Qu'est-ce que c'était ?

Le balai ! Le manche du balai !

— T'as l'air d'aimer la « pointe », salope ! Je vais te gâter, fit Linas en brisant le bout du manche à balai sous son pied.

La serpillière étouffa le hurlement d'épouvante de Rashid.

— Soulevez-le. Plus haut. Ecartez-lui les cuisses.

Rashid tenta de se débattre. Il hurla à nouveau en voyant Linas s'approcher et pointer l'extrémité déchiquetée du manche à balai au creux de ses fesses. La douleur à l'anus fut d'une violence inouïe, insupportable. Il hoqueta et émit une plainte longue et rauque. Il n'entendit pas Linas ordonner : « Lâchez-le ! » Sa dernière sensation fut celle d'un feu dévorant qui le pénétrait et lui ravageait les entrailles.

Linas intima l'ordre à Assante de se taire. Il s'agenouilla et s'assura que Saïd-Halim Rashid était mort. Puis il retira ses gants et sortit de sa poche un Kleenex qu'il déplia avec soin : il contenait des cheveux ; des cheveux de Viet qu'il avait récupérés chez l'un des coiffeurs de Saint-Louis. Il les disposa entre les doigts et sous les ongles de la main droite de Rashid. Il remit ses gants, prit dans sa poche un bouton qu'il jeta sur le sol, dans un coin sombre. Les flics le trouveraient ! Et ils trouveraient aussi le propriétaire du blouson auquel ce bouton avait été arraché : un Viet ! Et pas n'importe lequel. Un copain de Nguyen Van Dong, l'homme qui s'était fait cramer au lance-flammes !

Des animaux entre eux...

« Une histoire de crouilles et de bridés ! » se dit Linas avec satisfaction. Il considéra le cadavre de Rashid, pensivement, en effleurant du pouce la cicatrice qui creusait sa joue droite. Des animaux entre eux... Il eut un sourire à cette pensée. Une moitié de sourire.

L'endroit était désert. Sinistre.

Victor Karmann remit de l'ordre dans sa chevelure blanche. Tout en remontant le col de son manteau, il jeta un œil à l'immense saladier de béton du « Parc des princes » qui le surplombait.

« Etrange lieu pour un rendez-vous », se dit-il à nouveau.

Il respira profondément pour effacer la crampe qu'il sentait naître au creux de son estomac. Sans succès. Il en prit son parti. Cela allait avec le reste : les choses commençaient à prendre une sale tournure. *Des* choses lui échappaient.

Il était normal que des accidents se produisent dans une opération de ce genre ; cela lui était déjà arrivé. Mais jusqu'à présent, il était toujours parvenu à reprendre le contrôle. Vite, très vite. Cette fois, c'était différent. La cadence des accidents s'était accélérée. Et ça, c'était anormal. Et les accidents survenaient là où ils n'auraient jamais dû survenir. Et ça aussi, c'était anormal. Inquiétant. Il s'en inquiétait. Le Centre s'en inquiétait. « SG » — c'est ainsi qu'il désignait l'homme de l'hôtel particulier de l'avenue Victor-Hugo —, « SG » lui-même commençait à montrer des signes d'inquiétude. Et cela, c'était peut-être le plus dangereux.

Il fallait qu'il reprenne le contrôle ! Au plus vite !

« Ba Huyen »...

Oui ! « Ba Huyen » allait l'y aider.

« Ba Huyen »... Victor Karmann sentit son estomac se contracter. A quoi pouvait-il ressembler ? Son appréhension l'irrita. Il inspecta les alentours du regard. « Etrange et sinistre », se répéta-t-il. A l'image de l'homme qu'il allait rencontrer.

Il avait rendez-vous avec un mort !

Un mort dont la dépouille reposait officiellement au cimetière militaire de Ba Huyen, un coin perdu du Vietnam, à une trentaine de kilomètres au nord-est d'Hanoi.

Un homme avait été enterré le 23 juillet 1967 à Ba Huyen et, comme en une sorte de métamorphose macabre, un autre homme était né. Un être inconnu, sans visage, sans identité, se cachant parmi les milliards d'autres humains de la planète pour mieux frapper et tuer. Un tueur redoutable, impitoyable, très professionnel, dont l'existence n'était connue que de quelques hommes à Paris, Washington, Jérusalem et Pretoria — encore ceux-ci ne connaissaient-ils de lui que son nom de guerre, « Ba Huyen », et la procédure pour le contacter.

« Ba Huyen »... Le mort que l'on réveillait pour obtenir d'autres morts. « Ba Huyen »... La réponse de certains services dans certaines situations créées par la folie du monde. Une réponse anonyme, efficace. Mortelle.

« SG » avait connu « Ba Huyen » avant, et même après sa « naissance ». Il aurait été pourtant bien en peine de le reconnaître aujourd'hui — il l'avait dit à Karmann. « Ba Huyen » était méconnaissable. Son propre visage était un masque : il en changeait aussi souvent que la chirurgie esthétique le lui permettait.

Karmann se rendit compte que, tout en réfléchissant, il s'était rapproché de la cabine téléphonique à l'angle de la rue. L'instinct. Pour qu'un professionnel comme « Ba Huyen » fixe un rendez-vous dans un endroit pareil, il n'y avait que deux solutions : une voiture vous prenant au passage ou un coup de téléphone dans une cabine publique. Karmann avait opté pour l'appel téléphonique. Il ne savait pas vraiment pourquoi, mais il avait le pressentiment qu'il ne verrait jamais « Ba Huyen ». Il se trompait.

A 5 heures pile, un taxi — une grosse Renault de couleur blanche — s'arrêta à sa hauteur. Karmann eut la vague impression qu'il l'avait déjà vu dix minutes plus tôt. Il hésita. La vitre du chauffeur s'abaissa à demi dans un bourdonnement électrique. Une voix s'éleva :

— Les morts ont droit au repos éternel.

— Et il est juste qu'il en soit ainsi, dit Karmann en frissonnant.

— Montez.

Karmann s'apprêtait à s'installer à droite sur la banquette arrière. La voix du conducteur l'en dissuada.

— Non. Derrière moi.

Karmann obéit. Comme il était placé, il ne pouvait distinguer de l'homme que sa nuque large et robuste et ses yeux dans le rétroviseur. Lorsque le taxi s'ébranla, la lueur d'un lampadaire lui permit de distinguer que les cheveux de l'homme étaient d'un gris acier et que ses mains étaient gantées. Il ne s'était trompé qu'à moitié, en fait : il n'avait pas eu « Ba Huyen » au téléphone, comme la fois précédente, mais il ne pouvait pas dire non plus qu'il le voyait !

— Que s'est-il passé à Monceau ? demanda-t-il aussitôt.

Les yeux noirs dans le rétroviseur le fixèrent.

— Que voulez-vous dire ?

— Vous l'avez raté et Haller est mort.

— Le mort a l'air de vous gêner plus que le vivant.

— Le bruit que fait sa mort est en effet préoccupant. Très préoccupant.

— Rassurez-vous. La revendication fonctionne. Elle trompera les chiens. D'une façon ou d'une autre.

— Il n'y a pas que ça... Sa disparition est gênante.

— Elle était inévitable.

Karmann se troubla soudain.

— Nom de Dieu !... C'est vous qui l'avez tué !

— Bien sûr.

— Pourquoi ? Vous ne deviez pas !...

— Ne soyez pas ridicule. Haller figurait en tête de liste des points que Lucas pouvait forcer. Et surtout, c'était celui qui menaçait le plus l'étanchéité du système. Son élimination était inévitable en cas de contact.

— Elle n'était pas requise !

— Si, elle l'était.

— Par qui ? s'écria Karmann.

— Vous l'ignorez ? ironisa « Ba Huyen ».

Karmann s'efforça de dissimuler son trouble : les choses lui échappaient ! « SG » était intervenu dans son dos !

— Je suis seulement un peu surpris, dit-il d'un ton neutre. Je ne savais pas que vous l'aviez vu.

— Vous assurez la liaison. Mais c'est lui qui m'a appelé. C'est uniquement à cause de lui que j'interviens.

— Evidemment. Et pour Lucas ?

— C'est une question de temps.

— Nous n'en avons pas beaucoup.

— Je sais. Mais la photo que nous avions n'était pas très ressemblante. De plus, c'est un amateur...

— Justement ! Je ne comprends pas comment il a pu vous échapper.

— Précisément parce que c'est un amateur. Il peut faire n'importe quoi. Il est parfaitement imprévisible. Et en plus il est doué.

— Qu'est-ce qui vous fait croire que c'est un amateur ? demanda Karmann après une courte hésitation.

— Les constantes.

— Ça paraît contradictoire.

— Ça ne l'est pas. Les professionnels agissent selon certaines règles, toujours les mêmes, à l'Ouest comme à l'Est. Le respect de ces règles est une question de vie ou de mort. Un professionnel n'introduit le changement que dans le cadre défini par les règles. Avec un amateur, c'est le contraire : il n'a pas de règles. Ça lui donne un avantage, mais ça lui fait commettre aussi des erreurs. Des erreurs grossières. Comme s'il tissait lui-même la toile dans laquelle il va se jeter.

— Quel genre d'erreurs ? Vous parliez de constantes...

— C'est la même chose. Il utilise toujours la même voiture, la même arme, les mêmes munitions... Nous le savions et nous en avons tenu compte. Tout cela va finir par se retourner contre lui. Ça a déjà commencé.

— Comment cela ?

« Ba Huyen » ne répondit pas. Il secoua la tête et dit d'un ton froid :

— Et il vient de nous fournir, sans le savoir, le moyen de l'étouffer dans sa toile. En silence. Et en coupant tous les ponts.

L'écran du terminal vidéotex se brouilla tout à coup et une inscription en grosses lettres rouges se mit à clignoter :

CONTRÔLE D'IDENTIFICATION : VOTRE CODE ?

Victor Karmann passa une main dans ses cheveux blancs et soupira. C'était la procédure normale : il avait déjà donné son code d'identification en début de session — un nombre à cinq chiffres. Il devait recommencer maintenant, mais avec un nouveau nombre, à trois chiffres celui-ci. S'il ne procédait pas ainsi — s'il se contentait de répéter son code d'identification initial —, rien de particulier ne se passerait. En apparence du moins. Sa conversation avec Le Centre reprendrait comme si de rien n'était ; mais Le Centre saurait que son interlocuteur avait changé ou bien que celui-ci opérait sous la contrainte.

Aucune précaution n'est excessive, se dit Karmann avec agacement. Et il tapa sur le clavier son second code d'identification à trois chiffres.

CORRECT

La conversation reprit aussitôt. Le Centre parla en premier :

— Votre analyse est globalement correcte... Mais elle est incomplète... Vous ne posez pas la bonne question...

— Sur quel point ?

— Lucas... Nous pensons finalement comme vous : c'est un Innocent... Cela rend le problème qu'il pose d'autant plus préoccupant...

— Précisez.

— Sa progression est trop rapide... Trop rapide pour un Innocent... Et vos difficultés à le neutraliser incompréhensibles... Sauf s'il bénéficie d'un soutien... Attention Contrôle, conservez vigilance... La question, c'est : QUI AIDE LUCAS ?... TERMINÉ... LE CENTRE...

Un point rouge grossit au centre de l'écran et éclata comme une bulle. L'écran se brouilla de nouveau. Karmann appuya sur une touche : le terminal s'éteignit. Puis il se laissa aller contre le dossier de son siège et considéra pensivement, à travers la fenêtre, les rangées lumineuses des étages de la tour Montparnasse suspendues dans la nuit. Il tressaillit : il avait oublié de baisser le store muni, à l'intérieur, d'un treillis de cuivre ! Il se dit qu'en effet sa vigilance baissait. Il fallait qu'il se reprenne ! Il n'y aurait pas de deuxième mise en garde du Centre !

Il se leva et s'approcha de la fenêtre.

Ils ont raison, nom de Dieu ! Quelqu'un aide Lucas. C'est la seule explication. Quelqu'un l'aide !... *Qui ?*

12

— Valance ? David Lucas à l'appareil.

Il y eut un silence à l'autre bout de la ligne.

— ... Oui.

— C'est moi, Daniel.

— Oui.

David perçut l'intonation étrange de la voix du jeune commissaire.

— Vous ne pouvez pas parler, c'est ça ?

— Oui.

— Je vous rappelle.

— Non, attendez ! (Le jeune commissaire poursuivit à voix basse.) Rappelez-moi sur le 27-10 dans trois minutes. (Il raccrocha.)

Trois minutes plus tard, David l'eut en ligne de nouveau.

— Bon sang ! David ! Pourquoi avez-vous fait ça ? s'écria Valance.

— Fait quoi ? s'exclama David en tressaillant.

— Vous me prenez pour un con ou quoi ! Vous avez tué Haller !

— Non !

— Vous m'avez menti l'autre fois. Quelqu'un vous a vu au Quartier latin sortir de l'immeuble d'Alice Bethel. Le signalement qui a été donné vous correspond trait pour trait ! Jusqu'à la Volkswagen ! Vous avez bien une Volkswagen, non ? (Le jeune commissaire avait l'air furieux et affolé tout à la fois.) Et pour Lovac aussi, vous m'avez menti ! J'ai lu les rapports : le tatouage qu'il avait, le soleil noir ! Le truc décrit par Olivia après l'agression ! C'était lui qui était à Louveciennes ! Et vous l'avez tué, David ! Vous m'avez menti sur toute la ligne ! Et comme un con, moi, j'ai marché !

— Daniel...

— Vous êtes dingue, David ! Vous êtes devenu complètement dingue !

— Daniel, écoutez-moi ! (David fit signe à Olivia de prendre l'écouteur.)

— Non ! Vous, écoutez-moi ! Pourquoi avez-vous tué Haller ?

— Je ne l'ai pas tué.

— Si ! Vous l'avez tué ! Vous l'avez tué parce que vous êtes malade et que vous croyiez qu'il avait une part de responsabilité dans la mort de votre enfant. Pour quelle raison, je n'en sais rien ! Peut-être simplement parce qu'il s'était opposé à Olivia dans l'histoire du suicide de Rashid. Peut-être simplement à cause de ça ! Vous êtes complètement dingue ! Vous n'allez tout de même pas vous mettre à abattre tous ceux qui ont eu un rapport de près ou de loin avec cette affaire !... David ?...

David interrogea Olivia du regard. Elle hésita un bref instant et lui fit signe de lui passer l'appareil.

— Il a peur, articula-t-elle à voix basse en pressant une main sur le microphone. (Elle retira sa main.) Daniel ? Olivia...

— Olivia ! explosa Valance. Pourquoi as-tu fait ça ? Pourquoi m'as-tu menti toi aussi ? Tu es devenue folle ou quoi ! Olivia il faut arrêter cela tout de suite ! Avant qu'il ne soit trop tard ! Tu entends ?

— Trop tard pour qui, Daniel ? demanda Olivia avec une nuance de reproche dans la voix. (Il y eut un silence au bout de la ligne.) Ecoute-moi. David t'a menti, c'est vrai. Et j'étais d'accord pour qu'il le fasse, c'est encore vrai...

— Et merde !... Tu te rends compte dans quoi tu m'as foutu ?

— Je ne t'ai foutu dans rien du tout, Daniel. Arrête de paniquer. Si nous t'avons menti, c'est justement pour te tenir en dehors de tout cela. Et quoi qu'il arrive, sache-le, tu resteras en dehors, tu comprends ? Ni moi, ni David, nous ne t'impliquerons dans cette affaire.

— C'est trop tard, gémit Valance.

— Non, ce n'est pas trop tard, répliqua Olivia d'un ton ferme. Il n'y a aucun moyen, aucune raison, pour qu'on fasse le lien entre toi et nous. Aucun ! Et il n'y en aura jamais, tu entends ? Jamais !

— Olivia ! protesta Valance après une hésitation. Il a tué un magistrat ! Tout le Quai est en état d'alerte !

— Il ne l'a pas tué, Daniel.

— Comment le sais-tu ?

— J'y étais.

— Quoi ?

— Ce que je sais, aussi, c'est qu'on a essayé de le tuer.

— Qui ça *on* ? s'écria Valance.

— Je ne sais pas, soupira Olivia.

— Bon Dieu ! Vous débloquez tous les deux !... Il n'y avait personne là-bas ! Personne d'autre que lui et Haller...

David eut une exclamation de surprise.

— Passe-le-moi ! (Il prit le téléphone des mains d'Olivia.) Daniel, qu'est-ce que ça veut dire « il n'y avait personne » ? J'ai tiré plusieurs fois pour me défendre ! Je suis pratiquement sûr d'en avoir abattu un ! Et ils m'ont tiré dessus, ils ont utilisé des gaz ! Des gaz ! Ça laisse des traces tout ça, nom de Dieu !

— On n'a rien trouvé de tel, David. Pas de cadavre. Rien. (Le jeune commissaire marqua un temps.) Ni même de douilles, David... Comme chez Lovac.

— C'est impossible !

— Et personne n'a entendu de fusillade.

— Ils avaient des silencieux !

— Des silencieux...

— Oui ! Et en plus c'était le week-end, il n'y avait pratiquement personne dans le coin !

— (Un soupir.)... Vous avez réponse à tout, David.

— Mais c'est la vérité !

— Quand dois-je vous croire ? Quand vous dites que vous n'avez pas tué Lovac, ou quand vous affirmez que vous n'avez pas tué Haller ?

— J'ai tué Lovac, c'est vrai. Et les deux tueurs chez Alice Bethel. Ce sont eux qui ont tué Michaël. Eux qui ont voulu assassiner Olivia, et moi, ensuite. Je ne regrette rien et, le moment venu, je suis prêt à en répondre devant qui vous voudrez... Mais je n'ai pas tué Robert Haller ! (David s'arrêta soudain, se souvenant d'un détail.) Les voitures près du Musée Cernuschi ! Ils m'ont tiré dessus, les balles ont touché les voitures autour de moi ! Ils n'ont pas pu faire disparaître ça aussi !

— Mise en scène, laissa tomber Valance d'une voix blanche.

— Comment ? s'écria David hors de lui.

— Pour brouiller les pistes. Comme le coup de la revendication terroriste. La « Brigade de justice révolutionnaire ». (Le jeune commissaire ricana amèrement.)

Il y eut un silence.

— Vous croyez vraiment que c'est moi qui ai fait cela ? (Valance ne répondit pas.) Daniel ?...

— Je ne sais plus, David... Je ne sais vraiment plus ce que je dois croire.

Un silence à nouveau.

— Il y a un moyen de vérifier si ce que je dis est vrai ou non, Daniel.

— Lequel ?

— Les balles dans les carrosseries des voitures. Et

celle qui a tué Haller. Ce ne sont pas celles que j'utilise. (David exulta.) Oui ! Forcément !... Voilà le moyen, Daniel !

Valance marqua un temps avant de répondre. Ses paroles frappèrent David comme des coups de poing et le firent chanceler :

— Haller a été tué avec un Colt 45. La balle qui lui a fait éclater le crâne est d'origine américaine. Une balle à fragmentation, à effet de choc maximal. Une « Glaser safety slug ». (Le jeune commissaire eut un soupir résigné.) Comme Lovac, David.

— C'est impossible... balbutia David.

— C'est bien l'arme et les munitions que vous utilisez ?

— Mais ce n'est pas moi... Ce n'est pas le mien !

— Il n'y a qu'un moyen de s'en assurer : l'expertise. Apportez-le-moi et on verra bien. Avec un peu de chance, on pourra peut-être...

— Je ne l'ai plus ! s'écria David, affolé.

— Quoi ?

— Je l'ai perdu chez Haller !

— ...

— Je vous le jure ! (David secoua la tête, l'air désemparé.) Ce n'est pas vrai !... Il est tombé dans l'appartement au moment où j'ai sauté par la fenêtre !

— On n'a pas retrouvé de 45 chez Haller, David.

— O mon Dieu ! Non... (David jeta un regard désespéré à Olivia. Il lut de la peur dans ses yeux. Il se demanda pourquoi elle avait peur. Puis il comprit et il lui sembla que tout s'écroulait autour de lui.) Un piège ! s'écria-t-il. Ils ont tout monté depuis le début !

— Ils ne pouvaient pas prévoir que vous perdriez votre arme, objecta Valance. Même s'ils sont aussi diaboliques que vous avez l'air de le croire.

— Ils n'avaient pas besoin de cela, rétorqua David de nouveau maître de lui. Ils devaient me tuer. On aurait retrouvé mon cadavre et le Colt avec ! Le tout chez Haller... C'est eux qui ont ramassé le Colt ! Eux !...

David se tut soudain et essaya d'évaluer le danger que recelait ce fait nouveau : pourquoi avaient-ils ramassé son arme ? Allaient-ils s'en servir contre lui dès maintenant ? Allaient-ils attendre ? Mais attendre quoi ? Et pour faire quoi ?

La voix de Valance l'interrompit dans sa réflexion :

— De toutes les façons, il y aurait eu peu de chances qu'on tire quelque chose de l'expertise. Ce type de balles — les Glaser — éclatent complètement à l'impact. Même la chemise de cuivre fout le camp en morceaux. A mon avis, l'expertise n'aurait pas permis de déterminer par quelle arme elles avaient été tirées.

Lucas remarqua le changement de ton de Valance : il commençait à douter !

— En clair, dit David, ça signifie que si ma responsabilité est établie dans la mort de Lovac, il y a toutes les chances pour que je sois accusé du meurtre de Haller.

— C'est une possibilité, en effet.

— Seulement une possibilité, Daniel ?

Le jeune commissaire ne répondit pas.

— Vous me croyez, n'est-ce pas ? hasarda David.

— Je ne sais pas, répondit Valance pensivement. Mais c'est vrai que ça fait beaucoup de choses contre vous... Trop, peut-être. Et trop bien. (Il hésita.) Qu'est-ce que vous faisiez chez Haller ?

— Haller était au cœur de l'histoire depuis le début.

— Mais quelle histoire, bon sang ?

— Je ne sais pas, un trafic à Saint-Louis...

— La prison ?

— Oui. Quelque chose d'assez important pour justifier une dizaine d'assassinats de détenus. Quelque chose d'assez important pour décider de supprimer une avocate qui risquait de faire éclater l'affaire au grand jour. Quelque chose d'assez important pour faire abattre un haut magistrat !

— Vous êtes fou !

— Non, je ne suis pas fou, Daniel. Quelqu'un a

lancé des contrats sur plusieurs détenus de Saint-Louis. Je le sais. Vous pouvez même le vérifier...

— Quoi ?

— Il y en a un qui court sur un certain Saïd-Halim Rashid... (David entendit le cri de surprise de Valance mais ne s'arrêta pas.) Pour des raisons qui seraient trop longues à vous expliquer, ce type est au courant qu'on veut le tuer. Allez le voir, interrogez-le et vous verrez.

— Il est mort, David !

Lucas en eut le souffle coupé. Il demeura pétrifié, incapable de prononcer une parole.

— Ça n'a pas encore été annoncé officiellement. D'après les premiers résultats de l'enquête, c'est un banal règlement de comptes. Le meurtrier a été identifié : c'est un proche du Vietnamien qu'on a retrouvé éventré il y a quelques mois. Rien à voir avec un contrat, David. (Valance soupira.) Vous n'avez décidément pas de chance...

— Il a avoué ? marmonna David.

— Comment ?

— Est-ce que ce type a avoué ? répéta David entre ses dents.

— Non... Mais on a toutes les preuves qu'il faut. Sans parler du mobile.

— Ce n'est pas lui !

— Vous êtes fou ! Je vous dis que...

— Ce n'est pas lui ! cria David. C'est *eux* ! Oh ! Bon Dieu !...

Il y eut un silence.

— David, reprit Valance, venez ici... On vérifiera votre histoire, je vous le promets. Je m'en porte garant. Laissez tomber, je vous en supplie. Faites-le, ne serait-ce que pour Olivia. Dieu sait où tout cela va vous mener !

— Les renseignements... bredouilla David, l'esprit en déroute.

— Quoi ?

— Les renseignements que je vous ai demandés, vous les avez ?

— Non. Je ne m'en suis pas encore occupé. Mais David...

— Il me les faut ! cria David. Haller était avec Karmann à l'A.R.J. ! Il faut que je sache qui étaient les autres ! Il le faut absolument !

— Karmann... L'avocat ?

— Oui !

— Avec Haller ? C'est impossible !

— Je les ai vus, Daniel ! Et le sénateur De Launay ! Mais je ne sais pas qui étaient les autres !

— De toute façon, qu'est-ce que ça prouve ? demanda Valance d'une voix hésitante.

— Je ne sais pas ! (David se reprit.) Ecoutez, Daniel, obtenez-moi ces renseignements. Je vous appellerai pour vous fixer un rendez-vous quelque part. Vous me les donnerez et moi, de mon côté, je vous dirai ce que je sais. Si vous ne me croyez toujours pas, j'accepterai de me livrer. A vous ou à qui vous voudrez.

Le cri d'Olivia le fit sursauter.

— Non ! David !

— Je t'en prie, Olivia !

— C'est de la folie ! protesta-t-elle. Tu seras accusé du meurtre d'Haller. Personne ne te croira ! Ils ont effacé toutes les traces, David !

— Daniel, fit David en se détournant et en collant le microphone contre sa bouche. J'ai une condition.

— Laquelle ? demanda Valance d'une voix mal assurée — l'intervention d'Olivia l'avait impressionné.

— Olivia. Elle disparaît.

— Pourquoi ? s'exclama Valance.

— Parce qu'elle n'est pour rien dans tout ce que j'ai fait... (David hésita.) Et parce que je ne crois pas que vous pourrez la protéger. Ni vous, ni aucun flic.

Une série de lignes, numérotées de un à cinq, s'inscrivirent sur l'écran du terminal : les têtes de chapitres du dossier établi par les Renseignements généraux sur « l'Association pour la réforme de la justice » (A.R.J.).

— Vous voulez tout, ou une ligne en particulier ? demanda l'opératrice en se tournant vers Daniel Valance.

Le jeune commissaire examina le « menu » affiché sur l'écran : les trois premières lignes n'avaient aucun intérêt ; elles concernaient des informations qu'il aurait pu trouver tout aussi bien dans la presse.

— Seulement la quatre et la cinq, dit-il — la « quatre » portait sur les adhérents et le financement de l'association ; la « cinq » était intitulée « Etudes d'activités », termes pudiques pour désigner les renseignements recueillis, de l'intérieur, soit par un fonctionnaire infiltré, soit par un informateur faisant partie des membres de l'association.

L'opératrice remonta ses lunettes sur son nez et pianota sur le clavier du terminal. Une inscription en grosses lettres barra l'écran :

CODE INVALIDE......... CODE D'ACCÈS ?

— Qu'est-ce que ça veut dire ? demanda Valance.

— Ça veut dire que votre code est insuffisant pour accéder à cette zone d'informations, répondit l'opératrice légèrement agacée.

— Il doit y avoir une erreur, c'est un prioritaire « groupe dix », indiqua Valance. Recommencez, s'il vous plaît.

— Ça ne servira à rien, je vous préviens.

— Soyez gentille, recommencez.

L'opératrice s'exécuta de mauvaise grâce. Le terminal ingurgita docilement les indications que lui fournit la jeune femme, ainsi que le code d'identification et d'accès que lui transmit la carte à mémoire de Daniel Valance. L'écran se vida, le temps de permettre à la machine de digérer l'ensemble des données, puis une inscription apparut et se mit à clignoter :

COMMANDE INVALIDE..... ZONE PROTÉGÉE......
FIN !

L'écran se brouilla et, de nouveau, s'afficha le « menu » relatif à l'A.R.J. Daniel Valance demeura perplexe. Qu'est-ce que cela signifiait ?

— Essayez avec les trois premières lignes, ordonna-t-il à l'opératrice.

Le résultat fut identique.

— Vous désirez autre chose ? fit l'opératrice avec un petit sourire ironique.

— Ça ira, merci. Il y a un téléphone ?

— Dans le bureau à côté.

Daniel Valance s'enferma dans un petit bureau sans fenêtre et dont les murs disparaissaient derrière des armoires métalliques. Il réfléchit. Il y avait décidément trop de choses étranges dans cette affaire. Lucas n'avait pas menti pour les voitures dans le parking de l'A.R.J. Mais comment savoir s'il disait la vérité pour le reste ? Trop de choses étranges, vraiment... Cette histoire de refus d'accès au fichier, cela n'était pas normal. Pas avec le niveau de son code d'accès. Qu'est-ce que cela signifiait ? Comment se faisait-il qu'il ne pût, lui, obtenir des informations même simples sur une banale association ? Qui avait décidé de « classifier » ces informations ? Et pourquoi ?

Le jeune commissaire s'assit devant le téléphone, hésitant. Il y avait trop de choses étranges, trop de choses qui s'embrouillaient dans sa tête. Trop de sang, trop de zones d'ombre, trop de questions ! il avait l'impression qu'on le poussait vers un champ de mines et il détestait cette impression-là. Il n'y avait qu'une chose dont il était sûr : il ne pouvait pas continuer seul ; il fallait qu'il se « couvre ». Mais auprès de qui ? Le patron de la P.J. était à l'étranger pour un voyage d'études. Le directeur adjoint ? Hors de question : il n'avait pas confiance en lui. Vincenti !

Oui ! Un ami de son père. Vincenti était l'homme auquel il devait s'adresser.

Il décrocha le téléphone et composa le numéro du ministère de l'Intérieur. Trois minutes plus tard, une secrétaire lui annonça que le directeur central de la police judiciaire ne pourrait pas le recevoir avant dix-neuf heures.

— Ce sera parfait, merci, dit-il.

Et il raccrocha.

Un vague sentiment de mauvaise conscience vint entacher le soulagement qu'il éprouvait. Olivia... Et merde ! Après tout, elle lui avait menti ! Et il ne pouvait pas prendre le risque de foutre en l'air sa carrière, juste comme ça, par amitié ! De toute manière, c'était idiot, il ne la laissait pas tomber. Au contraire ! Il avait seulement besoin d'aide, oui, d'aide ! Et puis c'était la seule solution : si elle et Lucas n'avaient pas menti, s'ils étaient vraiment en danger de mort, comme ils le prétendaient, l'intervention de Vincenti ne pourrait que leur être profitable. Dans le cas contraire, lui, au moins, serait couvert. Et personne au monde ne pouvait lui reprocher d'agir ainsi !

Il téléphona à sa femme pour la prévenir qu'il rentrerait tard. Elle lui donna des nouvelles de son fils cadet âgé de six mois. Lorsqu'il raccrocha, quelques instants plus tard, il était convaincu d'avoir choisi la seule solution qui vaille. Il n'avait pas le droit d'agir autrement. Pas dans sa situation !

Le directeur central de la police judiciaire, Pierre Vincenti, le reçut avec vingt minutes de retard. Il s'en excusa et s'enquit poliment de la manière dont le père de Valance supportait sa retraite. Puis il carra ses quatre-vingt-dix kilos confortablement dans son fauteuil et demanda au jeune commissaire la raison pour laquelle il voulait le voir. Son regard, jusqu'alors vif et mobile, devint soudain fixe et froid ; il se posa sur le jeune homme presque sans ciller.

Vincenti n'était pas né de la dernière pluie : il allait avoir un problème, il le savait. Il ignorait lequel, mais il était sûr qu'il allait en avoir un : le collaborateur du patron de la P.J. parisienne ne lui avait pas demandé un rendez-vous, de manière si instante, simplement pour lui rendre une visite de courtoisie ; et il ne s'était pas non plus amusé à court-circuiter sa propre hiérarchie sans une excellente raison. Il allait hériter d'un problème, c'était certain.

Valance commença par lui expliquer les raisons pour lesquelles il s'était résolu à s'adresser à lui directement. Il crut distinguer une lueur de satisfaction amusée dans les yeux de Vincenti lorsqu'il avoua la méfiance qu'il nourrissait à l'égard du numéro deux du Quai des Orfèvres — il n'avait pas fait cet aveu au hasard : il savait que Vincenti partageait son aversion pour le directeur adjoint de la P.J. parisienne ; il n'ignorait pas qu'il s'était opposé à la nomination de ce dernier, en vain : l'homme avait été imposé par le « cabinet » ; on avait besoin d'un chien de garde au « Quai ».

Le jeune commissaire exposa ensuite l'affaire qui l'amenait. Il débuta par son aspect le plus sensible, la mort du haut magistrat Robert Haller, puis il continua en reprenant tout, depuis le début, sans omettre aucun détail et en se gardant d'émettre une opinion. Au fur et à mesure qu'il avançait dans son exposé, il vit le visage de Vincenti se rembrunir ; et deux profonds sillons se creuser entre ses sourcils, quand il évoqua l'A.R.J. et le nom du sénateur De Launay.

Vincenti l'écouta jusqu'au bout sans l'interrompre, se contentant de prendre des notes de temps à autre.

— C'est tout ? murmura-t-il, quand le jeune commissaire eut terminé.

— Je crois, oui, fit Valance après une hésitation.

358

— Vous croyez ou vous en êtes sûr ? demanda Vincenti d'un ton sec.

— J'en suis sûr, répondit Valance en se crispant.

— Bien, fit Vincenti en se radoucissant.

Le grand patron de la police judiciaire considéra son jeune interlocuteur d'un œil vague. Il ne s'était pas trompé : il avait un problème. Mais c'était au-delà de tout ce qu'il aurait pu imaginer. Bien au-delà ! C'était *le* problème ! Il se frotta le visage de ses deux mains puissantes : ses traits se déformèrent comme s'il s'agissait de ceux d'un masque en caoutchouc ; puis ils se réorganisèrent lentement autour de son regard, brillant de nouveau de toute son acuité.

— Ce... Lucas, vous le connaissez ? demanda-t-il enfin.

— Je connais surtout sa femme, répondit Valance.

— Ce n'est pas ce que je vous demande, dit Vincenti avec agacement. Vous croyez ce qu'il vous dit, oui ou non ?

— Je ne sais pas, monsieur, soupira Valance.

— Vous ne savez pas quoi ?

— Si je dois le croire ou non. Son comportement depuis la mort de son enfant est tellement... étrange, que...

— Etrange ! s'écria Vincenti. Vous vous égarez, Valance ! D'après ce que vous dites, il a au moins tué trois personnes déjà, si ce n'est pas quatre, en comptant Haller ! Et vous appelez ça étrange ! C'est un malade, oui ! Et il s'est servi de vous !

— On peut voir en effet les choses de cette manière, monsieur, convint Valance sans se laisser démonter — il devinait que l'opinion de Vincenti n'était pas faite et qu'il se contentait de le pousser dans ses retranchements. Et ce n'est pas entièrement faux, continua-t-il. D'un autre côté, il y a cette histoire de l'A.R.J. et...

— Oui, laissa tomber Vincenti d'un ton grave. (Il

fronça les sourcils.) Les autres noms, en dehors de De Launay et de Haller, redonnez-les-moi.

Valance se pencha vers lui et déposa une feuille de papier sur son bureau.

— Tout est là, dit-il en se rasseyant.

Il se demanda s'il devait ou non parler de Victor Karmann et choisit de s'en abstenir. Les choses étaient déjà bien assez compliquées comme ça. Et Lucas avait très bien pu se tromper... ou lui mentir.

Le directeur central de la P.J. parcourut la liste rapidement : en plus des deux personnages qu'il venait de citer, figuraient les noms du secrétaire général de l'A.R.J., du président d'une des plus importantes associations de magistrats, du responsable d'un syndicat de personnel de l'administration pénitentiaire, d'un policier de haut rang, ex-dirigeant syndical et actuellement conseiller technique auprès du préfet de police, et d'un inconnu du nom de Roman.

— Ce ne sont que les noms des propriétaires des voitures, commenta Valance. D'après Lucas, il y en aurait eu d'autres dans le parking. (Il marqua un temps.) A une ou deux exceptions près, aucun ne fait partie de l'A.R.J. A ma connaissance, en tout cas, mais, je vous l'ai dit, je n'ai pas pu le vérifier.

Vincenti releva la tête et pinça les lèvres, perplexe.

— Et selon lui, ces gens-là essaieraient de le tuer, c'est ça ?

— Il ne dit pas exactement cela. Il ne sait pas qui cherche à le tuer. Il dit qu'ils sont liés à la tentative d'assassinat sur sa femme et à tout le reste.

— Aux assassinats à Saint-Louis ?

— Oui.

— Vous avez vérifié ce qu'il raconte ?

— Ce que j'ai pu, oui.

— Alors ?

— Rien ne colle, fit Valance en secouant la tête. Depuis cette soi-disant tentative d'assassinat sur sa femme jusqu'à cette histoire de contrat à Saint-Louis...

— Il a une explication à propos de cette série d'assassinats à Saint-Louis ? coupa Vincenti, comme intrigué tout à coup.

— Pas vraiment, non...

— Même pas une idée ? une vague idée ?

— Il m'a parlé d'un trafic mystérieux...

— Un trafic ?

— Oui. Il n'en sait rien, en fait. Il a fini par évoquer la possibilité d'un trafic de grâces, mais il n'avait pas l'air de trop y croire.

— Qu'est-ce qui lui a fait penser à ça ?

— Plusieurs choses, la libération d'Edgar Dione notamment.

— A cause d'Haller ?

— Oui.

— Ça ressemble bigrement à de la paranoïa, non ? Le jeune commissaire secoua la tête en soupirant.

— Je ne sais pas, monsieur. Je ne sais vraiment pas.
Il y eut un silence.

— Bon ! fit Vincenti en se levant et en rejoignant Valance. La première chose que vous allez faire, c'est un rapport écrit, détaillé, de tout ce que vous venez de me raconter et vous me le remettrez en main propre. (Il remarqua l'expression d'inquiétude et de gêne sur le visage du jeune homme.) C'est encore la meilleure manière de vous couvrir, précisa-t-il avec un petit sourire indulgent. Attention ! Un seul rapport. Pas de double. J'en informerai moi-même votre patron et Callac aussi.

— La « criminelle » !...

— On ne peut pas faire autrement. Sinon ça fera un sac de nœuds. Ce sont eux qui s'occupent de l'affaire Haller. Callac est un type régulier de toute façon. Autre chose : quand devez-vous rencontrer Lucas ?

— Je ne sais pas. Il doit m'appeler.

— Bien. Dès que vous le saurez, contactez Callac justement. Vous ne pouvez plus agir en solo dans cette affaire. Essayez de convaincre Lucas de se livrer. S'il refuse, décrochez. N'essayez pas de le forcer, on ne sait jamais. Laissez faire les gens de Callac. C'est leur boulot. Vous m'avez bien compris ? Pas d'initiative. Décrochez si vous sentez que ça coince, d'accord ?

— D'accord, dit Valance.

— Ne vous inquiétez pas, dit Vincenti en le prenant par le bras et en le raccompagnant jusqu'à la porte de son bureau. (Sa voix se fit rassurante.) Je vais appeler Callac pour le prévenir. (Il allait ouvrir la porte et se ravisa.) Une dernière chose, Valance : secret absolu. Dans votre intérêt, dans le mien... Dans celui de toute la maison, en fait. Cette histoire sent mauvais : un membre de la chancellerie assassiné... (Il eut un geste vague de la main.) Des noms connus — trop connus... Sans parler de De Launay ! Ça peut nous péter à la gueule, juste comme ça ! (Il claqua des doigts.) Surtout en ce moment... Je vous fais confiance.

— Comptez sur moi, dit Valance. (Et il sortit.)

Le grand patron de la police judiciaire referma la porte de son bureau, fit quelques pas hésitants et finit par s'immobiliser au centre de la pièce, les mains sur les hanches, l'air préoccupé.

C'était arrivé !

Ce qu'il redoutait venait de se produire !

Son regard se posa sur le téléphone, près de son bureau. Il hésita puis se dit que cela ne servait à rien d'attendre : il fallait donner l'alerte.

Le responsable du service « Documentation-informatique » des Renseignements généraux se rejeta contre le dossier de son fauteuil et s'étira en bâillant, avec volupté : il avait fini sa journée. Il jeta un coup d'œil à la dernière page de *France-Soir* pour connaître les programmes du soir à la TV : « Toujours les mêmes conneries, maugréa-t-il en lui-même, même pas un film ! » La soirée s'annonçait mal. Puis il se rappela qu'il lui restait un film qu'il avait enregistré la semaine précédente et qu'il n'avait pas encore visionné : un film de guerre américain, avec Clint Eastwood et quelques autres — il ne savait plus qui, et il ne se souvenait pas non plus du nom du metteur en scène ; mais cela n'avait pas d'importance : il n'y avait rien de meilleur qu'un bon film de guerre américain pour passer une soirée. La perspective de voir le grand « Clint » balancer des grenades et mitrailler ses ennemis avec décontraction le ragaillardit. Il téléphona chez lui pour annoncer son retour et savoir de quoi se composerait le dîner. Sa femme lui recommanda de ne pas s'attarder : ils avaient des invités ce soir-là, lui rappela-t-elle. Il raccrocha en jurant intérieurement : il était dit que sa soirée serait foutue, et elle le serait !

Au moment où il s'apprêtait à quitter son bureau, il aperçut le rouleau d'imprimante déposé dans une corbeille de plastique sur une tablette. Le *listing* de contrôle du trafic sur le fichier informatisé : il avait oublié de l'examiner ! Il hésita, se demandant s'il n'allait pas remettre son examen au lendemain ; puis il se dit que, foutu pour foutu, il ferait aussi bien de s'en débarrasser maintenant.

Les cinq étoiles lui sautèrent aux yeux immédiatement : elles signalaient une demande d'accès non autorisée. Il prit connaissance des informations qui lui étaient relatives et tressaillit. Puis il se dit que, somme toute, cette soirée n'était pas si pourrie après tout : ils seraient contents d'apprendre ça et il y aurait une gentille petite prime à la clef !

Il retourna s'asseoir derrière son bureau, sortit un carnet de la poche intérieure de sa veste, le feuilleta, puis décrocha son téléphone et composa un numéro. Une voix d'homme, anonyme, lui répondit presque aussitôt. Il déclina succinctement son identité et dit :

— Une approche sur A.R.J...
— Origine ?
— P.J., Valance Daniel.
— Il est passé ?
— Non. Code insuffisant.
— Bon travail. Merci.

Après avoir quitté la place Beauvau, Daniel Valance était repassé à son bureau pour récupérer ses affaires et jeter quelques notes sur le papier, destinées au rapport que lui avait demandé le directeur central de la police judiciaire.

Dans les couloirs verdâtres et tristes du Quai des Orfèvres, il tomba sur un ami à lui, inspecteur à la Brigade criminelle : il sortait d'une conférence où l'on venait de faire le point sur l'enquête concernant l'assassinat de l'inspecteur général de l'administration pénitentiaire.

— Alors ? lui demanda Valance.

L'homme de la « criminelle » eut un soupir de dérision.

— Ils ont passé leur temps à se tirer dans les pattes, comme d'habitude, dit-il. J'en ai ma claque de ces réunions à la con !

Valance lui sourit, compatissant.

— Réunion d'information, reprit l'homme de la « criminelle » en haussant les sourcils. Mon cul ! Oui... Chacun planque ses infos et essaie de soutirer celles des autres !

— Qui il y avait ? demanda Valance.

— De quoi faire un cirque ! Nous... Des types de l'O.C.R.B., de la B.R.B., les « stup »... et je t'en passe ! Il y avait même un mec de la D.S.T., je ne sais pas si tu vois !... (Il secoua la tête avec un air résigné.) Tu peux me déposer ? Ma femme a gardé la bagnole...

— Bien sûr.

Un vent glacial balayait le quai des Orfèvres. Ils se

pressèrent de rejoindre la voiture de Valance, garée non loin de l'entrée principale.

— Tu te gares encore là, toi ? lança l'homme de la « criminelle » d'un ton ironique. T'as peur de rien !

Valance sourit : une semaine plus tôt, juste avant un départ pour une intervention, son ami et quelques autres avaient eu la désagréable surprise d'apprendre que leurs voitures, parquées devant le bâtiment abritant les locaux de la P.J., avaient été ramassées et mises en fourrière ! Un épisode de plus de ce que les journaux appelaient « la guerre des polices ».

— Je n'ai jamais emmerdé les « stup », moi ! répliqua Valance en riant.

Durant le trajet, ils parlèrent d'abord de la manière dont l'un et l'autre s'apprêtaient à passer les fêtes de Noël et du jour de l'an. Puis ils en vinrent à évoquer l'affaire Haller. Valance questionna son ami sur l'état de l'enquête. Celui-ci lui confirma qu'elle était au point mort : toutes les pistes débouchaient sur des impasses.

— A un moment, j'ai bien cru qu'on tenait un truc, dit l'homme de la « criminelle ». Mais ça a foiré, comme le reste, ajouta-t-il d'un ton désabusé.

— Je prends à droite ou à gauche, là ? demanda Valance en essuyant la buée sur le pare-brise du revers de la main.

— A droite.

— C'était quoi, ton truc ?

— Tout droit maintenant... Une grand-mère qui habite à côté de chez Haller, une obsédée des cambriolages, paraît-il. Elle avait relevé le numéro d'une CX qui stationnait dans la rue, la veille, avec des types dedans.

— Et alors, rien ?

— Non, on a vérifié, le numéro était faux. Il correspondait à un taxi Mercedes en réparation dans un garage de la République, Alamos, je crois, je ne sais plus très bien...

— Amos ! rectifia Valance dans un sursaut.

— C'est possible, oui. Tu le connais ?

— Oui, fit Valance après une hésitation. (Il hésita à nouveau.) Enfin, juste comme ça, quoi... ajouta-t-il en souhaitant atténuer sa réponse.

— Ouais, enfin zéro ! conclut l'homme de la « criminelle ». Là ! Arrête-toi là, au coin. C'est bon là. Sinon tu vas t'emmerder avec les sens interdits. (Ils se serrèrent la main.) Embrasse la famille pour moi ! *Ciao !* Et merci !

Valance le regarda s'éloigner en courant dans la nuit et disparaître au coin de la rue. Il ne démarra pas. Le trouble qu'il éprouvait était à la fois dû au fait qu'il avait failli se trahir — Vincenti ne lui avait-il pas recommandé le secret absolu ? — et à la sonnerie d'alarme qui s'était déclenchée, quelque part, au fond de sa mémoire.

Amos... Changement de plaques... Les taxis...

Cela voulait dire quelque chose !

La S.A.T. !...

Des pensées confuses s'agitaient dans son crâne, toutes liées aux années durant lesquelles il avait été affecté à la section antiterroriste de la Brigade criminelle — la S.A.T.

Amos... Cela voulait dire quelque chose... Les Arméniens ! Oui ! Il y était ! Amos !... Amos était une *base* ! Mais, les taxis ! Les taxis, ça ne collait pas ! C'était impossible !

Il démarra et se mit à la recherche d'une cabine téléphonique. Quelqu'un allait pouvoir l'aider. Inge Klur. Une ex-terroriste allemande de la *Rote Armee Fraktion*. Inge Klur avait renoncé aux bombes et au massacre des innocents, mais pas à ses convictions ; elle avait conservé des contacts avec la plupart des mouvements subversifs européens. La petite librairie qu'elle tenait dans le Quartier latin servait, à l'occasion, de « boîte aux lettres » à nombre de militants clandestins. Ce que ceux-ci ignoraient, c'est qu'Inge

Klur n'hésitait pas, chaque fois qu'il le fallait — ce qui correspondait le plus souvent, mais pas toujours, aux dates de renouvellement de son permis de séjour —, à renseigner la police française.

Valance avait facilité son installation en France : elle avait une dette envers lui ; une dette dont elle n'était pas près d'avoir fini de s'acquitter.

Il mit plus d'un quart d'heure pour trouver une cabine téléphonique en état de marche. Il composa le numéro en priant le ciel que la blonde Inge fût chez elle ; il n'avait pas envie de se lancer à sa recherche à travers tout Paris à cette heure de la nuit. A la quatrième sonnerie, on décrocha à l'autre bout de la ligne. Une voix de femme répondit ; une voix claire et douce :

— Oui ?

— Valance, fit le jeune commissaire en remerciant le ciel.

— Ah... Il est tard, tu sais cela ?

— J'ai besoin que tu m'éclaires, Inge.

— (Un soupir.) *Schwein !*... (Nouveau soupir...) Quoi ?

— Amos.

— Amos ? Amos est éteint depuis longtemps.

— Il s'est réveillé.

— *Unmöglich !*

— C'est comme ça, pourtant ! dit Valance avec agacement. Ecoute-moi, je suis pressé ! Amos s'est réveillé et je veux savoir pourquoi. Pour qui. Et vite !

— *Mein Gott !* soupira la voix claire et douce. Dany... C'est dangereux, tu sais cela ?

— Inge ! gronda Valance. Demain ! A sept heures. Tu sais où.

Daniel Valance employa la matinée du lendemain à rédiger son rapport pour le directeur central de la P.J., et ce, en dépit des coups de téléphone incessants et des va-et-vient dans son bureau — le patron est rentré ? Il rentre quand ? Tu lui dis qu'il faut absolu-

ment que je le voie ! Tu lui diras, hein ? C'est important ! etc. Vers treize heures, il descendit se chercher
un sandwich et remonta aussitôt dans son bureau
afin de profiter de l'accalmie de l'heure du déjeuner
pour relire son rapport et le corriger. Puis, peu après
quatorze heures trente, tout recommença, les coups
de téléphone et le reste, lui laissant à peine le temps
de traiter le courrier et la paperasserie qui s'étaient
accumulés au cours des dernières vingt-quatre heures.

Il faisait déjà nuit, lorsqu'il abandonna son fauteuil
pour fumer une cigarette, debout, devant la fenêtre
de son bureau. Il scruta les eaux sombres du fleuve :
le vent, par endroits, couvrait sa surface d'écailles
miroitantes, comme si un monstre froid et métallique
profitait de la nuit pour investir silencieusement la
ville.

Que se passait-il ?

Pourquoi Lucas ne l'avait-il pas appelé ? Avait-il
changé d'avis ?

Se méfiait-il de lui ? Non, c'était absurde : Lucas
n'avait aucune raison de se méfier de lui. Aucune !...
Et même s'il en avait une, Olivia savait, elle, qu'on
pouvait lui faire confiance. *Aucune ?*... Bon sang ! Il
n'avait pas de raison de se sentir coupable ! S'il agissait ainsi, c'était dans l'intérêt de tout le monde. Dans
leur intérêt à eux, à tous les deux !

Pourquoi, alors, s'il était vraiment convaincu d'agir
pour le mieux, pourquoi s'était-il demandé s'il mettrait Callac, le patron de la « criminelle », au courant
du rendez-vous que lui fixerait David Lucas ? Et
pourquoi s'interrogeait-il encore ? Les choses avaient
changé... Quelles choses ? Amos... Mais il n'était sûr de
rien ! Amos... Les taxis... Cela voulait dire quelque
chose. Mais quoi ? Bon sang ! Dans quoi Lucas
s'était-il fourré ?

Il regarda sa montre. 18 h 30. Il ne pouvait pas
attendre.

Il patienta néanmoins cinq minutes de plus avant de quitter son bureau et de rejoindre sa voiture. Il démarra sans perdre un instant et prit la direction d'un supermarché situé au bas du boulevard Saint-Germain. Un supermarché qu'il connaissait bien — et pas seulement parce qu'il restait ouvert tard et qu'il se trouvait sur son chemin.

Ce supermarché était le lieu de ses rendez-vous — le dernier en date — avec Inge Klur.

C'est elle qui le trouva.

Il l'avait cherchée, en vain, pendant plus de cinq minutes, à travers les rayons des produits d'alimentation. Il commençait à la maudire pour son retard, lorsqu'une voix, dans son dos, une voix claire et douce, le fit se retourner :

— Tu n'es pas très discret, tu sais cela ?

Inge Klur était derrière lui. Elle ne le regardait pas : elle se tenait devant un étalage de biscuits et donnait l'impression d'hésiter à faire son choix. Elle s'empara d'une boîte, puis d'une autre, et les jeta dans son chariot.

— Tu ferais aussi bien de faire comme moi, dit-elle toujours sans le regarder. Ton chariot est vide.

Valance jura intérieurement, prit deux boîtes au hasard, sur l'étalage le plus proche, et les balança au fond de son chariot.

— *Mein Gott !* fit-elle avec ironie en passant devant lui. Si tous les flics étaient comme toi, il y a long-temps que nous autres aurions gagné la guerre, tu sais cela ?

— Ça suffit, Inge. Je t'écoute. (Il se rapprocha d'elle.)

Elle n'était ni laide, ni jolie ; son visage n'était pas maquillé et laissait entrevoir des petites rides qui striaient sa peau blanche, aux coins de ses yeux. Une fois de plus, Valance se demanda d'où pouvait bien provenir le charme qui émanait d'elle. Et, une fois de plus, il fut incapable de trouver la réponse.

Elle releva la tête, se passa une main dans ses cheveux courts et blonds, et, tout en détaillant une rangée de pots de confitures, elle dit :

— Tu avais raison. Amos s'est réveillé.

— Pour qui ?

— Pour aucun de tous ceux que je connais.

— Pour qui ? Inge ! répéta Valance avec impatience.

— Tût-tût ! Pardon ! claironna une voix d'enfant.

Valance dut s'écarter pour laisser passer une jeune femme poussant un chariot dans lequel était assis un petit garçon manifestant avec exubérance le plaisir qu'il prenait à cette promenade ; la mère eut un sourire d'excuse à l'adresse du jeune commissaire et s'éloigna en demandant pour la énième fois à son petit garçon de ne pas crier ainsi dans les magasins.

— La vie est étrange, *mein* Dany, reprit Inge Klur d'une voix monocorde. Des événements se produisent, qu'on ne s'explique pas. Le mystère se prolonge durant des années. Et puis, tout à coup, tout devient... *klar... Sehr klar.*

— Que veux-tu dire ? Qu'est-ce qui est devenu clair ? demanda Valance en proie à une inquiétude grandissante.

— Comment les gens vivent et comment d'autres meurent, répondit Inge Klur de façon énigmatique. Qui est qui... Et qui est avec qui. Tout est toujours plus simple qu'on ne l'imagine, ajouta-t-elle avec tristesse. Et plus sale, surtout. Tu sais cela ?

— Inge, j'en ai marre des devinettes.

— Je sais, maintenant, comment est mort Khaled.

— Khaled !

— Oui.

Valance demeura interdit.

Yasser Khaled. L'un des « capitaines » du Front populaire de libération de la Palestine (F.P.L.P.) de

Georges Habache et Waddi Haddad. Mort dans l'explosion de sa voiture, trois ans plus tôt, à Paris. Sa disparition avait déclenché une guerre sanglante entre les « soldats » du F.P.L.P. et ceux de l'O.L.P., ces derniers ayant été tenus pour responsables de l'assassinat de Yasser Khaled.

— Amos a aidé les chiens qui l'ont tué, murmura Inge Klur.

— Amos ? C'est impossible ! Amos était une de vos bases !

— Je le croyais, moi aussi. Mais Amos n'a pas que l'Arménie dans le cœur. (Elle marqua un temps et eut une grimace de dégoût.) Amos est en contact avec les chiens... Avec Shylock.

Valance étouffa une exclamation de surprise.

« Shylock » ! Le M.O.S.S.A.D. ! « Shylock » était l'un des réseaux clandestins implantés à Paris par les services secrets israéliens ! L'un de ceux qui avaient porté les coups les plus rudes aux divers mouvements palestiniens, en France et un peu partout en Europe.

— Shylock n'est plus en activité, répliqua Valance, incrédule.

— Pas en tant que tel, c'est vrai, convint Inge Klur. Mais les chiens ont des souvenirs et ils se retrouvent parfois.

— Comment le sais-tu ? demanda Valance. (L'Allemande se détourna et fit mine de s'intéresser à une pancarte de promotion vantant les attraits de divers produits régionaux et leurs prix « hyperavantageux ». Un homme s'approcha, s'empara d'un saucisson, le renifla et s'en fut en l'emportant. Valance fit deux pas en avant.) Et comment sais-tu pour Amos ? demanda-t-il avec insistance.

— Ne me demande pas l'impossible, Dany, murmura Inge Klur. Je le sais et je te le dis, c'est tout. Je sais aussi que les chiens ne travaillent pas pour leur maître. Ils ont prêté Amos pour rendre un service...

— A qui ?

— Je ne sais pas. (L'Allemande parut hésiter.)

— Quoi ? Qu'est-ce qu'il y a ?

— Personne ne le sait, Dany... C'est étrange, non ? Il y a un homme qui est en contact avec Amos. Amos le connaît. Les chiens le connaissent... (Elle secoua doucement la tête.) Mais personne, en réalité, ne semble vraiment le connaître ! Comme si cet homme n'existait pas. Comme s'il s'agissait d'un fantôme !

Valance tressaillit : ce fut comme si les bribes d'un souvenir se recollaient ensemble, soudain, dans sa mémoire. Une sonnerie d'alarme retentit, quelque part en lui.

— Qu'est-ce qu'Amos lui a fourni ? demanda-t-il d'une voix blanche.

— Pratiquement rien, répondit Inge Klur. Des voitures, je crois. Pour le reste, je ne sais pas...

— Quelles voitures ? Quel genre ?

— Je ne sais, Dany. Des voitures... Ah, si ! Deux taxis, en plus.

La sonnerie d'alarme se mit à résonner furieusement dans le crâne de Valance.

Valance regarda Inge Klur se frayer un chemin entre les caisses du supermarché et disparaître dans la rue.

Les taxis !

Cela avait beau être incroyable, il fallait bien se résoudre à l'évidence ! Amos, les taxis, cela signifiait quelque chose. Il savait maintenant quoi ! Il l'avait toujours su, en fait. Inge Klur venait seulement de lui indiquer comment les pièces s'assemblaient.

Les taxis !...

Quoi de plus banal que des taxis, parmi des milliers d'autres, perdus dans le flot des millions de véhicules circulant dans une ville ? Quoi de plus normal que des taxis chargeant et déchargeant des gens de toutes sortes, stationnant ou maraudant ici ou là ? Quoi de plus anodin, de plus anonyme ?

Quoi de plus pratique et de plus efficace, en fait, pour prendre des contacts, effectuer des planques et des filatures, transporter des équipes et correspondre avec d'autres par radio ?

C'était l'une des techniques de mouvement de « Ba Huyen » !

Ce n'était pas la seule, mais Valance savait que c'était celle que le tueur affectionnait le plus. Quelques années auparavant, les hommes de la S.A.T. avaient failli le coincer dans un endroit perdu du Pays basque, près de la frontière espagnole ; Valance en était. Au dernier moment, un contrordre du ministère de l'Intérieur avait annulé l'opération. Les hommes de la S.A.T. avaient su, plus tard, que le contrordre avait été lancé à la suite d'une intervention du Quai d'Orsay, elle-même motivée par une « demande pressante » émanant d'un membre de l'ambassade israélienne à Paris. A cette époque, « Ba Huyen » avait été recruté par le G.A.L., le mystérieux Groupe antiterroriste de libération espagnol, sur les conseils des services spéciaux israéliens, en vue d'éliminer un certain nombre de militants de l'organisation séparatiste basque E.T.A.

Valance ne savait pas grand-chose de « Ba Huyen » : le dossier de la S.A.T. le concernant, constitué à partir d'indications recueillies — « arrachées » eût été le terme correspondant davantage à la réalité — auprès des services secrets français, n'était guère épais. En fait, les renseignements les plus précis sur le tueur, dont disposait la S.A.T., provenaient d'indicateurs et de quelques terroristes « repentis » d'extrême droite. Mais ce dossier, en dépit des zones d'ombre qu'il laissait subsister et des faits qu'il recelait, tronqués pour beaucoup, ou même, selon toute vraisemblance, déformés parfois, ce dossier, malgré toutes ses imperfections et ses lacunes, permettait toutefois de se faire une idée de la trajectoire « Ba Huyen » parmi les hommes : une trajectoire de sang et de violence, de souffrance et de mort. Une trajectoire inhumaine.

Une trajectoire dont le prélude s'était déroulé, au milieu des années soixante, dans la jungle vietnamienne et dans les faubourgs de Hanoi : l'homme avait fait partie des tueurs, mercenaires pour la plupart, lâchés par la C.I.A. derrière les lignes de l'armée nord-vietnamienne. Son « enterrement » au cimetière militaire de Ba Huyen — rendu possible grâce à la complicité d'un agent double est-allemand — et sa « résurrection » avaient été la seule faveur demandée par le tueur en récompense des services rendus.

Ainsi, au petit matin du 23 juillet 1967, était né « Ba Huyen ».

Ainsi avait commencé son monde de ténèbres. Un monde sans amour, cruel et froid, peuplé d'explosions meurtrières et de cris d'agonie, jalonné de cadavres d'hommes et de femmes aux regards effarés. Un monde où la vie — la vie des autres — n'avait de sens que lorsqu'elle s'arrêtait.

L'une des rares certitudes que l'on avait au sujet de ce tueur était qu'il avait entretenu dès le départ, et pour une raison inconnue, des liens privilégiés avec le M.O.S.S.A.D. Les services secrets israéliens l'avaient utilisé pour éliminer des militants ou des sympathisants de la cause palestinienne, en Europe et partout dans le monde. Plusieurs indications concordantes laissaient à penser qu'il avait aussi travaillé pour le compte des colons juifs extrémistes de l'organisation T.N.T. — en hébreu, « Terreur contre terreur » — et effectué des opérations de nettoyage dans les territoires arabes occupés de Cisjordanie et à Gaza : bien entendu, nulle part dans le rapport Karp — le rapport officiel de la commission gouvernementale d'enquête sur les exactions et les abus perpétrés par les colons juifs dans les territoires occupés, publié à Jérusalem en février 1984 — on n'avait trouvé mention d'une quelconque participation d'un tueur professionnel à ces activités criminelles.

Les Israéliens n'étaient pas les seuls à avoir utilisé « Ba Huyen ». Le tueur n'était l'homme d'aucune cause. Aucune ; hormis la sienne.

On savait, par exemple, qu'il avait été recruté, à l'instigation des services spéciaux de l'Afrique du Sud, par l'*Afrikaner Volkswag* – La garde de la nation afrikaner –, organisation d'extrême droite, pour éliminer des opposants au régime de l'apartheid réfugiés en Angola, au Mozambique et en Grande-Bretagne. On croyait savoir également que les Américains avaient utilisé ses services en Amérique centrale, sans toutefois disposer de renseignements précis sur les missions qu'ils avaient pu lui confier.

Valance n'en savait pas plus sur « Ba Huyen ». Il ignorait tout, en particulier, des relations du tueur avec les services spéciaux français ; c'était l'un des aspects de la trajectoire « Ba Huyen » sur lequel le dossier de la S.A.T. était étrangement muet. Il ne savait rien, notamment, de la part prise par le tueur dans les représailles décidées par Paris contre les réseaux de soutien iraniens et syriens des mouvements terroristes islamiques, à la suite des attentats meurtriers dont avaient été victimes, en 1983, les forces françaises présentes au Liban. Le dossier ne parlait pas de tout cela. Valance n'avait donc aucun moyen d'en être averti. Mais il était convaincu qu'il ne pouvait pas ne pas y avoir quelque chose. Il y avait des signes ! A commencer par le contrordre qui avait empêché la capture du tueur au Pays basque : le Quai d'Orsay et l'Intérieur ne s'étaient pas couchés aussi facilement devant les Israéliens sans une bonne raison. Une sale raison... En outre, le tueur, avant de faire ses premières armes au Vietnam pour le compte des Américains, avait été un agent de la sous-direction des opérations clandestines de l'ex-S.D.E.C.E. « Ba Huyen » était français !

Quand, cinq minutes plus tard, Valance quitta à son tour le supermarché, il n'avait plus qu'une idée en tête : prévenir Lucas ! Lui dire qu'il le croyait. L'avertir du danger qu'il courait !

Ce n'étaient pas des truands qui étaient à ses trousses. Mais des professionnels. *Des professionnels !* La fusillade silencieuse du parc Monceau ; la disparition des cadavres ; les faits qui, les uns après les autres, se retournaient contre lui ; tout était clair maintenant ! Lucas n'avait aucune chance face à l'équipe de « Ba Huyen » ! C'était du suicide ! Il fallait absolument qu'il se mette sous la protection de la police. Lui et Olivia. Le plus vite possible !

Mais qu'est-ce qui pouvait justifier qu'on ait lâché « Ba Huyen » sur Lucas ? Et qui l'avait recruté ?

Lorsque Valance arriva chez lui, sa femme lui apprit qu'un de ses amis avait téléphoné :

— ... et il a seulement dit : demain, seize heures, esplanade du Trocadéro.

Une petite lueur orange se mit à clignoter et Victor Karmann se raidit : le taxi, une Mercedes de couleur claire, vint se ranger le long du trottoir, près de l'endroit où il se tenait.

— Les morts ont droit au repos éternel.

— Et il est juste qu'il en soit ainsi, bredouilla Karmann décontenancé — cette voix...

La portière arrière gauche du taxi s'ouvrit.

Karmann ne put retenir une exclamation de surprise en s'installant à l'arrière de la voiture. Il ne s'était pas trompé : ce n'était pas sa voix ! L'homme qui était au volant n'était pas « Ba Huyen » : c'était un vieillard !

— Qui êtes-vous ?

— Un vecteur.

— Un quoi ?

— Votre portière est mal fermée. Refermez-la.

Le taxi s'ébranla.

Karmann ne posa plus de questions ; c'était inutile. Le vieillard ne desserra les dents que vingt minutes plus tard, après avoir immobilisé le taxi devant l'église Saint-Augustin :

— La cabine à vingt mètres sur votre droite. Il y a un numéro écrit au feutre sur la vitre à gauche de l'appareil. Faites-le et demandez monsieur Sanchez.

Karmann sortit de la voiture et se dirigea vers la cabine téléphonique. Le grésillement d'un moteur diesel s'éloigna, derrière lui, et se perdit dans la nuit.

Il trouva le numéro à l'endroit exact que le vieillard lui avait indiqué. Il le composa et, tout en remettant de l'ordre dans sa chevelure blanche, se demanda s'il devait l'effacer. La voix qui lui répondit lui fit comprendre aussitôt qu'il n'aurait pas à se donner cette peine :

— *Hôtel Concorde-Lafayette*, j'écoute ?

— Je voudrais parler à monsieur Sanchez, s'il vous plaît.

— Ne quittez pas, s'il vous plaît.

Une bouillie musicale se déversa dans l'appareil. Puis un craquement. Et une voix dit :

— Les morts ont droit au repos éternel.

— Et il est juste qu'il en soit ainsi, dit Karmann très vite. Pourquoi ces précautions ? Que se passe-t-il ?

— Les règles ont besoin de variantes, répondit le tueur d'une voix monocorde. On sait déjà que je suis à Paris.

— C'est impossible !

— Vous vous trompez... Mais ça n'a pas d'importance. Deux choses. La première : Lucas devrait être réglé demain.

— Les écoutes ont confirmé ?

— Oui. Le flic a rendez-vous avec lui.

— Pourquoi dites-vous *devrait* ?

— C'est la deuxième chose : ce flic n'est pas le seul soutien de Lucas.

— Quoi ?

— Il n'est pas normal qu'on n'ait pas encore pu le localiser. Quelqu'un d'autre aide Lucas.

Karmann sentit une crampe lui tordre l'estomac. Il respira profondément et demanda :

— Ça vous pose un problème ?

— Non.

— Nous nous occuperons de cela. Tuez Lucas. Tuez-le !

FIN DU PREMIER VOLUME

J'ai lu BD

La bande dessinée est aujourd'hui admise partout. On l'enseigne même à la Sorbonne. La série J'ai lu BD est la première collection de poche consacrée à ce genre. Elle réédite les bandes dessinées françaises et étrangères les plus célèbres. Les dessins ne sont pas réduits mais remontés différemment ; ainsi un album de 48 pages donne 160 pages dans J'ai lu, et le papier est d'une qualité supérieure afin de permettre la reproduction des couleurs. J'ai lu BD est le panorama de la bande dessinée d'aujourd'hui.

Cinéma et TV

De nombreux romans publiés par J'ai lu ont été portés à l'écran ou à la TV. Leurs auteurs ne sont pas toujours très connus ; voici donc, dans l'ordre alphabétique, les titres de ces ouvrages :

A la poursuite du diamant vert 1667★★★	Joan Wilder
Alien 1115★★★	Alan Dean Foster
Angélique marquise des anges	
L'ami Maupassant 2047★★	Guy de Maupassant
L'Australienne 1969★★★★ & 1970★★★★	Nancy Cato
Bigfoot et les Henderson 2292★★★	Joyce Thompson
Blade runner 1768★★★	Philip K. Dick
Bleu comme l'enfer 1971★★★★	Philippe Djian
La brute 47★★★	Guy des Cars
Cabaret (Adieu à Berlin) 1213★★★	Christopher Isherwood
Carrie 835★★★	Stephen King
Châteauvallon	
1856★★★★ 1936★★★★ & 2140★★★★	Eliane Roche
Christine 1866★★★★	Stephen King
La couleur pourpre 2123★★★	Alice Walker
Coulisses 2108★★★★★	Alix Mahieux
Cujo 1590★★★★	Stephen King
Des fleurs pour Algernon 427★★★	Daniel Keyes
2001 l'odyssée de l'espace 349★★	Arthur C. Clarke
2010 : odyssée deux 1721★★★	Arthur C. Clarke
Le diamant du Nil 1803★★★	Joan Wilder
Dynasty 1697★★ & 1894★★★	Eileen Lottman
E.T. l'extra-terrestre 1378★★★	Spielberg/Kotzwinkle
E.T. La planète verte 1980★★★	Spielberg/Kotzwinkle
L'exorciste 630★★★★	William P. Blatty
Les exploits d'un jeune don Juan 875★	Guillaume Apollinaire
Le faiseur de morts 2063★★★	Guy des Cars
Fanny Hill 711★★★	John Cleland
Fletch 1705★★★	Gregory Mcdonald
La folle histoire de l'espace 2294★★★	Mel Brooks/J.B. Stine
Le Gerfaut 2206★★★★★ & 2207★★★★★	Juliette Benzoni
Jonathan Livingston de goéland 1562★ illustré	Richard Bach
Joy 1467★★ & **Joy et Joan** 1703★★	Joy Laurey
Le joyau de la couronne	
2293★★★★★ & 2330★★★★★	Paul Scott

Romans policiers

On a trop longtemps cru en France qu'il n'existait que deux sortes de romans policiers : les énigmes classiques où l'on se réunit autour d'une tasse de thé pour désigner le coupable, ou les romans noirs où le sexe et le sang le disputent à la violence. Des auteurs tels que Boileau-Narcejac, Ellery Queen, Ross Macdonald, Demouzon démontrent qu'il existe une troisième voie, la plus féconde, où le roman policier est à la foie oeuvre littéraire et intrigue savamment menée.

ARNOLD Alan	*Le secret de la pyramide* 1945 ★★★	
BAYER William	*Une tête pour une autre* 2085 ★★★★	
BOILEAU-NARCEJAC	*Les victimes* 1429 ★★	
DEMOUZON Alain	*Adieu, La Jolla* 1207 ★★★	
	La pêche au vif 1779 ★★★	
FALK Franz-Rudolf	*On a tué pendant l'escale (Le paltoquet)* 1647 ★★★	
FRANCIS Dick	*Le banquier* 2149 ★★★★	
FULLER Samuel	*La grande mêlée* 2118 ★★★	
GARDNER Erle Stanley	*La vierge vagabonde* 1780 ★★★	
	La prudente pin-up 2222 ★★★	
	Le vison mité 2338 ★★	
HUGUES Dorothy B.	*Chute libre* 2275 ★★★	
IMBROHORIS Jean-Pierre	*La trajectoire* 1934 ★★★★	
	Toska 2245 ★★★	
LEBRUN Michel	*Caveau de famille* 2033 ★★	
	Hollywood confidentiel 2305 ★★★	
LOTTMAN Eileen	*Le lendemain du crime* 2199 ★★	
McBAIN Ed	*Blanche Neige et Rose Rouge* 2072 ★★★	
	Cendrillon 2353 ★★★★	
MCDONALD Gregory	*Fletch* 1705 ★★★	
	Fletch à Rio 2010 ★★★	
	Fletch se défonce 2288 ★★★	
MACDONALD Ross	*Le frisson* 1573 ★★★	
	La côte barbare 1823 ★★★	
	A chacun sa mort 1959 ★★★	
	La grimace d'ivoire 2034 ★★★	
	Il est passé par ici 2246 ★★★	
NAHA Ed	*Robocop* 2310 ★★★	

2453

Impression Brodard et Taupin
à La Flèche (Sarthe) le 27 septembre 1988
1297A-5 Dépôt légal septembre 1988
ISBN 2-277-22453-7
Imprimé en France
Editions J'ai lu
27, rue Cassette, 75006 Paris
diffusion France et étranger : Flammarion